PAULINE MAI

Das Glück ist lavendelblau

Pauline Mai

Das Glück ist lavendelblau

Roman

blanvalet

Sollte diese Publikation Links auf Webseiten Dritter enthalten, so übernehmen wir für deren Inhalte keine Haftung, da wir uns diese nicht zu eigen machen, sondern lediglich auf deren Stand zum Zeitpunkt der Erstveröffentlichung verweisen.

MIX
Papier aus verantwortungsvollen Quellen
FSC® C014496

Verlagsgruppe Random House FSC® N001967

1. Auflage

Dieses Werk wurde vermittelt durch die
Literarische Agentur Michael Gaeb
Redaktion: Angela Kuepper
Umschlaggestaltung: www.buerosued.de
dn · Herstellung: sam
Satz: Buch-Werkstatt GmbH, Bad Aibling
Druck und Bindung: GGP Media GmbH, Pößneck
Printed in Germany
ISBN 978-3-7341-0790-0

www.blanvalet.de

Prolog

Das alte Steinhaus wurde von allen *Die kleine Hexe, La Petite Sorcière,* genannt. Dabei sah es gar nicht aus wie ein Hexenhäuschen. Weiß getüncht und von dunklen Holzbalken gestützt, lag es nur etwa zehn Fahrminuten von Puimoisson entfernt, dem nächsten Ort mit seinem Buchladen, dem Lebensmittelgeschäft und einigen wenigen Cafés. Und doch wirkte es abgeschieden inmitten des violetten Lavendelmeers, das sich im Wind wiegte und ein stetiges Rauschen von sich gab. Ein glänzendes Messingschild hing an der Fassade neben der Eingangstür. Darauf waren unter den Kratzern nur noch undeutlich der eingravierte Name des alten Hauses sowie die Umrisse einer Hexe zu erkennen, die vor einem großen Baum zu schweben schien. Wie es zu dieser Gravur und zu dem Namen gekommen war, den das Haus trug, war nicht bekannt, zu alt waren Haus und Schild, und diejenigen, die noch etwas darüber hätten erzählen können, waren längst nicht mehr am Leben.

Ein Kater mit buschigem weißem Fell huschte durch die Rosensträucher im Garten, die im goldenen Licht der tief stehenden Sonne leuchteten. Das Innere des Hauses war erfüllt vom Duft des Lavendels: Überall hingen getrocknete Bünde an den Zimmerdecken und vermischten sich mit dem intensiven Holzgeruch. Eine dunkle Treppe führte hinauf zu den Schlafzimmern, und von dort gingen steile, schmale Stufen hoch zum Dachboden.

Hier oben stand sie und sah aus dem offenen Fenster. Ihre knittrige Hand ruhte auf dem Fensterbrett. Daneben lag das bunt bestickte Kissen, das dazu einlud, die kleine Trittstufe heranzuziehen, auf das breite Fensterbrett zu steigen und sich dort niederzulassen, um den Blick über die weiten Lavendelfelder und sanften Hügel schweifen zu lassen, während die Gedanken in die Tiefen der Vergangenheit glitten. Wieder und wieder hatte sich die alte Frau von dem Sog früherer Jahre verführen lassen und sich in ihren Erinnerungen verloren.

Eine leichte Brise wehte durch das Fenster herein. Die langen weißen Haare der Frau bewegten sich sachte und kitzelten ihre Wange. Das helle baumwollene Kleid spielte um ihre Knöchel. Ihr Blick war fest auf einen Punkt in der Ferne gerichtet, abwesend und entschlossen zugleich. Irgendwo draußen bellte ein Hund, aber zu der alten Frau drang das Geräusch nicht durch. Sie bückte sich und zog das Treppchen heran. Vorsichtig erklomm sie die erste Stufe, dann die zweite und ließ sich seitlich auf das Fensterbrett sinken, das linke Bein noch auf dem Treppchen. Unter einiger Kraftanstrengung schob sie sich näher an die Fensteröffnung und blickte nach unten. Im Eingangshof lag sandfarbener Kies, durch den sich Grashalme geschoben hatten, um hoch über ihn hinauszuwachsen. Der Platz, der sich an einer Seite zu der ungeteerten Straße hin öffnete, der schlangenlinienartigen Verbindung zu den Dörfern der Umgebung, war umsäumt von Bäumen in kräftigem Grün und strohigen Grasstauden. Einige Lavendelblüten blitzten hindurch.

Ein Knarzen ertönte, so als meldeten sich die verzogenen Holzpaneele zu Wort. Die alte Frau sah sich nicht um, jedes Geräusch des Hauses, in dem sie Jahrzehnte ihres Lebens verbracht hatte, war ihr vertraut. Ein plötzlicher Windstoß fuhr durchs Fenster hinein. Da raschelte etwas, sie streckte sich, um es zu fassen, doch sie griff ins Leere, geriet ins Wanken und verlor das Gleichgewicht.

Die alte Frau fiel. Das weiße Kleid bauschte sich auf, die langen grauen Haare flatterten wild um ihr Gesicht.

Und dann war da nur noch das gleichmäßige Rauschen des Lavendels, und in der Ferne bellte der Hund.

1

Ich zog den Koffer unterm Bett hervor, warf wild Kleidung hinein, ohne darauf zu achten, ob die Dinge zusammenpassten: Unterwäsche, Hosen, Shirts, einige Röcke, Kleider, Sandalen. Wie eine Furie lief ich in der Wohnung umher, sammelte Kosmetika, mein Notizheft und meine Bücher ein und steckte sie in die große Handtasche. Hektisch zog ich den Reißverschluss des Koffers zu, dann hielt ich inne. Und nun? Ich blickte auf das bereitstehende Gepäck und geriet mit einem Mal ins Schwanken. Was mir eben noch so klar vor Augen gestanden hatte, wirkte plötzlich flirrend und undeutlich.

Mit einem Seufzer ließ ich mich auf die Couch fallen und griff nach meinem Handy. Ich checkte es nach einer Nachricht von Oskar – nichts. Vor Wut ließ ich die Faust samt Handy auf das Polster niedersausen, und schon wieder schossen mir Tränen in die Augen. Wie weit ist es mit einem gekommen, wenn man sich selbst nur noch als nervige Heulsuse bezeichnen kann? Eindeutig zu weit. Immer wenn ich in den letzten Tagen gedacht hatte, endlich über den Berg zu sein, waren all die Gefühle wieder aus mir hervorgebrochen. Ich schob das Handy unter das Sofakissen, wischte mir die schwarze Mascarasuppe auf meinen Wangen mit den Handrücken weg und rieb sie so lange aneinander, bis das Schwarz wohin auch immer verschwunden war. Tief atmete ich durch. An welchem Punkt hatte sich die Beziehung zwischen Oskar und mir gewandelt, wann waren wir auseinandergedriftet, ohne es uns eingestehen zu können? Und wie hatten wir es trotzdem so lange miteinander ausgehalten, bis zu diesem letzten Paukenschlag?

Ich schüttelte die Gedanken ab, bevor die Wut der letzten Tage wieder von mir Besitz ergreifen und mich in ein heulendes Wrack verwandeln würde. Ein Plan musste her, ein gut strukturierter Plan, an den ich mich jetzt halten, klammern, festkrallen konnte. Ich würde mir den Koffer schnappen und losfahren, einfach abhauen. Und ich würde erst dann alle benachrichtigen, wenn ich bereits aus Berlin raus wäre. Wenn ich endlich genug Kilometer zwischen mich und Oskar gebracht hätte, sodass das Gummiseil, das uns so lange zusammengehalten hatte, endgültig gerissen wäre.

Ich stützte mich auf und wollte mich gerade entschlossen aus dem tiefen Sofa hieven, da summte ganz leise und verschämt mein Telefon unter den Polstern und versetzte mich in eine kurze Schockstarre, die sofort hektischem Gesuche zwischen den Kissen wich, bis ich es in der Hand hielt. Auf dem Display leuchtete mir ein Name entgegen: Clémence. Ich unterdrückte die Enttäuschung, räusperte mich und nahm das Gespräch mit einem krächzenden »Hallo?« an.

»Pepe, Kleine, gut, dass ich dich gleich erreicht habe. Bist du nicht auf der Arbeit?«

Meine vier Jahre ältere Schwester sprach mit einer sanften Stimme, die mir leicht brüchig erschien, ganz anders als ihr sonstiger Tonfall. Sie musste geweint haben. Dabei war sie eindeutig die Energetischere von uns beiden, ein kleiner Feuerball von mit Absatzschuhen erschummelten eins fünfundsechzig und einer kraftvollen Stimme, die meist einige Dezibel über der

Normallautstärke lag. Weinen gehörte nun wirklich nicht zu ihrem Repertoire, sodass ich sofort hellhörig wurde. Ich räusperte mich noch einmal, bevor ich antworten konnte.

»Clem, hi. Ich bin gerade zu Hause, es gibt einige Veränderungen, von denen ich dir berichten muss.«

»Kleine, hör mal, du wirst mir ein anderes Mal davon erzählen müssen. Es ist etwas Schreckliches passiert. Mamie, sie hatte einen Unfall. Sie liegt hier im Krankenhaus, und es …«, sie stockte kurz, und ich meinte, im Hintergrund geschäftiges Treiben zu hören, eilige Schritte, Wortfetzen, »… es sieht nicht gut aus.«

»Was ist passiert?« Meine Stimme klang verzerrt und schrill, als hätte sich in meiner Kehle etwas festgesetzt, von wo aus es pikte und stach und mir die Luft nehmen wollte. Trotz meiner neunundzwanzig Jahre fühlte ich mich mit einem Mal vor Schreck und lauter Hilflosigkeit wieder ganz klein.

»Wir wissen es nicht genau. Es ist merkwürdig, sie scheint aus dem Dachbodenfenster gefallen zu sein. Glücklicherweise ist sie in der Fliederhecke gelandet, wodurch ihr Aufschlag abgefedert wurde.«

»Aus dem Dachbodenfenster? Mamie ist aus dem Dachbodenfenster gestürzt? Willst du mich auf den Arm nehmen? Niemand fällt aus Mamies Dachbodenfenster!« Die Unterkante des einzigen Fensters der geräumigen Dachkammer befand sich einen guten Meter über dem Boden und hatte eine breite hölzerne Fensterbank. Als Kind hatte ich es geliebt, heimlich in den Nächten hinauf auf den Dachboden zu schleichen, es mir auf den weichen Kissen gemütlich zu machen und mit einer Taschenlampe zu lesen, bis mir die Augen zufielen. Um aus dem Fenster zu stürzen, müsste man auf das breite Brett klettern, bis zur Öffnung robben und einiges an Schwung aufbringen – alles

Dinge, die Mamie niemals tun würde. Ich war mir nicht mal sicher, ob sie das mit ihren vom Alter geschwächten Muskeln überhaupt noch tun *könnte.*

»Ich weiß«, fiel Clem ein. »Ich sagte ja, es ist merkwürdig. Wir wissen nichts Genaues, weil Mamie noch nicht ansprechbar ist. Fakt ist, dass sie gestürzt ist und es ihr sehr schlecht geht. Du solltest dich so schnell wie möglich auf den Weg machen. Papa ist auf einer Konferenz in Taiwan. Er versucht hierherzukommen, aber das wird erst in ein paar Tagen möglich sein.«

»Was genau fehlt ihr denn?«, fragte ich ängstlich.

»Das ganze Ausmaß ihrer Verletzungen ist noch nicht klar. Offenbar hat sie sich mehrere Brüche zugezogen. Im Augenblick wird ein MRT gemacht, um herauszufinden, ob sie eine Schädelverletzung hat.«

Ich schluckte. Das Wort »Schädelverletzung« surrte mir in den Ohren.

»Ich fahre sofort los. Ich hatte ohnehin vor, sie zu besuchen, der Koffer ist gepackt.« Während ich sprach, war ich aufgestanden und hatte nach meinem Portemonnaie gegriffen, um es in die Handtasche zu stecken. »Bitte gib mir sofort Bescheid, falls sich ihr Zustand verändert oder ihr mehr erfahrt.«

»Natürlich, und du ruf an, wenn du bei der *Petite Sorcière* bist. Ich komme dich dort abholen. Fahr vorsichtig, eine meiner Liebsten im Krankenhaus ist mehr als genug!«

La Petite Sorcière, so hieß das Landhaus meiner Großmutter, in dem Clem und ich all unsere Sommerferien verbracht hatten, inmitten von duftenden Lavendelfeldern. Sobald ich diesem Geruch irgendwo begegnete, ob in Cafés, wo auf den Tischen kleine Bouquets arrangiert waren, oder in der Bahn, wenn sich eine ältere Dame an mir vorbeidrängte und ihr Parfümduft noch für einen Augenblick in der Luft hing, war ich gedanklich sofort wieder in der Provence, und ich sah, wie ich mit meiner Schwester und den Kindern der Ferienbesucher Ball spielte oder wie wir mit den Hunden der Nachbarhöfe über die endlos scheinenden Feldwege rannten, während die hohen Gräser gegen meine Beine peitschten … Und natürlich sah ich mich auch all die köstlichen Gebäckstücke naschen, die Mamie zauberte. Soweit ich mich erinnerte, hatte ich dort wochenlang nichts anderes gegessen als Eclairs, Tartes und Madeleines. Meine Schwester hatte es nach ihrem Abitur dort hingezogen. Nicht nur die schöne Landschaft und die Nähe zu unserer Großmutter hatten sie gelockt, sondern vor allem die Liebe: Sie hatte ihren Jugendschwarm Gaspard geheiratet und lebte seither mit ihm zusammen in einem Häuschen keine zehn Autominuten von Mamie entfernt.

Ich griff nach meinem Koffer und der Handtasche. Mein gelber VW-Käfer wartete vor dem Berliner Mehrfamilienhaus auf mich. Natürlich fiel mir beim Einladen meiner Taschen ein, dass ich die Schlüssel für die *Petite Sorcière*, meine Kreditkarte und die Fahrzeugpapiere oben vergessen hatte. So musste ich wohl oder übel noch einmal die Stufen zu meiner kleinen Zweizimmerwohnung im obersten Stock hochsteigen.

Auf dem Weg hinauf kam mir Jonas mit seiner zweieinhalbjährigen Tochter Felicia auf dem Arm entgegen. Er lächelte und blieb stehen, wohl um einige Worte mit mir zu wechseln. Ich aber winkte entschuldigend ab, zu sehr mit meinen eigenen Gedanken und Gefühlen beschäftigt, und kniff Feli nur leicht in den Arm, der die unwiderstehliche Speckigkeit von Kleinkindern aufwies.

»Penelope, warte mal«, rief Jonas mir hinterher, während ich die Stufen hinaufeilte. Ich blickte mich um und sah noch, wie er sich durch die blonden Locken fuhr. Es war seltsam …

Obwohl wir uns in den letzten Jahren nur noch selten gesehen hatten, kannte ich jede Geste meines einstigen besten Freundes in- und auswendig. Ich wusste, dass er angespannt war, wenn er sich auf diese Weise durch die Haare fuhr. Ihn musste dieselbe Beklemmung überfallen haben wie mich, ein Gefühl zwischen zwei Menschen, die sich fremd geworden waren, obwohl sie für eine Weile alles voneinander gewusst hatten. Ich konnte es einfach nicht mehr abschütteln, wenn ich ihm begegnete. Wie immer sprang ihm eine widerspenstige Locke zurück vors Auge.

»Ich habe heute Vormittag Oskar vor dem Haus getroffen. Er gab mir den hier für dich ...« Umständlich durchsuchte er seine Taschen, ohne Feli abzusetzen. Die machte sich einen Spaß daraus, ihrem Vater die Augen zuzuhalten. Blind tastete er die Hosentasche ab, zog mit einem triumphierenden »Voilà« etwas Kleines, Metallenes hervor und streckte es mir entgegen.

Ein Schlüssel. Mein Schlüssel. Der, den ich Oskar gegeben hatte, als er einmal Freunde, die zu Besuch gewesen waren, in seiner Wohnung untergebracht und währenddessen bei mir übernachtet hatte. Der Schlüssel, den er anschließend behalten hatte, ohne dass wir je darüber gesprochen hätten. Es hatte sich damals richtig und natürlich angefühlt, dass er kommen und gehen konnte, wann immer er wollte. Ich starrte den Schlüssel in Jonas' Hand an, ohne mich zu rühren.

»Alles in Ordnung? Ich dachte, ihr hättet das besprochen ... Es klang jedenfalls so, als Oskar ihn mir gegeben hat«, sagte Jonas unsicher.

Mein Blick wanderte von seiner Hand zu seinen Augen, die mich beunruhigt anblickten, und ich nickte abwesend, streckte den Arm aus und stieg die Stufen zu den beiden hinunter. Feli ahmte mich nach und streckte mir ihren Arm lachend entgegen. Diesmal kniff ich jedoch nicht hinein, sondern nahm den Schlüssel und steckte ihn in meine Jeanstasche.

»Ja«, sagte ich und riss mich zusammen. »Es ist alles geklärt.« Mein Blick ging an Jonas' Augen vorbei ins Leere des Treppenhauses. Dass es eigentlich nichts mehr zu klären gab, dass Oskars Aktion das Reden zwischen uns übernommen hatte, konnte ich ihm gerade nicht erklären. Im Moment gab es so viel Wichtigeres. »Ich bin auf dem Sprung nach Puimoisson«, sagte ich hölzern. »Meine Großmutter ist im Krankenhaus, sie ist, ähm, sie ist gestürzt.«

»Nein, das tut mir leid!«, meinte Jonas betroffen.

»Nein, dat tut mi la«, plapperte Feli sogleich nach und schlug die kleine Hand vor den Mund, wie sie es sich bei den alten Damen abgeguckt haben musste, die zu jeder Tageszeit in der Bäckerei um die Ecke klatschten und tratschten. Trotz meiner Sorgen musste ich lächeln und streichelte über ihren blonden Schopf. Im Gegenzug versuchte sie, nach meinen schwarzen Locken zu greifen, doch zum Glück waren sie nicht lang genug, um sich in Felis Reichweite zu befinden. Es hatte sich also doch ausgezahlt, dass ich mein Haar vor zwei Wochen auf Schulterlänge hatte abschneiden lassen.

»Danke, also danke euch«, gab ich stockend von mir und tastete mit dem Fuß nach der nächsten Treppenstufe. »Ich muss dann mal.«

»Ja, na klar. Alles Gute für deine Großmutter.«

»Danke«, sagte ich wieder, wandte mich ab und nahm die Stufen nach oben.

»Ach, Pepe«, hörte ich seine Stimme und blickte mich noch einmal zu ihm um. »Du kannst mich immer anrufen, wenn es dir nicht gut geht, das weißt du, oder? Wir sind schließlich Freunde.«

Ich lächelte ihn dankbar an. Wie er da stand, mit seiner Tochter auf dem Arm, dem gutmütigen Blick, dem Versprechen, für mich da zu sein, erinnerte er mich so stark an all die Abende, die wir damals als Freunde zusammen verbracht hatten, und die Sehnsucht nach dieser Vertrautheit zerrte an mir.

»Das mache ich«, versprach ich, bevor ich weiterhastete. In wenigen Sätzen war ich bei meiner Wohnung angekommen und suchte meine Sachen zusammen, um kurz darauf in den Wagen zu steigen und endlich Vollgas zu geben.

Die Sonne war schon untergegangen, als ich mich in meinem VW-Käfer am Schwarzwald vorbeigeschlängelt, Freiburg als letzte größere deutsche Stadt hinter mir gelassen hatte und mit einem Schlenker über Schweizer Lande die französische Grenze erreichte. Hier mietete ich mich in einem einfachen Autobahnhotel ein, als ich merkte, wie meine Augenlider schwerer wurden. Clem hatte mir mittlerweile mehrere Nachrichten geschrieben, in denen sie den Verlauf des Tages dokumentiert hatte: Mamie hatte neben diversen Knochenbrüchen eine Gehirnerschütterung und war wohl noch apathisch, schwerere Kopfverletzungen schienen aber keine erkennbar zu sein. Letzteres klang erst einmal gut, beruhigte mich aber nicht ganz in meiner Sorge um meine Großmutter. Was hatte es zu bedeuten, dass sie apathisch war? War das eine normale Reaktion auf einen solchen Sturz? Über dem Schreiben mit Clem und dem Googeln möglicher Auswirkungen eines schweren Sturzes fiel ich irgendwann in einen unruhigen Schlaf.

Am nächsten Morgen trat ich die zweite Etappe der Reise an. Ich liebte das Fahren durch Frankreich, den Wechsel der Landschaften und Dialekte an den Raststätten, und ich liebte mein Auto, das ich mit achtzehn von meiner Mutter geerbt hatte.

Meine Mutter war Berlinerin gewesen, ganz ursprünglich, wie es sie heute nur noch selten gab, während mein Vater in der Provence geboren und aufgewachsen war. In seinen Studentenjahren war er als Tourist nach Berlin gekommen, und obwohl er eigentlich nur eine Woche in der Stadt hatte verbringen wollen, war er letztlich für immer geblieben, weil er sich in Flora, meine Mutter, verliebt hatte. Mittlerweile arbeitete er als Professor für Literaturwissenschaft an der Münchner Universität und pendelte zwischen den beiden Städten, während meine Mutter … Bei der Erinnerung wurde mein Griff um das Lenkrad fester. Seit fast zwanzig Jahren waren wir in diesem Auto unterwegs gewesen, damals schon, als wir noch zu viert gewesen waren, und es steckten unzählige Erinnerungen in ihm von all den Reisen und Ausflügen, die wir unternommen hatten.

Ich drehte das Radio lauter, lauschte den Nachrichten, doch nach nur wenigen Augenblicken bahnten sich wieder die Gedanken an Mamie einen Weg. Die unbesiegbare Mathilde, willensstark und feinfühlig zugleich, angetrieben von einer Kraft, die nie zu schwächeln schien. Selbst als mein Großvater gestorben war, hatte sie weitergemacht. Sie hatte sich über Wasser gehalten, hatte *La Petite Sorcière* weitergeführt – die Pension, die sie einige Jahre zuvor mit ihm in dem leer stehenden Haus inmitten des Lavendels gegründet hatte – und sich dafür Hilfe bei den Nachbarn und aus den umliegenden Dörfern geholt.

Auch wir mussten von da an mit anpacken. Unsere Ferien verbrachten wir nicht mehr nur auf den Feldern und mit den Tieren wie zuvor, sondern auch mit Bettenausschütteln und ich vor allem in der Küche, wo ich Mamie, wie wir sie liebevoll nannten, beim Kochen und Backen über die Schulter sah. Hier entzündete sich meine Leidenschaft für das Teigkneten, das Cremerühren und Tortenverzieren. Stundenlang lernte ich von ihr, wie man einen perfekten Brandteig zubereitete, wie ein Croissant die richtige Form bekam und wie man mit echter Vanille den einzigartigen Geschmack einer Eclaircreme zauberte.

»Eine richtige Patisseurin bist du schon«, lobte mich meine Großmutter immer, wenn wir unsere frisch gebackenen Köstlichkeiten bewunderten, bevor sie den Gästen angeboten wurden. Und ich strahlte dann über das ganze von der Hitze in der Küche glühende Gesicht. Mamie nahm mich stolz in die Arme und drehte mich einmal im Kreis, wobei das Mehl von unseren Schürzen wie eine Wolke um uns stob …

Die Erinnerung an damals ließ mein Herz schwer werden. Ich dachte an Mamie, versuchte mir vorzustellen, wie sie in ihrem Krankenhausbett lag, die Augen geschlossen. Doch dieses Bild unterschied sich so sehr von dem meiner lachenden Großmutter, dass es undeutlich blieb.

In meinem quietschgelben Auto rauschte ich über die französische Autobahn. Wie oft ich diese Strecke schon genommen hatte … Jede Raststätte, jeder Ortsname war mir bekannt, so wie die Reichweiten der Radiosender. Sobald das erste Rauschen einsetzte, schaltete ich um und lauschte mal sanften Klavierklängen, mal Diskussionen über Kultur, Politik und das letzte Fußballspiel oder summte Popsongs mit. Nur brachten die meisten Lieder mich gedanklich zurück zu Oskar. Immer wieder hatte ich in den Pausen an der Raststätte meine Nachrichten überprüft, nach Anrufen geschielt, doch er hatte sich nicht gemeldet. Nicht einmal ein paar Worte hatte er mir schicken können, ein *Es tut mir leid, dass alles so gelaufen ist* oder ein *Ich hoffe, es geht dir gut,* irgendetwas, das ein wenig Mitgefühl erkennen ließ. Anscheinend glaubte er, dass die Rückgabe des Schlüssels ausreichte, um mir seine letzte Sicht der Dinge zu übermitteln. Und wirklich, ich hatte die Botschaft verstanden, hatte sie schon verstanden, als er mir am Telefon von dem Seitensprung mit dieser Isa erzählt hatte: Er wollte mich nicht mehr, wollte unsere Beziehung nicht mehr. Er wollte die andere Frau. Aber war das schon ausreichend, um eine dreijährige Beziehung wie die unsere zu beenden? Ein Anruf, ein kurzes Gespräch, ein zurückgegebener Schlüssel, und zack-bumm war alles vorbei? Müsste man sich nicht zusammensetzen, alles durchsprechen, genau analysieren, was da schiefgelaufen war? Aber dieses Bedürfnis war anscheinend ein einseitiges. Ich spürte, wie sich wieder Tränen der Wut einen Weg bahnen wollten, doch ich blinzelte sie entschlossen weg und konzentrierte mich auf den Weg. Da realisierte ich, dass ich über all meinen Gedanken gar nicht bemerkt hatte, wie nah ich der *Petite Sorcière* schon war.

Das strahlende Violett der Lavendelfelder erstreckte sich über die Hügel, ein lauer Wind bewegte die Blüten wellenartig auf und ab. Es war ein einziges duftendes lilafarbenes Meer. Nur weit im Hintergrund waren die felsigen Kanten zu erkennen, die die Verdonschlucht umgaben. Als mein Käfer einen weiteren Hügel erklommen und über den Scheitelpunkt gefahren war, eröffnete sich der Blick auf ein Landhaus, das einsam und umsäumt von den Lavendelfeldern da stand – die *Petite Sorcière*. In diesem Moment erschien mir der Anblick wie die Erlösung von all den Lasten, die ich während der Fahrt ohne Unterlass in Gedanken durchgewälzt hatte. Es schien, als müsste ich nur das Haus erreichen und könnte wieder frei sein, leicht, all das Gewicht abwerfen und durchatmen. Schon verstärkte sich der Druck meines Fußes auf das Gaspedal, und der Käfer gab noch einmal alles, um mich schnell zu meinem Schutzort zu bringen. Lautstark brummte der Wagen auf, schien einen kleinen Freudenhüpfer zu machen und schoss den Hügel hinab. Links und rechts von mir wurden die Lavendelblüten zu lila Blitzen, die meinen Endspurt beflügelten. Ich näherte mich dem Haus, nun waren seine hölzernen Balken, die weißen Wände und das dreieckig aufragende braune Dach zu erkennen, die ersten türkisfarbenen Fensterläden, die drei Stufen, die zur Eingangstür führten. Ich verlangsamte das Tempo, als ich die Abbiegung zum Grundstück erreichte, folgte ihr und fuhr über den sandigen Weg dem Ort entgegen, an dem ich all die Sommer meiner Kindheit verbracht hatte. Er war so vertraut, und doch wurde mir zugleich bewusst, wie viel Zeit seitdem vergangen war und dass ich nun schon so lange nicht mehr das kleine Mädchen war, das hier in den Feldern Verstecken gespielt und sich nachts vor dem Knarzen des alten Holzgebälks gegruselt hatte.

Kurz vor dem Haus bog ich auf einen Sandplatz ab, der zum Parken genutzt wurde. Kein anderes Auto stand hier, obwohl ich von Clem wusste, dass gestern zwei Gäste aus Großbritannien angekommen waren, die sie empfangen und eingewiesen hatte. Offenbar waren sie auf Entdeckungstour in der Umgebung. Ich blickte zur Eingangstür und erwartete fast, meine Großmutter zu sehen, wie sie dort stand, die Hände in die Hüften gestemmt, und rief: »Pepe, mach, dass du ins Haus kommst, hier wartet schon frische Limonade auf dich«, und dann, leiser: »Und Mandelplätzchen.« Doch da wartete niemand. Es dauerte jedoch keine fünf Sekunden, nachdem ich ausgestiegen war, da ertönte lautes Miauen, und schon tippelte mir Fuchur entgegen, der flauschige schneeweiße Kater, dessen Namen meine Schwester und ich hatten aussuchen dürfen, auch wenn meine Großmutter bis heute mit den klobigen deutschen Konsonanten haderte und ihn schlicht »Füsch« rief. Ich hob ihn auf den Arm und begrüßte ihn mit ausgiebigen Streicheleinheiten, die er mit seinem melodiösen Schnurren untermalte.

»Immerhin du bist noch hier, mein Lieber«, flüsterte ich ihm ins weiche Fell. »Ob du wohl verstehst, wo unsere Mamie gerade steckt?«

Mit Fuchur im Arm näherte ich mich dem Haus, ging aber rechts darum herum, angelockt von den rot-gelben Früchten am großen Pfirsichbaum an der Ecke. Es mussten die ersten des Jahres sein, nur wenige Pfirsichsorten brachten bereits im Juni reife Früchte hervor, so wie diese. Und wirklich stand Mamies Garten, den sie hier an der Hausseite angelegt hatte, bereits in voller Pracht. Überall leuchteten mir satte Farben entgegen, von den grünen Salatblättern, den roten Tomaten, den gelben Zitronen des Baums bis hin zu den vielen Kräutern in verschiedensten Grüntönen, die die Beete säumten.

Ich streichelte Fuchur und flüsterte: »Darum werden wir beide uns nun erst mal kümmern müssen, nicht?« Doch der Kater schien sich mit seinen zwölf Jahren nicht mehr bemüßigt zu sehen, irgendwo Hand beziehungsweise Pfote anlegen zu müssen. Er zappelte in meinem Arm, bis ich ihn absetzte, und stolzierte über die Beete hinweg in die Fliederhecke, die sich am Haus entlangzog. Es war die Hecke, in die Mamie gestürzt sein musste. Ich ließ den Blick hinauf zum Dachbodenfenster wandern. Ein Schauder überlief mich. Schnell ging ich zurück zum Auto, nahm den Koffer und die Handtasche heraus und stieg schließlich die drei Stufen zur Eingangstür hinauf. Mein Blick schweifte über das Messingschild an der Hauswand neben der Tür, über die kaum noch erkennbare Hexengestalt darauf, den Schriftzug mit dem Namen des Hauses. Als meine Großeltern es damals kauften, mussten sie nicht lange überlegen, wie sie ihre Pension nennen würden. Das Haus hatte ja bereits einen Namen, den es wohl schon getragen hatte, als die hölzernen Böden noch nicht so geknarzt hatten und die Wände frisch verputzt gewesen waren. Als das Schild noch geglänzt hatte und der Schriftzug deutlich zu lesen gewesen war.

Der Duft von altem Holz umfing mich, als ich über die Schwelle trat und mein Gepäck abstellte. Im Vorübergehen strich ich über das dunkle, grob gezimmerte Holzgeländer, welches die Treppe in das obere Stockwerk flankierte, wo sich die vier Gästezimmer und Mamies eigenes kleines Reich befanden. Überall im Haus lagen helle Flickenteppiche auf den Holzdielen. Die Möbel in den Zimmern hatte mein Großvater nach und nach zusammen mit einem befreundeten Tischler gebaut, und meine Großmutter hatte im Lauf der Jahre von Flohmärkten Kerzenständer, Bücher, alte Wecker, Bilderrahmen und Globen zusammengetragen, die sie liebevoll in den Räumen verteilt hatte. Auf der Flurkommode befand sich ein schwarzes Bakelittelefon mit Drehscheibe und Kabel, das mich, wann immer ich es benutzte, in andere Zeiten versetzte. Mein Blick streifte die Treppe. Entschlossen ließ ich Tasche und Koffer im Flur zurück und nahm die Stufen hinauf. Das obere Stockwerk ließ ich links liegen und wandte mich stattdessen der engen Treppe zu, die zum Dachboden führte. Ich musste einfach sehen, ob dort nicht irgendetwas zu finden war, das Mamies Unfall erklärte. Über die dunklen Stufen stieg ich nach oben, und als ich die Tür öffnete, war ich einen Augenblick lang so geblendet vom Sonnenlicht, dass ich kaum etwas erkennen konnte. Nur langsam gewöhnten sich meine Augen an die Helligkeit. Ich blieb auf dem Treppenabsatz stehen und sah mich um. Sonnenstrahlen fielen durch das offene Fenster und ließen den Staub in der Luft tanzen. In den Regalen links und rechts und überall im Raum standen Kartons und Kisten, Taschen und allerlei Krempel. Geradeaus war die Fensterbank, von der meine Großmutter gestürzt war. Ich bahnte mir einen

Weg durch die Kisten, strich über das weiche Holz des Fensterbretts, das von der Sonne erwärmt war. Wie war Mamie wohl gefallen? Was hatte sie überhaupt nach oben geführt? Ich ließ den Blick über die gesamte Länge der Fensterbank fahren, doch sah ich erst mal nichts außer Kissen und Decken. Seitlich ließ ich mich darauf nieder und blickte hinab auf die Hecke, in die Mamie gefallen war. Der Gedanke an den Schmerz, den sie bei ihrem Aufprall empfunden haben musste, ja noch empfand, jagte mir Tränen in die Augen. Mir wurde schwindelig. Ich schloss das Fenster, lehnte mich zurück und ließ mich im Sitzen gegen eine der Seitenwände sinken. Tief atmete ich durch.

Ich musste Clem Bescheid geben, dass ich angekommen war. Langsam glitt ich von der Fensterbank, verließ den Dachboden und stieg ins Erdgeschoss hinab. Ich nahm mein Telefon aus der Handtasche und schlug den Weg zum Salon ein, der neben der Küche lag. Normalerweise umschmeichelten die warmen Farben der Läufer und Teppiche mein Gemüt, ebenso wie die gemütliche Essecke, wo an Regentagen und in der kühleren Jahreszeit das Frühstück aufgetragen wurde. Doch heute erinnerte mich alles hier an meine Großmutter und nährte die Sorge um sie. Ich ging durch den Raum, strich dabei über das dunkelbraune Klavier, das keine von uns, dafür aber so mancher Gast spielen konnte, und ließ mich auf einen der Sessel vor dem Kamin fallen. Es schien mir, als stimmten die Möbelstücke in meine Traurigkeit ein, als teilten sie meine Sorge und vermissten Mamies Lebendigkeit.

Ich atmete tief durch. Schwere schlich sich in meine Hände und Füße. Als ich hier saß und die Gegenwart meiner Großmutter so stark spürte, drang zu mir durch, was das Geschehene bedeuten könnte. Dass ich vielleicht nie wieder ein Wort mit

Mamie würde wechseln können. Nie wieder sie anrufen, wenn ich an einem Tiefpunkt stand, um mir ihren Rat zu holen. Nie wieder ihr Lachen hören. Alles kam mit einem Mal zusammen, die Sorge, die Wut, die Traurigkeit, die Erschöpfung durch die lange Fahrt. Tränen stiegen mir in die Augen, und dieses Mal ließ ich ihnen freien Lauf.

2

Eine Stunde später saß ich im Auto meiner Schwester, einem alten BMW-Cabrio, auf dem Weg zum Riezer Krankenhaus. Clémence wirkte gefasster als am Telefon. Ihre Locken wirbelten im Fahrtwind um ihr Gesicht, und immer wieder wandte sie sich mir zu und beobachtete meine Reaktionen auf ihren Redestrom, der in dem Moment begonnen hatte, als ich sie angerufen hatte, um ihr mitzuteilen, dass ich im Haus angekommen war, und beinahe lückenlos wieder einsetzte, als ich auf ihr Hupen hin auf den Vorplatz der *Petite Sorcière* eilte.

»Es ist ein Rätsel, Pepe. Niemand weiß, was passiert ist, oder kann es sich zusammenreimen, es ergibt einfach keinen Sinn. Wir hatten Glück, dass ein Bauer auf dem Lavendelfeld sie fallen gesehen und sofort den Notarzt gerufen hat. Sie liegt auch nicht länger auf der Intensivstation. Aber sie ist so benommen und kommt irgendwie nicht richtig zu sich. Pepe, es ist schrecklich, sie so daliegen zu sehen.« Clem warf mir von der Seite her einen kurzen Blick zu. Ihre Augen waren mit schwarzem Kajal umrandet und vom Weinen gerötet. Ich ahnte, was sie gestern durchlitten haben musste, als sie von dem Unfall erfahren hatte.

»Was hat sie denn nur dort oben gemacht?«

Früher war Mamie nur hin und wieder auf dem Dachboden gewesen, um etwas dorthin zu verbannen, was nie wieder seinen Weg in die unteren Stockwerke finden sollte. Aber das war vielleicht einmal in drei Jahren vorgekommen.

»Ich bin wirklich froh, dass du da bist«, unterbrach Clem meine Gedanken. »Ich weiß nicht, wie wir das sonst alles hinbekommen sollten. Heute früh war ich in der Pension, um das Frühstück für die beiden Gäste zuzubereiten, aber ich kann das nicht jeden Tag übernehmen, ich muss mich ja um die Buchhandlung kümmern. Ich habe zwar eine Aushilfe, die mir zur Hand geht, aber die kann das nicht alles alleine bewerkstelligen. Und Gaspard hat im Restaurant alle Hände voll zu tun.« Die Arbeit als Koch hielt Clems Mann ziemlich auf Trab. »Meinst du, du könntest in der *Petite Sorcière* mithelfen? Nur solange du Zeit hast, natürlich. Ich versuche, so schnell wie möglich jemanden zu finden, den wir einstellen können, bis Mamie wieder auf den Beinen ist, und vielleicht sogar darüber hinaus, falls ihr die ganze Arbeit dann zu viel sein sollte …« Sie brach ab, und ich spürte, wie viel Angst um Mamie sie hatte. Was sie nicht aussprach, war unser beider Sorge, dass Mamie vielleicht gar nicht wieder auf die Beine kommen könnte. Ich legte eine Hand auf ihren Arm.

»Wir kriegen das hin. Ich übernehme natürlich erst mal alles.«

»Nur bis du zurück zu deiner Arbeit musst«, sagte Clem und lächelte mir dankbar zu.

»Da muss ich nicht mehr hin. Ich wurde gefeuert«, platzte es aus mir heraus.

»Was?« Clem machte einen kleinen Schlenker. Hinter uns hupte ein Auto, und Clem winkte dem Fahrer beruhigend zu, bevor sie ruckartig weiterfuhr.

»Jep, und das ist noch längst nicht alles. Aber das erzähle ich dir nachher.«

Wir bogen auf den Parkplatz des Krankenhauses ein. Mit einer geübten Bewegung lenkte Clem den Wagen in eine kleine Lücke vor dem kantigen Gebäude.

»Unbedingt. Ich will alles hören!« Sie stellte den Motor ab und zog den Schlüssel heraus. »Mamie liegt in einem Einzelzimmer, deshalb können wir außerhalb der Besuchszeiten zu ihr.«

Beklommen stieg ich aus dem Wagen und folgte meiner Schwester durch die Glastüren in das Krankenhaus. Wir liefen endlose Gänge entlang, die alle gleich aussahen, weiß und gelb bepinselt, etwas abgehalftert und steril. Endlich hielt Clémence vor einer Tür und drückte ohne ein Klopfen die Klinke hinunter. Und dort lag sie, dünn und blass, die weißen Haare um ihren Kopf auf dem Kissen verteilt, die Augen geschlossen. Das weiße Krankenhausnachthemd betonte die Geisterhaftigkeit ihres Aussehens noch. Durch das kleine Fenster und die gestickten Vorhänge fiel Licht in den Raum. Einige Sonnenstrahlen, durch das Muster gebrochen, tanzten mit den Bewegungen des Vorhangs über Mamies Gesicht. Ich ging zum Bett und nahm die kühle Hand meiner Großmutter in die meine.

»Mamie«, hauchte ich.

Clem warf ihr einen liebevollen Blick zu, gab ihr einen Kuss auf die Stirn und flüsterte eine Begrüßung, bevor sie sich den Blumen auf dem Tisch zuwandte. Mit einem »Dass sich aber auch niemand darum kümmert, da wurde einfach das Wasser vergessen« schnappte sie sich einen Strauß mit traurig herabhängenden Blütenköpfen und war schon wieder zur Tür hinaus.

Ich setzte mich verloren auf die Bettkante, meine Hand noch immer um die meiner Großmutter geschlossen, und versuchte, die Tränen zurückzuhalten. Sanft streichelte ich über ihre Hand.

»Mamie, was hast du nur gemacht?«, fragte ich sie leise. Sie atmete ruhig. Nach einigen Momenten zogen die Gerätschaften um sie herum meine Aufmerksamkeit auf sich. Ein Schlauch führte von Mamies anderer Hand zu einem Infusionsbeutel über ihrem Bett, ein Gerät piepte gleichmäßig im Takt ihres Herzens. Ein weiterer Beutel hing am Bettrand und war über einen Drainageschlauch, der unter der Bettdecke verschwand, mit ihrem Körper verbunden. Es sah beängstigend aus.

Da hörte ich es plötzlich. Ein heiseres Keuchen. Meine Augen richteten sich auf ihr Gesicht. Und ich sah, wie ihre Lider zuckten. Ich erschrak, mein Blick flog zu der Anzeige, um ihren Herzschlag zu kontrollieren. Vielleicht sollte ich besser die Schwester rufen? Doch ihr erneuter Versuch, etwas zu sagen, hielt mich zurück. Ich beugte mich näher zu ihr, um sie zu verstehen.

»Buch … das Backbu…«, kam es krächzend aus ihrem Mund.

»Pinou, hier ist Pinou. Mamie, bist du wach?« Pinou, so nannte nur sie mich, und ich hoffte, dass ihr der Name helfen würde, mich zu erkennen.

»Extra … ge… wis… Ex…«

»Mamie, bist du wach?«

»Ex… Buch«, wiederholte sie.

Delirierte sie? Ich wollte ihr so gerne helfen, die Worte zu dem Sinn zusammenzufügen, der ihr vorschwebte, aber ich war völlig verloren. Mamie schien sich aufzuregen. Ihre Augenlider flatterten, wieder bewegte sie die Lippen und versuchte, etwas zu sagen.

»Bu…«, doch weiter kam sie nicht. Die Silbe versiegte tonlos, die Lider beruhigten sich, und die Atmung verlangsamte sich wieder.

Ich rührte mich nicht, wartete, ob sie nochmals sprechen oder sich regen würde. Da öffnete sich die Tür hinter mir, und Clémence kam schnellen Schrittes herein, eine Vase mit den Blumen in der Hand.

»Ich habe den Schwestern gesagt, dass sie sich mehr darum kümmern und in eine Vase durchaus auch Wasser füllen müssen.« Ihr Blick fiel auf mein Gesicht. »Was hast du?«

»Mamie war wach, sie hat gesprochen.«

»Sie hat gesprochen?« Clem warf einen ungläubigen Blick auf unsere still daliegende Großmutter und dann wieder auf mich. »Was hat sie gesagt?«

»So was wie ›Buch‹ und ›Extra‹.«

Clem sah mich mit gerunzelter Stirn an. »Vielleicht hat sie geträumt. Ich hole die Schwester, sie sollen sie sich ansehen.« Und wieder war sie zur Tür hinaus.

Der Arzt, den die Krankenschwester auf unser Drängen hin geholt und dem wir von Mamies Verwirrung berichtet hatten, war noch jung, mit quietschgelben Turnschuhen an den Füßen, die nicht recht zu dem Ort passen wollten. Er untersuchte Mamie, zog ihre Lider hoch und strahlte mit einer kleinen Lampe in ihre Augen. Dann wandte er sich uns zu.

»Nun, wie Sie ja bereits wissen, hat Madame Mariaux eine Gehirnerschütterung erlitten«, begann er mit leicht näselnder Stimme und fuhr sich über den dünnen Schnurrbart. »Die Desorientierung und Apathie sind typische Symptome. Ihre Großmutter ist mitgenommen und erschöpft. Außerdem wurden ihr Schmerzmittel verabreicht, die ebenfalls zu der Desorientierung beitragen können. Wie lange der Zustand anhalten wird, können wir noch nicht mit Bestimmtheit sagen.« Immer wieder wechselte sein Blick von seiner Patientin zu Clem und mir.

»Schwerwiegender dürften die Frakturen sein, und davon gibt es einige. Wir haben multiple Brüche im linken Fuß, zwei Rippen sind angebrochen, die Hüfte müssen wir im Blick behalten. Ich gehe davon aus, dass sie bereits zuvor wegen ihrer Hüftgelenksarthrose behandelt wurde. Durch den Sturz hat sie sich Prellungen im Beckenbereich zugezogen, die ihre Schmerzen mit Sicherheit verstärken. Nun ja, an sich dürften solche Verletzungen eigenständig heilen. Da Madame … ähm«, er warf einen Blick auf die Krankenakte, »Madame Mariaux mit ihren achtundsiebzig Jahren allerdings schon betagter ist, können keine exakten Prognosen zur Dauer des Heilungsprozesses aufgestellt werden. Wir werden die Patientin genau beobachten.« Damit beendete er seinen Bericht, fuhr sich nochmals über den Schnurrbart, warf Clem einen Blick zu, und als keine Frage kam, sagte er in weniger offiziellem Ton: »Fahren Sie nach Hause, erholen Sie sich ein wenig von dem Schrecken. Wenn sich etwas an ihrem Zustand ändert, werden wir Sie umgehend benachrichtigen.«

Wir dankten ihm, blieben noch eine Weile unschlüssig an Mamies Bett stehen und machten uns dann auf den Weg. Ich wollte gerade etwas sagen, als ich Clem leise fluchen hörte. Sie sah auf ihr Handy und tippte ungeduldig darauf herum.

»Entschuldige, Pepe, ich muss mich beeilen. Meine Aushilfe hat mir einen halben Roman getextet. Offenbar ist in der Buchhandlung gerade Land unter. Irgendein Problem mit dem Bestellprogramm, das wird mich den ganzen Abend kosten. Ich setze dich nur schnell ab, ja?« Während der Fahrt versuchte sie per Headset das Gröbste zu lösen, während ich meinen Gedanken über Mamie nachhing. Als wir die *Petite Sorcière* erreichten, hielt sie mit einer Hand das Mikrofon des Headsets zu.

»Entschuldige, Pepe, dass ich es so eilig habe. Ich möchte unbedingt hören, was in Berlin passiert ist.«

»Keine Sorge, wir finden schon noch die Zeit, jetzt bin ich ja erst mal hier.«

»Gut, dann bis morgen, Kleine! Ich melde mich, falls ich etwas höre.« Und schon rauschte sie davon.

Das Haus war dunkel, als ich es betrat, und still. Kein Licht brannte in der Küche, und auch der Salon war unbeleuchtet. Die Gäste hatten sich offenbar auf ihre Zimmer zurückgezogen. Ich ging in die Küche und füllte Fuchurs Napf. Auch wenn von dem Kater gerade nichts zu sehen war, wusste ich, dass er irgendwann auf der Suche nach Futter durch die Katzenklappe hereintapsen würde. Für mich selbst holte ich ein Croissant aus dem Brotkorb, das noch vom Frühstück übrig geblieben sein musste. Ich setzte mich im Wohnzimmer in den Sessel vor dem unbefeuerten Kamin, lauschte den Geräuschen des Hauses, dem Knacken der Balken, dem Wind, der sanft am Haus entlangwehte und die Lavendelfelder ringsum in ein beruhigendes Rauschen versetzte, und knabberte an dem trockenen Gebäck. Meine Gedanken wanderten wieder zu Mamie, zu dem Unglück, das ihr mit diesem Unfall widerfahren war. Wieder fragte ich mich, wie es dazu hatte kommen können. Wieso war Mamie auf dem Dachboden gewesen, und was war dort oben passiert, dass sie aus dem Fenster gestürzt war? Ich konnte mir die Szene einfach nicht vorstellen. Ob sie das Fenster putzen oder aus irgendeinem Grund reparieren wollte und dabei abgerutscht war? Aber dann hätte man doch Putzutensilien beziehungsweise Werkzeug finden müssen. Was sonst hätte sie dort hinaufführen sollen? Ich dachte an Mamie, an die lebhafte Großmutter aus meiner Erinnerung und an die blasse alte Frau, die ich heute im Krankenhaus gesehen hatte, und schüttelte den Kopf. Wie plötzlich sich das Leben verändern konnte, wie schnell man ins Straucheln geraten und mit einem Schlag alles verlieren konnte. Die Vorstellung jagte mir Angst ein. Was, wenn Mamie es nicht schaffte? Bevor ich den Gedanken zu Ende denken konnte, schob ich ihn beiseite. Mamie würde es schaffen, sie hatte bisher schon so vieles geschafft. Ich musste einfach an sie glauben und sie unterstützen, so weit es mir möglich war.

Nach einer ganzen Weile, die ich reglos dagesessen hatte, richtete ich mich mühsam auf. Ich stapfte kraftlos in den Flur und öffnete die Tür zu dem kleinen Abstellraum, der als Büro benutzt wurde. Dort hing das Schlüsselbrett. Ich registrierte, welche Zimmer die beiden Gäste belegt hatten, und nahm den Schlüssel des kleinsten Zimmers auf der oberen Etage. Dann holte ich den Koffer, den ich hinter der Salontür verstaut hatte, und schulterte meine Handtasche. Stufe um Stufe ging ich die Treppe nach oben. Ich schaltete das Deckenlicht des Zimmers an und warf einen Blick hinein: Es sah sauber aus, das Bett, das links von mir an der Wand stand, war frisch bezogen. Ob ich das nun meiner Schwester zu verdanken hatte oder Mamie die Betten schon für die Sommergäste vorbereitet hatte – ich murmelte einen dankbaren Gruß und sandte ihn gedanklich an beide. Durch das leicht geöffnete Fenster an der gegenüberliegenden Seite drangen das nächtliche Zirpen der Zikaden und das Rauschen der Felder. Der süßliche Duft des Lavendels hing im ganzen Raum. Den Koffer ließ ich vor dem Bett stehen. Ich legte meine Handtasche auf den weiß lackierten Schreibtisch, der an der Fensterseite stand, und kramte mein Handy heraus, um den Wecker für morgen früh zu stellen. Dann bereitete ich mich für das Zubettgehen vor. Ob ich schlafen konnte, war zwar ungewiss, die Spirale meiner Gedanken würde mich nur schwer Ruhe finden lassen, aber ich würde den Rhythmus einhalten, zu dem ich mich zwang: Abends legte man sich ins Bett und schloss die Augen, um morgens aufzustehen und seine alltäglichen Pflichten zu erfüllen. Und meine Pflicht war es nun, für Mamie da zu sein.

3

Am Morgen des nächsten Tages weckten mich Sonnenstrahlen, die durch die hellen Gardinen drangen und meine Haut wärmten, noch bevor der Wecker klingelte. Doch obwohl es die wohl schönste Art war, geweckt zu werden, wäre ich am liebsten wieder in die Nacht mit ihren beruhigenden und betäubenden Träumen verschwunden. Ich dachte an die Geschehnisse der letzten Tage, an Oskar, den Schlüssel in meiner Jeanstasche, dachte an Mamie, daran, wie es ihr wohl heute ging, ob sie starke Schmerzen hatte … Und da schlug ich die Decke zurück und richtete mich auf. Eilig durchschritt ich das Zimmer und zog die Vorhänge zur Seite. Der Anblick war atemberaubend. Obwohl ich bereits zig Sommer an diesem Ort verbracht hatte, hatte ich mich noch immer nicht an die Farben der Lavendelfelder, der Felsen im Hintergrund und des wolkenlosen Himmels gewöhnt, nicht an das Lichtspiel der morgendlichen Sonne auf den violetten Blüten und den Duft, der mir in die Nase stieg, sobald ich die Fenster weit öffnete. Ich atmete tief ein und erinnerte mich, dass Lavendelduft die Nerven beruhigen sollte. Also hoffte ich, dass er seine Wirkung auch bei mir entfalten würde. Mehr als ein ganzes Feld vor dem Fenster konnte man sich ja kaum wünschen.

Mein Koffer lag geöffnet auf dem Boden vor dem Bett. Ich

suchte darin herum, streifte mir Shorts und ein T-Shirt über, bevor ich in das Bad huschte, das ich mir mit dem benachbarten, momentan unbewohnten Zimmer teilte.

Als ich schließlich die Treppe hinabstieg, war alles still. Es war nicht mal acht, und die Gäste schliefen wohl noch. Ich liebte diese morgendliche Ruhe. Die Tür zur Küche war nur angelehnt. Ich drückte leicht dagegen und verharrte im Eingang, um das Schauspiel in mich aufzunehmen. Die Morgensonne stahl sich durch die Fenster und die Glastür, die zur Terrasse führte, und spielte mit den Staubpartikeln über dem hölzernen Tisch zu meiner Linken. Sie tauchte den ganzen Raum in helles Licht und ließ das Dunkelgrün der Küchenschränke, die an der rechten Wand aufragten, noch intensiver erscheinen.

Entschlossen trat ich in den Raum, hin zu dem massiven alten Ofen, der als Kücheninsel in der Mitte stand, und strich über das kühle Metall und die glatten Fliesen. Hierin hatten Mamie und ich schon unzählige Baguettes, Brote und Flammkuchen gebacken, da er eine ganz andere Hitze erreichte als der moderne Herd zwischen den Küchenschränken. Da fiel mir das Brot ein, das vermutlich schon vor unserer Haustür auf mich wartete. Ich lief in den Flur hinaus und geradewegs zur Eingangstür, und tatsächlich stand davor eine grüne Kiste. Als ich sie hochhob, strömten mir der unwiderstehliche Geruch von frischem Baguette und das buttrige Aroma der Croissants entgegen. Einer der hiesigen Bäcker blieb entgegen moderner Entwicklungen seinem Brauch treu, die Kunden eigens zu beliefern, und so wurden die Pensionen, Hotels und auch Privathäuser jeden Morgen mit frischen Broten und Leckereien verwöhnt. Ich brachte die Kiste in die Küche und stellte sie auf dem Tisch ab. Dann warf ich einen Blick in den Kühlschrank und war erfreut zu sehen, dass Clem gut vorgesorgt hatte. In der Aufregung des gestrigen Tages hatte ich völlig vergessen, sie zu fragen, ob ich noch etwas für das Frühstück einkaufen sollte, doch der Kühlschrank war angefüllt mit Aufschnitt und Käse, Obstsäften, Eiern und Milch. Sogar einen Zettel hatte sie mir danebengelegt, auf dem sie notiert hatte, dass unsere Gäste keine kulinarischen Sonderwünsche geäußert, sondern sich sehr zufrieden mit unserem üblichen Frühstück gezeigt hätten. Wie ich es früher so oft gemeinsam mit Mamie gemacht hatte, begann ich nun eifrig, Platten mit dem Aufschnitt und aufgeschnittenem Obst und Gemüse anzurichten. Ich befüllte den Wasserkocher und gab Kaffeepulver in eine Presskanne sowie Teebeutel in ein Kännchen. Dann schnitt ich das Brot auf, suchte Marmeladen und Honig aus dem Kühlschrank und der Speisekammer, die sich neben der Eingangstür befand. Mit Deckchen, Tellern und Besteck beladen, hievte ich mühsam mit zwei Fingern und Hüfteinsatz die Terrassentür auf. Sofort stieg mir die warme Sommerluft mit ihrem einzigartigen Lavendelaroma in die Nase. Ich genoss drei Sekunden lang den Anblick, dann deckte ich den Tisch, an dem bei gutem Wetter das Frühstück serviert wurde, holte die Platten, Butterteller, Karaffen und Marmeladengläschen, bis endlich das Bild eines üppigen Frühstückstisches entstand. Den großen weißen Sonnenschirm spannte ich noch nicht auf, denn die Morgensonne war angenehm warm auf der Haut. Als ich wieder in die Küche trat, hörte ich, dass ich keine Minute zu früh fertig geworden war. Über mir knarzten die Balken, wie immer, wenn sich jemand in den Zimmern bewegte. Ich zögerte nur einen Moment, bevor ich mich dazu entschloss, statt der üblichen Eiergerichte heute eine kleine Willkommensüberraschung zu zaubern. Rasch suchte ich Eier, Milch und Mehl sowie eine Rührschüssel samt Schneebesen zusammen, schlug die Eier auf, verquirlte sie mit einer Prise Zucker und Salz sowie der Milch, bevor ich das Mehl unterhob und alles verrührte, bis keine Klumpen mehr verblieben.

Beim Rühren blitzte in meiner Erinnerung das Bild von früher auf, wenn Mamie Crêpes gebacken hatte. Damals hatte ich jedes Mal die kleine hölzerne Küchenbank aus der Kammer geholt und sie neben Mamie abgestellt. Dann war ich daraufgeklettert und hatte das Rühren des Teigs übernommen – und das Abschmecken natürlich.

Mit der Schüssel samt Schneebesen im linken Arm, ging ich zu dem modernen Herd hinüber, zog eine große Pfanne von der Hängevorrichtung an der Wand und rückte sie auf der Kochplatte zurecht. Dann entzündete ich das Gas. Nachdem ich ein halbes Minütchen gewartet hatte, goss ich eine Kelle des Teigs in die Pfanne, der sofort zu brutzeln anfing. Mit möglichster Geschmeidigkeit ließ ich die Pfanne einige Zentimeter über dem Feuer im Handgelenk kreisen, sodass sich der Teig gleichmäßig verteilte, dann atmete ich einmal tief ein, ließ die Crêpe in die Luft fahren und sich um sich selbst winden, bevor sie auf der anderen Seite wieder in der Pfanne landete. Es hatte geklappt. Lang genug hatte Mamie das Kunststück mit mir üben müssen, weil ich es unbedingt hatte beherrschen wollen.

Ich hatte wohl keine Zeit mehr, eine richtige Suzette-Soße anzusetzen, also schnappte ich mir den Orangensaft und Orangenmarmelade aus dem Kühlschrank, gab beides in einen Topf und brachte es zum Sprudeln. In der Zwischenzeit ließ ich die fertige Crêpe auf einen Teller gleiten, bevor ich frischen Teig in die Pfanne gab. Während der zweite Pfannkuchen vor sich hin briet, lauschte ich noch einmal. Da waren doch Schritte auf der Treppe zu hören … Die Gäste würden durch den Salon hinausgehen, wo sich eine zweite Tür zur Terrasse befand.

Die Küche war morgens, während das Personal darin herumwirbelte, tabu. Erst danach stand sie den Gästen zur freien Verfügung, sie konnten sich eigenständig Getränke und Essen zubereiten, denn eine weitere Verköstigung gab es nicht.

Schnell goss ich das kochende Wasser in die Presskanne sowie in das Kännchen mit dem Teebeutel. Als die zweite Crêpe fertig war, briet ich noch eine weitere und schnitt rasch einige Erdbeeren und eine Orange auf. Ich nahm die mittlerweile dicker gewordene Soße vom Herd, gab eine Crêpe nach der anderen nochmals kurz mitsamt etwas Soße in die Pfanne, um sie wieder anzuwärmen und sich mit der Soße verbinden zu lassen, dann hob ich sie auf Teller und drapierte das frische Obst darauf.

»Voilà«, sagte ich zufrieden vor mich hin.

Als ich die Terrasse betrat, sah ich am Ende des großen Holztisches zwei Männer sitzen, die in ein Gespräch vertieft waren. Einer der Männer war etwa so alt wie ich, der zweite war wesentlich älter, mit dichten weißen Haaren. Er trug einen adretten hellen Sommeranzug, und es fehlte nur der Hut, um ihn für einen Schauspieler in einem alten italienischen Film zu halten. Der Jüngere trug ein hellblaues Hemd, das sich gut zu seinem kurz geschnittenen dunkelblonden Haar machte. Ich näherte mich ihnen mit einem Lächeln und kündigte mein Kommen mit einem *Bonjour Messieurs* an, gerade laut genug, dass sie mich bemerkten, aber nicht so laut, dass sie ihr Gespräch unterbrechen müssten, wenn sie nicht wollten. Das gehörte zu den Dingen, die ich mir von meiner Großmutter in all den Jahren abgeguckt hatte, die ihre Gäste immer mit einer Mischung aus Höflichkeit und herzlicher Gastfreundlichkeit bewirtet hatte. Sie hatte ein Auge dafür entwickelt, was sich ein jeder Gast von seinem Besuch in ihrer Pension erhoffte – Ruhe und Einsamkeit oder Anbindung und Familiarität –, und versuchte, alle Wünsche zu erfüllen.

Die beiden Männer unterbrachen ihr Gespräch und blickten zu mir auf, als sie die ihnen fremde Stimme hörten. Beide lächelten freundlich, noch freundlicher, als sie die Crêpes in meinen Händen erblickten, und begrüßten mich. Ich stellte mich ihnen als Enkelin der Gastgeberin vor und erfuhr, dass es sich auch bei ihnen um Großvater und Enkel handelte.

»Mein Name ist Henry«, sagte der Jüngere. Sein Französisch war trotz des leichten englischen Akzents ausgezeichnet. »Und dies ist mein Großvater, Léonard de Masson.«

»Freut mich sehr, Monsieur de Masson, Henry«, sagte ich und erwischte mich dabei, wie ich fast einen kleinen Knicks machte, weil mich die Szene so sehr an einen alten Film erinnerte.

»Léo reicht vollkommen, Penelope. Die Freude ist ganz meinerseits«, sagte der Ältere mit einem Lächeln. Seine Augen blitzten dabei auf, und ich war sicher, dass er gemerkt hatte, wie ich leicht in die Knie gegangen war. Beschämt wollte ich mich zurückziehen, da sagte Henry: »Ihnen haben wir dieses wunderbare Frühstück zu verdanken, nicht wahr? Wollen Sie sich nicht für einen Kaffee und eine dieser sicherlich vorzüglichen Crêpes zu uns setzen? Nachdem ich schon erfolglos versucht habe, den Kater des Hauses zu einem Plausch mit uns zu begeistern, aber gnadenlos abgeblitzt bin, dürfen Sie uns nicht auch noch im Stich lassen.«

Ich war unentschlossen, hatte mich eigentlich darauf eingestellt, zurückgezogen in der Küche zu essen, doch ich konnte die Einladung nicht ausschlagen, ohne unhöflich zu wirken. Außerdem waren die beiden britischen Gentlemen wirklich freundlich.

»Ich kann mir zwar nicht vorstellen, dass Fuchur eine Einladung zum Frühstück ausgeschlagen hat, aber ich nehme trotzdem gerne seinen Platz ein.«

Also holte ich mir schnell Tasse und Crêpe aus der Küche und setzte mich Henry gegenüber, während Léo am Kopf des Tisches saß. Auf mein Nicken hin schenkte Henry mir Kaffee ein. Mir waren Léos französischer Name und sein beinahe akzentfreies Französisch aufgefallen, und ich fragte ihn danach, bevor ich eine Gabel Crêpe mit Orangensoße probierte.

»Ich komme ursprünglich aus Frankreich«, antwortete er. »Tatsächlich aus dieser Gegend. Meine Familie ist jüdisch, Sie verstehen, und als sich die Lage in Deutschland und an den Landesgrenzen zuspitzte, haben meine Eltern beschlossen zu fliehen. Wir sind nach Großbritannien gegangen, ich war damals ein Kleinkind, kaum aus der Wiege raus, aber meine Familie hat natürlich weiterhin Französisch gesprochen.«

»Seitdem waren Sie nicht mehr in Frankreich?«, fragte ich.

»Oh doch«, wandte Léo ein und verharrte mit der Gabel, die er gerade zum Mund führen wollte, in der Luft. »Ich war nach der Schule noch einmal hier, für einige Monate.«

»Hier in der Gegend?«

Léo nickte, und ich beobachtete, wie auch sein Enkel ihn interessiert ansah.

»Also kennen Sie sich hier schon gut aus! Dann musste meine Schwester Ihnen wohl keine Reisetipps mehr geben?«

»Na ja, das ist schon ein gutes Weilchen her«, schmunzelte Léo und tupfte sich mit der Serviette den Mund ab. Ich bemerkte, dass sein Teller leer war, und reichte ihm den Brotkorb, aus dem er dankend ein Croissant nahm.

»Dann sind Sie für eine Art Erinnerungsbesuch in die Provence gereist?«

Dieses Mal war es Henry, der antwortete. Mir fiel auf, dass seine Augen ebenso lebendig waren wie die seines Großvaters. Beim Reden ruhten sie zwar auf mir, in ihnen war aber so viel Energie, dass sie auf mich überzuspringen schien.

»Ganz genau, Grandpas Wunsch war es, noch einmal hierherzukommen, die alten Orte wiederzusehen und mir zu zeigen, woher unsere Familie ursprünglich stammt.«

»Ich dachte, es wäre doch schön, jetzt, wo Henry nach dem Studium ein wenig Zeit hat, mit mir gemeinsam alles genau anzusehen – und ihm nebenbei noch die Flausen aus dem Kopf zu treiben«, fügte er lächelnd hinzu. An Henrys Grinsen erkannte ich, dass ich gerade Zeugin eines alten Spiels zwischen Großvater und Enkel wurde. Mein Blick fiel auf Léos Hand, die unruhig mit dem Messer spielte. Er sah über den langen Tisch hinweg, an mir vorbei, wohl auf die Rosensträucher des an die Terrasse grenzenden Gartens und die Lavendelfelder dahinter, und schien seinen Gedanken nachzuhängen. Dann trafen sich unsere Blicke wieder.

»Ihre Großmutter … wir haben von Ihrer Schwester davon gehört … Wie geht es ihr?«

»Nun, sie schläft fast durchgehend. Sie hat sich einige Knochenbrüche zugezogen. Fürs Erste können die Ärzte uns noch nichts Genaues darüber sagen, wie es weitergeht.« Ich blickte in die bedrückten Gesichter der beiden und schob schnell nach: »Aber es wird bestimmt alles gut.«

»Wir wünschen ihr eine schnelle Genesung«, schaltete Henry sich ein. »Wir haben sie leider nicht mehr persönlich kennenlernen können. Als wir ankamen, war sie schon … vom Krankenwagen abgeholt worden, und Ihre Schwester hat uns in Empfang genommen. Nichtsdestotrotz hoffe ich, dass es ihr bald wieder besser geht.«

Ich lächelte ihn dankbar an.

»Ihre erste Sorge sollte nun aber sein, diesen wunderbaren Tag zu genießen und dem Grund für Ihre Reise nachzugehen«, sagte ich und erhob mich dabei.

»Dafür werden wir in den nächsten vier Wochen garantiert Zeit finden«, sagte Henry mit Vorfreude in den Augen. Ganz Gentlemen, waren er und Léo aufgestanden. Sie hofften, sagten sie, mich spätestens am nächsten Morgen wieder an ihrem Frühstückstisch begrüßen zu dürfen. Nachdem ich alle Hilfsangebote für das Abräumen des Tisches hatte abwenden können und die beiden sich auf den Weg zu ihrem nächsten Ausflugsziel gemacht hatten, stellte ich die Teller zusammen und trug sie in die Küche. Der Anblick des Chaos aus Frühstückstellern, Töpfen, Pfanne und Kaffeetassen ließ mich aufseufzen, dann krempelte ich meine imaginierten Ärmel hoch und machte mich an die Arbeit.

Nachdem ich alles in den Kühlschrank beziehungsweise die Geschirrspülmaschine verstaut und die Pfanne geschrubbt hatte, begab ich mich ins Obergeschoss zu den zwei Zimmern, die Henry und Léo bewohnten. Auch wenn es für die Pension natürlich nicht so rosig war, musste ich zugeben, froh darüber zu sein, dass die beiden Engländer momentan die einzigen Gäste waren. Denn so war ich rasch damit fertig, die Betten frisch zu beziehen und Ordnung in den Bädern herzustellen. Anschließend rief ich Clémence an.

»Es gibt nichts Neues«, sagte sie sofort nach dem Abheben, »die Ärzte haben sich noch nicht gemeldet.«

»Hoffentlich ist das ein gutes Zeichen«, erwiderte ich.

»Na ja, weder noch, wahrscheinlich. Du fährst jetzt gleich hin? Ich bin schon bei der Arbeit und würde später nach ihr sehen. Aber du sagst mir sofort Bescheid, wenn sich bei deinem Besuch etwas tut, ja? Vielleicht reagiert sie ja wirklich auf deine Stimme.«

»Ich melde mich gleich nach meinem Besuch bei dir, versprochen.«

»Okay, wir telefonieren. Ich fahre dann heute Abend hin, bevor ich mich an die schreckliche Steuer setzen muss. Ach, Pepe, komm doch morgen Nachmittag mit zu uns, da habe ich frei. Dann können wir mal in Ruhe über alles reden. Oder du schaust heute in der Buchhandlung vorbei. Ich hänge aber noch ständig an der Strippe wegen dieses verflixten Bestellsystems …«

»Morgen klingt gut, Clem«, antwortete ich. Auch wenn sich in mir noch vieles dagegen sträubte, über das zu sprechen, was mir in Berlin widerfahren war, würde es guttun, meiner Schwester davon zu erzählen. Sie war der ehrlichste Mensch, den ich kannte, und würde mir klar sagen, was sie von Oskar und von meiner Kündigung hielt. In mir begann es zu brodeln, sobald ich Gedanken in diese Richtung zuließ, vielleicht war es wirklich höchste Zeit, alles einmal rauszulassen.

4

Als ich am Nachmittag vom Krankenhaus zurückkehrte, begab ich mich direkt in den kleinen Waschraum, der von der Küche abging, und stopfte die Laken und Geschirrtücher, die ich am Morgen hier liegen gelassen hatte, in die Waschmaschine. Dabei dachte ich über meinen Besuch bei Mamie nach. Es war entmutigend gewesen.

Nach dem gestrigen Erlebnis hatte ich gedacht, dass sie vielleicht auf einem guten Weg sei und wieder ansprechbar wäre. Vielleicht hatte ich wirklich daran geglaubt, dass meine Stimme ihr dabei helfen könnte. Aber nichts. Sie hatte nur dagelegen und nicht einmal die Augen geöffnet.

Ich schloss die Tür der Waschmaschine und erhob mich, um sie einzuschalten. Es machte mir Angst, Mamie so zu sehen, doch es war nicht der richtige Moment, sich dieser Angst hinzugeben. Mamie selbst war der beste Beweis dafür, dass man auch in den schwierigsten Momenten weitermachen konnte. Die Angst würde mich lähmen, dabei hatte ich eine Aufgabe: Ich musste mich um die Pension kümmern. Außerdem half mir die Arbeit, trübe Gedanken zu vertreiben und nicht stundenlang ergebnislos über Oskar oder die Arbeit zu grübeln.

Also ging ich zu der Tür neben dem Salon, die ich am Abend zuvor nur kurz geöffnet hatte, um den Zimmerschlüssel herauszunehmen. Mein Großvater hatte den kleinen Abstellraum einst in ein Büro umgewandelt. Bisher hatte ich ihn mir nie genauer angesehen, schließlich hatte ich nicht darin sitzen müssen, sondern hatte Mamie lieber in der Küche statt mit E-Mails oder Papierkram geholfen.

Kaum dass ich die Tür geöffnet hatte, hätte ich sie am liebsten wieder zugeschmissen. Wer wollte schon in einem so dunklen, freudlosen Raum arbeiten? Er maß vielleicht zwei mal zwei Meter und beinhaltete außer einem alten, einfach zusammengeleimten Schreibtisch und einem Klappstuhl keine weiteren Möbel. Nicht einmal ein Fenster gab es. Der Computer war ein altes, riesiges graues Ding. In einer Ecke waren grau melierte Ordner aufgetürmt, alle randvoll mit gelb angelaufenen Dokumenten. Hoffentlich musste ich mich nicht auch noch mit der Steuererklärung für die Pension beschäftigen. Ich überlegte, welche Alternativen ich hatte. Einen Laptop hatte ich nicht dabei, um im Salon oder auf der Terrasse arbeiten zu können. Vielleicht ließe sich dieser Raum ja etwas aufhübschen?

Ich ging in den Salon und blickte mich um. Eine der Stehlampen könnte das Wohnzimmer doch entbehren, bei all den Lampen, die hier herumstanden. Ich suchte eine aus, die in ihrer Form an eine alte Straßenlaterne erinnerte. Außerdem schnappte ich mir ein dickes rundes Kissen von der Couch, das dafür sorgen sollte, dass mein Po nicht binnen Kurzem in den Tiefschlaf fallen würde. Viel besser war es nicht, man würde diesen düsteren Raum wohl nie so einrichten können, dass er wirklich etwas hermachte, egal, wie viel Energie und Dekoration man hineinsteckte. Mein Blick schweifte über die Wände, sie waren so karg und grau. Ein Bild wäre gut! Suchend stapfte ich durch das Haus, ohne etwas Passendes zu finden, das ich einfach so abnehmen und umhängen konnte. Da fiel mein Blick auf die kleine Treppe, die zum Dachboden hinaufführte. Entschlossen erklomm ich die Stufen.

Als ich oben ankam und das Lichtspiel der hereinfallenden Sonnenstrahlen bemerkte, erschien mir der Raum freundlicher als gestern. Erinnerungen an die vielen Lesenächte, die ich auf der Fensterbank verbracht hatte, stiegen in mir auf, und ich musste auch an Jonas denken – Jonas, der damals noch mein bester Freund gewesen war und einen Sommer mit mir in die Provence gereist war. Wie schön es damals mit ihm gewesen war und wie besonders die Stimmung, so aufgeladen und prickelnd, als spürten wir in jedem Augenblick, was uns an Möglichkeiten und Abenteuern bevorstand. Hier oben hatten wir gesessen und die Sterne am weiten Himmel beobachtet. Ich biss mir auf die Lippe wegen der Wehmut, die bei dieser Erinnerung in mir aufstieg. Ich hatte ihn als besten Freund verloren. Solche Momente würden wir nie wieder gemeinsam erleben …

Ich schüttelte den Kopf. Eigentlich war ich aus einem ganz anderen Grund hier hochgekommen. Suchend sah ich mich um, ob mir ein gerahmtes Bild oder etwas Ähnliches ins Auge stach, doch als ich den Blick so schweifen ließ, bahnte sich ein anderer Gedanke seinen Weg.

Es war ein schöner heller Raum, der mit seinem hölzernen Boden und den Balken Wärme ausstrahlte. Eigentlich war es schade, ihn nur als Abstellkammer zu nutzen. Vielleicht ließe sich ja ein Gästezimmer daraus machen – oder ein Büro, ein richtiges. Ich überblickte den Dachboden und versuchte, den Aufwand einzuschätzen. Ich müsste den herumliegenden Kram doch eigentlich nur in Kartons verstauen und diese ordentlich in die Regale räumen. Man könnte sie abdecken, sodass der Raum mehr Ordnung und Struktur bekäme. Dann würde ich einmal durchwischen und mit Henrys oder Gaspards Hilfe den Schreibtisch nach oben tragen.

Schnell lief ich die beiden Treppen nach unten. Beschwingt von den Plänen für das neue Büro, setzte ich mich an den Computer, denn bevor ich mich ihrer Umsetzung widmen konnte, musste ich mich erst mit den Gästeanfragen beschäftigen. Als ich sah, wie viele Mails bereits eingetroffen waren und auf Antwort warteten, überfiel mich ein Anflug von Panik. Ich atmete durch. Die nächsten Tage müsste ich mich auf jeden Fall um die Beantwortung kümmern. Schließlich sollte Mamie keine Einbußen im Sommergeschäft kassieren. Ich richtete einen Abwesenheitsassistenten ein, der Schreibende darüber informierte, dass die Anfragen auf jeden Fall bearbeitet würden, was aufgrund eines Krankheitsfalls jedoch etwas mehr Zeit in Anspruch nehmen könnte. Ich hatte ja keine Ahnung, wo und wie Mamie die Buchungen eintrug und plante. Ich musste unbedingt herausfinden, wann die nächsten Gäste kämen, und mich natürlich weiterhin um Léo und seinen Enkel kümmern.

Als ich so am Computer saß und mich durch die Dateien klickte, spürte ich, wie neue Energie durch meinen Körper schoss. Ich hatte das Gefühl, etwas wirklich Sinnvolles zu tun, etwas, das meiner Großmutter zugutekam. Und so verlor ich mich für einige Stunden völlig in der Arbeit.

Ein Knacken und Knarzen, das durch den Spalt der Bürotür drang, riss mich einige Zeit später aus der Konzentration. Die Geräusche mussten von Léo und Henry kommen, die den Flur entlanggingen.

Ich warf einen Blick auf die Uhr, es war schon fast sieben. Ich hatte sehr viel länger an der Arbeit gesessen, als ich gedacht hatte. Mein Magen ließ ein lautes Knurren vernehmen, und mir fiel auf, dass ich seit der Crêpe am Morgen bis auf eine Banane nichts gegessen hatte. Schnell checkte ich noch die Eingänge auf meinem Handy. Ein Anruf von einer unbekannten deutschen Handynummer. Sofort dachte ich an Oskar. Ob er sich eine neue Nummer angeschafft hatte? Ich zögerte einen Moment, dann drückte ich auf Zurückrufen. Eine Männerstimme meldete sich. Es war nicht Oskar.

»Hallo?«

»Guten Abend, hier ist Penelope Mariaux. Sie hatten mich vor einigen Minuten angerufen?«

Einen Augenblick herrschte Schweigen.

»Ach, Penelope, hallo! Du klingst so formell, ich hab dich für einen Augenblick gar nicht erkannt.«

Nun war es an mir, verwirrt zu sein.

»Jonas?«, fragte ich. Die Stimme war mir so vertraut, und doch hatte ich sie lange nicht mehr am Telefon gehört.

»Ja, hi.«

»Hi. Entschuldige, ich dachte, du wärst … Ach, egal. Hast du eine neue Nummer?«, brachte ich verdutzt heraus. Vorhin erst hatte ich noch an ihn gedacht.

»Ja, ein paar Wochen schon, seitdem mir mein letztes Handy beim Entenfüttern in den Teich gefallen ist, um genau zu sein. Und da ich eh mal meine Nummer wechseln wollte, um all die Internetverkäufer und Umfrageleute loszuwerden, die mich belagern, weil ich mit meinen Daten zu großzügig umgegangen bin, dachte ich, das wäre der richtige Anlass. Die Enten haben's mir geschnattert – sozusagen.«

Die Geschichte brachte mich zum Lächeln, doch zugleich schmerzte es, dass ich den Nummernwechsel meines ehemals besten Freundes wochenlang nicht mitbekommen hatte.

»Ich wollte mal hören, wie es dir ergangen ist. Du hattest doch erzählt, dass deine Großmutter im Krankenhaus liegt. Wie geht es ihr?«

»Ah. Ähm, Mamie wird wohl noch eine ganze Weile im Krankenhaus liegen. Sie hat sich eine Gehirnerschütterung und einige Knochenbrüche zugezogen und schläft durchgehend. Obwohl, gestern ist sie kurz aufgewacht. Nur einige Sekunden, vielleicht eine halbe Minute, aber …«

»Aber das ist bestimmt ein gutes Zeichen«, beendete Jonas meinen Satz.

»Ich hoffe es«, flüsterte ich und hielt das Handy fest umklammert.

»Ich wünsche es euch sehr.« Am anderen Ende war plötzlich ein abgrundtiefes Kreischen zu hören. Mir fiel beinahe das Telefon aus den Händen. »Sorry, Penelope, ich muss … Feli, ich bin ja da, was ist denn passiert? Ich muss auflegen. Wir hören voneinander, ja? Alles Gute und Grüße an deine Großmutter! Feli, was ist denn …« Und schon war die Verbindung unterbrochen.

Ich musste schmunzeln. Es war wirklich nett, dass Jonas an mich gedacht und angerufen hatte, um zu hören, wie es Mamie ging. Und das, obwohl ich ihn in der letzten Zeit so vernachlässigt hatte.

Ich erinnerte mich daran, wie ich damals vor zehn Jahren, noch bevor ich Oskar überhaupt kannte, am Tag meines Einzugs vor dem Haus meiner ersten eigenen Wohnung stand – mit einem riesigen Karton voller Dinge, die ich bei meinem Vater eingesammelt hatte, und im Stich gelassen von dem Taxifahrer, der extrem hilfsbereit gewesen war, bis er sein Geld bekommen hatte. Ich fragte mich gerade, wie ich das Ding zu mir in die oberste Etage schaffen sollte, als mich jemand von hinten ansprach.

»Hey, kann man dir helfen?«

Es war ein großer Typ in meinem Alter, so um die zwanzig, mit lockigen dunkelblonden Haaren und freundlichen Augen. Ich deutete auf den Karton und antwortete: »Du wärst mein Held des Tages.«

»Oberster Stock, vermute ich?« Ich lächelte entschuldigend. Schon hatte er sich den Karton geschnappt und lehnte meine Mithilfe beim Tragen ab. »Wenn du mir nur die Tür aufhalten könntest.«

Der Karton, den ich kaum hatte anheben können, schien für ihn eine Leichtigkeit zu sein. Während wir die ersten Stufen erklommen, schien er einzig von einer Locke genervt, die ihm immer wieder in die Augen fiel.

»Wohnst du auch hier in der Gegend?«, fragte ich vom nächsten Treppenabsatz aus.

»Kann man so sagen.« Wieder versuchte er, die Strähne durch Pusten aus seinem Gesicht zu befördern – erfolglos. Kurzerhand ging ich ihm eine Stufe entgegen und strich ihm die Locke aus der Stirn. Als sie wieder vorspringen wollte, klemmte ich sie ihm hinters Ohr. Er grinste überrascht. »Danke.«

»Ist doch das Mindeste. Und studierst du, oder was machst du?«

»Ja, ich studiere.« Wir hatten die dritte Treppe erreicht, und nun kam er doch ins Schwitzen. »Informatik«, keuchte er.

Schnell sprang ich die letzten Stufen zu meiner Wohnungstür hinauf und öffnete sie. Mein Held schleppte den Karton in den Flur und setzte ihn dort mit einem Seufzen ab.

»Vielen Dank. Allein hätte ich das nie geschafft. Kann ich dir vielleicht was anbieten?« Im Kopf überflog ich meinen Kühlschrankinhalt. »Ähm, ein Leitungswasser vielleicht? Mehr habe ich leider noch nicht hier.«

Er hatte die Hände in den Rücken gestemmt und lächelte. Die widerspenstige Locke hing ihm wieder in die Stirn.

»Wie wär's, wenn wir zu mir runtergehen? Ich hab kühles Bier da.«

»Runter? Du wohnst auch hier im Haus?«

Er grinste und ging voran in den Hausflur. Ich folgte ihm. Etwas an seiner Art flößte mir sofort Vertrauen ein, vielleicht seine Ruhe oder seine Freundlichkeit. Seine Wohnung lag ein Stockwerk tiefer, direkt unter meiner.

»Na, dann weißt du ja schon, bei wem du dich über das Fußgetrappel beschweren musst.«

»Ach, da muss schon viel passieren, damit mich das stört. Deine Vorgängerin hatte ganz offensichtlich ein Faible fürs Kegeln, zumindest klang es so, als hätte sie direkt über mir eine Kegelbahn aufgebaut. Aber da sie sonst die netteste Nachbarin war, die man sich nur vorstellen kann, habe ich nichts gesagt.« Er deutete auf das rote Samtsofa, das in keinster Weise zu dem Rest der Einrichtung passte. »Mach's dir bequem.«

Ich sah mich um. Seine Wohnung wirkte wie die typische Junggesellenbude. Hier stand ein Ikea-Regal, da ein Plastikstuhl vor einem schönen antiken Tisch. Es gab nur einen kleinen Stapel mit Büchern in einer Ecke und keinerlei Bilder oder Poster an den Wänden, die eine Vorliebe für irgendetwas verraten hätten. Dafür entdeckte ich ein Regal neben der Tür, das komplett voll war mit Comicheften. Er kam mit zwei offenen Bierflaschen ins Zimmer und setzte sich neben mich.

»Jetzt muss ich mich schon doppelt bedanken, für das Tragen und das Bier. Aber da wir ja Nachbarn sind, bekomme ich ganz bestimmt die Gelegenheit, mich zu revanchieren.«

»Darauf stoßen wir an. Also«, fügte er auf meinen irritierten Blick hinzu, »auf die Nachbarschaft, nicht das Revanchieren.«

Das kühle Bier tat nach all der Aufregung durch den Umzug gut, und ich nahm gleich mehrere tiefe Schlucke.

»Du magst Comics, was?«

»Ach, ja, meine große Leidenschaft neben den Computern.« Er lächelte und betrachtete das Etikett auf seiner Bierflasche.

»Wer ist denn dein Lieblingsheld?«, wollte ich wissen.

»Möchtest du die offizielle oder die heimliche Antwort hören?«

»Beide natürlich.«

»Die offizielle: die Watchmen. Aber eigentlich finde ich – das verrate ich aber nicht jedem –, dass Tim der beste Comicheld überhaupt ist.« In seinem Lächeln glomm etwas auf, das ihn jünger erscheinen ließ und verletzlicher. Ich konnte gar nicht anders, als es sofort zu erwidern.

»Tim von *Tim und Struppi*? Also, bei mir darf das auch deine offizielle Antwort sein. Ich liebe Tim. Obwohl ich nur die Filme gesehen habe. Vielleicht leihst du mir mal ein Heft?«

Er schmunzelte, sprang auf und arbeitete sich durch die Hefte in dem Regal.

»Sag mal«, rief ich plötzlich, »wie heißt du denn eigentlich?«

»Ich bin Jonas.«

Ich musste schmunzeln bei der Erinnerung an den Tag, als ich Jonas zum ersten Mal begegnet war, diesem kindlichsten und zugleich erwachsensten Mann, den ich kannte, der schüchtern sein konnte und im nächsten Moment absolut souverän, der jedes meiner Probleme ernst nahm und es mit einer ungekannten Leichtigkeit zu lösen wusste. Ich hatte ihn von der ersten Begegnung an sofort ins Herz geschlossen. Seither war so viel geschehen, womit wir damals nie gerechnet hätten: Jonas hatte Lina kennengelernt, die toughe Mathematikstudentin aus seinem Seminar, sie hatten geheiratet und Feli bekommen, und ich hatte meine erste richtige feste Beziehung begonnen, mit Oskar.

Mein Handy leuchtete auf. Eine SMS von Jonas:

Papsi sat, et tut ihm la. Aba mein Knie hat so
dolles Aua. Da kann der Papsi nich ma telefoniern.
Hoffendlich ist deine Mamie bald wieda heil.
Tschüss, deine Feli

Ich lächelte, schrieb schnell zurück, dass sich die beiden keine Sorgen machen sollten und dass ich hoffte, dem Knie gehe es schnell besser.

Wann immer wir uns während der letzten drei Jahre zufällig im Treppenhaus begegnet waren, hatten Jonas und ich einander versichert, uns anzurufen und ein Treffen auszumachen, doch keiner von uns hatte sich daran gehalten. Die Spannung durch die langsam, aber stetig wachsende Distanz und die damit einhergehende Unsicherheit hatten jedes Mal dazu geführt, dass ich doch das Handy beiseitegelegt hatte, wenn ich mit dem Gedanken gespielt hatte, mich bei ihm zu melden. Doch nun hatte Jonas diesen Rhythmus unterbrochen und mich angerufen, einfach so. Er hatte die Möglichkeit eröffnet, an unserer einstigen Freundschaft anzuknüpfen. Und dieses Mal, das schwor ich mir, während ich das Handy in meine Hosentasche zurückschob, würde ich die Chance garantiert nicht verstreichen lassen.

5

Geräusche aus der Küche drangen an mein Ohr. Sogleich meldete sich mein Magen wieder und erinnerte mich daran, dass es höchste Zeit war, sich um ihn zu kümmern.

Nachdem ich mir im Bad kaltes Wasser ins Gesicht gespritzt hatte, ging ich in die Küche, um mir Abendessen zu kochen. Dort entdeckte ich Henry, der mit dem Rücken zu mir über den Herd gebeugt stand. Vor ihm blubberte es, und ein Duft nach Tomaten und Basilikum erfüllte den Raum.

»Henry? Hallo! Wenn Sie hier die Köchin spielen wollen, haben Sie aber etwas vergessen«, neckte ich ihn und deutete mit dem Kopf zur Schürze, die an ihrem angestammten Nagel hing. Er lachte, sprang vom Herd zur Wand, schmiss sich die Schürze über, legte sich ein blaues Geschirrtuch um den Kopf und schwenkte den Kochlöffel drohend in der Luft.

»Niemand hat etwas an meiner Soße auszusetzen – und wer doch, kriegt es mit meinem Kochlöffel zu tun!«, ahmte er mit verstellter Stimme einen französischen Koch nach, und ich musste unwillkürlich lachen. »Und du«, richtete er sich an mich, »du faules Ding von einem Lehrling, machst dich jetzt aber ganz schnell ans Karottenschnippeln – *hurry, hurry*!« Die englischen Wörter betonte er auf so unmögliche Weise mit französischem Akzent, dass mir schon wieder ein lautes Lachen entfuhr.

Mit breitem Grinsen nahm er das Tuch ab und hängte die Schürze geflissentlich zurück.

»Wollen wir nicht tatsächlich zum Du übergehen, Penelope? Wir sind zu jung für solche Albernheiten, findest du nicht?«

»Einverstanden. Nenn mich gern Pepe. Aber pass bloß auf, dass die Schürze auch im richtigen Winkel hängt, sonst gibt es Ärger mit der Frühstücksköchin.« Ich zwinkerte ihm zu und trat neben ihn, um in die Töpfe zu lugen, in denen es brodelte und dampfte. »Es duftet verdächtig gut. Was kochst du da?«

»Eine britische Spezialität, *meine* Spezialität: *Attention for the famous spaghetti in tomato sauce by Henry de Masson.*« Er griff zur Rotweinflasche neben dem Herd. »Und nur dir zuliebe, Pepe, und zur Feier unserer noch so jungen Freundschaft verrate ich meine geheime Zutat.«

Erwartungsvoll beobachtete ich, wie er die Rotweinflasche über den Töpfen schwenkte und einen Schuss in die Soße gab, dann noch einen und noch einen.

»Ich verstehe. Deine geheime Zutat lässt alle so betrunken werden, dass sie in Schwärmereien über deine Nudeln ausbrechen«, sagte ich gespielt nüchtern. Er lächelte nur geheimnisvoll, rührte in der Soße herum, kostete und nickte zufrieden.

»Isst du mit mir? Grandpa ist schon aufs Zimmer gegangen und hat keinen Hunger mehr. Ich wäre also allein, vereinsamt und würde mein Essen womöglich noch mit meinen Krokodilstränen versalzen.«

Ich grinste, willigte dankbar ein und schnappte mir zwei Teller, die wir mit dampfenden Spaghetti und Soße füllten. Henry klemmte sich die Weinflasche unter den Arm, nahm zwei Gläser und den Parmesan, und so bepackt gingen wir nach draußen, wo die Sonne schon tief stand. Ich schaltete die zwei Lichterketten ein, die über die Terrasse gespannt waren, genoss den Ausblick und widmete mich dann dem köstlichen Essen.

»Wo hast du nur so gut kochen gelernt?«, fragte ich lächelnd.

»Das«, Henry wischte sich mit der Serviette etwas Tomatensoße von der Lippe, bevor er einen großen Schluck Rotwein nahm, »habe ich mir selbst beigebracht. Aber ehrlich gesagt isst du gerade schon mein Sternegericht. Sonst bekomme ich nur noch diverse Eierspeisen und Nudeln mit der Ketchupvariante hin.«

»Immerhin«, schmunzelte ich.

»Ich habe erst damit angefangen, als ich ausgezogen bin. Vorher musste ich nie kochen, da hatten wir jemanden dafür.«

»Ihr hattet einen Koch?«, rief ich überrascht und blickte von den Nudeln zu ihm hoch. Henry zuckte verlegen mit den Schultern. Ich stellte mir vor, wie er in London gelebt haben musste: in einem schicken englischen Haus, eher unscheinbar von außen, luxuriös von innen, mit Bediensteten, die tagein, tagaus für das Wohl seiner Familie sorgten. Ob sie wohl auch einen Butler gehabt hatten?

»Meine Eltern besitzen eine Anwaltskanzlei, und die ist in England ziemlich angesehen«, erklärte er, was ich zu fragen nicht gewagt hatte. Schließlich war Henry immer noch Pensionsgast, und ich wollte ihn nicht bedrängen.

»Und was machst du?«, fragte ich. Henry drehte Spaghetti auf seine Gabel und warf mir einen Blick zu.

»Ich habe letzten Monat mein Jurastudium abgeschlossen«, sagte er. Doch angesichts der steinernen Miene, die er dabei machte, schien er nicht gerade glücklich mit dieser Entwicklung.

»Ist das nicht eigentlich ein Anlass zur Freude?«, fragte ich vorsichtig nach.

»An sich schon – wenn man keine Eltern im Rücken hätte, die ebenfalls Juristen und völlige Arbeitstiere sind und die schon feste Pläne für ihren Sohn haben, seitdem er nur ein einziges Wort brabbeln konnte. Wenn es nach ihnen geht, werde ich nach meiner Rückkehr sofort in ihrer Kanzlei anfangen.« Er hatte seine Gabel abgelegt und wirkte mit einem Mal sehr niedergeschlagen, die Schultern auf Halbmast.

»Verstehe«, sagte ich. Und weil ich das Gefühl hatte, Henry wollte mir mehr erzählen, fragte ich weiter: »Das sind Pläne, die deinen eigenen nicht ganz entsprechen, oder?«

Er sah auf und nickte bedächtig.

»Ich mag gern, was ich tue. Es klingt verrückt, aber das Jurastudium war genau mein Ding. Das Problem daran ist nur, dass meine gesamte Zukunft von meinen Eltern bereits festgeschrieben ist. Und je näher das Studienende rückte, desto stärker wurden der Druck und mein Widerwille. Ich will frei entscheiden, wie es jetzt weitergeht. Vielleicht will ich gar nicht Anwalt werden, sondern …« Er fuchtelte mit der Hand auf der Suche nach einer anderen Berufung durch die Luft. »… sondern etwas tun, das einem guten Zweck dient. Kennst du das, wenn du die Träume von anderen Menschen, die dir nahestehen, übernimmst? Du fütterst sie und glaubst irgendwann selbst, dass sie zu dir gehören … bis der Tag kommt, an dem du merkst: Hoppla, jetzt bin ich die ganze Zeit mit diesen Träumen im Kopf rumgelaufen und habe alles dafür getan, damit sie groß und wahr werden, aber eigentlich gehören sie gar nicht zu mir.«

»Ich glaube, ja. Ich kann dich auf jeden Fall gut verstehen. Hast du deinen Eltern denn gesagt, dass du nicht in die Kanzlei einsteigen möchtest?«

»Noch nicht, aber das werde ich wohl früher oder später

tun müssen.« Henrys Blick ruhte auf mir. »Jetzt habe ich dich mitten in das Planschbecken meiner Probleme geworfen. Reden wir lieber von dir, ja?«

»Aber eins muss ich dich noch fragen«, fuhr ich dazwischen. Es war mir die ganze Zeit nicht aus dem Kopf gegangen. »Hattet ihr auch einen Butler, einen im Anzug, der steif in der Gegend herumsteht und euch Tabletts mit Visitenkarten reicht, wenn Besuch kommt?«

Henry lachte schallend.

»*Das* hast du dich die ganze Zeit gefragt? Wirklich?« Wieder brach ein Lachen aus ihm heraus. »Nein, Pepe, wir hatten keinen Butler.«

»Schade«, sagte ich glucksend, weil Henrys Lachen so ansteckend war. »Ich hätte so gern gewusst, wie er geheißen hätte: Mortimer vielleicht … oder John. Oder Geoffrey!«

»Alfred natürlich!«, prustete Henry, und ich war froh, dass ich ihn zum Lachen gebracht hatte. Erst als wir uns beruhigt hatten, die leeren Teller von uns geschoben und von dem Wein getrunken hatten, ergriff Henry wieder das Wort. »Aber sag, Pepe … Du lebst in Berlin, richtig? Clémence hat es uns verraten. Ist es nicht schwierig gewesen, dort alles stehen und liegen zu lassen, um hier runterzukommen?«

»Ach, weißt du, das war alles andere als schwierig. Die Einzige, die ich dort vermissen werde, ist wohl Kunigunde.«

Fragend sah er mich an. »Kunigunde?«

»Die kleine Spinne, die sich vor einiger Zeit an der Decke in meiner Küchenecke eingerichtet hat. Sie hat es da wirklich gut, mit Luxusnetz und Eigenverköstigung, ich befürchte, ich werde ihr gar nicht fehlen.«

Henry schmunzelte und hielt mir sein Rotweinglas zum Anstoßen entgegen.

»Na, dann darauf, dass wir offenbar beide ein wenig Abstand von daheim gebrauchen können.«

Mein Glas traf klirrend auf seines, und ich blickte in diese Augen, in denen so viel Leben steckte und die mich sehr an Clem erinnerten. Ob aus diesem oder einem anderen Grund: Henry gab mir das Gefühl, ihm vertrauen zu können.

Ich nahm einen großen Schluck vom Wein und spürte, wie seine Wärme sich einen Weg zu meinem Magen suchte.

»Magst du erzählen, warum du Abstand brauchst?«, fragte Henry dann. Er lehnte sich vor und goss uns von dem Wein nach. Obwohl seine Frage sich tief in mein Privatleben bohrte, fühlte es sich nicht unangenehm an. Er hatte diese Leichtigkeit an sich, die mir alle Optionen ließ: Erzähl mir aus deinem Leben, und ich werde dich nicht verurteilen – oder erzähl mir nicht davon, wenn du es nicht möchtest. Ich nahm noch einen tiefen Schluck aus meinem Glas.

»Wo fange ich am besten an?« Ich breitete die Hände vor mir aus, wog zwischen ihnen ab. »Zunächst einmal habe ich meinen Job verloren und keine Ahnung, was ich jetzt machen soll.«

Henrys Augenbrauen gingen interessiert nach oben, und er bedeutete mir weiterzusprechen.

»Ich habe als Regieassistentin am Theater gearbeitet.«

»Am Theater? Wow, das klingt toll.«

»Das dachte ich auch. Vorher. Aber hast du eine Vorstellung davon, wie es hinter der Bühne aussieht? Der permanente Stress, die krassen Hierarchien, der Tonfall … Und wenn dann auch noch ein Regisseur dazukommt, der cholerisch veranlagt ist … Na ja, du kannst dir denken, wie meine Motivation irgendwann gelitten hat. Ständig wurde ich von ihm vor der gesamten Crew zur Schnecke gemacht, weil ich mal zwei Termine im Probenplan durcheinandergebracht hatte.«

»Das klingt in meinen Ohren nach einem klaren Fall von einem Schafkopfchef«, meinte Henry und nickte ernst.

»Schafkopfchef?«, fragte ich irritiert.

»Ja, ein Chef, der den ganzen Tag nichts anderes macht, als herumzumeckern: Mähmähmäh.«

Ich grinste. »Ja, so kann man das definitiv sagen. Auf jeden Fall hat sich die Situation derart hochgeschaukelt, dass es unerträglich wurde.«

»Und dann hast du gekündigt?«, hakte Henry nach, als ich nicht weitersprach.

»Nein, das konnte ich irgendwie nicht. Aber ich habe mehr und mehr Fehler gemacht. Eigentlich geschah das eher unbewusst. Irgendetwas in mir wollte nicht mehr, und das war wohl meine Art, es ihm zu zeigen. Ich habe ihm viel zu viel Zucker in den Kaffee geschüttet, ihm einen falschen Beleuchtungsplan gegeben, solche Dinge. Kleinigkeiten, die ihn auf die Palme gebracht haben, bis er mich rausgeschmissen hat.«

Henry beobachtete mich interessiert. »Du hast eine indirekte Kündigung eingereicht.«

»Ja, wahrscheinlich könnte man es so sagen. Seit letzter Woche bin ich deshalb von der Arbeit ›freigestellt‹.« Ich deutete Anführungszeichen in der Luft an.

»Sei nur froh! Wer weiß, wo du gelandet wärst, wenn du länger in diesem Schuppen geschuftet hättest.«

»Da magst du recht haben. Die große Frage ist aber, was ich jetzt machen soll. Ich glaube, das Theater ist einfach nicht mehr meins. Ich habe dort zu viele schlechte Erfahrungen gemacht.«

Ich hatte die Hände zusammengelegt, knetete den Daumen meiner linken Hand und spürte die beruhigend weiche Haut, die Festigkeit des Knochens darunter.

»Bist du sicher? Vielleicht brauchst du einfach nur ein anderes Umfeld.«

Ich schüttelte den Kopf. Allein bei dem Gedanken daran, wieder in ein Theater zurückkehren zu müssen, stellten sich meine Nackenhaare auf. »Ich werde keine Regisseurin mehr und fertig.«

Henry schwieg einen Moment. Er sah nach oben, wo Falter um die Lichterketten tanzten, und nahm einen Schluck Wein, bevor er weitersprach. »Vielleicht ist das ja dein Glück gewesen.«

»Wie meinst du das?«

»Vielleicht ist es dein Glück, das jetzt schon erkannt zu haben, statt weiterhin in einem Job festzusitzen, von dem du glaubst, ihn machen zu müssen, ohne es zu wollen. Ich merke doch, wie du dich anspannst, wenn du mir nur davon erzählst. Vielleicht brauchst du diesen Anstoß, damit du es wagst, dich neu zu orientieren und etwas zu finden, das dir wirklich gefällt.«

»Du merkst es, dass ich mich anspanne, wenn ich von meinem Theaterjob erzähle?«

»Ja, ganz extrem sogar. Hast du nicht mitbekommen, wie oft du in den letzten Minuten aufgeseufzt hast?«

Ich ließ seine Worte nachhallen, dachte darüber nach. Womöglich hatte Henry recht. Und kaum dass ich es mir vergegenwärtigte, spürte ich, wie sich mein Körper entspannte, meine Schultern sich lockerten, meine Gesichtszüge weicher wurden. Dabei entfuhr mir ein lautes Seufzen. Ich warf Henry ein beschämtes Lächeln zu, und er grinste mich vielsagend an.

»Was ist dein anderes Problem?«, fragte er. »Du hast angedeutet, dass es da noch mehr gibt.«

Ich nickte, atmete einmal tief ein und aus, und noch bevor

ich mich fragen konnte, ob es wirklich eine gute Idee war, einem Pensionsgast all das anzuvertrauen, purzelten die Worte schon aus meinem Mund: »Mein Freund hat mit mir Schluss gemacht. Per Telefon.« Ich blickte zu Boden, spürte, wie meine Züge bitter wurden. »Nicht nur das. Kurz zuvor hat er mich betrogen.«

»Er ist fremdgegangen?«

Den Blick weiterhin auf den Boden gerichtet, nickte ich.

»Und dann hat er dich angerufen, um mit dir Schluss zu machen?« Henrys Stimme war die Ungläubigkeit anzuhören. Wieder nickte ich nur.

»Verzeih mir, aber der Typ klingt nach einem ziemlichen Idioten. Was ist zwischen euch passiert, gab es irgendeinen Grund dafür, dir so etwas anzutun?«

Ich zuckte mit den Schultern, hob den Blick und machte eine ins Leere gehende Geste, um anzudeuten, dass ich nichts Genaues dazu sagen konnte.

»Einen konkreten Anlass gab es nicht. Zumindest würde ich es so sehen«, warf ich schnell ein. »Ich weiß ja nicht genau, was in ihm vorging. Aber …«, ich hielt kurz inne, rekapitulierte die Gedanken der letzten Tage, »… es lief schon eine ganze Weile nicht mehr besonders gut mit uns. Wir haben uns nur noch selten gesehen, und wenn, dann war es irgendwie angespannt. Immer hat er reagiert, als wäre er genervt von mir, und meine Laune war dann natürlich auch nicht die beste, was auch mit der Frustration durch die Arbeit zu tun hatte.« Ich blickte verständnissuchend zu Henry, der nickte.

»Das kann ich gut verstehen«, meinte er. »So etwas wirkt wie ein Strudel, aus dem man nicht mehr so leicht rauskommt.«

»Genau«, stimmte ich zu. »Wir haben uns auseinandergelebt, man konnte richtig beobachten, wie der Abstand zwischen uns mit jedem Tag wuchs. Immer wieder habe ich Gespräche abgebrochen, bevor es zu einem Streit kommen konnte. Es war klar, dass es so nicht weitergehen konnte, aber ich dachte, das sei eine Phase und wir würden das irgendwie wieder hinkriegen, weißt du?« Während ich gesprochen hatte, war mein Blick umhergewandert, aus Unsicherheit und in dem Versuch, das Geschehene zu ordnen; nun fand er wieder Henrys Augen, aus denen Verständnis sprach. »Ich dachte, dass wir über alles reden und die Wogen glätten könnten. Na ja, er war immer schon ein schwieriger Typ, er kommt mit vielen Leuten nicht sonderlich gut klar, verschanzt sich lieber, und das gilt auch für seine Gefühle. Aber dass er das alles auf diese Weise zu Ende bringen würde, hätte ich nie gedacht. Es war so bitter, als er mich angerufen und diese Worte gesagt hat, mir gebeichtet hat … Ach was, gebeichtet, er hat mir im Grunde vorgehalten, dass er mit dieser anderen Frau geschlafen hat und mich für sie verlässt. Es klang wirklich so, als gäbe er mir die Schuld für sein Verhalten.«

»Das ist doch absurd«, warf Henry ein, der mich während meines Wortschwalls kaum aus den Augen gelassen hatte.

»Er kann einfach keine Schuld auf sich nehmen, nie«, sagte ich und verzog den Mund.

»Okay«, meinte Henry trocken, »aber warum trauerst du ihm dann hinterher? Warum warst du überhaupt mit ihm zusammen?«

»Er konnte auch ganz anders sein. In seinen guten Phasen und besonders wenn er jemanden von sich einnehmen wollte, war er so unglaublich toll und süß und interessant.« Ich zuckte hilflos die Schultern.

»Tut es dir trotz all dem, was er getan hat, leid um die Beziehung?«, fragte Henry. Er hatte sich in seinem Gartenstuhl vorgebeugt und stützte sich mit den Ellenbogen auf den Beinen ab.

In den Händen hielt er das Glas Wein und schwenkte es langsam, ließ die rote Flüssigkeit in kleinen Wellen am Glasrand auf und ab schwappen.

»Na ja … Ich weiß, es ist wahrscheinlich dumm von mir, aber es fehlt mir zu wissen, dass er da ist. Ich fühle mich einfach ein bisschen allein, irgendwie verloren und einsam. Komisch, oder? Wahrscheinlich war ich im letzten Jahr, während ich noch mit ihm zusammen war, so einsam wie nie zuvor, und dennoch stellt sich das Gefühl erst jetzt ein, wo wirklich feststeht, dass Oskar weg ist.«

Henry legte tröstend eine Hand auf meine. Mit fester Stimme sagte er: »Wir brauchen jetzt unbedingt was Starkes.«

»Wie bitte?«

»Was Stärkeres als Wein. Wir brauchen Alkohol. Du musst deine Traurigkeit wegspülen, so einfach ist das manchmal. Ich glaube, nach allem, was du mir erzählt hast, bist du ohne diesen Kerl viel besser dran. Entschuldige, wir kennen uns noch nicht lange, und so etwas geht wahrscheinlich über meine Zuständigkeit hinaus, aber deine Worte sind so eindeutig, dass ich mich nicht zurückhalten kann. Das, was da noch an Einsamkeit und Enttäuschung in dir ist, werden wir auf meine Art bekämpfen: mit langen nächtlichen Gesprächen bei einem guten Gläschen. Glaub mir, das ist die beste Medizin.« Seine Augen blitzten.

Langsam sickerte der Sinn seiner Worte durch den Erinnerungswust in meinem Kopf. Ich sprang auf. Leicht benommen von dem Wein, stolperte ich in die Vorratskammer meiner Großmutter. Sie hatte doch immer diese … ja! Da war die Flasche mit dem köstlichen selbst gebrannten Pastis, die Mamie zu jedem Neujahrsfest von ihrem Nachbarn bekam.

Feierlich hielt ich die Flasche und die Karaffe mit kaltem

Wasser hoch, als ich wieder auf die Terrasse trat, und wurde von Henry mit einem kleinen Jubelsturm begrüßt.

Wir mischten den Hochprozentigen mit etwas Wasser und nippten an dem Getränk. Ich mochte den lieblichen Geschmack von Anis auf der Zunge. Henry schmatzte übertrieben wie ein Weinkenner und verdrehte genießerisch die Augen.

Ich lächelte ihn zaghaft an. »Du bist gut in solchen Dingen, oder?«

»Was meinst du?«, fragte er und lehnte sich zurück, ein gespielt selbstgefälliges Grinsen auf dem Gesicht. Er wusste genau, was ich meinte.

»Situationen erkennen, Menschen durchschauen, Gefühle erraten, solche Dinge.« Und Menschen zum Reden bringen, dachte ich für mich. Wie hatte er es nur geschafft, diesen Redeschwall in mir auszulösen, wo ich doch eigentlich die souveräne Pensionsleiterin geben wollte? Wie auch immer er es angestellt hatte, ich musste zugeben, dass es mir unheimlich gutgetan hatte, einmal alles loszuwerden.

»Aber klar!«, rief er. »Henry de Masson, von Beruf Menschenleser.«

Ich lachte.

»Wie steht es bei dir?«, fragte ich. »Wenn du gerade nicht als Menschenleser unterwegs bist, meine ich. Bist du dann glücklich mit jemandem zusammen?« Ich stellte die Frage vorsichtig, weil ich aus eigener Erfahrung wusste, wie viel sie in dem anderen auslösen konnte.

Henry schwieg einen Moment und blickte in das Weiß des Pastis in seinem Glas. Das Dunkel um uns trug die Geräusche der Nacht heran: das sanfte Summen und Brummen der Grillen, das stetige Rauschen der Felder und hin und wieder das Flattern einer umherirrenden Fledermaus. Dann blickte er zu mir auf.

»Gerade bin ich ja, wie du weißt, sehr glücklich mit meinem Großvater auf dieser Reise«, sagte er schmunzelnd.

Ich war überrascht über seine ausweichende Antwort, da er sonst so offen wirkte. Aber ich wollte natürlich nicht weiter vordringen und ließ mich auf den Themenwechsel ein.

»Ihr habt ein gutes Verhältnis zueinander, nicht? Das sieht man sofort.«

»Weißt du, ich habe mich immer bestens mit ihm verstanden, aber es ist das erste Mal, dass wir wirklich Zeit miteinander verbringen. Ich habe das Gefühl, ihn erst jetzt richtig kennenzulernen, wo wir über vieles sprechen, wofür es bisher keine Zeit oder keinen Anlass gegeben hat. Dieses gemeinsame Reisen, das Unterwegssein, das Entdecken – es gibt so vieles, worüber man sich austauschen kann. Und dann sind da natürlich auch all die Erinnerungen, die diese Reise bei ihm auslöst.«

»Sind das gute Erinnerungen?« Ich versuchte mir vorzustellen, wie es damals in Frankreich gewesen sein musste, als Léo das letzte Mal hier gewesen war. Wann war das gewesen, in den späten Fünfzigern vielleicht?

»Ich bin mir ehrlich gesagt nicht so sicher. Seine Freude hierherzukommen war sehr groß. Er konnte den Abreisetag kaum erwarten. Aber nun, da wir hier sind, wirkt er etwas bedrückt. Vielleicht ist er enttäuscht, weil sich doch so vieles verändert hat.«

»Hat das womöglich mit der Geschichte seiner Familie zu tun? Schließlich musste sie damals ja von hier fliehen.«

»Er war noch sehr klein, gerade mal ein, zwei Jahre alt, eigentlich dürfte er sich an nichts davon erinnern können.«

»Manchmal reichen ja schon die Erzählungen darüber«, warf ich nachdenklich ein.

»Stimmt. Mich macht es jedes Mal fertig, wenn er über diese

Zeit und seine Familie spricht.« Henry sah in Richtung der dunklen Felder, die im Wind rauschten. Er führte das Pastisglas an den Mund und hing einen Moment seinen Gedanken nach. Ich verstand ihn gut und wusste nicht, wie ich damit umgehen würde, wenn meine Familie eine solche Geschichte hinter sich hätte. Obwohl man sie selbst nicht miterlebt hatte, war man über familiäre Bande damit verwoben, spürte womöglich etwas davon in den Angehörigen, in ihrem Verhalten, ihren Worten nachhallen.

»Ich hoffe einfach«, setzte Henry wieder an, »dass er die Reise genießen kann. Es ist so wunderschön hier.« Seine Stimme gewann an Leichtigkeit, als er sich wieder mir zuwandte: »Hast du eigentlich viel Zeit bei deiner Großmutter verbracht, als du noch klein warst?«

»Meine Schwester und ich waren jeden Sommer hier«, erzählte ich und beobachtete, wie Henry sich aufrechter hinsetzte und mich gespannt anblickte. »Es war paradiesisch. Wir waren die meiste Zeit draußen in den Feldern beim Spielen – sofern uns die Bauern nicht davongejagt haben. Dann sind wir nach Puimoisson geradelt und haben uns von Mamie ein riesiges Eis kaufen lassen. Sie hat uns fast alles erlaubt. Zwar mussten wir in der Pension ein wenig aushelfen, aber dafür durften wir so viel süßes Gebäck essen, wie wir wollten, und den restlichen Tag hindurch spielen. Oft kam sie dazu und tat, als wäre sie die böse Hexe, die uns in ihr Häuschen locken will, damit ihr Drache uns verspeisen kann. Es war so toll.« Bei dem Gedanken an Mamie wurde mir wieder schwer ums Herz.

Henry lehnte sich in seinem Gartensessel vor. »Es wird deiner Großmutter bestimmt bald wieder besser gehen.«

»Ich hoffe es sehr. Mamie ist … so voller Leben und Wärme. Ohne sie ist das hier nicht derselbe Ort.«

Henry zog seinen Stuhl näher heran und legte eine Hand auf meine Schulter. Er strich tröstend darüber.

Ich lächelte ihn dankbar an. In diesem Augenblick kam Fuchur über die Terrasse zu uns getippelt und sprang ohne das kleinste Zögern direkt auf meinen Schoß. Überrascht schloss ich die Arme um ihn und streichelte den Frechdachs, der es sich auf meinen Beinen gemütlich machte.

»Oh-oh, ich sehe schon, in wessen Gebiet ich da eingedrungen bin«, lachte Henry und zog die Hand weg. »Keine Sorge, Fuchur, ab sofort gilt wieder eine klare Aufgabenteilung: Ich plappere, du kuschelst, hab's verstanden.«

Ich verfiel in ein lautes Lachen und genoss das Gefühl der Leichtigkeit, das es mit sich brachte.

Schließlich hob ich mein Glas und sah Henry fest in die Augen. »Danke dir sehr. Es tut gut, mit jemandem zu reden.«

Er wischte meinen Dank mit einer Handbewegung weg, stieß aber erneut mit mir an.

Wir saßen noch bis in den frühen Morgen zusammen, genossen den Pastis, die milde Nacht und den Rausch, der einen überkommt, wenn man spürt, dass eine neue Bekanntschaft auf dem besten Wege ist, zu einer Freundschaft zu werden. Es mochte an meiner frisch beendeten Beziehung liegen oder daran, dass ich mit Männern schon immer Freundschaften höher gehalten habe als Liebschaften, aber zwischen uns kam in dieser Nacht nicht der kleinste Funke auf. Wie damals bei Jonas war für mich auch hier völlig klar, dass eine Berührung, ein Witz oder eine Andeutung völlig ohne Hintergedanken erfolgte. Irgendwann hatte ich so viel getrunken, dass ich ganz plötzlich mein Glas nicht mehr anrühren konnte. Henry bemerkte es und schlug vor, dass wir uns ins Bett begeben sollten. Gemeinsam wankten wir zur Treppe und die Stufen hinauf. Kichernd bedeutete ich ihm, welche Stufen er wo betreten sollte, damit sie nicht knarzten, und er folgte mir mit den parodierten Bewegungen eines Gauners à la Arsène Lupin, mit hohen Kniehebungen und betont vorsichtigem Aufsetzen der Zehenspitzen. Ich musste aufpassen, nicht schon wieder in lautes Gelächter auszubrechen und unser Bemühen, leise zu sein, damit zunichtezumachen. Oben angelangt, standen wir uns gegenüber, Henry musste nach links, ich den rechten Gang hinunter. Da legte er einen Arm um mich, drückte mich kurz an sich, und schon war er im Dunkel verschwunden. Ich tappte im Zickzack den Flur entlang und in mein Zimmer, streifte mir die Kleidung vom Körper, und dann fiel ich sofort in einen tiefen Schlaf.

6

Vorsichtig stieg ich am nächsten Tag die Stufen hinab und hielt mich dabei an dem hölzernen Geländer fest. Jeder einzelne Schritt jagte einen bohrenden Schmerz durch meinen Kopf. Mein Magen fühlte sich flau an. Blinzelnd trat ich nach draußen. Einige Sonnenstrahlen fielen auf mein Gesicht, und was ich sonst als angenehm empfunden hätte, ließ mich nun Höllenqualen erleben. Meine Hand fuhr unwillkürlich an meine Stirn, um das Licht abzuschirmen. Es half alles nichts, ich musste arbeiten.

Mit langsamen Bewegungen holte ich den Brotkorb herein und bereitete das Frühstück zu. Auf Crêpes verzichtete ich diesmal und brutzelte schlicht Rührei in der Pfanne.

Da hörte ich ein lautes Lachen. Henry! Léo und er kamen gerade die Treppe herunter. Als das Rührei fertig war, bugsierte ich es mit Hängen und Würgen auf einen Teller und trug es auf die Terrasse. Ich blickte zum Tisch, und da saß Henry, sah zu mir auf und grinste. Offensichtlich war ihm die Extrastunde Schlaf gut bekommen, und außerdem vermutete ich, dass da auch die eine oder andere Schmerztablette mit im Spiel war, denn er sah einfach zu lebendig aus. Léo saß neben ihm und versteckte bei meinem Anblick rücksichtsvoll das Gesicht hinter seiner Kaffeetasse. Ich sah dennoch, dass er sich ein Lachen verkniff.

»Guten Morgen, Penelope«, rief Henry mir entgegen. »Du siehst aus, als könntest du ein gutes Frühstück vertragen.«

Ich warf ihm einen dankbaren Blick zu und ließ mich mit langsamen Bewegungen und starr gehaltenem Kopf auf den Stuhl neben ihm sinken. Mit leiser Stimme begrüßte ich die beiden, während Henry mir schon Kaffee einschenkte und den Croissantkorb hinhielt. Ich nahm ein Hörnchen heraus, denn obwohl mein Magen mir andere Signale gab, wusste ich ja, dass gegen meinen Kater nur viel Essen half.

»Ich hörte, Sie haben einen schönen Abend verbracht?«, fragte Léo mit einem wissenden Lächeln.

Ich nickte nur, nahm einen großen Schluck von dem Kaffee und spürte gleich, wie sich die Wärme wohltuend in meinem Körper ausbreitete. Sicher bildete ich mir das nur ein, aber es fühlte sich an, als würden die Koffeinbläschen in meinen Kopf steigen und dort dem Schmerz mit kleinen Explosionen an den Kragen gehen. Allmählich konnte ich wieder klar denken.

»Sagen wir, wir können in unserer Werbung für die Pension nun mit Gewissheit auch den hervorragenden Schnapsvorrat meiner Großmutter anpreisen.«

Die beiden Männer lachten, und ich beobachtete Henry. Nach dem Aufwachen hatte ich mich gefragt, wie er das gestrige Gespräch wohl verdaut hatte, schließlich hatten wir sehr schnell sehr viel voneinander offenbart, doch als ich ihn so unbefangen scherzen sah, vergaß ich die Zweifel. Er wirkte genauso befreit, wie ich mich fühlte, nachdem ich meinen Problemen endlich Luft gemacht hatte.

»Vom Schnaps werden wir uns heute fernhalten«, sagte Léo und riss mich aus meinen Gedanken, »aber nicht vom Wein. Henry und ich wollen heute einen Ausflug zu einem Winzer hier in der Nachbarschaft machen.«

»Du kannst schon wieder Wein trinken?«, fragte ich Henry fassungslos. »Wie machst du das nur? Mir dreht sich allein schon bei dem Gedanken der Magen um.«

Henry lächelte geheimnisvoll und warf seinem Großvater einen liebevollen Blick zu.

»Gute Gene.«

Ein ausgiebiges Frühstück später waren Léo und Henry mit ihrem Cabrio davongebraust. Ich wiederum hatte mir für den Tag vorgenommen, meinen Plänen für das neue Büro auf dem Dachboden nachzugehen. Nachdem ich die Zimmer der beiden gemacht und die E-Mails an die Pension gecheckt hatte, stöpselte ich alle Kabel aus, stemmte den schweren Computertower hoch und stieg langsam die Treppe hinauf. Die Sonne war schon dabei, ihren Dienst zu tun, sie strahlte durch die offenen Fenster und heizte ordentlich ein. Ich setzte Vorhänge oder Jalousien auf die gedankliche Einkaufsliste für das Büro, während ich das Gerät neben dem Eingang abstellte. Dann schnappte ich mir zwei solide wirkende Kisten und stellte sie so aufeinander, dass sie einen behelfsmäßigen Tisch abgaben, holte von unten den Bildschirm und den Stuhl und arrangierte alles so, dass ich vorübergehend daran arbeiten und dabei den Blick aus dem Fenster wandern lassen konnte. Danach überblickte ich das Chaos. Es half nichts, hier musste Ordnung geschaffen werden, wenn ich mich konzentrieren wollte. Ich beschloss, in einer Ecke zu beginnen und mich dann entlang der Regale bis hin zur anderen Seite durchzuarbeiten. Ich zog also den ersten Karton zu mir heran. Auf dem Deckel stand »Osterschmuck«, doch als ich ihn öffnete, fand ich darin ganz andere Dinge: hochhackige Schuhe, die meine Großmutter getragen haben musste, als sie eine junge Frau gewesen war, dazwischen eine alte Tischdecke mit Blumenstickerei, einige Küchenutensilien wie eine Suppenkelle aus Porzellan und ein Handsieb. Ich stöhnte leise auf, als ich meinen Verdacht bestätigt sah: In den Kisten herrschte das gleiche Durcheinander wie im Raum selbst. Meine Großmutter war nie ein außergewöhnlich ordentlicher Mensch gewesen, immer schon hatte hier oben ein kleines Chaos regiert. Dennoch fragte ich mich, ob es nicht im Vergleich zu meinem letzten Besuch um einiges unordentlicher geworden war und ob das womöglich damit zu tun haben könnte, dass meine Großmutter verwirrt gewesen war. Das Aufräumen jedenfalls würde mehr Zeit in Anspruch nehmen, als ich gedacht hatte. Aber da ich momentan sowieso nicht wusste, was ich mit mir anfangen sollte, konnte ich meine Zeit wenigstens für etwas Sinnvolles nutzen. Ich beschloss, die Dinge nicht nur irgendwie zu verstauen, sondern gleich ein wenig System hineinzubringen. In einer Ecke standen einige zusammengefaltete Umzugskartons, von denen ich zwei heranzog. Mit einem Filzstift, der im Regal gelegen hatte, schrieb ich »Schuhe« und »Küchenutensilien« auf den Deckel und sortierte die Dinge ein, bevor ich mir den nächsten Karton vornahm.

Nach und nach verdrängte die Arbeit meine Gedanken an den letzten Abend und an die zurückliegenden Wochen. Dabei öffnete ich Karton für Karton, räumte Vasen, Schuhe und alte Handtaschen in die jeweils richtige Box. Ich hatte mich gerade über die nächste Kiste gebeugt, ein altes Ding aus Holz, das an den Ecken morsch war, als ich mein Handy klingeln hörte. Ich fand es auf einem Karton vorne am Eingang.

»Pepe«, rief Clem mir entgegen, als ich das Gespräch angenommen hatte. »Es gibt gute Neuigkeiten. Gerade kam ein Anruf aus dem Krankenhaus, Mamie ist aufgewacht. Sie ist noch schwach, aber es geht ihr um einiges besser, sagen die Ärzte.«

»Ich komme sofort«, rief ich. »Bist du schon da?«

»Wir machen uns gleich auf den Weg, bis nachher!«

Ich legte auf und bemerkte, wie sehr meine Finger zitterten. Freude und Aufregung vermischten sich in mir und ließen mein Herz gegen die Brust hämmern. Meine staubige Kleidung und die wirren Haare vergaß ich einfach. So schnell ich konnte, sauste ich die Treppe hinunter und lief direkt zum Auto.

7

»Mamie!« Mit schnellen Schritten war ich am Bett meiner Großmutter angelangt. Müde sah sie aus, die Augen gerötet, doch ein leichter Roséton hatte sich auf ihre Wangen zurückgeschlichen, und das Haar lag in einem langen, grob geflochtenen Zopf auf ihrer Schulter. Die Decke reichte ihr bis zur Brust, das Bett war leicht aufgerichtet. Ich nahm ihre Hand, beugte mich hinab und gab ihr einen Kuss auf die Wange.

»Pinou, meine Kleine, was machst du denn hier?« Mamie lächelte überrascht, ich spürte den sanften Druck ihrer Hand auf meiner.

»Clem hat mich angerufen und gesagt, dass du im Krankenhaus liegst. Da bin ich sofort losgefahren. Ich wollte doch bei dir sein.«

»Wie schön, Pinou. Ich freue mich, dich zu sehen.« Ihre Stimme war schwach, sie sprach langsam und gedehnt, aber das Lächeln hielt sich auf ihren Lippen. »Die Pension … Bist du dort? Ich muss den Gästen doch sagen, dass sie nicht kommen können.« Sie wurde unruhig, konnte sich unter den Schmerzen aber nicht richtig bewegen.

»Über die Pension brauchst du dir keine Gedanken zu machen. Ich kümmere mich um alles, bis es dir wieder besser geht«, sagte ich.

»Aber du musst doch arbeiten, in Berlin.«

»Keine Sorge, Mamie. Ich bin nicht mehr am Theater. Aber das erzähle ich dir alles, wenn du dich wohler fühlst. Wie geht es dir denn, hast du noch Schmerzen?«

»Sagen wir, es ging mir schon mal besser.« Mamie versuchte, sich etwas mehr in meine Richtung zu drehen, und stöhnte auf.

»Was genau tut dir weh?«, fragte ich sie und warf einen Blick auf ihren eingegipsten Fuß, der unter der Decke hervorlugte.

»Wenn ich das so genau sagen könnte«, gab sie gepresst von sich. »Mein Körper ist ein einziger blauer Fleck. Das Atmen tut weh, wegen der gebrochenen Rippen. Am schlimmsten aber ist die Hüfte, die hat mir ja vorher schon Probleme gemacht, aber jetzt …« Sie brach ab und schloss für einen Moment entkräftet die Augen.

Wie gerne hätte ich ihr geholfen, konnte jedoch nichts tun, um den Heilungsprozess zu beschleunigen.

»Soll ich nach einem Schmerzmittel fragen?«

Mamie schüttelte leicht den Kopf und stöhnte erneut auf. Kurz schloss sie die Augen. »Habe ich schon bekommen«, meinte sie dann. »Da muss ich wohl einfach durch. Wenn ich schon solche Dummheiten begehe …«

»Kannst du dich denn daran erinnern, was passiert ist?«

Mamies Blick wandte sich von mir ab und schweifte in Richtung Fenster. Auf ihrer Stirn bildete sich ein feines Netz aus Denkfältchen.

»Ich bin mir nicht sicher. Die letzten Tage sind ganz eigenartig verschwommen …«

Bevor sie weitersprechen konnte, klopfte es an der Tür. Sie öffnete sich, und Clem kam herein, gefolgt von ihrem Mann. Gaspard stammte aus Puimoisson, und seine Liebesgeschichte mit Clem ließ sich mit den einfachen Worten »geglückte Ferienliebe« zusammenfassen. Während unserer Urlaube hier bei Mamie hatten die beiden sich mit sechs Jahren kennengelernt. Trotz ihrer Gegensätzlichkeit schien der in sich ruhende, gemütliche Gaspard nie zu viel von Clem zu bekommen, so wie auch umgekehrt. Sie hatten gemeinsam mit Bauklötzen und Puppen gespielt und einander die ersten papiernen Ringe angesteckt, mit zehn lasen sie sich Detektivgeschichten von Enid Blyton vor, mit dreizehn überraschte Clem Gaspard mit einem ersten Zungenkuss, mit fünfzehn hielten die Zungenküsse unter Alkohol- und Marihuanaeinfluss an, und als sie auch mit neunzehn noch nicht genug davon hatten und merkten, dass sie weit mehr Zeit als immer nur sechs Wochen Sommerferien miteinander verbringen wollten, heirateten sie. Clem zögerte keine Sekunde, ließ Berlin hinter sich und zog, zur großen Freude meiner Großmutter, in den Stadtkern von Puimoisson. Dort machte sie eine Lehre in dem einzigen Geschäft, das sich in diesem kleinen Ort auf Dauer halten konnte: dem Buchladen, den sie schließlich selbst übernahm.

Ich stand auf, drückte Clem einen Kuss auf die Wange und umarmte Gaspard. In den Armen dieses bärenhaften Mannes kam ich mir vor wie ein kleines, wohlbehütetes Mädchen. Während die beiden sich Mamie zuwandten und sie nach ihrem Wohl befragten, organisierte ich zwei weitere Stühle und stellte sie neben das Bett.

»Mamie, weißt du noch«, sagte Clem, kaum dass sie sich gesetzt hatte, »wie Pepe sich damals fast den Arm gebrochen hat? Beim Fußballspielen war das. Ihr beide seid ineinander geraten, und du hast eine Pirouette hingelegt, dass wir alle dachten, du verlierst das Gleichgewicht. Aber stattdessen hast du Pepe aufgefangen, bevor sie richtig fallen konnte. Das war eine Glanzleistung!«

Ich stimmte in ihr Lachen ein. »Ich wusste gar nicht mehr, wo oben und unten, wo der Ball und wo eigentlich mein Kopf ist. Aber dann hast du mich gerettet, und der Arm war nur verstaucht.«

Mamie lächelte und schien froh, uns um sich zu haben. Inzwischen hatte Clem sich schon wieder erhoben, weil sie keine zehn Minuten ruhig sitzen konnte, und nestelte an Mamies Kissen herum, bevor sie sich dem Tisch zuwandte und Saft in eine Ohrentasse einschenkte, die Mamie nur unter leise gemurmelten Beschwerden entgegennahm.

»Aber das ist ja noch gar nichts«, meldete sich Gaspard mit seiner tiefen Stimme zu Wort. »Als ich mir einmal bei der Arbeit auf dem Feld den Fuß verknackst hatte, war ich der glücklichste Junge im ganzen Land, weil ich nämlich zu dir, Mathilde, geschickt wurde und den ganzen Tag auf der Terrasse sitzen und Kuchen essen durfte, während die anderen sich auf den Feldern abrackerten.«

»Am liebsten mochtest du die Brombeertarte«, bestätigte unsere Großmutter schmunzelnd. Normalerweise folgte darauf immer ihre Ausführung, wie der kleine Gaspard damals in zwei Wochen gute zehn Kilo draufgelegt hatte, bevor er sie auf dem Feld wieder herausschwitzen musste, doch Mamie schwieg und schien noch zu schwach, um sich wie gewohnt an dem Gespräch zu beteiligen.

»Zumindest hast du jetzt eine Ausrede, warum du beim nächsten Tanznachmittag nicht mit Monsieur Robert tanzen musst«, warf Clem vom Fenster aus ein, wo sie an den Gardinen herumzuppelte. »Auch wenn dein Gips theoretisch hilfreich wäre, denn bei dem täten jedem ein Paar Schienbeinschoner auf dem Parkett gut.« Ich stimmte in das Lachen ein, das den Raum erfüllte, als ich mich wieder an den runden Mann erinnerte, der bei jedem Dorffest nicht von der Tanzfläche zu bekommen war, bis die Beine der Damen unter den Kleidern blau und grün hervorblitzten.

So alberten wir noch ein Weilchen herum und verloren uns in Erinnerungen, bis Mamies Lider langsam schwerer zu werden schienen. Clem spielte an ihrer Tasche herum und sagte leise: »Können wir dir morgen irgendetwas mitbringen? Zeitschriften, ein Buch, hast du irgendeinen speziellen Wunsch?«

Doch noch bevor Mamie antworten konnte, sprudelte es aus mir heraus: »Buch? Moment! Mamie, bei meinem letzten Besuch bist du kurz wach geworden und hast von einem Buch gesprochen, von irgendeinem Extrabuch oder so ähnlich. Weißt du, welches gemeint war? Hast du vielleicht an ein bestimmtes gedacht, das du gern hierhaben möchtest?«

Mamie sah mich verwirrt an. Eine Weile blieb sie ganz ruhig liegen, dann meinte sie:

»Verzeih, Pinou, aber ich erinnere mich nicht. Ein Buch … nein, ich weiß von nichts. Wenn du mich so fragst …« Sie sah überrascht aus. »Ich kann mich auch an den Sturz nicht erinnern. Da war zuletzt doch der Garten … euer Garten«, sie sah zu Clem und Gaspard, »die Lampions und ein großer Kuchen … Ja, das war ein Fest, ein Geburtstag, dein Geburtstag, Gaspard.«

Meine Schwester blickte bestürzt drein.

»Aber das ist ja gut drei Wochen her, Mamie!«, sagte sie. »Und danach weißt du gar nichts mehr?«

Mamie stutzte, sie kämpfte offensichtlich mit den Worten und brach dann ab. Erschöpft schloss sie die Augen.

Gaspard schaltete sich mit seiner ruhigen dunklen Stimme ein, während er sich über den dichten Bart strich.

»Das ist häufig der Fall bei Stürzen wie deinem, Mathilde, es liegt an der Gehirnerschütterung. Mach dir keine Sorgen. Die Erinnerung kommt nach und nach zurück. Setz dich nur nicht unter Druck.«

Mamie seufzte und versuchte, ihren Oberkörper mit viel Mühe ein Stück weit aufzurichten.

»Na ja, eure Großmutter mag ja nie besonders fit gewesen sein, aber auf ihren Kopf konnte sie sich immer verlassen«, sagte sie mit rauer Stimme. »Gebt mir ein paar Tage, um mich zu berappeln, dann bin ich wieder ganz die Alte.«

Ich wechselte einen besorgten Blick mit Clémence, ohne dass Mamie es bemerkte. Auch wenn ihre Worte offenbar so klingen sollten wie früher, voller Kampfgeist und starkem Willen, schimmerte eine andere Person hindurch, die an sich zu zweifeln schien. Gaspard mochte recht haben und die Erinnerung sich wiederherstellen, aber was, wenn Mamie ihre innere Kraft verlor?

Da Clem mich für diesen Nachmittag zu sich eingeladen hatte, beschlossen wir, ein spätes Mittagessen bei ihr und Gaspard zu uns zu nehmen. Auf dem Weg durch die Krankenhausgänge hin zum Parkplatz diskutierten wir Mamies Zustand. Gaspard versuchte weiterhin, uns zu beruhigen, aber Clémence schüttelte vehement den Kopf.

»Sie spielt uns zuliebe die Starke, aber ich mache mir wirklich Sorgen um sie. So viele Verletzungen auf einmal steckt man nicht so einfach weg, vor allem nicht mit achtundsiebzig Jahren. Was, wenn sie nicht mehr auf die Beine kommt?«

»Mathilde ist geschwächt und hat mehrere Tage fast nur geschlafen. Sie wird schon wieder fit, ganz sicher«, betonte Gaspard.

Wir sagten dazu nichts, aber ich spürte, dass Clem immer

noch Zweifel hatte. Sie hatte als kleines Mädchen miterlebt, wie Mamie auf den Tod unseres Großvaters reagiert hatte, während ich zu klein dafür gewesen war, und hatte mir oft von der Stärke und Willenskraft erzählt, mit der Mamie ihr Leben damals in die Hand genommen hatte. »Natürlich war sie traurig, das konnte man in ihren Augen sehen, an ihrer Haltung«, hatte Clem oft erzählt, »aber sie hat sich keinen Moment lang gehen lassen oder gezweifelt. Sie sagte, dass man seine Träume nicht aufgeben dürfe, selbst wenn dein größter Fürsprecher dich verlässt.« Doch wie sie da in ihrem Krankenbett lag, mit dem Gips und ihren Verbänden, so klein, fast wie geschrumpft, war von der Lebenskraft, die sie immer ausgestrahlt hatte, von der Kämpfernatur kaum mehr etwas zu spüren.

Auf dem Parkplatz trennten wir uns kurzzeitig, um in zwei Wagen nach Puimoisson zu fahren. Wenige Minuten später bog ich von der grauen, unscheinbaren ersten Häuserreihe, die Puimoisson einen eher schlechten Ruf eingebracht hatte, in das dahinterliegende Wohngebiet, den schönen Kern des Ortes. Wo zuvor ein heruntergekommenes Haus das andere abgelöst hatte, waren die Fassaden hier zum Teil frisch gestrichen, zum Teil von gezogenem Efeu umrankt. Einladende Gärtchen mit Blick auf das weite Tal und die dahinterliegenden Berge lagen dicht beieinander, Katzen streunerten über das Pflaster oder steckten das Köpfchen durch Balkongitter. Wir erreichten Clems und Gaspards Haus. Auch hier rankte Efeu an allen Seiten hinauf, unten verwoben mit rot blühenden Rosen. Die Fenster- und Türrahmen waren aus dunklem Holz. Der Garten war größtenteils ungepflegt, Gras und Unkraut wucherten um die krummen Bäume, die das Haus umgaben und es in kühlen Schatten legten. Nur in einer Ecke befand sich ein gepflegtes Beet, in dem Gaspard seine Kräuter, Erdbeeren und Salate wachsen ließ. Und dort war auch ein Gehege zu sehen, mit einem Häuschen darin und fünf Kaninchen.

»Eigentlich müsste ja euer Haus *La Petite Sorcière* heißen und nicht Mamies. Es sieht aus wie das Hexenhaus aus dem Märchen«, sagte ich, als ich den beiden entgegengegangen war. Sie erzählten, dass sie immer wieder Kinder aus der Nachbarschaft in ihrem Garten fanden, die sich auf die Suche nach der bösen Hexe gemacht hatten, die in diesem Haus ihr Unwesen treiben sollte.

»Dabei«, sagte Gaspard fröhlich, während wir den Gartenweg zur Eingangstür entlanggingen, »handelt es sich bei der Hexe um niemand anderen als einen dicken Franzosen mit schütterem Haar, der mit Schürze und Kochlöffel bewaffnet sein Unwesen in der Küche treibt.«

Gaspard liebte seinen Beruf. In seinen freien Stunden experimentierte er an verschiedenen Gerichten herum, dachte sich neue Rezepte aus und überraschte Clem damit. Und auch jetzt begab er sich gleich in die Küche, aus der man bald lautes Geklapper hörte. Clem und ich setzten uns in das gemütliche, vollgestellte Wohnzimmer. Jeder einzelne Platz in dem verwinkelten Raum war bedeckt, die Regale waren so übervoll mit Büchern, dass es ein Wunder war, dass sie nicht herauspurzelten. Es gab keine Deckenlampe in dem Raum, sondern viele kleine Tisch- und Stehlampen aus farbigem Glas, die abends ein wohlig warmes Licht verbreiteten. Auf dem Boden lagen dicke Perserteppiche. Ich wusste, dass Clem es liebte, barfuß auf dem weichen Flor zu laufen und die Fasern zwischen ihren Zehen zu spüren. Als Kind hatte sie in unserer Wohnung nie Schuhe oder Socken getragen, selbst im Winter nicht. Stattdessen hatte sie die eiskalten Zehen in den flauschigen Wohnzimmerteppich vergraben und sie dort gewärmt, bis sie zum nächsten Spiel losflitzte, das sie sich in der Zwischenzeit ausgedacht hatte.

Wir ließen uns auf den samtbezogenen Sesseln nieder. Auf den Beistelltischen um uns herum lagen Bücher aufgeschlagen mit dem Rücken nach oben oder zu kleinen Stapeln geschichtet.

Die Tür zur Küche öffnete sich, und Gaspard trat mit einer Flasche Rotwein und zwei Weingläsern ein, die er vor uns auf den Tisch stellte. Er nuschelte etwas davon, dass uns ein Gläschen sicher guttun würde, und ich sah, wie Clem ihn dankbar anlächelte. Auch wenn er selbst optimistisch war, was Mamies Zustand betraf, war er doch so feinfühlig, unsere Sorge zu erspüren. Als er einschenkte, ergoss sich die dunkle Flüssigkeit in die bauchigen Gläser, und schon war Gaspard wieder in der Küche verschwunden.

»Er ist ein Schatz«, sagte ich und stieß mit leisem Klirren mit Clem an. Der Wein schmeckte schwer und samtig, genau das Richtige. Und dabei war ich am Morgen noch überzeugt gewesen, nie wieder Wein auch nur riechen zu können.

»Das ist er«, nickte Clem und blickte an mir vorbei. »Ich habe es dir nicht erzählt, und Gaspard lässt sich natürlich nichts anmerken, aber es sieht nicht so rosig für ihn aus. Das Restaurant ist ziemlich am Kämpfen, und der Besitzer hat bereits angekündigt, dass er Stellen streichen muss.«

»Und Gaspard steht auf der Liste?«

»Gaspard wurde zuletzt eingestellt.«

Clems Worte lagen schwer in der Luft. Eine Drohung. Die beiden hatten bisher keine Geldsorgen gehabt, aber der Buchladen finanzierte gerade mal sich selbst. Er war ein Leidenschaftsprojekt von Clem, das kaum Gewinne einfuhr. Sie waren auf Gaspards Stelle angewiesen, um ihre Rechnungen begleichen und das Haus abzahlen zu können.

»Aber er wird doch sicherlich schnell etwas Neues finden, oder?«, warf ich ein.

»Das schon, nur hat er keine Lust mehr auf diesen ewig gleichen Rhythmus: Er wird in irgendeinem Touristenschuppen eingestellt, die Konditionen sind unterirdisch, und sobald die Saison vorbei ist oder das Restaurant schwächelt, ist er der Erste, der wieder entlassen wird.«

Ich nickte wissend, wir hatten schon oft über dieses Problem gesprochen. In der Gegend gab es viele Köche, sodass ein gekündigter Koch bei Bedarf schnell wieder ersetzt war.

»Es wäre so schön, wenn er einmal eine Stelle finden würde, die ihm wirklich gefällt, mit netten Vorgesetzten und auf Dauer.«

»Das wäre es.« Sie seufzte, dann hob sie den Blick und sah mich gespannt an. »Nun erzähl, was ist bei dir los?«

»Tja, ich habe im Theater ordentlich Mist gebaut.«

Ich erzählte Clem, was genau vorgefallen war.

»Du warst so glücklich, als du die Stelle bekommen hattest«, seufzte sie.

»Ich weiß, damals schien es mir ein Glückstreffer zu sein: ein Toptheater, ein anerkannter Regisseur, ein toller Spielplan. Nur hat sich all das in einen Albtraum verwandelt mit dem Ergebnis, dass ich mir absolut sicher bin, niemals wieder beruflich einen Schritt in ein Theater zu setzen.«

»Es ist echt schade, dass die Umstände einem den Berufswunsch so zerstören können, all die Hoffnungen und Ideale, die man am Anfang hat. Du willst es ganz sicher in keinem anderen Theater mehr probieren? Vielleicht ist es dort anders?«

Ich schüttelte den Kopf. »Ganz sicher. Mir hat das Ganze gezeigt, dass ich einen anderen Weg einschlagen muss.«

»Ehrlich, Pepe, ich kann dich ja verstehen, ich hätte es an

deiner Stelle keinen einzigen Tag dort ausgehalten. Nur stehst du jetzt ganz ohne Job da, und mit deinen Qualifikationen findest du bestimmt schnell …«

»Was heißt hier ohne Job?«, unterbrach ich sie in feixendem Ton, bevor sie mir das Theater schmackhaft zu machen versuchte. »Ich habe eine Pension zu führen, falls du es schon vergessen hast.«

Clem sah mich ernst an. »Schon gut«, lenkte ich ein, »ich weiß ja, was du meinst. Ich werde schon etwas Neues finden. Aber gerade genieße ich es einfach sehr, nicht mehr ins Theater zu müssen. Ich werde mir in Ruhe überlegen, wie es weitergehen soll. Und dafür habe ich ja jetzt genügend Zeit.«

Ich spürte die Wärme des Weins in meinem Magen und mit ihr fast Dankbarkeit, ein kleines Gefühl der Freiheit inmitten des Sees aus Schuldgefühlen und Angst.

»Die du auch hast, weil es mit Oskar …«, begann Clem vorsichtig und sah mich prüfend an.

»Weil es mit Oskar vorbei ist«, bestätigte ich seufzend.

»Was ist zwischen euch passiert?«

»Na ja, er hat sich überlegt, dass …« Ein Klingeln unterbrach mich. Es war das Telefon. Clem sprang auf, murmelte eine Entschuldigung und lief suchend im Raum umher, ohne das schnurlose Gerät ausfindig machen zu können.

»Kommt das Klingeln nicht von oben?«, fragte ich.

»Oh ja, stimmt. Entschuldige, ich muss da ran, falls es wieder meine Aushilfe ist und es ein Problem gibt.« Schnell nahm sie die Stufen der geschwungenen Treppe nach oben, das Klingeln erstarb kurz darauf, und stattdessen war Clems Stimme dumpf zu hören.

Als Clem nach fünf Minuten noch immer nicht zurück war, stand ich von meinem Sessel auf und ließ den Blick über die

Buchrücken in den vielen Regalen schweifen. Die meisten Autorennamen und Titel kannte ich von früher her, wenn Clem und mein Vater sich darüber ausgetauscht hatten oder die Bücher irgendwo hatten liegen lassen. Während sie gelesen hatten, hatte ich mich meist lieber in die Küche zurückgezogen und mich in meine Backbücher vertieft. Hin und wieder hatten sich Clem oder mein Vater dazugesetzt und mir vorgelesen, während ich Teige rührte oder Kekse verzierte. Das war in Berlin gewesen, als unsere Mutter noch gelebt hatte und ich mit unserem Vater noch nicht zerstritten gewesen war. Vor gut einem Jahr war ein Streit zwischen uns so sehr eskaliert, dass wir seither nicht mehr miteinander sprachen. Mit einem Finger strich ich über die Rücken einer alten, mehrbändigen Shakespeare-Gesamtausgabe. Sie waren abgegriffen und ließen auf viele Lektüren schließen. Ich drehte mich zum nächsten Regal, den Franzosen. Bunte, moderne Bände von Houellebecq, Modiano, Perec. Und dann die Klassiker in gedeckteren Farben, Stendhal, Flaubert, Balzac. Ich überlegte, ob ich mir nicht eines davon für die nächsten Tage ausleihen sollte, als mir Gaspards Rezeptbuchsammlung ins Auge fiel. Ich zog ein altes Exemplar mit zerfleddertem Umschlag, das nur noch von einem Gummiband zusammengehalten wurde, aus dem Regal. Vorsichtig zog ich das Gummiband ab und schlug die erste Seite auf: das Grundrezept für eine klare Bouillabaisse, versehen mit zahlreichen Anmerkungen in verschiedenfarbigen Stiften, wahrscheinlich von Generationen von Köchinnen und Köchen, die das Buch schon genutzt hatten. Während ich die Notizen überflog, stockte ich plötzlich. Erinnerungen überlagerten sich in meinem Kopf, setzten sich wie die Teile einer zerbrochenen Porzellantasse zusammen: An einigen Stellen passten sie perfekt aufeinander, an anderen fehlten kleine Stücke, ergaben Lücken in der glatten Oberfläche. Mamies Worte bei meinem ersten Besuchstag im Krankenhaus: Buch – oder hatte sie nicht sogar Backbuch gesagt? – und das gewisse Extra. Mamie, wie sie in ihrem alten Rezeptbuch blätterte – dem handgeschriebenen, das einst ihre Mutter begonnen hatte. Die erste Seite mit dem Zitat …

Am liebsten wäre ich sofort zurück in die *Petite Sorcière* gefahren. Ich rief nach Clem, die nun schon eine ganze Weile verschwunden war, doch es kam keine Antwort vom oberen Stockwerk. Ich drehte mich um und stieß in meiner Aufregung fast mit Gaspard zusammen, der gerade mit Tellern und Besteck aus der Küche kam. Aus der geöffneten Tür schlug mir ein verführerischer Duft nach Gemüsesuppe entgegen.

»Huch, Pepe, hast du solchen Hunger?«

Ich schüttelte den Kopf, nickte dann.

»Was ist los?« Gaspard stellte die Teller und das Besteck auf dem Wohnzimmertisch ab. Hinter ihm kam Clem die Treppe herunter, offenbar hatte sie ihren Anruf beendet. Sie deutete meinen unruhigen Gesichtsausdruck falsch und sagte: »Es ist alles okay, es war nur Gaspards Mutter, die wieder mal ihr Portemonnaie nicht finden konnte. Es war wie immer in der Schublade mit der Unterwäsche.«

Gaspard ging mit einem theatralischen Aufseufzen an uns vorbei und zurück in die Küche. »Dass sie es immer und immer wieder dorthin packen muss«, nuschelte er vor sich hin.

Kopfschüttelnd nahm er seinen Platz am Herd ein, öffnete einige Deckel und rührte in den Töpfen. Dann schien er zufrieden zu sein und stellte die Flammen aus. »Wir können dann essen.«

In mir drängte zwar immer noch alles danach, meiner Idee nachzugehen und in die *Petite Sorcière* zu fahren, aber mein

Hunger war einfach zu groß und der Duft zu verführerisch, um zu widerstehen.

Doch ich fand keine Ruhe während des Essens, meine Gedanken kreisten immer um das Buch, um den Satz und die *Petite Sorcière*. Ich konnte mich kaum auf das Gespräch konzentrieren, das am Tisch geführt wurde und sich größtenteils um die Vergesslichkeit von Gaspards Mutter zu drehen schien. In mir drängte es, Clem von meiner Überlegung zu erzählen, doch dann kam sie mir so lächerlich vor, dass ich das Gefühl hatte, sie erst überprüfen zu müssen.

Clem und Gaspard wunderten sich, als ich nach dem Essen vom Tisch aufstand und erklärte, ich müsse schnell zurück zur Pension.

»Was ist denn los? Du wirkst ganz so, als hättest du Hummeln in der Hose.«

»Komm mit, ich erkläre es dir dann.«

Clem wechselte einen Blick mit Gaspard, der mit den Schultern zuckte. Dann nickte sie.

Kaum waren wir im Haus, ließ ich die Tasche fallen und lief ins Wohnzimmer zu den Bücherregalen. Mit unruhigem Blick suchte ich die Rücken der Kochbücher ab. Doch Mamies Rezeptbuch war nirgends zu finden. Ich zog sogar einige Bücher heraus, um nachzusehen, ob es sich dahinter versteckte. Nicht ein einziges Buch, das dem gesuchten ähnlich sah, war zu finden, geschweige denn das richtige Rezeptbuch. Enttäuscht ließ ich mich in den Sessel sinken und sah peinlich berührt zu Clem auf, die wartend auf der Türschwelle gestanden und mich beobachtet hatte.

»Was soll das, Pepe? Wonach suchst du denn? Es sieht aus, als wärst du auf Schatzsuche.«

Ich hob die Hände und ließ sie dann in den Schoß fallen.

»Was hat es mit all dem auf sich?«

»Vorhin ist mir Gaspards altes Rezeptbuch in die Hand gefallen«, erklärte ich. »Da musste ich an die Worte denken, die Mamie mir an meinem ersten Tag hier zugeflüstert hat: ›Backbuch‹ und ›gewisses Extra‹. Erinnerst du dich an das Zitat in ihrem Rezeptbuch?«

Clem verdrehte die Augen und murmelte: »Ob ich mich an das Zitat aus …« Dann schien ihr plötzlich ein Licht aufzugehen, und sie sah mich mit großen Augen an. »Natürlich, das Zitat auf der ersten Seite! Wie ging es noch mal? ›Eine gute Bäckerin fügt immer etwas Eigenes zum Rezept hinzu‹ oder so.«

»Ein eigenes *gewisses* Extra«, berichtigte ich sie. Dass das Zitat eigentlich länger war, tat gerade nichts zur Sache.

»Du meinst«, Clem verhaspelte sich fast, so aufgeregt wirkte sie, »Mamie hat dich auf das Buch aufmerksam machen wollen?«

»Das dachte ich, auch wenn ich keine Ahnung habe, warum. Aber weißt du … Vorhin, als ich alles so überdachte – das Buch, den Sturz, Mamies Verwirrung –, da kam mir der Gedanke, dass all das vielleicht zusammenhängt, dass das Buch uns vielleicht irgendeinen Hinweis darauf gibt, was vor dem Sturz mit Mamie passiert ist. Vielleicht ist sie ja schon seit Längerem etwas verwirrter gewesen und hat womöglich das Buch genutzt, um wichtige Dinge zu notieren, an die sie sich erinnern wollte oder so. Deswegen habe ich hier alle Regale nach dem Buch durchsucht, aber nichts gefunden. Ich muss mich geirrt haben, und Mamie war einfach durch den Wind.«

Clem runzelte die Stirn, ihre Hand wanderte durch ihr Haar. Dann sah sie auf und blickte mir in die Augen.

»Irgendwo habe ich es liegen gesehen, ich bin mir ziemlich

sicher. Wo war das bloß …« Mit abwesendem Blick ging sie durch den Flur. Meine Neugier war geweckt und die Aufregung zurückgekehrt. Als Clem mir mit einer Handbewegung bedeutete, ihr zu folgen, war ich schon aus dem Sessel aufgesprungen und ihr dicht auf den Fersen. Wir nahmen die Treppe, Stufe für Stufe, wobei ich mich krampfhaft zwingen musste, ruhig zu bleiben und Clem nicht zu drängen. Sie schien gedanklich den Ablauf der letzten Tage zu rekonstruieren. Im ersten Stock angekommen, drehte sie sich suchend um. Bis sie plötzlich hinter sich langte und die Hand um meinen Arm schloss.

»Ich weiß es! Es liegt in ihrem Bad. Ich habe am Tag ihres Unfalls einige Dinge für das Krankenhaus zusammengesucht, die Versicherungsunterlagen, Wechselwäsche und so. Und da ist mir das Buch aufgefallen. Es lag neben der Badewanne, ziemlich sicher.«

Ich fragte mich gerade noch, was ein Rezeptbuch im Badezimmer zu suchen hatte, als Clem auch schon die Tür öffnete. Und wirklich, in dem Bad, das an Mamies Zimmer anschloss, lag auf dem Tischchen neben der frei stehenden Badewanne ein Buch – ihr Rezeptbuch. Es war in rotes Leder gebunden, das bereits speckig war. Ein dünnes Bändchen hielt die alten Seiten zusammen. Schnell griff ich danach, zwirbelte das Bändchen auseinander und schlug die erste Seite auf: »Eine gute Bäckerin verlässt sich niemals nur auf ein Rezept, sondern fügt immer ihr eigenes gewisses Extra hinzu.«

Ich kannte das Zitat so gut wie auswendig von all den Tagen, die ich mit Mamie und diesem Buch in der Küche verbracht hatte, und eigentlich war es ein Wunder, dass ich so lange gebraucht hatte, um auf die Verbindung zwischen dem Satz meiner Großmutter und dem Buch zu kommen. Ich untersuchte die Seite, doch da war nichts, nichts an den Rändern, nichts zwischen die Zeilen geschrieben, wie ich es erwartet hatte. Bevor ich es näher untersuchen konnte, riss Clem mir das Rezeptbuch ungeduldig aus den Händen und blätterte mit dem Daumen die Seiten durch. Da fiel etwas heraus. Ein zu einem kleinen Quadrat zusammengefaltetes Blatt Papier. Ich bückte mich danach und hob das gefaltete Blatt auf.

Während ich es in den Händen hielt, spürte ich ein gespanntes Ziehen in der Magengegend. Clem bedeutete mir mit einem Kopfnicken, das Blatt aufzufalten.

Ich tat es und zuckte zusammen, als ich die kleinen, eng aneinandergereihten Buchstaben erblickte. Es war die Handschrift unseres Vaters.

8

Clem löste sich als Erste aus der Starre. »Ein Brief von Papa! Da hätte ich jetzt ehrlich gesagt mehr erwartet. Sieht mir jedenfalls nicht nach einer geheimen Botschaft aus.«

Ich hob den Brief an, um die Schrift besser entziffern zu können. Oben in der rechten Ecke stand *Berlin, 15. Februar 2009.*

»Er hat ihn nicht lange nach Mamas Tod geschrieben.«

Unsere Mutter war am sechsten Januar desselben Jahres gestorben. In mir rangen Neugier und Abwehr miteinander. Nach dem Streit mit meinem Vater vor einem Jahr wollte ich nichts mehr von ihm wissen. Aber nun war hier dieser Brief, und natürlich reizte es mich, ihn zu lesen. Zumal er Mamie wichtig sein musste, sonst hätte sich der Gedanke daran nicht durch ihren Schmerz und ihre Apathie gebohrt. Während ich mich in die ersten Zeilen vertiefte, merkte ich, wie Clem sich über meine Schulter beugte und mitlas.

Berlin, 15. Februar 2009
Chère Maman,
ich danke Dir für Deinen Antwortbrief und Dein Verständnis, dass ich in der derzeitigen Lage nicht anders über das Geschehene sprechen kann als in dieser Form. Die Worte wollen mir einfach nicht über die Lippen kommen,

sosehr ich mich auch bemühe. Das Schreiben hingegen passt sich der Langsamkeit eines Leidenden an. Und das bin ich, einer, der nicht verstehen kann und will, was passiert ist.
Es gibt Stunden, da gelingt es mir, zu verdrängen und mir vorzugaukeln, alles sei in Ordnung, Flora am Leben. Doch immer bleibt ein kleines schwarzes Loch in mir, das an mir nagt und dabei immer größer wird, so groß, dass es mich ganz einnimmt. Du hast gefragt, wie es mir geht. Leider habe ich keine gute Antwort. Flora fehlt mir so sehr. Seit dem Tag ihres Todes fühle ich mich, als ob ich auf voller Linie versagt hätte. Du meinst zwar, dass ich mir keine Schuld an ihrem Tod geben soll, aber wie kannst du dir sicher sein, dass wirklich nicht ich und mein Verhalten ausschlaggebend waren? Was hat Flora dazu getrieben, wenn nicht unsere gescheiterte Beziehung? Früher einmal hatten wir uns ergänzt – zumindest dachte ich das all die Zeit über. Irgendetwas hat sich dazwischengedrängt. Oder waren wir all die Jahre unserer Ehe einfach nur zwei Einzelspieler, die eine Weile gut nebeneinander funktionierten und plötzlich nicht mehr? In manchen Momenten bin ich mir ganz sicher, dass es etwas in Floras Leben gegeben hat, von dem sie mir nichts erzählt hat; etwas, das all das in ihr ausgelöst hat. Dabei muss ich an Dich denken und das, was Du mir in Deinem Brief berichtet hast. Es gibt Geheimnisse wohl in jeder Ehe, vielleicht habe ich das eine in meiner eigenen übersehen.
Mit einer Umarmung,
Timothé

Eine Erinnerung schlich sich in meinen Kopf, und ein Detail knotete sich an das nächste. Ich musste etwa acht oder neun Jahre alt gewesen sein. Es war in Berlin. Mein Vater, der als Professor für amerikanische Literatur arbeitete und längst als Koryphäe auf seinem Gebiet galt, war wieder einmal für einige Tage nach München zum Unterrichten gefahren. Es war Abend, und ich war schon zu Bett gegangen, da weckte mich plötzlich etwas, ohne dass ich gleich zuordnen konnte, was es war, so tief war ich in meine Träume versunken gewesen. Ich setzte mich in meinem Bett auf und sah mich in dem Zimmer um, das ich mit Clem teilte: Ihr Bett war leer. Es war nicht außergewöhnlich, dass Clem später als ich zu Bett ging, schließlich war sie vier Jahre älter als ich, doch ein Blick auf die Uhr verriet mir, dass es auch für sie eine ungewöhnlich späte Stunde war, um noch wach zu sein. Ich ließ die Beine seitlich über die Bettkante baumeln und setzte ganz leise erst einen, dann beide Füße auf dem flauschigen Läufer vor meinem Bett auf. Ich blickte zurück, neben meinem Kissen lag Flummi, mein Kuschelschwein, und sah mich fragend an. Ich zögerte kurz, doch nein, in meinem Alter brauchte man kein Flauschtier mehr.

Ganz vorsichtig, um keine knarzende Diele zu erwischen, tapste ich durch das Zimmer zum Flur. Dort brannte kein Licht. Ich sah mich um und vernahm leise Stimmen vom Ende des Flurs, wo das Schlafzimmer meiner Eltern lag. Das war der Ort, von dem meine Mutter sich seit gut sieben Wochen kaum noch wegbewegte. Was auch geschah, meine Mutter blieb in diesem Zimmer, mit traurigen Augen und hängenden Schultern, mit einer eigenartig dumpfen Stimme und einem Zucken, das ihr Gesicht verformte, wenn wir zu laut mit ihr sprachen. Obwohl es meine Mama war, die dort in diesem Zimmer lag, hatte ich Angst vor ihr. Die Traurigkeit schien mir wie etwas Böses, ein Dämon vielleicht, der sich in sie geschlichen und einen anderen Menschen aus ihr gemacht hatte.

Ich tapste weiter in Richtung der Stimmen und war froh,

dass ein schmaler Lichtschein durch die angelehnte Tür fiel, denn hier im Flur war es für meinen Geschmack fürchterlich dunkel. Vorsichtig, um niemanden auf mich aufmerksam zu machen, hockte ich mich vor die Tür, dorthin, wo alles im Schatten lag, und lauschte. Ich konnte Mamas Stimme ausmachen und eine zweite, Clems. Leise unterhielten sie sich. Ich strengte mich an, die gemurmelten Worte zu verstehen.

»... das darfst du deinem Vater nicht zum Vorwurf machen. Er ist ein sehr wichtiger Mann, der sehr viel weiß, und seine Aufgabe ist es, dieses Wissen weiterzugeben. Dafür muss er häufig unterwegs sein.« Das war Mama. Sie sprach mit dieser dumpfen Stimme, die eigentlich nicht ihre war.

»Vermisst du ihn denn gar nicht, Mama?«, fragte Clem.

»Doch, natürlich vermisse ich ihn. Sehr sogar. Aber weißt du, wenn man jemanden liebt, mit ihm zusammenlebt und ihn heiratet, dann gibt es manches, was man akzeptieren muss. Ohne dem anderen diese Freiheit zu geben, kann man nicht lieben. Das wirst du eines Tages verstehen, wenn du selbst verheiratet bist.« Bei diesen letzten Worten klang Mamas Stimme mit einem Mal ganz liebevoll. So wie früher, wenn sie mich ins Bett gebracht, mir übers Haar gestrichen und mir eine gute Nacht gewünscht hatte. Wann hatte sie das zuletzt getan?

»Vielleicht heirate ich ja gar nicht«, gab Clem schnell zurück, ihre Stimme nun etwas lauter. »Ich will nicht, dass es mir so schlecht geht wie dir.«

»Aber das liegt doch nicht an deinem Vater, Liebes. Es ist so viel, das ich nicht mehr schaffe. So viel, dass ich gar nicht weiß, wie ich mit deinem Vater darüber sprechen soll ... Eigentlich weiß ich gar nicht mehr richtig, wie man überhaupt funktioniert, wie man ... lebt.«

»Aber du hast uns doch beigebracht, wie man lebt, Mama,

mir und Pepe. Ohne dich wüssten wir gar nicht, wie man alle möglichen Dinge macht, sich bei Regen richtig anzieht, wie man ordentlich mit den Bäckersleuten spricht und wie viel Trinkgeld wir den Kellnern im Bistro geben sollen. Wie man ein Ruderboot lenkt und auf Schlittschuhen Pirouetten dreht … Und ich wüsste auch nicht, wie ich die Wohnung putzen müsste.«

Einen langen Moment blieb es still, und ich überlegte schon, ob ich besser zurückschleichen sollte, bevor eine der beiden aus der Tür trat und mich entdeckte, da sagte meine Mutter mit schleppender Stimme:

»Das tust du, nicht wahr? Du hast all das übernommen und bist erwachsen geworden, obwohl du es noch lange nicht sein solltest.«

Clem antwortete nicht, ich hörte ein Seufzen, dann ein Schniefen.

»Es tut mir leid, Clémence, dass ich euch so im Stich gelassen habe in letzter Zeit. Euer Vater tut, was er kann, und das sollte ich auch. Du, Liebes, wirst jetzt wieder ein Kind sein dürfen – entschuldige, ein Teenager«, korrigierte sie sich mit einem leisen Lachen. »Und deswegen werde ich von nun an wieder ganz für euch da sein und mich um alles kümmern, das verspreche ich dir. Versprich du mir aber, dass du immer nach deinem Gefühl handeln wirst. Heirate, wenn du liebst, oder heirate nicht, wenn du nicht möchtest, aber entscheide das für dich ganz allein und ohne Angst. Liebe und Angst sind zwei Dinge, die sich anziehen, sich aber niemals zu nahe kommen sollten.«

Ich hörte ein Rascheln, vermutlich von den Bettdecken, und stellte mir vor, wie meine Mutter Clem in die Arme nahm. Ich fühlte mich mit einem Mal so warm und wohl, dass ich hier vor der Tür fast eingeschlafen wäre, doch nun richtete ich mich auf, drückte die Tür vorsichtig auf und lugte durch den Spalt. Dort lagen die beiden auf dem Bett und umarmten sich, ohne dass sie mich bemerkten. Die Angst, die ich vorher oft gespürt hatte, wenn ich dieses Zimmer betreten hatte, war mit einem Mal von mir abgefallen, als wäre das böse Etwas aus Mama und dem Zimmer gewichen. Ich hielt mich nicht länger zurück, stieß die Tür ganz auf und lief mit schnellen Schritten zum Bett, sprang darauf und warf mich auf die beiden. Sie nahmen mich lachend in ihr Knäuel auf, und so verharrten wir, bis wir uns irgendwann zu dritt unter die Decke kuschelten und die Augen schlossen.

Bevor ich in einen tiefen Schlaf sank, hing ich noch einen Herzschlag lang meinen Gedanken nach. Ohne alles verstanden zu haben, was die beiden besprochen hatten, hatte ich das Gefühl, etwas Wichtiges gehört zu haben, und dieses wohlige Wissen begleitete mich bis in meine Träume. Am nächsten Morgen bekam ich beim Betreten der Küche einen Schreck: Der Tisch war so reichlich gedeckt, dass nicht ein Fleckchen mehr frei war. Dort standen gekochte Eier, Pfannkuchen, sogar frische gefüllte Berliner, damals mein absolutes Lieblingsgebäck. Meine Mutter, in Jeans und einer roten Bluse, die ihrem schwarzen Haar fast wieder die Ausdruckskraft von früher verlieh, als es dick und glänzend gewesen war, goss frisch gepressten Orangensaft in die Gläser und lächelte mich an. Und wenn es auch nicht ihr strahlendes Lächeln von früher war, das ihr Gesicht einnahm, ihr leuchtende Augen und glühende Wangen verlieh, war es das erste Lächeln, das ich seit sieben Wochen an ihr sah. Völlig perplex lief ich auf sie zu und schlang die Arme um sie, ohne ein Wort sagen zu können. Ich hielt sie einfach ganz fest, und sie drückte mich an sich.

Von diesem Tag an schien die Traurigkeit vertrieben, und

meine Mutter bemühte sich darum, ihr Leben wiederaufzunehmen. Zunächst engagierte sie eine Hilfe für die Wohnung, damit Clem sich nicht länger verpflichtet fühlte, das Putzen zu übernehmen, und sie selbst sich auf ihre Projekte konzentrieren konnte. Sie machte sich als Dolmetscherin selbstständig, zog mit ihren Referenzen schon bald erste Aufträge an Land und baute ihren Kundenstamm immer weiter aus. Mein Vater war erleichtert, er strahlte während dieser Wochen durchgehend und küsste meine Mutter, wann immer sie ihm über den Weg lief – was in unserer Berliner Zweieinhalbzimmerwohnung ständig vorkam.

Doch dann gab es diese Momente, in denen das böse Etwas erneut Besitz von Mama nahm: Manchmal, wenn ich unbemerkt an ihrem Schreibtisch im Wohnzimmer vorbeiging, ertappte ich sie dabei, wie sie den Kopf in die Hände gelegt hatte, die Augen geschlossen, und minutenlang so verharrte. Dann wusste ich, der Dämon war zurück. Ich traute mich nicht, sie anzusprechen oder zu berühren, weil sie dann wieder dieses traurige Gesicht machen oder zusammenzucken würde. Doch wenn Clem laut polternd ins Wohnzimmer trat oder mein Vater aus der Küche nach uns rief, vergaß ich wieder, was ich gesehen hatte.

So vergingen die Jahre, und auch wenn es immer mal wieder Tage gab, in denen meine Mutter nicht aus dem Schlafzimmer kam, waren diese Phasen nie mehr so schlimm wie damals, als sie sich wochenlang versteckt hatte – glaubte ich zumindest. Clem zog schließlich aus, um mit Gaspard in Frankreich zusammenzuleben, und einige Jahre später suchte auch ich mir meine erste eigene Wohnung.

Und dann kam der Tag vor neun Jahren, der alles veränderte. Ich war zwanzig Jahre alt, und die Nachricht, dass meine

Mutter von einem Auto erfasst worden war, traf mich mit voller Wucht. Und noch bevor ich diese Nachricht verarbeiten oder überhaupt begreifen konnte, kam eine zweite: Der Autofahrer, der das Leben meiner Mutter auf dem Gewissen hatte, betonte vehement, dass sie ihm vor den Wagen gelaufen sei. Er war sich sicher, dass sie ihn vorher gesehen habe, sie habe sogar Augenkontakt mit ihm gehabt. Wir wollten ihm nicht glauben, schafften es nicht. Erst als wir in ihrem Kalender Entwürfe eines Abschiedsbriefs entdeckten, konnten wir uns nicht länger vor der Wahrheit verschließen. Als Kind hatte ich geglaubt, meine Mutter hätte einen merkwürdigen Traurigkeitsanfall gehabt, der wieder vergehen würde; nun aber setzten sich meine Erinnerungen Stück für Stück zu dem Bild einer ausgewachsenen Depression zusammen. Ich las alles, was ich über das Thema Depressionen finden konnte, und erkannte, dass meine Mutter krank gewesen war. Ob sie morgens hatte aufstehen können oder nicht, war keine Entscheidung gewesen, die sie frei hatte treffen können, sie war verknüpft gewesen mit tausend anderen kleinen Entscheidungen und Gewichten, die sie hinabgezogen hatte. Ich ahnte, welche Abgründe in meiner Mutter gelauert haben mussten. Und wie viel Kraft es sie gekostet haben musste, sie vor uns zu verbergen. Bis zu dem Tag, an dem sie nicht mehr konnte.

Obwohl ich mich mit der Recherche über Depressionen oberflächlich ablenkte, hatte mich die Trauer längst überrollt und zu Boden gedrückt. Morgen für Morgen, noch bevor ich die Augen öffnete, realisierte ich, was passiert war, dass dieser Albtraum von ihrem Tod keiner war – oder schlimmer, dass der Traum, in dem meine Mutter noch lebte, nur ein Traum gewesen war … Jeder Tag war ein neuer dunkler Sumpf aus Traurigkeit und Schuldgefühlen, in den ich hinabgezogen wurde, ohne zu wissen, wie ich mich daraus hervorkämpfen sollte. So ähnlich musste meine Mutter sich all die Jahre über gefühlt haben.

Clem war für einige Wochen nach Berlin gekommen, lebte bei meinem Vater, übernachtete manchmal bei mir, aber statt uns gegenseitig zu trösten, zogen wir einander tiefer in den Sumpf hinab. Der Einzige, bei dem ich das Gefühl hatte, Trost zu finden, war Jonas. Und das, obwohl ich ihn erst seit wenigen Monaten kannte. Mit meinem Vater kam ich nicht ins Gespräch; alles, was er damals über den Tod meiner Mutter sagte, erschien mir falsch und erlogen. »Es war ihre Entscheidung, ihre ganz allein, wir konnten nichts tun«, behauptete er immer wieder. Aber stimmte das, hätten wir nicht doch etwas tun können, *mehr* tun können? Hätte *er* nicht mehr tun können? Wo war er all die Zeit über gewesen?

Meine Wangen waren nass, als ich den Blick von den Zeilen hob. Clem stand noch immer hinter mir und hatte, während sie über meine Schulter hinweg gelesen hatte, die Hände an meine Arme gelegt, um darüberzustreichen, auf und ab. Ohne ihr Gesicht sehen zu können, wusste ich, dass sie ebenso bewegt war wie ich und vermutlich auch weinte.

»Ich habe ihn das nie sagen hören. Dass er sie vermisst, nie«, schnaubte ich leise. Clem drückte meine Arme noch einmal, dann ließ sie von mir ab und setzte sich auf den Badewannenrand. Ihr Gesicht war gerötet und die Wimperntusche leicht verschmiert.

»Er hat sie sehr vermisst. Natürlich hat er das.«

»Warum hat er es nie gesagt?«

Clem fuhr sich mit den Fingern unter den Augen entlang und begutachtete die schwarzen Flecken auf ihren Fingerkuppen. »Wir haben oft darüber gesprochen, tun es immer noch. Wir telefonieren viel, weißt du.«

»Warum hast du mir nie etwas davon erzählt?« Ich wollte nicht vorwurfsvoll klingen, konnte meine Gefühle aber nicht unterdrücken.

»Das habe ich versucht, aber du hast mir nie zugehört«, erwiderte sie. »Ich hatte das Gefühl, bei dem Thema nicht zu dir durchdringen zu können. Ich glaube, du warst sehr voreingenommen, was die Rolle unseres Vaters betraf, schon vor eurem Streit.«

Ich dachte an die Jahre unmittelbar nach dem Tod meiner Mutter, die die schwersten in meinem Leben gewesen waren. Stimmte es womöglich, dass ich manches aus diesen Gesprächen ausgeklammert hatte? Oder besser gesagt alles, was die Gefühle meines Vaters betraf?

Clem war ihm immer näher gewesen, als ich es je war. Die beiden hatten schon früh eine Verbindung über die Bücher geknüpft. Ständig sah ich sie, wie sie die Köpfe gemeinsam in ein neu erworbenes Exemplar steckten und sich darüber austauschten, während ich anfangs noch zu klein dafür war und mich später lieber mit dem Backen und dem Theater beschäftigte. Für das Theater hatte sich mein Vater zwar interessiert, aber es hatte in ihm nie dieselbe Leidenschaft ausgelöst wie Romane und Gedichte. Und so war es zwischen uns auch zu keinem derart engen Austausch gekommen wie zwischen meiner Schwester und ihm.

»Pepe«, sagte Clem, und ihre Stimme klang noch immer brüchig. »Erzählst du mir von eurem Streit? Was ist da vor einem Jahr genau passiert? Ich kenne nur Papas Seite und würde gern auch deine hören.«

»Ich habe es dir doch schon erzählt.«

»Aber nie richtig. Es waren immer nur kleine Brocken, nie das Ganze. Ich würde gern von dir hören, was da genau zwischen euch vorgefallen ist.« Ihre Augen waren wässrig von den Tränen und blickten mich nun so bittend an, dass ich nicht Nein sagen konnte, auch wenn ich ungern über diese Episode sprach, weil sie so viele ungute Gefühle in mir auslöste.

»Okay«, sagte ich, setzte mich neben sie und begann zu erzählen …

An jenem Tag vor gut einem Jahr begrüßte ich meinen Vater mit einer Umarmung, wie immer, wenn wir uns zum gemeinsamen Kaffee trafen. Seitdem ich als Regieassistentin am Theater angefangen hatte, kam mein Vater meistens im Theatercafé vorbei, und wir arbeiteten uns durch die Tortenauswahl. Nach dem Tod meiner Mutter war es mir nicht leichtgefallen, meinen Vater nicht mit all den Vorwürfen zu konfrontieren, die sich in meinem Inneren angestaut hatten. Doch mir war klar, dass sie keinem von uns etwas bringen würden, meine Mutter nicht wieder lebendig machen und im schlimmsten Fall nur dazu führen würden, dass ich auch meinen Vater verlor. Also versuchte ich, ein möglichst normales Verhältnis aufrechtzuerhalten, was mir über die Jahre immer besser gelang. Je öfter wir uns sahen und je mehr Zeit seit Mamas Tod verstrich, desto mehr wuchsen mir unsere Treffen ans Herz, wuchs *er* mir ans Herz. Ich zweifelte sogar manchmal daran, dass mein Vater je Fehler in seiner Ehe begangen hatte, dass er meine Mutter wirklich im Stich gelassen hatte. Ich sah in ihm die meiste Zeit nur noch den Mann, der versuchte, ein guter Vater zu sein.

Wir betraten das Café und begaben uns gleich zur Kuchentheke. Das Theater war im neunzehnten Jahrhundert erbaut worden, und auch wenn das Café in der Zwischenzeit sicher einige Male neu eingerichtet worden war, wirkte es noch immer heimelig und etwas aus der Zeit gefallen mit seinen schweren dunklen Möbeln, den großen Leuchtern und den dunkelroten Wänden.

»Na, wonach ist dir heute?«, raunte ich meinem Vater zu, während wir die Tortenauswahl studierten.

»Ganz klar, Schokolade. Ich brauche heute Schokolade.«

»Oje«, sagte ich und sah zu ihm hoch. »Was ist denn passiert?«

»Mir wurde die Förderung für eine Konferenz gestrichen, die ich hier in Berlin organisieren wollte. Das ist schade, weil sich einige meiner Studenten sehr in die Vorplanung gekniet haben.«

»Das tut mir leid«, sagte ich, und als der Kellner uns nach unseren Wünschen fragte, deutete ich auf die Schoko- und die Heidelbeertorte. »Und zwei Cappuccino, bitte.«

Wir steuerten auf eine der Bänke zu, die an der Wand entlangliefen, und ließen uns auf die stoffbezogenen Polster nieder.

»Wie läuft es denn bei dir, was macht der neue Job?« Er fuhr sich durch das mittlerweile ergraute, dünner werdende Haar. In den letzten Jahren war er, das musste ich feststellen, sehr gealtert, zumindest, was sein Äußeres betraf.

»Ganz gut«, sagte ich gedehnt. »Ich weiß noch nicht genau, es ist ja noch recht frisch.«

Der Kellner brachte unsere Torten und den Kaffee. Mein Vater vergrub sogleich seine Gabel in der schokoladigen Masse.

»Gut?«, fragte ich, als er gekostet hatte, und er reckte einen Daumen nach oben. Auch ich probierte meine Torte, die schön sahnig frisch war. Schweren Sahnetorten konnte ich nur selten etwas abgewinnen, aber diese hier schmeckte durch Frischkäse und luftig aufgeschlagene Sahne leicht und cremig.

»Wie ist denn dein neuer Chef so?«, wollte mein Vater wissen und spielte damit auf den Regisseur an, dem ich nun assistierte.

»Okay«, sagte ich ausweichend. Auf den kritischen Blick meines Vaters hin fügte ich hinzu: »Er ist interessant, macht wirklich tolle Arbeit. Aber er ist auch ein wenig schwierig, glaube ich.«

»Das heißt?«

»Na ja, er neigt zu cholerischen Anfällen, hat unfassbar hohe Erwartungen und Ansprüche. Gestern ist er bei den Proben ausgerastet, weil die Kostümbildnerin den Schwanz bei dem Wolfskostüm vergessen hatte.«

Mein Vater sah mich einen Augenblick verdutzt an, dann brach er in Lachen aus. »Ach«, sagte er glucksend, als er sich ein wenig beruhigt hatte, »damit wirst du schon klarkommen. Du bist doch super in dem, was du machst, und hast viel Geduld.«

»Hoffentlich«, sagte ich und nahm eine große Gabel voll von der Torte.

Einen Augenblick lang aßen wir schweigend und genossen jeder für sich die beruhigende Wirkung der Zuckerzufuhr.

»Ich habe mir überlegt, die Wohnung zu verkaufen«, sagte mein Vater plötzlich. Seine Stimme klang mit einem Mal anders, heiser.

»Unsere Wohnung?«, fragte ich vorsichtig und ließ die Hand mit der Kuchengabel sinken. Mein Vater sah mich nicht an, sondern schien mit leerem Blick seine Schokoladentorte zu studieren.

»Sie ist einfach zu groß für mich allein. Ich bin so gut wie nie da, weil ich die meiste Zeit an der Uni in München oder auf einer Konferenz bin. Und all die Erinnerungen …«

Als er nicht weitersprach, drehte ich mich ganz zu ihm und

durchbohrte ihn mit meinem Blick, bis sich sein Mund wieder öffnete.

»An Flora. Ich sehe sie immer dort, wie sie«, seine Hand schien wie von allein zu seiner Brille zu schweben, rückte sie zurecht, »wie sie im Bett liegt. Es macht mich so …«

»Aber das geht nicht, es ist doch unsere Wohnung«, entfuhr es mir lauter als gewollt. »Mamas Wohnung. Die, in der sie zuletzt gewohnt hat …«

Noch immer wich er meinem Blick aus. »Ich weiß«, sagte er, und ich musste mich konzentrieren, um seine leise Stimme verstehen zu können. »Ich weiß, dass es Floras letzte Wohnung war, genau darum geht es doch. Ich kann dort nicht mehr leben, sie ist zu präsent, verstehst du das denn nicht?«

Ich starrte ihn an. Und mit einem Mal wandelte sich das Bild vor mir, wechselte wieder zu dem Mann, der Mama in ihrer schwersten Zeit alleingelassen hatte, dem Mann, der unsere Familie kaputtgemacht hatte. All die Trauer und die Wut, die ich jahrelang unterdrückt hatte, kochten in mir hoch.

»Nein«, sagte ich kühl, »das verstehe ich wirklich nicht.« Am liebsten hätte ich meinem Vater die Gabel aus der Hand geschlagen, damit er meinem Blick nicht länger auswich. »Es wundert mich«, sagte ich tonlos, »dass du überhaupt meinst, dich an Mama in der Wohnung zu erinnern, schließlich warst du ja nie da.«

»Penelope, sei nicht ungerecht«, sagte mein Vater lauter, und endlich sah er mich an. Sein Blick war unruhig, er wirkte wie getrieben. »Du weißt, dass es zu meinem Beruf gehört, unterwegs zu sein. Was hätte ich denn tun sollen?«

»Es gab da immer noch die Semesterferien, die du zu Hause hättest verbringen können. Stattdessen bist du in der Welt umhergereist zu Konferenzen und Summer Schools, die dir wichtiger waren als deine Familie. Du hattest eine kranke Frau zu Hause, vielleicht hättest du dir mal eine Auszeit nehmen können!«

»Wie oft habe ich dir schon erklärt, dass das nicht so einfach ist, wie du es dir vorstellst? Flora wusste es, und sie hat es verstanden.«

»Sie hat es so gut verstanden, dass sie daran verzweifelt ist und sich umgebracht hat«, sagte ich und spürte im selben Augenblick, dass ich zu weit gegangen war. Aber ich konnte meine Worte nicht zurücknehmen, denn tief in mir wusste ich, dass es genau das war, was ich dachte: dass mein Vater mit seiner ständigen Abwesenheit dazu beigetragen hatte, dass Mama Selbstmord begangen hatte.

Mein Vater hatte sich erhoben. Er stand vor mir, atmete schwer und war kalkweiß im Gesicht. »Und daran, was deine Mutter hätte tun können, daran hast du nie gedacht?«, brachte er in einem Schwall hervor.

»Sie war krank!«

»Ja, sie war krank, aber eine Depression lässt sich behandeln. Sie hätte zum Psychologen, zum Psychiater gehen können. Das hat sie aber nicht getan. Und weißt du, warum? Sie hat es nicht gewollt.«

»Weil du ihr nicht dabei geholfen hast!«

Mein Vater blickte stur über mich hinweg und schwieg, die Lippen aufeinandergepresst, dass sie blass wurden, die Augen hinter der Brille verengt. Sein Schweigen brachte mich zur Weißglut. Die Wut schien durch meinen ganzen Körper zu sickern, langsam und kalt. Und ich dachte, wie falsch die Beschreibungen in den Romanen doch waren, wo es hieß, die Wut sei heiß und schieße durch die Adern. Nein, meine Wut war kalt, eiskalt, sie rann mir den Rücken und die Arme hinunter, fror mir den Magen ein, bis er nur noch ein schwerer Klumpen in meinem Körper war. Ich schluckte, dann stand auch ich auf: »Sie hätte dich gebraucht«, raunte ich. Mit diesen Worten drehte ich mich um und ließ ihn allein zurück.

»Es war das letzte Mal, dass wir uns gesehen haben. Danach hatten wir keinen Kontakt mehr. Er hat noch zwei-, dreimal bei mir angerufen, aber ich habe nicht reagiert. Danach kam nichts mehr.«

Für einige Minuten machte sich Schweigen zwischen Clem und mir breit. Wir saßen nebeneinander auf der Badewannenkante, ich mit dem Brief, Clem mit dem Rezeptbuch in der Hand. Die türkis-weiß gemusterten Fliesen an den Wänden strahlten eine Fröhlichkeit aus, die uns in diesem Moment nicht erreichte. Endlich spürte ich Clems warme Hand an meinem Rücken.

»Das muss schlimm gewesen sein«, sagte sie. »Aber es hatte sich schon lange angekündigt, dass das irgendwann aus dir herausbrechen musste. Allein schon, dass du nicht mit mir über Papa und Mama sprechen konntest, hat mir gezeigt, dass da etwas in dir brodelte.«

»Kannst du es denn gar nicht nachvollziehen?«, fragte ich und sah sie an. »Er … er hat doch damals kaum etwas getan, um Mama in ihrer Depression zu helfen. Immer war er unterwegs oder hat sich zurückgezogen.«

Nachdenklich sah Clem mich an. »Ich glaube, so pauschal kann man das nicht sagen, Pepe. Du hattest irgendwie dein festes Bild von dem Ganzen: Papa, der Übeltäter, Mama, die Heilige. Aber ganz so schwarz-weiß war es nicht.«

»Wie war es dann?« Meine Stimme klang ungeduldig, ohne dass ich es wollte. Doch zu hören, wie Clem von unserer Mutter sprach, ärgerte und verunsicherte mich zugleich. Auch wenn ich mir sicher war, meine Mutter in meiner Erinnerung nicht zu idealisieren, wie Clem andeutete, waren die damaligen Rollen klar ersichtlich. Unserer Mutter konnte in diesem Fall kein Deut Schuld zugesprochen werden, und ich verstand einfach nicht, wie Clem das nicht erkennen konnte.

»Papa hat oft versucht, mit Mama zu reden«, sagte Clem. »Immer wieder habe ich mitbekommen, wie er alles Mögliche getan hat, um sie aus der Traurigkeit zu holen. Er wollte sie nach draußen locken, zu Treffen mit alten Freunden überreden, er vereinbarte Therapietermine und bat sie, mit Experten zu sprechen. Aber meistens versickerten seine Versuche ergebnislos, denn Mama reagierte nicht darauf. Und ja, es stimmt, er war viel unterwegs, aber er hat sie oft angerufen. Mama war nicht bösartig, sie hat das alles nicht deshalb abgeblockt, weil sie uns nicht geliebt hätte, sondern weil sie so traurig und antriebslos war.«

»Sie war krank«, warf ich mit schwacher Stimme ein.

»Ja, das war sie. Aber ich kann schon verstehen, dass Papa irgendwann darüber verzweifelt ist. Es ging schließlich jahrelang so. Und was ist mit uns beiden? Wir konnten Mamas Depression über all die Zeit ja auch nicht aufhalten. Ich bin früh ausgezogen, um bei Gaspard zu sein, aber wenn ich ganz, ganz ehrlich bin, hat da schon auch mit reingespielt, dass ich die düstere Stimmung zu Hause nicht mehr ertragen konnte. Es quält mich jeden Tag, glaub mir, ich mache mir deswegen Vorwürfe ohne Ende, aber ich bin geflohen.«

»Das stimmt nicht, Clem. Du hast dich immer so gut um Mama gekümmert. Ihr hattet eine ganz besondere Beziehung.«

Clem zuckte hilflos mit den Schultern. Es war erschreckend zu sehen, wie all ihre Energie plötzlich verschwunden war.

»Vielleicht, ja. Ich habe natürlich versucht, auch nach meinem Auszug für sie da zu sein. Trotzdem konnte ich ihr nicht wirklich helfen. Und Papa auch nicht. Irgendwann haben wir aufgegeben.« Sie deutete auf den Brief in meiner Hand. »Es geht mir genau wie Papa. Ich fühle mich so schuldig.«

Ich rückte näher an sie heran und nahm sie in den Arm. Einige Minuten saßen wir einfach nur so da und hielten einander im Schmerz, der uns beide erfüllte.

»Du bist nicht schuld, Clem«, flüsterte ich. »Ich verstehe noch nicht viel von dem, was damals passiert ist, aber eines weiß ich ganz gewiss: dass dich keine Schuld trifft. Mama hat dir vertraut, und du warst für sie da, wenn sie dich brauchte. Das wusste sie ganz bestimmt.«

Clem drückte mich fester an sich, dann ließ sie mich los und lächelte mich traurig an.

»Ich kann deine Sicht jetzt besser nachvollziehen, wo du mir alles erzählt hast«, sagte sie. »Aber trotzdem, du solltest noch mal mit Papa reden, wirklich. Ich glaube, ihr habt euch viel zu sagen.« Sie deutete auf den Brief in meiner Hand. »Lies ihn noch mal und denk darüber nach, ja?«

»Mache ich«, versprach ich. Ich fühlte mich hin- und hergerissen zwischen dem, was ich selbst all die Zeit über wahrgenommen und gedacht hatte – dass unser Vater den Problemen unserer Mutter aus dem Weg ging, dass er nicht für sie da sein wollte –, und dem, was Clem mir erzählt hatte und was in dem Brief steckte.

Clem drehte Mamies Buch in den Händen, dann hielt sie es mir hin. »Das gehört hierher«, sagte sie, und ein kleines Lächeln zeigte sich auf ihrem Gesicht. »Zu Mamie und zu dir.«

Ich nahm das Buch entgegen und schlug es vorsichtig auf der ersten Seite auf. Dort stand das Gedicht, ich blätterte weiter zum ersten Rezept: klassische Eclairs mit Schokoladenüberzug. Wie oft hatte ich die schon mit Mamie gebacken! Ich strich über die schrägen Lettern, spürte die Riffelung der Tinte auf dem Papier.

»Ob sie wohl wollte, dass ich den Brief finde und ihn lese?«

»Vielleicht«, sagte Clem leise, »aber vielleicht hat sie auch wirklich nur im Delirium gesprochen und dich aus Versehen auf diese Spur gebracht. So oder so bin ich froh, dass sie es getan hat.«

»Danke, Clem«, sagte ich und war sicher, sie wusste, dass sich das Dankeschön nicht nur auf das Buch bezog.

9

Während der nächsten Tage stellte sich langsam eine Routine in meinem Leben in der *Petite Sorcière* ein. Jeden Morgen nach dem Frühstück mit Henry und Léo kümmerte ich mich um die Zimmer der beiden und um die täglichen Aufgaben, die in der Pension anfielen: das Wäschewaschen, das Putzen der Bäder, das Staubsaugen und Wischen, die Arbeit im Garten, der mich beinahe täglich mit neuen Farben und Blüten überraschte. Anschließend fuhr ich zu Mamie ins Krankenhaus. Ihr Zustand änderte sich nur langsam, aber er wurde wenigstens nicht schlechter. Der Arzt versicherte uns, dass ein Gedächtnisverlust, wie Mamie ihn erlitten hatte, nicht ungewöhnlich sei bei einer Gehirnerschütterung. Ob sie die Erinnerung an die letzten beiden Wochen wiedergewinnen würde, war möglich, aber nicht sicher – wie fast alle Angaben, die er uns machen konnte. Die Knochenbrüche und Prellungen verursachten ihr weiterhin Schmerzen, die mithilfe von Tabletten im Zaum gehalten wurden. Probleme bereitete der mehrfach gebrochene Fuß – Mamie durfte ihn die nächsten Wochen gar nicht belasten. Wegen ihres schlechten Gesamtzustandes hatten die Ärzte auf eine Operation verzichtet, jetzt kam es darauf an, dass sich nichts verschob, wenn Mamie die Chance haben wollte, jemals wieder richtig laufen zu können. Auf jeden Fall musste sie noch eine Weile zur Beobachtung im Krankenhaus bleiben, und im Anschluss, so riet man uns, sei eine Reha zum Aufbau der Muskeln und Reaktivierung der Beweglichkeit unbedingt ratsam.

Nachmittags ging ich zum Einkaufen auf den Markt oder verbrachte Zeit am Computer, um Mails zu beantworten, Buchungen einzutragen und mir Gedanken um die Social-Media-Seiten der Pension zu machen. Meine Großmutter hatte sich nie darum gekümmert, also begann ich damit, Kanäle einzurichten und sie mit ersten Fotos des Hauses, der Lavendelfelder und natürlich von Fuchur zu bespielen. Die Webseite war veraltet und konnte eine Schönheitskur nur allzu gut gebrauchen, also las ich mich nebenher in das Basis-Know-how von Webdesign ein. Außerdem brachte ich den Umzug des Büros auf den Dachboden voran, schleppte den Drucker und die Lampe hinauf und schaffte weiterhin Ordnung in dem Chaos dort oben. Obwohl noch immer kein Ende in Sicht war, half mir die ständige Beschäftigung dabei, für einige Stunden den Kopf freizubekommen.

Nach wie vor wühlten mich die Erinnerungen an die letzten Wochen auf: das vermaledeite Theater, Oskars Trennungsanruf, der Brief meines Vaters. Immer wieder schlich sich mitten am Tag, wenn ich eigentlich mit anderen Dingen beschäftigt war, ein Wortfetzen in meine Gedanken. Mein Vater fühlte sich schuldig. Meine Mutter hatte möglicherweise Geheimnisse vor ihm gehabt. Wusste ich wirklich alles über die Vorgänge damals? Doch nie kam ich mit meinen Gedanken ein Stück weiter, also öffnete ich lieber die nächste Dachbodenkiste und schob sie zusammen mit einer verstaubten Lampe oder nie angerührten Wollknäueln tief in die Versenkung. Bis es mir eines Tages schließlich zu viel wurde und ich beschloss, mit Mamie über meinen Vater zu reden. Ein Gespräch mit ihm kam für mich nach wie vor nicht infrage, alles in mir wehrte sich dagegen, den Kontakt zu ihm aufzunehmen. Aber da er dem Brief nach zu urteilen mit Mamie über seine Ehe gesprochen hatte, konnte sie mir hoffentlich die Antworten geben, nach denen ich suchte. Also schnappte ich mir den Brief, den ich in meiner Nachttischschublade verwahrte, und fuhr damit ins Krankenhaus.

Ich war froh zu sehen, dass ich einen der besseren Tage erwischt hatte. Mamie sah rosig aus. Ich setzte mich zu ihr auf die Bettkante.

»Ich habe etwas gefunden, Mamie.« Mit diesen Worten zog ich den Brief aus der Tasche und hielt ihn ihr entgegen. In Mamies Augen flackerte Erschrecken auf, oder irrte ich mich, und es war nur die Überraschung?

»Woher hast du den?«

»Ich habe ihn in deinem Rezeptbuch gefunden.« Ihre Brauen waren zusammengezogen, die Augen verengt. Ihrer Miene nach zu urteilen, hatte sie nicht beabsichtigt, mich auf die Spur des Briefes zu lenken. Vielleicht hatte Clem doch recht, und sein Inhalt hatte Mamie einfach beschäftigt, als sie halb im Delirium lag, sodass sie davon gesprochen hatte …

»Entschuldige, dass ich ihn gelesen habe«, sagte ich. »Aber ich dachte, er könnte uns vielleicht verraten, was du vor dem Sturz getan hast oder was dich in Unruhe versetzt hat. Dieser Brief ist jedoch älter und stammt von meinem Vater.«

»Ich weiß, ich kenne ihn gut«, sagte Mamie mit leiser Stimme.

»Darf ich dich etwas dazu fragen? Jetzt, wo ich ihn schon gelesen habe … Manche Dinge darin verstehe ich nicht ganz.«

Einen Moment lang schien Mamie zu zögern, doch dann nickte sie.

»Mein Vater … er …« Mein Ton wurde zögerlicher. Ich wusste, dass dieses Thema nicht nur für mich schwierig war. Mein Vater war Mamies Sohn, und aus den wenigen Gesprächen, die ich mit ihr über den Streit geführt hatte, wusste ich, dass sie das Ganze genauso belastete wie mich. Aus anderen Gründen natürlich, denn während ich mit der Schuld meines Vaters an Mamas Tod haderte, litt Mamie unter dem Zerwürfnis innerhalb ihrer Familie. Es tat ihr weh, meinen Vater und mich so zerstritten zu sehen, und sie litt wohl unter ihrem Unvermögen, zwischen uns zu vermitteln.

Mamie bemerkte meine Unsicherheit. Sie richtete sich ein wenig in ihrem Bett auf, auch wenn ihr die Bewegung offenkundig Schmerzen bereitete.

»Dein Vater ist nicht der Mensch, den du in ihm zu sehen meinst«, sagte sie matt. »Du glaubst, er hätte deine Mutter im Stich gelassen, aber …«

Ich unterbrach sie. »Ich weiß.« Ich hob die Hand mit dem geöffneten Brief. »Ich weiß, was er dazu sagt. Dass er sich nach dem Tod von Mama wirklich schuldig gefühlt hat.« Während ich redete, spürte ich, wie gegen meinen Willen meine Stimme brüchig wurde. »Wahrscheinlich stimmt das sogar, und er hat eingesehen, dass er sich falsch verhalten hat. Aber ich weiß einfach nicht, ob ich ihm das verzeihen kann. Er hätte doch bestimmt noch mehr machen können, damit es ihr besser ginge. Stattdessen war ihm der Job wichtiger als seine eigene Frau und seine Kinder.«

»Stimmt das denn so?«, hakte Mamie ein.

Ich hielt inne, wischte mir die Tränen weg und sah sie ausdruckslos an.

»Du hast dich viel mit Depressionen auseinandergesetzt«, fuhr Mamie fort, »das hast du mir damals erzählt. Du hast jedes

Buch darüber gelesen und jeden Artikel, der dir in die Hände geriet, nicht wahr?« Ich nickte. »Dann solltest du wissen, dass sich die Schuld an dieser Krankheit nicht einfach so auf andere Menschen abschieben lässt. Damals warst du noch sehr jung, und ich kann verstehen, dass du jemanden gebraucht hast, dem du die Verantwortung zuschreiben konntest – natürlich war das in deinen Augen der nächste Erwachsene, dein Vater. Aber bedenke, Clem ist in jungen Jahren hierhergekommen, und auch du bist mit neunzehn in eine eigene Wohnung gezogen. Und trotzdem trifft euch nicht die Schuld an ihrem Tod. Genauso wenig, wie sie euren Vater trifft. Ihr alle drei wart da, so gut es in dem Moment eben ging, aber manche düsteren Orte in der Seele eines Menschen kann man als Außenstehender nicht erreichen. Das kann nur er selbst.«

»Ich weiß nicht, Mamie. Findest du denn nicht, er hätte seine Reisen reduzieren müssen, als er gesehen hat, was mit Mama los war und wie hilflos Clem und ich waren?«

»Er hat einiges getan, um ihr zu helfen, er hat versucht …«

»Ich weiß«, unterbrach ich sie wieder, »Clem hat es mir erzählt. Aber das ist nicht mein Punkt. Er war einfach nie da. Vielleicht hätte seine Anwesenheit ja gereicht, um ihr zu helfen.«

»Pinou, das hat er doch auch versucht. Er war ja nicht ununterbrochen weg. Das kommt dir im Rückblick vielleicht so vor, aber zwischendurch gab es immer wieder Phasen, wo er länger zu Hause war. Du kannst ihm wirklich nicht die ganze Schuld zuschieben.«

Die Worte sickerten in meine Gedanken, und ich schluckte schwer. In mir brodelte es weiter, aber mir schienen die Argumente auszugehen, sodass ich ins Stocken kam. Da sprach Mamie weiter.

»Du könntest mit ihm reden, weißt du? Es ist dafür noch

nicht zu spät. Er wird sicherlich bald hierherkommen. Es wäre traurig, wenn du auch ihn verlieren würdest, Pinou.«

Ich blickte auf, legte das Kinn auf den Händen ab und atmete seufzend aus. Mamies Worte hatten etwas in mir ausgelöst, das ich lange nicht mehr gespürt und vielleicht einfach verdrängt hatte: den Schmerz über einen Verlust, der keiner sein musste. Doch schon kehrten die Trauer und die Wut zurück und bildeten mit all den anderen Gefühlen ein undurchdringliches Bündel, das mich überforderte und mir die Kraft raubte.

»Ich werde darüber nachdenken, Mamie«, sagte ich schließlich. »Ich kann dir nichts versprechen, das ist gerade alles sehr viel für mich. Aber ich denke darüber nach.«

»Und mehr verlange ich auch nicht von dir, meine Kleine.«

Wir lächelten uns verständnisinnig an. Und ich formte mit den Lippen ein unhörbares »Merci«.

Als ich nach dem Gespräch in der Pension eintraf, erblickte ich Fuchur, der sich mitten auf der Couch im Salon eingekringelt hatte. Ich setzte mich zu ihm und fuhr mit den Fingern durch sein dichtes Fell.

»Na, mein Lieber.« Sein müdes Schnurren vibrierte unter meiner Hand. Ich lehnte mich zurück und genoss die Wärme, die von dem kleinen Katzenkörper auf meinen Oberschenkel und meine Hand ausstrahlte. »Du hast es so gut, kannst den ganzen Tag schlafen, fressen und die Gegend erkunden, ohne dich mit Problemen herumschlagen zu müssen.« Gedankenverloren ließ ich den Blick durch den Salon gleiten, da fiel mir Mamies Rezeptbuch auf, das auf dem Tisch neben der Couch lag. Ich hatte es dort abgelegt, nachdem Clem und ich den Brief gefunden hatten. Vorsichtig, um Fuchur nicht zu erschrecken, erhob ich mich und griff nach dem Buch, um ein wenig darin herumzublättern. Als ich das Rezept für Vanille- und Schokoeclairs überflog, überkam mich plötzlich eine bekannte Sehnsucht. Das Gespräch mit Mamie schwelte in mir. Und wie früher schon, wenn mich ein Problem nicht losließ, drängte es mich auch jetzt, in die Küche zu gehen und zu backen.

Als ich die schwere Holztür öffnete, erfüllten die prallen Strahlen der Nachmittagssonne den Raum und ließen die Töpfe und Pfannen in den Regalen strahlen. Ich ging zur Vorratskammer, die Tür öffnete sich quietschend. Ich sah mich um: Mehl, selbst gemischter Vanillezucker, frische Vanilleschoten, Speisestärke, Schokoladenkuvertüre, Kakaopulver – es war alles da. Wusste ich doch, dass ich mich auf Mamie verlassen konnte! Schnell sammelte ich alles, was ich brauchte, zusammen und stellte es auf dem Küchentisch ab. Dazu kamen weitere Zutaten aus dem Kühlschrank, einige Schüsseln, Schneebesen und Löffel, die altmodische, manuell zu bedienende Waage und der Mixer. Geradezu feierlich band ich mir eine von Mamies Schürzen um und machte mich ans Werk.

Stundenlang hatten Mamie und ich gemeinsam in der Küche gestanden, hatten Neues ausprobiert und viel verworfen. All das, was wir als geglückt empfunden hatten, hatte Mamie in dieses Büchlein geschrieben, das ihre eigene Mutter begonnen hatte. Wenn man es durchblätterte, sah man den Wechsel zwischen der sehr geraden, präzisen Handschrift meiner Uroma hin zu den schräg stehenden, schwungvollen Lettern Mamies.

Dem Rezept folgend, gab ich die Zutaten für den Brandteig in einen Topf und erhitzte diesen auf dem Herd. Dabei schlug ich den Teig mit einem Holzlöffel, bis sich ein kleiner Teil auf dem Topfboden absetzte und der Rest eine golden glänzende Masse ergab. Dann bereitete ich die Creme vor. Während des Mixens kam mir eine Idee. Es stand nicht nur auf der ersten

Seite im Büchlein, auch Mamie hatte es jedes Mal gesagt, wenn wir gemeinsam am Backen waren: »Eine Bäckerin wird dann zur guten Bäckerin, wenn sie sich niemals auf ein Rezept verlässt, sondern immer ihr eigenes gewisses Extra hinzufügt. Das kann mal eine Prise Anis sein, mal ein Schuss Rum, je nach Produkt und gewünschtem Effekt …« Und daran hatten wir zwei uns immer gehalten.

Ich ließ Schüssel und Schneebesen auf dem Tisch stehen und lief auf die Terrasse hinaus. Die Luft umfing mich angenehm wärmend und süß duftend. Die gelb leuchtenden Zitronen an dem kleinen Baum waren mir schon bei meiner Ankunft aufgefallen. Doch bisher hatte ich mich nicht weiter um die Früchte gekümmert, obwohl sie dort so verführerisch hingen, reif zur Ernte. Schnell pflückte ich eine nach der anderen vom Baum und sammelte sie in meiner Schürze.

Zwei Zitronen schnitt ich in ihre Hälften und presste den Saft aus. Die restlichen würde ich mir später vornehmen. Der süßsaure Duft stieg mir in die Nase und breitete sich im ganzen Raum aus. Ich gab den Saft zu meiner Creme. Eine Prise mehr Zucker, um die Säure auszugleichen, das Ganze einmal durchgeschlagen. Ich probierte ein Löffelchen und musste lächeln. Es war perfekt – cremig und locker, fruchtig süß, ein Geschmack, der nur mit den Früchten aus dem Süden so hinzubekommen war. Ich hielt mich zurück, den Löffel noch einmal in die Creme zu tauchen und ihn abzulecken, und wandte mich stattdessen wieder dem Brandteig zu, den ich nun in länglichen Formen auf ein Backblech spritzte und so in den vorgeheizten Ofen schob. Typischerweise würde man nun eine Zitronenglasur bereiten, doch ich wollte einfach nicht auf Schokolade verzichten. Ich schnappte mir die Kuvertüre und ging mit ihr zurück zur Vorratskammer. Wenn ich mich nicht getäuscht hatte … Ja, da war sie. Schnell tauschte ich die dunkle Schokolade gegen weiße aus. Sobald die Eclairs abgekühlt und mit der Zitronencreme gefüllt waren, würde ich die Kuvertüre langsam in einem Wasserbad schmelzen und pur über das Gebäck geben. Ich leckte mir unwillkürlich die Lippen, als ich mir das geschmackliche Zusammenspiel vorstellte.

Mit einem Löffel kratzte ich gerade den letzten Rest Kuvertüre aus der Metallschüssel, als ich eine Stimme hinter mir hörte. Ich fuhr zusammen und hätte beinahe die Schüssel auf mein Werk fallen lassen. Henry und Léo tauchten an der Tischseite auf. Verwirrt blickte ich an ihnen vorbei zum Fenster. Es dämmerte schon. Die Zeit war verflogen, ohne dass ich es bemerkt hatte.

»Guten Abend, Penelope. Wie geht es Ihnen heute?«, fragte Léo höflich, während Henry nur Augen für die Eclairs hatte.

»Als ich den Duft erschnuppert habe, wusste ich schon, dass hier etwas Fabelhaftes im Gange sein würde. Aber das – wow! Für welchen Anlass hast du sie gebacken?«, entfuhr es ihm, bevor ich auf Léos Frage eine passende Antwort hatte finden können.

»Anlass?« Ich blickte Henry fragend an. »Ach so, nein, es gibt keinen. Die sind für uns.« Ich vollführte eine Handbewegung wie eine Zauberin, die dem Publikum ihre entzweigeteilte Assistentin präsentiert. Dann schnappte ich mir drei Teller aus dem Regal, drapierte Eclairs darauf und drückte den beiden jeweils eines in die Hand. Wir zogen uns Stühle am Tisch zurecht, suchten uns Plätze für die Teller zwischen all dem Chaos, das ich noch nicht beseitigt hatte. Bevor ich mich meinem Eclair zuwandte, beobachtete ich verstohlen, wie Léo zurückhaltend und Henry beherzt zubissen. Henry kaute einmal, zweimal, verharrte und suchte meinen Blick. Er wollte etwas sagen, doch es kamen nur unverständliche Laute aus seinem Mund. Also winkte er ab, kaute, schluckte und versuchte es dann noch einmal:

»Das ist unfassbar lecker, irrsinnig, zum Verrücktwerden gut, Penelope!«

»Da muss ich meinem Enkel recht geben, es ist wirklich zum Verrücktwerden gut!«

Ich lachte, dann wandte ich mich meinem Teller zu, nahm das Eclair mit beiden Händen und biss hinein. Die fluffige Zitronencreme vermischte sich perfekt mit dem leichten Teig und der weißen Schokolade. Mir entfuhr ein »Mhh«. Doch, es war wirklich gelungen.

»Wie hast du das nur gemacht?«, fragte Henry, während er sich ein wenig Creme aus dem Mundwinkel wischte. »Ich kenne nur die tiefgefrorenen Eclairs, die es bei uns im Supermarkt zu kaufen gibt. Aber das hier, das ist ja überhaupt kein Vergleich.«

Schon hatte er sein Eclair verputzt und nahm sich mit einem verschämten Blick zu seinem Großvater ein weiteres.

»Bei euch werden in der Küche vor allem Fish and Chips gezaubert, was?«, sagte ich lachend. Ich wusste natürlich, dass die englische Küche entgegen ihrem Ruf einiges zu bieten hatte. Aber es machte einfach zu viel Spaß, Henry aufzuziehen. Er verdrehte die Augen und brachte mit vollem Mund einige Laute zustande, die klar nach Widerworten klangen. »Backen ist gar nicht mal so schwer, wenn man ein paar Grundgriffe kennt. Ich kann's dir zeigen, wenn du möchtest.«

»Das wäre toll!«, meinte Henry. »Jetzt gleich?«

»Tatsächlich wollte ich aus den restlichen Zitronen noch Marmelade kochen. Es gibt nichts Besseres als selbst gemachte

Zitronenmarmelade. Wenn Sie Lust haben, können Sie beide mir gern helfen.«

Léo lächelte, doch er winkte ab. »Ich danke Ihnen für das Angebot und dieses köstliche Gebäck, aber ich werde Sie beide lieber allein lassen und mich nach oben zurückziehen.«

»Aber nein, bleiben Sie doch!«

Trotz unseres Protests zog Léo sich zurück auf sein Zimmer und überließ Henry und mir das Feld. Und schon standen wir zusammen am Herd, schnippelten die Früchte, kochten sie auf, mischten verschiedene Gewürze hinein und einen Schuss Grappa.

»Zitronenaufstrich ist übrigens etwas, womit ich mich bestens auskenne«, sagte Henry, während er in der vor sich hin köchelnden Marmelade rührte. »Schon mal was vom berühmten britischen *Lemon Curd* gehört, verehrte Meisterkonditorin?«

Ich erwiderte sein herausforderndes Lächeln.

»*Lemon Curd?* Ist das nicht dieser süße Puddingverschnitt, den ihr euch aufs Brot schmiert und der fast so schlimm ist wie eure bittere Marmelade?«

Er verzog eingeschnappt das Gesicht und lachte dann. Ich beobachtete ihn unauffällig von der Seite. Es wunderte mich fast ein wenig, dass Henry, obwohl ich mich so gut mit ihm verstand und er so charmant und lustig war und durchaus gut aussehend, als Mann keinerlei Anziehung auf mich ausübte. In seiner Gegenwart hatte ich das Gefühl, ganz ich selbst sein zu können, ohne irgendein falsches Signal zu senden. Ich schmunzelte. Offenbar waren wir gerade auf dem besten Weg, wirklich gute Freunde zu werden.

Während wir die Marmelade in Gläser füllten, kostete Henry etwas davon und sah mich erstaunt an.

»Die ist ja wirklich nicht bitter.«

»Das kommt daher, dass wir die Schale weggelassen haben, die eigentlich immer mitgekocht wird. Ich mag die Marmelade so mit einem kleinen Schuss Grappa aber lieber. Was denkst du?«

»Lecker!«

Zuletzt stellten wir die Gläser auf dem Kopf in die dunkle, kühle Vorratskammer, wobei Henry betonte, wie sehr er sich nun schon auf das morgige Frühstück freue. Er half mir, das Chaos zu beseitigen, die Lebensmittel zurückzustellen, Schüsseln und Besteck abzuwaschen und die Arbeitsflächen abzuwischen, während ich ihn fragte: »Hast du inzwischen schon entschieden, wie es bei dir weitergehen soll?«

Er nickte langsam. »Ich habe mit meinem Großvater lange darüber gesprochen und beschlossen, vorerst in keine Kanzlei zu gehen. Es fühlt sich falsch an, dem Wunsch meiner Familie nachzukommen, obwohl sich alles in mir dagegen sträubt. Ein Freund arbeitet für eine Menschenrechtsorganisation in Bangladesch. Sie suchen händeringend nach Mitarbeitern, die einen juristischen Hintergrund haben. Ich habe Jeff gestern Abend geschrieben, dass ich Interesse hätte, im Herbst zu ihnen zu stoßen. Dann wird sich zeigen, ob das mein Weg ist oder ob ich weitersuchen muss.«

Ich sah ihn staunend an.

»Wow, Bangladesch, damit hätte ich jetzt nicht gerechnet.«

»Ich vor einiger Zeit auch nicht, das kannst du mir glauben.« Er zwinkerte wieder, und ein breites Lächeln erschien auf seinem Gesicht. »Aber es wäre eine tolle Chance. Ich könnte für einen guten Zweck arbeiten, würde etwas Neues kennenlernen … Ich fühle mich so gut wie schon ewig nicht mehr, seit ich diese E-Mail abgeschickt habe.«

»Das glaube ich dir. Es wird dir sicher guttun, aus England rauszukommen.«

»Der Einzige, den ich wirklich vermissen werde, ist mein Großvater. Er wird bald achtzig, weißt du? Da fällt die Entscheidung, in ein anderes Land zu ziehen, doch schwer.«

»Das kann ich verstehen«, sagte ich. »Zumal Bangladesch ja wirklich weit entfernt ist, anders als bei mir, wo ich in weniger als zwei Flugstunden bei Mamie sein kann.«

Er nickte.

»Was ist denn dein Plan? Wirst du vorerst hierbleiben?«

»Ja«, sagte ich, ohne darüber nachzudenken. »Ich bleibe so lange, bis es meiner Großmutter wieder gut geht und sie hier problemlos übernehmen kann. Was ich dann mache, weiß ich ehrlich gesagt noch nicht.«

»Worauf hättest du denn Lust?« Ich überlegte, doch ein Klingeln durchbrach meine Gedanken. Ich blickte mich verwirrt um, als Henry ein Handy aus seiner Tasche zog.

Er warf einen Blick auf das Display und sah mich entschuldigend an: »Pardon, Penelope, ich muss da rangehen.« Schon war er auf dem Weg Richtung Flur.

Ich dachte über seinen neuen Plan nach, stellte mir vor, wie es wäre, nach Bangladesch oder an einen anderen weit entfernten Ort zu gehen. Wahrscheinlich hätte ich abgelehnt, noch bevor das Angebot ausgesprochen worden wäre. Gerade konnte ich mir einfach nicht vorstellen, in die Ferne zu reisen, um dort ein neues Leben zu beginnen, ohne Wurzeln, ohne Familie. Früher hatte ich von solchen Chancen geträumt, doch nachdem ich schon in Berlin so arg ins Stolpern geraten war, jagte mir der Gedanke an etwas Ferneres mächtig Angst ein.

Henry erschien im Türrahmen, das Telefon am Ohr, und deutete mir per Handzeichen an, dass es länger dauern und er nach oben gehen würde. Kein Problem, signalisierte ich ihm, und Henry verschwand die knarzende Treppe hinauf.

Meine Gedanken waren in Berlin hängen geblieben und bei der Frage, was ich hätte anders machen können. Wie in Trance fuhr ich mit der Hand die Maserung des Küchentisches nach. Meine Antwort, das musste ich mir nach wenigen Sekunden eingestehen, war klar: nichts. Natürlich hätte ich früher erkennen können, dass die Beziehung zu Oskar kurz vor der Katastrophe stand, und sie eher beenden können. Ich hätte auch spüren können, dass der Job am Theater nicht der richtige für mich war, und rechtzeitig kündigen können. Aber im Nachhinein ist es immer einfach, solche Erkenntnisse zu haben. Während ich noch mittendrin steckte, fehlte mir die Erfahrung, um andere Entscheidungen zu treffen. Außerdem hatte ich das Gefühl, dass all das, was geschehen war, langsam von mir fortrückte. Dachte ich an Oskar, fühlte ich zwar noch immer Traurigkeit und Enttäuschung, aber inzwischen war mir klar, dass die Trennung letztlich das Richtige für uns gewesen war. Und das Theater spielte in meinen Gedanken kaum noch eine Rolle. Es gab nur einen Punkt, der mich wirklich belastete, und das war die verlorene Freundschaft zu Jonas. Je mehr ich über Berlin nachdachte, desto mehr fehlte er mir. Ich zog mein Handy aus der Tasche, und in einem Anflug von Sehnsucht knipste ich ein Foto von den Eclairs. Dazu schrieb ich:

Eines ist für dich und kommt per Gedankeneilexpress!

Jonas liebte Eclairs, so wie eigentlich alles, was ich damals gebacken hatte. Ich zögerte nur einen kleinen Moment, dann drückte ich auf Senden. Schließlich hatte er den Kontakt gesucht, und ich wollte ihm zeigen, wie sehr ich mich darüber freute.

10

Am nächsten Morgen weckten mich die Geräusche einer zufallenden Tür. Verschlafen räkelte ich mich, drehte mich zur Fensterseite und blickte hinaus. Der Himmel war mit Wolken verhangen. Ich dachte an den gestrigen Abend, griff nach meinem Handy und sah, dass Jonas mir immer noch nicht geantwortet hatte, was ein dumpfes Gefühl in mir weckte. Ob die Nachricht doch zu voreilig gewesen war? Da fiel mein Blick auf die Uhrzeit auf dem Handydisplay, und ich erschrak. Ich hatte verschlafen, es war bereits elf Uhr! Schnell stieg ich aus dem Bett und stellte mich unter die Dusche. In einem leichten dunkelgrünen Rock, der mir bis über die Knie reichte, einem schwarzen Shirt, Ballerinas und mit dem Handy in der Hand huschte ich die Treppe hinunter und in die Küche, wo alles leer war. Nur ein Zettel lag neben dem Teller mit zwei der Eclairs, die ich für das Frühstück bereitgestellt hatte.

Na, du Langschläferin! Grandpa und ich haben uns an Euren Vorräten vergangen und uns selbst ein Frühstück gemacht – gekrönt wurde es durch Deine köstlichen Eclairs und unsere grandiose Marmelade. Mach Dir also keine Sorgen um uns und das verschlafene Frühstück. Wir besichtigen jetzt erst einmal die Verdonschlucht. Bis später, Henry

Lächelnd strich ich über den Zettel, dann machte ich mir einen Kaffee und sah durch das geöffnete Küchenfenster auf die Felder hinaus. Die Wolken lagen schwer über den Hügeln und drückten meine Laune, es roch bereits nach Regen. Dies war der erste Tag ohne Sonnenschein, seitdem ich hier angekommen war, und sofort spürte ich die Auswirkungen des Wetters auf meine Stimmung. Ich überlegte, was ich mit diesem angebrochenen Vormittag anfangen sollte, ob ich auf den Dachboden gehen sollte. Ich seufzte, hatte eigentlich keine Lust, mich jetzt um die Unordnung oder den Bürokram zu kümmern.

Ein Geräusch drang an mein Ohr, ich hob den Kopf. War das nicht ein laufender Motor? Ich setzte die Kaffeetasse ab und lief zur Vordertür. Als ich sie öffnete, sah ich Clems Wagen. Sie stellte den Motor aus und winkte mir durch das offene Autofenster zu.

»Was machst du denn hier?«, rief ich, während sie ausstieg und mir lächelnd entgegenging. Ihre Absatzschuhe hatte sie gegen strahlend weiße Sneakers ausgetauscht, die sie zu eng sitzenden schwarzen Jeans und einem weißen Shirt trug. Ihr Gang war trotz der fehlenden Absätze energisch, ihre Haare wallten bei jedem Schritt auf und ab.

»Ich habe meine Aushilfe gefragt, ob sie nicht noch mal einspringen will, weil ich Wichtiges mit meiner Schwester zu klären habe. Sie freut sich über jede Stunde mehr, die sie auf ihrer Rechnung vermerken kann.«

Schwungvoll nahm sie die Stufen zur Eingangstür und gab mir einen schmatzenden Kuss auf die Wange – der sicherlich einen ordentlichen Lippenstiftabdruck hinterließ.

»Und was müssen wir so Wichtiges besprechen? Ich dachte, mit der Pension ist erst mal alles klar?«

»Ich will nicht über die Pension sprechen. Los, rein mit dir.«

Sie drängte mich in den Flur, schob sich dann an mir vorbei und bog in die Küche ab. »Ich brauche unbedingt Koffein, bin schon seit halb sieben auf den Beinen, weil mich der Nachbarhahn geweckt hat – so einen Wichtigtuer erlebt man selten. Gockelt den ganzen Morgen lang herum, nur weil seine Hühner ihm zu wenig Aufmerksamkeit schenken. Du hast doch noch Kaffee?« Clem schielte in meine Tasse. Ich deutete auf die Kanne, und schon schenkte sie sich eine Tasse ein, gab einen ordentlichen Schuss Milch und einige Löffel Zucker dazu, dann lehnte sie sich an die Theke, nahm einen Schluck und warf mir einen genießerischen Blick zu. »Endlich. Mein erster heute. Ich versuche, weniger zu trinken, weil mein Arzt meinte, mein Blutdruck sei schon so hoch. Na ja. Quatsch, die Pension, ich hatte einfach Lust, mal wieder Zeit mit meiner Schwester zu verbringen. Zu zweit.« Sie zwinkerte mir zu. »Du hast mir schließlich noch immer nicht von Oskar erzählt. Also, was ist passiert?«

»Lass uns eine Runde durch die Felder drehen, bevor es anfängt zu regnen. Für dieses Gespräch brauche ich Luft.«

Clem stellte ihren Kaffeebecher, den sie in Rekordgeschwindigkeit geleert hatte, ab und ging durch die Terrassentür hinaus ins Freie.

Die Lavendelpflanzen hießen uns willkommen und umgarnten sanft unsere Beine. Vorsichtig, um keine zu zertreten, liefen wir den kleinen Pfad zwischen zwei Lavendelreihen entlang, bis wir einen breiteren erreichten, der uns erlaubte nebeneinanderzugehen. Es wehte ein mittelstarker Wind, der die Lavendelsträucher wie Wellen rauschen ließ. Sie verströmten ihren lieblichen Duft, und die Luft war so warm, dass wir nicht froren.

Clem sah mich erwartungsvoll von der Seite her an. Also begann ich zu erzählen. Es war einfach, mit ihr darüber zu sprechen, da sie den ganzen Hintergrund bereits kannte. Ihre Reaktion, als ich ihr von den letzten Ereignissen berichtete, fiel genauso aus, wie ich es erwartet hatte, vom ersten Schockmoment – »Was für ein Riesenarschloch!« – ging sie rasch in Akzeptanz über – »Sei bloß froh, dass du den los bist!« –, um sich anschließend der Zukunft zuzuwenden: »Und hast du schon wen Neues im Auge?« All das vollzog sich innerhalb von nur zwei Minuten. Dann aber überraschte sie mich doch, als sie sagte: »Ich habe eigentlich immer schon gedacht, dass du eher zu Jonas gehörst. Ihr habt euch so gut zusammen gemacht. Aber irgendwie wollte euer Karma das nicht, oder was ist für so was noch mal zuständig?«

Während Clem noch versuchte, den richtigen Schicksalsbegriff zu finden, sah ich über das Feld hinweg und dachte an damals vor gut vier Jahren, an das einzige Mal, als ich Jonas mit in die Provence gebracht hatte, an den kleinen Funken, der sich damals in unsere Freundschaft geschlichen hatte.

»Ach, Quatsch, zwischen uns wäre nie etwas anderes möglich gewesen als Freundschaft, dazu kennen wir uns einfach zu gut. Aber weißt du was, wir haben telefoniert«, erzählte ich Clem und löste den Blick von den Feldern, beobachtete, wie der Wind ihr das Haar ins Gesicht wehte und sie es zurückschob, um meinem Blick begegnen zu können.

»Jonas hat sich bei mir gemeldet, und ich habe die Hoffnung, dass wir wieder Freunde sein können, so wie früher.«

Clem wollte gerade etwas sagen, hielt aber mit einem Mal inne und deutete auf das Feld vor uns. Wir standen etwas erhöht auf einem der Hügel und konnten über das violette Meer hinwegschauen, das sich vor uns ausbreitete. Da sah ich es auch: eine Bewegung zwischen den Sträuchern. Ich kniff die Augen zusammen, fixierte den Verursacher. Ein Hund, ein schwarz-weißer, langfelliger Australian Shepherd, sprang durch den Lavendel, offenbar ziellos, sich fröhlich den Instinkten und Zufällen überlassend. Einen Besitzer konnte ich nicht entdecken. Konzentriert ließ ich den Blick nach links und rechts über die Felder und kleinen Zwischenwege schweifen, doch nirgendwo war ein Mensch zu sehen. Was machte der Hund so ganz ohne Begleitperson hier? Natürlich hatten viele der Nachbarn Hunde, aber nie hatte ich einen herrenlos durch die Felder laufen sehen. Vielleicht war er einem Touristen ausgebüxt?

»Wo kommt der denn her?«, fragte ich, ohne eine Antwort zu erwarten.

»Das kann ich dir sagen«, gab Clem zu meiner Überraschung zurück. Sie formte ihre Hände zu einem Trichter und legte sie an den Mund. »Dago!«, rief sie laut.

Mit leichtem Erschauern bemerkte ich, dass der Tupfer größer und größer wurde. Der Hund peste mit gefühlten hundert Sachen auf uns zu, und zwar geradewegs. Und er sah auch nicht so aus, als ob er abbremsen wollte. Mein Instinkt riet mir, ihm auszuweichen, am besten in das Feld zu springen, ich rührte mich aber nicht, blieb stocksteif stehen und wartete auf den Aufprall. Doch er kam nicht. Der Hund bremste ab, hüpfte schwanzwedelnd um uns herum, bellte uns freudig an, und als ich sein dickes, weiches Fell streichelte, sprang er an mir hoch, lehnte sich im Stehen an mich und ließ sich kraulen.

»Wem gehört der?«, fragte ich Clem, die ebenfalls ihre Hände in dem dichten schwarz-weißen Fell vergrub.

»Raphaël«, antwortete sie, als wäre es selbstverständlich, das zu wissen.

Da zerriss plötzlich eine tiefe Stimme von irgendwo weit in den Feldern die Luft: »Daaagooo!«

Ich versuchte auszumachen, von wo die Stimme gekommen

war, da riss sich der Hund schon wieder von uns los, nahm Tempo auf und peste davon. Ich verfolgte seinen Weg und erkannte schließlich weit entfernt eine verschwommene Gestalt. Sie schien uns nicht bemerkt zu haben, reagierte jedenfalls nicht, als Clem den Arm winkend schwang. Der Hund begrüßte seinen Besitzer so überschwänglich wie zuvor mich, dann verschwanden die beiden völlig aus meinem Sichtfeld.

»Wer ist Raphaël?«

Clem sah mich an, und plötzlich erschien ein breites Grinsen auf ihrem Gesicht. »Das ist es, Pepe. Du musst Raphaël kennenlernen!«

»Was? Was meinst du?«

»Ich stelle ihn dir vor, du wirst ihn mögen, da bin ich sicher!«

Im nächsten Moment traf mich ein großer Regentropfen am Arm. Ich blickte nach oben. Die Wolken waren noch finsterer geworden, eine Windböe wehte um uns herum und ließ meinen Rock um meine Beine tanzen. Der Lavendel glich mehr denn je einem großen, bewegten Meer, das mit jedem Windstoß seine Wellen aufstieben ließ.

»Ich glaube, wir sollten schnell zurück«, sagte Clem, und ich nickte. Einen Atemzug lang genoss ich noch das Gefühl, hier im Wind zu stehen und dem Adrenalin nachzuspüren, das eben beim Anblick von Dago durch mich hindurchgeschossen war. Dann spürte ich immer mehr überraschend warme Regentropfen, die auf mich herabfielen. Ich drehte um und folgte Clem, die schon einige Schritte voraus war. So schnell wir konnten, liefen wir zum Haus zurück, bevor sich der Schwall von oben löste. Vor der Terrasse trennten wir uns. Winkend lief Clem ums Haus herum zu ihrem Auto – die Buchhandlung rief –, während ich mich in die Küche rettete.

11

Zehn Minuten später, nachdem meine Schwester davongedüst war, saß ich im Salon, eine dampfende Tasse mit Früchtetee und ein Teller mit einem Eclair vor mir auf dem Tisch. Ich hatte die kleinen Lampen anknipsen müssen, die im Raum verteilt standen und hingen, weil es draußen so dunkel geworden war. Der Wind wehte pfeifend um das Haus. Fuchur lag längst an meinen Füßen. Ich saß da, lauschte dem Wind und dem Plätschern des Regens und bemühte mich, nicht wieder in die Melancholie des Morgens zu verfallen. Früher hätte ich einen solchen Regentag in der *Petite Sorcière* ausgiebig genossen. Ich hätte es mir hier oder auf dem Dachboden mit einem Buch bequem gemacht und den ganzen Tag nichts anderes getan, als zu lesen und der Gemütlichkeit zu frönen, ein Kuchenstück nach dem anderen naschend, süßen Tee dazu schlürfend. Aber nun wusste ich nichts mit mir anzufangen. Die Bücher in den Regalen um mich herum zogen mich nicht an, und zum Reden war niemand hier. Das Gespräch mit Clem über Jonas hatte mich in eine nostalgische Stimmung versetzt, und die Erinnerung an unseren gemeinsamen Aufenthalt hier in der Provence, an den ich lange nicht mehr gedacht hatte, setzte sich Stück für Stück in meinem Kopf zusammen.

Nachdem er sich über sechs Jahre lang all meine Erzählungen über das wunderschöne Haus in der Provence hatte anhören müssen, über die atemberaubende Landschaft, meine Großmutter und Clem, meinte Jonas irgendwann, wann ich endlich auf die Idee käme, ihn zu fragen, ob er nicht mitkommen wolle. Ich freute mich und war zugleich aufgeregt, ihm diesen Ort zu zeigen, der meine ganze Kindheit ausgemacht und mich so geprägt hatte.

Jeden Tag machten wir in den Feldern lange Spaziergänge, wir fuhren zum See in den Verdonbergen, und wir verbrachten Stunden in der Küche, wo wir gemeinsam kochten und backten. Oft gesellte sich Mamie dazu, lugte uns über die Schulter und lächelte wissend. Sie hatte Jonas vom ersten Tag an ins Herz geschlossen, als er mit tanzenden Locken und breitem Lächeln die Stufen zu ihrer Eingangstür hinaufgekommen war. Und auch Clem und Gaspard waren begeistert von ihm, als er, statt dem Gartenweg in Richtung ihres Hauses zu folgen, plötzlich ausscherte, das Gehege ansteuerte und ein Kaninchen nach dem anderen begrüßte. Vielleicht war es der Abstand zu unserer üblichen Umgebung in Berlin, vielleicht das Urlaubsgefühl, vielleicht die ständige Nähe zueinander, auf jeden Fall schlich sich während dieser Tage etwas Neues in unsere Freundschaft. Unsere Neckereien, wenn wir uns beim Backen gegenseitig mit Mehl bestäubten oder beim Spaziergehen Fangen spielten, waren nicht mehr das übliche freundschaftliche Geplänkel. Wir suchten die Nähe zueinander, suchten nach Berührung.

An unserem vorletzten Abend hier, meine Großmutter war bereits zu Bett gegangen, beschloss ich, Jonas den Dachboden zu zeigen. Es war ein lauer Sommerabend, die Hitze, die sich während des Tages dort oben angestaut hatte, wurde nur langsam von dem kühleren Lüftchen, das durch das Fenster hereinwehte, verdrängt. Ich zog die dünne Jacke, die ich mir während des Abendessens auf der Terrasse übergeworfen hatte, wieder aus und ließ sie auf einen der herumstehenden Kartons fallen. Jonas kam gerade die letzten Stufen herauf und blickte sich in dem dämmerigen Raum um. Er war vollkommen in das blaue Abendlicht gehüllt; die Regale und Kartons waren als dunkle Silhouetten auszumachen. Uns gegenüber leuchtete der Himmel durch die weit geöffneten Fenster sein letztes Blau, bevor er sich ganz der Dunkelheit hingeben würde.

Jonas hatte einige wenige Schritte in den Raum gemacht, und ich griff vorsichtig nach seiner Hand. »Komm.«

Ich führte ihn an den Kisten vorbei, die im Weg herumstanden, und zur Fensterbank hin. Hier bedeutete ich ihm, sich zu setzen. Wir nahmen gegenüber Platz, sodass wir uns jeweils mit einigen Kissen im Rücken am Fensterrahmen anlehnen konnten. Eine Weile saßen wir still da und blickten in den Himmel, auf die sich im Dunkeln vage abzeichnende Hügellandschaft und die dahinter aufragenden Felsen. Erste Sterne leuchteten am Himmel auf.

»Man fühlt sich hier, als säße man direkt im Himmel, findest du nicht?«, sagte ich leise. Ich spürte Jonas' Blick auf mir ruhen und sah zu ihm. Wir hatten kein Licht eingeschaltet, und durch den sich weiter verfinsternden Abendhimmel war Jonas' Gesicht ins Dunkel getaucht. Ich konnte nur in etwa erahnen, dass er lächelte.

»Danke, dass du mir das zeigst. Das alles«, sagte er genauso leise wie ich zuvor. Und er streckte den Arm aus, berührte mit seiner Hand meine Fußfessel und strich ganz leicht darüber.

»Hu, Vorsicht, das kitzelt!«, rief ich und wollte den Fuß von ihm fort und in Sicherheit ziehen, doch er schloss schnell seine Hand um die Fessel, fest und dennoch ganz sanft, und ich wusste genau, dass jetzt ein herausforderndes Lächeln auf seinen Lippen lag. Spielerisch beugte ich mich vor und versuchte, seine Hand zu lösen. Dabei bemerkte ich, wie Jonas näher an mich heranrückte. Und plötzlich spürte ich eine Locke an meiner Stirn, seinen Atem auf meiner Haut.

»Hey«, flüsterte er, und noch bevor ich antworten konnte, küsste er mich. Eine Hand legte er in meinen Nacken, die andere hatte sich längst von meiner Fessel gelöst und strich nun über meinen Rücken. Ich lehnte mich ihm entgegen, zog die Beine zur Seite, um näher an seine Brust rücken zu können. Meine Hand wanderte in sein dichtes Haar, und kaum dass ich hineingriff, intensivierte sich Jonas' Kuss und ließ mich für einen Moment alles um uns herum vergessen. Doch obwohl ich wollte, dass er weitermachte, immer so weitermachte, meldete sich mein Verstand und mit ihm ein Gedanke: *Er ist dein bester Freund.*

Ich zog mich vorsichtig zurück. Jonas' Gesicht war dem meinen immer noch ganz nah, und kurz war ich versucht, ihn einfach wieder zu küssen und den Kopf Kopf sein zu lassen.

»Alles in Ordnung?«, fragte er da.

»Ja«, sagte ich sachte und strich mit beiden Händen über seine Schultern. Was als eher freundschaftliche Geste gedacht war, missverstand Jonas. Er wollte sich wieder zu mir beugen, doch da sagte ich schnell: »Nicht.« Und das löste etwas in ihm aus. Er nahm sofort die Hände von mir, rutschte ein wenig von mir ab und zurück auf seine Seite.

»Entschuldige«, sagte er peinlich berührt. »Ich dachte nur … du hattest … ich dachte …«

»Ich weiß«, sagte ich schnell und merkte, dass meine Stimme sich fremd anhörte. Sie war viel zu hoch, die Worte zu ungelenk, als ich weitersprach: »Nein, das ist es nicht. Es war … es war schön. Es ist nur, wir sind doch Freunde.«

»Ja, natürlich.« Auch Jonas klang angespannt und zugleich aufgewühlt.

»Vielleicht sollten wir dann lieber nicht … Du weißt schon.«

Es vergingen einige sehr lange Sekunden, in denen Jonas nicht reagierte und regungslos auf dem Fensterbrett verharrte.

»Okay«, sagte er schließlich.

»Entschuldige, Jonas … Ich will nur nicht, dass wir gefährden, was wir haben.«

»Ich verstehe schon.« Ich sah, wie er sich zurücklehnte und einen Arm hob, um sich über das Gesicht zu streichen.

Auch ich lehnte mich wieder in die Kissen zurück und blickte durch das Fenster in den Sternenhimmel, der sich über uns ausgebreitet hatte. Doch mein Kopf ließ mir keine Ruhe. Wie hatte ich es geschehen lassen können, meinen besten Freund, der zugleich mein einziger enger Freund außerhalb der Familie war, zu küssen? Ich wusste doch, wozu so etwas führte: Man küsste sich, man schlief miteinander, im besten Fall verbrachte man einige Nächte miteinander, bis einer der beiden genug hatte, dann suchte man Abstand – und verlor die Freundschaft, die einem so wichtig gewesen war. So war es mir schon einmal ergangen, mit meinem besten Freund aus der Schule, von dem ich heute nicht mal wusste, wo er inzwischen lebte.

Ich hatte bisher nie darüber nachgedacht, ob Jonas mehr für mich sein könnte, ob wir einen Schritt mehr wagen und es auf eine Beziehung ankommen lassen sollten. Und wenn mir dieser Gedanke bisher nie gekommen war, dann konnte es doch auch nicht der richtige, der natürliche Weg sein. Oder? Hätte sich so etwas nicht schon längst angedeutet, sich nach und nach entwickelt? Von der Freundschaft so unverhofft in mehr zu springen kam mir verkehrt vor.

Die Spannung zwischen Jonas und mir war geradezu greifbar. Was in ihm wohl vorging?

»Wollen wir vielleicht ins Bett, also … in unsere Zimmer runtergehen?« Ich verteufelte mich selbst für die Unbeholfenheit meiner Worte. Von Jonas kam ein knappes »Gern« zurück, und so kletterten wir in dem Versuch, einander nicht zu berühren, umständlich von der Fensterbank.

Im Flur unten, wo kleine Wandlampen brannten, kamen wir zuerst an Jonas' Zimmertür vorbei. Zum ersten Mal seit dem Kuss sah ich sein Gesicht bei Licht. Seine Züge wirkten ruhig, gelassen, doch seine Augen waren dunkler als sonst und irgendwie tiefer.

»Also dann«, sagte ich leise und machte einen Schritt in Richtung meiner Zimmertür, »hab eine gute Nacht.«

Jonas nickte. Ich wollte mich abwenden, doch da spürte ich seine Hand an meinem Arm, die mich zurückhielt. Jonas machte einen Schritt hin zu mir. Er stand jetzt direkt vor mir, sodass ich die von ihm ausgehende Wärme spüren konnte.

»Pepe«, flüsterte er. »Wenn ich dir sagen würde, dass ich mich in dich verliebt habe, würde das etwas ändern? Würdest du dann mit mir zusammen sein wollen?«

Ungezielt wich ich einen Schritt zurück. Ich hatte das Gefühl, nicht mehr klar denken zu können, Jonas' Duft vernebelte mir die Gedanken.

»Jonas, ich … Woher kommt das plötzlich?«

Jonas blickte mich einen Moment fassungslos an. »Woher das kommt?« Sein Blick wanderte an mir hinunter, über den Fußboden und an der Wand wieder herauf. »Bitte beantworte doch einfach die Frage«, sagte er dann geradezu flehentlich. Seine Haare waren wirr, von unserem Kuss oder vom Haareraufen danach. Sein linker Arm hing an der Seite herab. In mir brannte es, den einen fehlenden Schritt zu ihm hin zu tun und ihm über den Kopf, den Nacken zu streichen. Doch das war nicht richtig.

»Jonas, es tut mir leid«, sagte ich leise. »Ich brauche dich als Freund, du bist mir zu wichtig. Ich will dich nicht verlieren.« In meinen Ohren klangen die Worte mechanisch, wie aus einem schlechten Liebesroman kopiert. Sein Kopf begann zu nicken. Wortlos wandte er sich zu seiner Tür, hatte die Klinke schon heruntergedrückt, dann verharrte er. Ich fühlte mich so schlecht, wollte so gerne die Zeit zurückdrehen und alles wieder auf null stellen. Ich hatte das Gefühl, unsere Freundschaft verspielt, ihn bereits verloren zu haben. Doch da drehte er sich wieder zu mir um. Mit erhobenem Arm kam er auf mich zu, und ich dachte schon, er wolle mich wieder küssen. Doch er zog mich nur fest an sich. Seine Hand strich mir über den Hinterkopf. »Vergessen wir alles, was heute passiert ist, okay?«

Ich nickte in seine Umarmung hinein. Erleichterung durchflutete meinen Körper, und an diesem Gefühl versuchte ich mich festzuhalten, als ich allein in mein Zimmer ging und die Tür hinter mir schloss.

Nach diesem Abend versuchten wir, zu der Normalität unserer Freundschaft zurückzukehren. Wir verhielten uns, wie wir es vorher getan hatten, und dennoch zuckte manches Mal die Erinnerung an unseren Kuss durch meinen Kopf und verunsicherte mich. Ich war mir an jenem Abend so sicher gewesen, mich richtig entschieden zu haben, was aber, wenn ich mehr zugelassen hätte? Wäre Jonas vielleicht doch der Richtige gewesen? Schließlich mochte ich ihn so gern, dass ich mich fragte, ob diese Gefühle nicht ausreichen mochten, um eine schöne, erfüllende Beziehung zu führen … eine, die nicht auf starker Anziehung basierte, sondern aus einer Freundschaft wuchs.

Ständig bohrten sich diese Gedanken in meinen Kopf, und als Jonas mir einige Wochen später von Lina erzählte, war ich geradezu erleichtert. Die Aufregung in seinen Augen verriet mir, dass es mehr war als eine kleine Schwärmerei für eine Frau, und ich freute mich aufrichtig für ihn. Ich war froh, dass wir nun unsere Freundschaft endlich wie früher fortführen konnten.

Ein Jahr später lernte ich Oskar kennen, und ich verliebte mich Hals über Kopf in ihn, sodass ich kaum merkte, wie ich mich mehr und mehr von Jonas und den verzwickten Gefühlen, die unsere Freundschaft durcheinandergebracht hatten, distanzierte. Oskar mochte Jonas nicht – und wenn ich ihn fragte, warum, erhielt ich nur knappe Antworten wie »Weil er ein Langweiler ist« oder »Weil er zu viel Raum in deinem Leben einnimmt«. Aber so oder so verbrachte ich immer weniger Zeit mit Jonas, und wir lebten bald zwar noch immer direkt übereinander, aber doch aneinander vorbei.

Lina und Jonas blieben trotz der wachsenden Distanz stets freundlich, und Jonas sagte immer mal wieder, ich fehlte ihm und ob ich nicht Lust hätte, mal vorbeizukommen, doch bis auf die wenigen Besuche nach Felis Geburt ging ich nicht mehr zu ihnen. Oskar war zu dieser Zeit so gut wie bei mir eingezogen, jeden Abend sahen wir uns, und meistens blieb er über Nacht bei mir. Was bei Jonas passierte, bekam ich schließlich gar nicht mehr mit, und obwohl er mir unheimlich fehlte, wurde aller Raum, der zuvor von unserer Freundschaft eingenommen worden war, nun von Oskar ausgefüllt.

Als dieser sich schließlich zurückzog, war es zu spät. Ich hatte ein schlechtes Gewissen, dass ich nichts unternommen hatte, um die Freundschaft zu Jonas aufrechtzuerhalten. Wie könnte ich jetzt, da es mir mit einem Mal nicht mehr so gut ging, einfach bei ihm auf der Matte stehen und seine Freundschaft einfordern?

Nun, im Wohnzimmer im Haus meiner Großmutter, wurde mir klar, was geschehen war: Ich hatte diese so besondere Freundschaft mit Jonas verschenkt für etwas, das mit einem Mal im Nichts verpufft war. Ein wenig nervös spielte ich an meinem Handy herum. Fuchur öffnete kurz ein Auge, um meinen Bewegungen zu folgen, und rollte sich dann wieder zusammen. Noch völlig verfangen in Erinnerungen, blickte ich auf das Display. Da entdeckte ich die Nachricht, die bereits vor einer halben Stunde eingetroffen war.

Warum schickst du mir nur ein Eclair, du Geizhals, ich will sie alle! Bitte sofort per Express schicken!

Ich lachte laut auf, sodass Fuchur mir einen verärgerten Blick zuwarf. Mein Herz klopfte etwas schneller, als ich Jonas' Nummer wählte. Ich unterdrückte den Anflug von Nervosität, während es tutete.

»Hallo, Penelope! Wie schön, von dir zu hören! Ich wollte gerade eine Beschwerde rausschicken: Wo bleiben meine Eclairs?«

Und da, als ich seine Stimme hörte, war alles mit einem Mal wieder normal. Es war ganz natürlich, ihn anzurufen, meinen besten Freund, und sofort fand ich zu der gewohnten Lockerheit zurück.

»Ach komm, die hast du doch schon alle verputzt, gib es zu!«

Jonas lachte vergnügt.

»Na, was macht Felis Knie?«, fragte ich.

»Felis …? Ach so, dem geht's viel besser, danke. Das Winnie-Puh-Pflaster hat offenbar seine Wirkung getan.«

»Dann ist ja gut. Das Kreischen klang wirklich fürchterlich, ich dachte schon, das ganze Bein wäre abgefallen.«

Jonas lachte. »Nein, nein, wir konnten es gerade noch retten. Eigentlich war es auch nur eine kleine Schürfwunde. Aber wie geht's denn dir?«

Ich blickte mich um, sah das unangetastete Eclair vor mir, den Tee, der längst kalt war.

»Ganz gut eigentlich«, sagte ich schließlich.

Eine kurze Pause folgte, bevor Jonas meinte: »Okay, und nun die ehrliche Antwort bitte.«

Ich musste schmunzeln. Nichts hatte sich geändert, er durchschaute mich noch immer, wenn ich versuchte, gute Miene zu machen.

»Also«, wiederholte er, »was ist los, Penelope?«

»Ich habe gerade über uns nachgedacht.« Ich streckte den Finger aus, strich die süße Creme, die aus dem Eclair gelaufen war, auf, um sie abzulecken. »Über das, was damals passiert ist, nachdem ich Oskar kennengelernt habe. Es ist ein Wunder, dass du überhaupt noch mit mir sprichst.«

»Aber daran warst du doch nicht allein schuld«, wandte Jonas ein, bevor ich weitersprechen konnte. »Wir waren alle daran beteiligt. Du warst mit Oskar beschäftigt, Lina und ich haben kurz darauf Feli bekommen ... Es war einfach viel los bei uns.«

»Aber es ging von mir aus. Ich habe mich von Oskar anstecken lassen und dich vernachlässigt. Das tut mir sehr leid.« Jonas wollte etwas sagen, doch ich unterbrach ihn: »Du sollst bloß wissen, dass die Freundschaft mit dir mir sehr gefehlt hat in den letzten Jahren.«

»Du hättest dich immer bei mir melden können«, sagte Jonas leise, offensichtlich berührt von meinen Worten.

»Ich weiß. Aber ich habe mich nicht getraut, weil ich dachte, ich hätte bereits alles kaputtgemacht.«

»Hast du nicht, wirklich.«

»Du hast ja keine Ahnung, wie gut es tut, das zu hören«, gab ich erleichtert von mir. »Ich habe mich wirklich wahnsinnig über deinen Anruf neulich gefreut.«

»Ich habe mir halt Sorgen gemacht nach unserem kurzen Treffen im Treppenhaus. Was ist denn eigentlich ...«, Jonas zögerte, bevor er die nächsten Worte aussprach, »was ist denn mit Oskar vorgefallen? Hinter der Sache mit dem Schlüssel steckt doch mehr, oder?« Seine Stimme klang so angenehm ruhig, dass ich mich im Sessel zur Seite drehte und tief in das Polster sinken ließ, sodass mein Kopf auf der einen Armlehne lag und meine Beine über der anderen baumelten. Aus dem Hörer drang ein schepperndes und kratzendes Geräusch zu mir, als kramte jemand in einem Besteckkasten. Ob Jonas in der Küche stand, sich vielleicht einen Snack zubereitete?

»Ja«, seufzte ich. »Dass Oskar dir den Schlüssel ausgehändigt hat, war wohl das letzte Symbol dafür, dass unsere Beziehung endgültig vorbei ist.«

»Ihr habt euch getrennt? Wieso das denn?« Das Hintergrundgeräusch war abrupt verstummt, und Jonas klang überrascht.

»Sagen wir mal so: Wir haben uns auseinandergelebt. Und irgendwann während dieser Zeit müssen wir unsere Liebe füreinander verloren haben. Es lief schon eine ganze Weile nicht mehr glatt. Und dann hat Oskar etwas mit einer anderen gehabt.«

»Er hat dich betrogen?« Jonas' Stimme überschlug sich geradezu. »Das hat er nicht getan, dieser ... dieser ...« Er gab seine Suche nach dem passenden Schimpfwort auf und fragte stattdessen, immer noch aufgebracht: »Moment, warum klingst du denn nicht wütender?«

»Glaub mir, ich bin es. Ich habe mich wahnsinnig geärgert, dass er nicht den Mumm hatte, erst mal mit mir zu reden, bevor er was mit einer anderen anfängt. Und als er dann auch noch per Telefon mit mir Schluss gemacht hat …«

»Das hat er nicht!« Wieder überschlug sich Jonas' Stimme.

»Ja, doch, hat er. Und alles, was danach kommt, macht es nicht besser. Aber ich war jetzt schon so lange wütend, dass ich anfange, darüber zu lachen. Ich kann bloß froh sein, dass ich ihn los bin.«

»Hm«, machte Jonas. »Nimm es mir nicht krumm, aber weißt du, ich hatte ehrlich gesagt schon von dem Tag an, als du ihn mir vorgestellt hast, Zweifel, was das mit euch beiden anging.«

»Ach ja? Wieso das?« Ich dachte unwillkürlich an den Abend zurück, als die beiden sich begegnet waren, und an Oskars Worte, mit denen er mir danach zu erklären versuchte, warum eine Freundschaft zwischen ihm und Jonas ausgeschlossen sei.

»Er war einfach nicht der Richtige für dich, das war völlig offensichtlich. Der Typ war ein Angeber, ein Wichtigtuer.« Jonas redete sich richtig in Rage, so hatte ich ihn ewig nicht erlebt. »Immer wusste er alles besser, oder er hörte einem erst gar nicht richtig zu. Dem war doch eigentlich alles egal außer ihm selbst. Na ja, und dir vielleicht, für eine gewisse Zeit.«

»Oh, okay …«, sagte ich. Mir war nicht klar gewesen, dass Jonas Oskar überhaupt nicht gemocht hatte. Ich schwankte dazwischen, ob ich mich zurückgestoßen fühlen oder amüsiert sein sollte angesichts seines Ausbruchs. »Warum hast du nie mit mir darüber gesprochen?«

»Weil man das nicht macht. Du warst frisch verliebt, da wäre ich doch nicht angekommen und hätte dir meine Meinung über deinen Freund aufgeschwatzt. Ich dachte halt, dass Oskar vielleicht eine andere Seite hatte, die er dir gegenüber zeigte und die mir verborgen geblieben ist. Und später, na ja, da haben wir uns gar nicht mehr gesehen.« Ich wollte etwas sagen, doch Jonas kam mir zuvor. »Ich glaube, dass du ohne ihn wirklich besser dran bist.«

Ich war überrascht angesichts Jonas' plötzlicher Offenbarung und brauchte einen Moment, um mich zu sammeln. Jonas nutzte ihn und sagte: »Entschuldige, das kam jetzt sehr holterdiepolter aus mir heraus. Es hatte sich über die Jahre anscheinend was in mir angestaut.«

Da musste ich lächeln. »Vielleicht wäre es gut gewesen, wir hätten eher über all das gesprochen. Womöglich hätte mir das einiges erspart.«

»Da könntest du recht haben«, brach es erleichtert aus ihm heraus. »Also ist es wirklich okay für dich mit der Trennung?«

»Na ja, du weißt, ich bin ein Waschlappen«, sagte ich lachend. »Womit ich momentan noch hadere, könnte möglicherweise«, ich zog das Ö in die Länge, »das Alleinsein sein. Nur so eine Vermutung.«

Jonas lachte ein wenig. »Da könntest du möglicherweise recht haben.« Er ahmte meine Sprechweise mit dem langen Ö nach. »Du warst ja auch ziemlich lange mit ihm zusammen. Da ist es ungewohnt, niemanden an seiner Seite zu haben. Aber wie geht es dir denn sonst, hast du Leute um dich herum, die dich ein wenig ablenken, oder muss ich erst vorbeikommen und dich aufheitern?« Der Gedanke, Jonas zu sehen, löste sofort ein freudiges Gefühl in mir aus, auch wenn ich wusste, dass er nur Spaß machte. »Ich bin hier einigermaßen gut versorgt. Meine Schwester ist ja da mit ihrem Mann und natürlich Mamie, aber die muss erst mal wieder auf die Beine kommen. Ach ja, und dann sind hier noch die Pensionsgäste, Henry und sein Großvater Léo.«

»Hm, und dieser Henry ist eher in Felis oder in unserem Alter?«, hakte Jonas nach, und ich musste lachen.

»In unserem natürlich, sonst hätte ich mich wohl strafbar dafür gemacht, dass ich mit ihm Pastis getrunken habe.«

»Ach so«, sagte Jonas trocken und nach einer winzigen Pause: »Aber solange er nur vorübergehend in der Pension ist, muss ich mir hoffentlich keine Gedanken darum machen, dass er mir den Rang abläuft.«

»Als bester Freund? Niemals!«

Jonas räusperte sich. »Na, dann ist ja gut. Ist denn da sonst etwas zwischen euch, ich meine, du weißt schon, jetzt, wo Oskar nicht mehr da ist?«

»Zwischen Henry und mir?« Ich musste lachen. »Also, seine Oberarme sind schon beeindruckend, und seine blauen Augen ein Traum! Außerdem teilen wir auf jeden Fall unsere große Liebe für den Wein, und letztens hat er auch schon für mich gekocht.« Mein Kichern verriet mich wohl, denn Jonas gab ein entnervtes »Nun hör auf, dich über mich lustig zu machen!« von sich. Also lenkte ich ein und sagte mit ruhiger, warmer Stimme: »Er ist ein toller Gesprächspartner, und ich bin froh, ihn hier zu haben, aber mehr als das ist da definitiv nicht zwischen uns.«

Ein gleichmäßiges, hackendes Geräusch drang zu mir durch. Er kochte also für seine kleine Familie. Ich stellte ihn mir vor, wie er da stand, das Telefon zwischen Ohr und Schulter geklemmt, ein Messer in der Hand, eine Zwiebel oder Paprika vor sich, wahrscheinlich auf einem Frühstücksbrettchen mit dem Konterfei vom Sandmännchen oder Ernie und Bert. Und ich musste schmunzeln.

»So viel zu den Männern in deinem Leben. Sag mir doch mal lieber, wie es deiner Großmutter geht.« Offensichtlich wollte

Jonas das Thema wechseln, und ohne ihn noch weiter zu necken, ging ich darauf ein.

»Schon viel besser. Sie ist wieder ganz ansprechbar, und wir können sie täglich besuchen. Aber sie hat noch Schmerzen, so ganz die Alte ist sie wirklich nicht. Ich mache mir Sorgen um sie.«

»Das tut mir leid. Ich hoffe, sie erholt sich, und zwar bald. Es tut ihr bestimmt gut, dass sich ihre Familie um sie kümmert.«

»Ich hoffe es.« Ein Brutzeln ertönte im Hintergrund und wurde dann und wann von einem Zischen unterbrochen. Ich stellte mir vor, wie Jonas in der Pfanne rührte. »Wie läuft es bei euch denn so?«, fragte ich.

»Hier gibt's eigentlich nichts Neues.«

»Nichts Neues? Wir haben bestimmt drei Jahre oder so nicht richtig miteinander gesprochen!«

»Drei Jahre? Niemals! Außerdem bekommt man das Wichtigste ja doch irgendwie mit … Obwohl, warte, da fällt mir etwas ein. Feli hat ihre erste Kindergartenliebe gefunden!«

»Nein, wie toll! Erzähl, wer ist es?«

»Sie heißt Lisa-Marie, ist in derselben Kindergartengruppe, und ihre Lieblingstiere sind Pandas.«

»Feli hat sich in ein Mädchen verliebt? Wie süß!«

»Jep, seitdem sie letztens beim Einkaufen ein lesbisches Pärchen gesichtet hat, ist sie überzeugt, dass sie das auch möchte. Und ich muss sagen, ich hätte kein Problem damit, wenn hier irgendwann keine pubertären Jungs mit Stimmbruch aufkreuzen.«

»Als wären die Mädels in dem Alter einfacher zu handeln!«

»Ja, gut, stimmt auch wieder«, gab er hadernd zu. »Lassen wir uns einfach überraschen.«

»Hauptsache, sie ist glücklich«, sagte ich schmunzelnd.

»Das wird sie nur sein, wenn ihr das Essen gleich pünktlich serviert wird. Ich will dich ja nicht abwimmeln, aber …« Er klang leicht beschämt.

»Ich verstehe den Wink schon, du musst weiterkochen. Kein Problem! Guten Appetit euch, und mach's gut, Jonas. Es war schön, dich zu hören.«

»Sprechen wir bald wieder?«, fragte er.

»Unbedingt.«

»Gut.« Ich konnte das Lächeln in seiner Stimme hören. »Bis dann, Pepe.« Und schon war seine Stimme weg und nur noch Stille in der Leitung.

12

Nach dem Telefonat mit Jonas fühlte ich mich mit einem Mal ungewohnt beschwingt. Was als trüber Tag begonnen hatte, hatte sich durch Clems Besuch und Jonas' Worte als bloße Anwandlung herausgestellt, die leicht zu überkommen gewesen war – einfach indem ich mich mit meinen liebsten Menschen umgab. Nun fühlte ich mich gewappnet, um den Rest des Tages anzugehen. Zuerst begab ich mich in die Küche, machte mir ein Sandwich und blätterte dabei ein wenig in Mamies Buch. Bei einem Rezept für Pfirsichküchlein blieb ich hängen. Ich studierte es und ließ dann den Blick durch das Fenster hinaus zu den wogenden Lavendelbüschen wandern. Pfirsich und Lavendel, warum eigentlich nicht?

Ich kletterte auf meinen Stuhl und reckte mich nach einem getrockneten Lavendelbund über meinem Kopf. Nachdem ich einige Blüten zwischen den Fingern zerrieben und daran geschnuppert hatte, nickte ich angesichts des herrlichen Aromas, löste das Bund vom Dachbalken und stieg mit ihm wieder vom Stuhl. Rasch streifte ich mit den Fingern die Blüten von den Streben, bis ich etwa eine Untertasse voll zusammenhatte. Dann huschte ich nach draußen, um schnell einige Pfirsiche vom Baum zu pflücken und wieder hineinzueilen, bevor ich völlig durchnässt wäre. Zum Glück hatte der Regen etwas nachgelassen. Ich wusch und schnitt sie in kleine Stücke. Anschließend heizte ich den Ofen vor und wandte mich dem Teig zu. Statt Törtchen würde ich Cupcakes mit Pfirsichen backen und sie mit einer Haube aus Lavendelcreme garnieren.

Der Ofen verströmte warme Luft, während das Geräusch des prasselnden Regens durch die leicht offen stehende Terrassentür drang. Ich suchte mir die Zutaten zusammen und rührte den einfachen Teig mit einem Schneebesen an. Als er eine geschmeidige Masse bildete, gab ich die Pfirsichstückchen dazu. Ich suchte ein wenig herum, bis ich endlich eine Muffinform fand. Eindeutig gehörte sie nicht zu den Utensilien, die meine Großmutter oft zur Hand nahm. In einer Kiste mit Backutensilien stieß ich auf blau-weiß gestreiftes Muffinpapier und erinnerte mich entfernt daran, es einmal mit meiner Großmutter gekauft zu haben. Ich legte die Form damit aus und gab den Teig hinein, dann wanderte alles in den Ofen. Nun war die Creme an der Reihe. Schnell waren Frischkäse, Puderzucker und Lavendel aufgeschlagen. Ich überlegte einen Moment, ob ich die Creme in ein helles Lila färben sollte, entschied mich aber dagegen. So würde man die violetten Blüten darin besser erkennen können.

Der Teig war schnell durchgebacken und musste nur noch auskühlen. In der Zwischenzeit räumte ich alles auf, was ich an schmutzigem Geschirr in der Küche hinterlassen hatte, und durchsuchte aus Neugier die Speisekammer, wo ich noch mehr hilfreiche Utensilien fand: eine Spritze zum Auftragen der Creme, einen kleinen Karton, den ich später gebrauchen konnte, um die Cupcakes zu verpacken, essbares Glitzerpuder, das ich sicherlich irgendwann einmal Mamie aufgeschwatzt hatte und erst mal wieder in der Kiste verschwinden ließ. Dann waren die Muffins ausgekühlt, und ich konnte die kleinen Hütchen aus Lavendelcreme auftragen. Zwei Cupcakes packte ich vorsichtig in den kleinen Karton, den Rest richtete ich zusammen mit den restlichen Eclairs auf einer Platte an und schrieb auf einen Zettel, dass Léo und Henry sich gerne bedienen sollten. Dann machte ich mich mit Cupcakes und Regenschirm ausgerüstet auf den Weg zum Krankenhaus.

Als ich mich Mamies Krankenzimmer näherte, hörte ich ihre Stimme auf den Flur dringen.

»… gestern angerufen, wie jeden Tag, seitdem ich wach bin. Ich habe ihm versichert, dass er nicht zu kommen braucht, er ist ja gerade erst von seiner Konferenz aus Taiwan zurück. Aber vielleicht wäre es doch gar nicht so schlecht.«

»Du meinst, wegen seines Streits mit Pepe?« Das war Clem. Ich blieb vor dem Krankenzimmer stehen, dessen Tür angelehnt war. Ich wollte eigentlich nicht lauschen, aber wenn ich jetzt hineinginge, wüssten sie, dass ich etwas von dem Gespräch aufgeschnappt haben musste, und eine weitere Diskussion über meinen Vater stünde an. Stattdessen hielt ich den Karton mit den kleinen Küchlein fest in der Hand und hoffte, dass sie schnell das Thema wechseln würden.

»Vielleicht wäre das ja der Anlass, den sie brauchen, um miteinander zu reden.«

Oh nein, das wollte ich nicht belauschen, das wurde mir nun doch zu unangenehm. Ich machte einige leise Schritte rückwärts, um dann polternd in Richtung von Mamies Zimmer zu gehen, dort übermäßig laut anzuklopfen und hineinzutreten. Ein ziemlich alberner Auftritt, aber ich hatte mir nicht anders zu helfen gewusst. Clem warf mir einen etwas irritierten Blick zu. Ich ignorierte ihn und begrüßte beide wie üblich. Mamie sah mich überrascht an und lächelte.

»Du bist so fröhlich heute, meine Kleine. Ist etwas Besonderes geschehen?«

Ich dachte an mein Telefonat mit Jonas, an das wiederentdeckte Glücksgefühl beim Backen gestern und an meinen Abend mit Henry. Es war klar, was davon ich meiner Großmutter erzählen würde. Ich streckte ihr den Karton mit den Cupcakes hin, strahlte und berichtete ihr von meinen Backabenteuern.

Mamie nickte. »Dass das Backen dich glücklich macht, wusste ich schon, als du noch ganz klein warst und wir dich mit den Backformen auf dem Vorplatz erwischt haben, wo du Madeleines aus Sand gebacken hast.« Sie nahm einen winzigen Bissen von dem Cupcake, wobei ihr etwas Creme an der Nasenspitze hängen blieb. Clem und ich lachten auf, und als Mamie entdeckte, wo unser Lachanfall herrührte, stimmte sie ein.

»Mmh, Pinou, die sind dir aber vorzüglich gelungen«, schwärmte Mamie. »Die Frischkäsecreme mit der blumigen Note macht sich perfekt zu dem süßen Teig. Gut, dass du in der Creme nicht so viel Zucker verwendet hast! Und dazu die Pfirsiche … wirklich toll. Das Rezept musst du unbedingt in unser Buch aufnehmen!«

»Da hat Mamie recht«, stimmte Clem ein. »Die haben auf jeden Fall einen Ehrenplatz im Rezeptbuch verdient!«

Als sie ihren Cupcake aufgegessen hatte, erhob sich Clem. »Ich muss leider schon los. Ich habe Gaspard überredet, mit mir essen zu gehen. Er braucht mal etwas Ablenkung von seiner Arbeit. Gestern ist wohl wieder einer der Kellner entlassen worden.«

Ich sah zu ihr auf. »Obwohl die Saison gerade erst losgeht?«

Clem zuckte mit den Schultern. »Wahrscheinlich haben sie jemanden gefunden, der den Job für weniger Geld macht.«

»Grüß Gaspard von uns. Ich hoffe, er kann seinen Chef mit seinen Kochkünsten überzeugen, dass er ihn noch lange behält.«

Clem warf mir einen Luftkuss zu, beugte sich zu Mamie hinunter, um sich zu verabschieden, schwang sich die Handtasche über die Schulter und war schon wieder hinausgestöckelt. Ihre Anwesenheit hing noch in der Luft, und einen Moment schwiegen Mamie und ich.

Dann räusperte sich meine Großmutter. Ich blickte in ihre blauen Augen. Das Leben, das früher aus ihnen gesprüht war, glomm heute als kleiner Funke auf – eine große Verbesserung im Vergleich zu den ersten Tagen.

»Pinou, du hast unser Gespräch gehört, nicht wahr? Das über deinen Vater?«

Erschrocken sah ich sie an. Natürlich hatte sie meinen völlig überzogenen Auftritt durchschaut. Betreten nickte ich.

»Dein Vater wird bald hier eintreffen. Das wäre die Chance für euch, noch mal miteinander zu sprechen, meinst du nicht?«

Ich wich ihrem Blick aus, sah zum Fenster hinüber und hinaus auf die grau-weißen Wolken, die am Himmel entlangzogen.

»Ich weiß nicht, Mamie. Ich glaube nicht, dass ich das will«, sagte ich.

»Du hast Angst davor?«

»Angst ist nicht das richtige Wort«, sagte ich und zog die Stirn kraus. »Es ist eher die Befürchtung, dass das Gespräch in einem noch schlimmeren Desaster enden könnte als unser letztes.«

»Seitdem hat sich aber einiges getan, findest du nicht? In unserem letzten Gespräch, nachdem du den Brief gelesen hattest, wirkte es auf mich, als hättest du viel über die Vergangenheit nachgedacht, als hätte sich deine Meinung geändert.«

»Ich habe viel darüber nachgedacht, das schon«, antwortete ich und wog meine Worte ab. »Ich bin mir nicht mehr so sicher über das, was ich damals gesagt und gedacht habe ... was die Rolle von ... Papa angeht.« Einen winzigen Moment hatte ich vor dem Wort »Papa« gezögert. Seit dem Streit mit ihm hatte ich es nicht mehr in den Mund genommen, weil es mir zu nah, zu liebevoll erschienen war. Nun testete ich aus, was es mit mir anstellte, es auszusprechen. Es fühlte sich nicht falsch an. Nicht bedingungslos gut, aber immerhin nicht falsch. »Ich habe auch darüber nachgedacht, was du gemeint hast, dass ich ihn vielleicht, wie Mama, für immer verlieren könnte«, sagte ich dann.

»Und deswegen solltest du das Gespräch mit ihm suchen. Wir, also Clem und ich, können nur über unsere Eindrücke sprechen und über das, was er uns gesagt hat, aber das ist so gefärbt von unseren eigenen Gefühlen. Sprich mit ihm, es wird dir helfen.«

Ich sah ihr in die Augen, sah die Hoffnung und die Liebe darin. Und schließlich nickte ich.

Als ich am frühen Abend nach Hause kam, war alles ruhig. Ich ging in die Küche, um zu überprüfen, ob Geschirr benutzt worden war, das gespült werden müsste. Da sah ich, dass die Eclairs restlos verputzt worden waren und auch zwei Cupcakes fehlten. Daneben entdeckte ich auf der Rückseite des Zettels, den ich hinterlassen hatte, wilde Buchstaben in Schreibschrift. Ich entzifferte:

My Dear Star Pastry Chef Penelope,
Léo und ich konnten uns nicht zurückhalten, es war alles zu gut, verzeih. Lass es uns wiedergutmachen. Ein Ausflug auf unsere Kosten, wir drei, morgen.
Einen guten Abend,
Henry

Ich musste lächeln und spürte die Vorfreude in mir aufsteigen. Ein ganzer Tag mit Henry und Léo, was könnte besser sein, um mich abzulenken? Ein vages Schuldgefühl durchzuckte mich, ich dachte an meine Mutter, an Mamies Worte, an meinen Vater. Doch, ich würde über alles nachdenken und mich auf das Gespräch mit ihm vorbereiten, das versprach ich mir. Aber erst nach dem Ausflug, denn den wollte ich so genießen, als gäbe es gerade keinerlei Sorgen in meinem Leben, zumindest einen Tag lang.

13

Am nächsten Morgen, es war Samstag, und meine zweite Woche in der kleinen Hexe war angebrochen, war ich früh wach. Den Abend hatte ich ruhig verbracht, hatte mich nicht mehr hinausbegeben, sondern auf meinem Zimmer gelesen, bis ich über den Seiten eingeschlafen war. Nun sprang ich unter die Dusche und suchte anschließend meine Sachen nach einem Sommerkleid durch. Ich fand eines, das ich vor Jahren auf einem Flohmarkt in Berlin gekauft hatte: senfgelbe Seide mit kleinen schwarzen Blumen und mit einer Reihe schwarzer Samtknöpfe, die vom Ausschnitt abwärts über die Brust führten. Es betonte meine schwarzen Haare und meine dunklen Augen, die ich nur mit etwas Kajal nachzog. Dazu schlüpfte ich in meine Allzweckballerinas – da ich nicht wusste, was mich erwartete, traute ich mich nicht, die Sandalen anzuziehen. Dann lief ich hinab und in die Küche. Beschwingt hüpfte ich zum Wasserkocher, um Kaffee und Tee für Léo zuzubereiten. Gerade als ich alles bereitgestellt hatte, hörte ich das altmodische Ringen des Bakelittelefons im Flur. Beinahe wäre ich Henry auf den Fuß gestiegen, der gerade mit Léo die Treppe hinuntergekommen und auf dem Weg zur Terrasse war.

»Pepe«, rief er überrascht, »deine Freude über den Ausflug muss ja bahnbrechend sein, dass du mir direkt in die Arme springst!« Er lachte und ließ mich vorbei zum Telefon. Während ich ihm noch eine Entschuldigung hinterherrief, hob ich ab.

Da sprudelte Clem schon los: »Pepe, warum gehst du nicht an dein Handy? Ein Glück, dass es dieses altmodische Ding noch gibt, sonst hätte ich dich gar nicht erreichen können.«

»Ich war gerade in der Küche und habe das Frühstück vorbereitet.«

»Wie auch immer. Morgen Mittag bist du zum Essen zu uns eingeladen! Es gibt was Leckeres, und damit meine ich nicht nur das Essen!« Sie kicherte. »Keine Widerrede! Um eins geht's los. Ich muss jetzt in den Laden. Bis morgen dann!«, trällerte sie und hatte schon wieder aufgelegt, bevor ich noch ein Wort hätte sagen können. Wie schon so oft wunderte ich mich darüber, wie wenig meine Schwester der typischen Vorstellung eines Bücherwurms glich. Dabei ging Clem völlig in ihrer Arbeit auf, und sie brachte die Energie mit, die nötig war, um neue Dinge auszuprobieren, schnell noch einen Lesekreis oder eine Vorleserunde in ihrer Buchhandlung zu organisieren und nicht mit Buchtipps zu sparen.

Ich legte den schweren Hörer auf die Gabel und wandte mich statt der Küche dem Salon zu, um mich heute einmal wie ein Gast zum Frühstück zu begeben.

»Bonjour Messieurs«, grüßte ich fröhlich.

»Penelope, guten Morgen«, sagte Léo strahlend, während Henry sich mit einem freundlichen Nicken und einem Augenzwinkern begnügte. Sie saßen am Tisch, beide mit gefüllten Tellern, eine Schiebermütze lag auf dem Stuhl neben Léo. Ich setzte mich zu ihnen und ließ mir von Léo den Brotkorb reichen.

»Na, bist du schon aufgeregt?«, fragte Henry feixend, als

spräche er mit einem kleinen Kind an Heiligabend, kurz bevor der Weihnachtsmann kam.

»Ja«, gab ich zu. »Wohin geht es denn gleich?«

»Das wird nicht verraten«, sagte Henry und warf seinem Großvater einen strengen Blick zu, der schon angesetzt hatte, etwas zu sagen und womöglich das Geheimnis zu lüften. »Es ist doch eine Überraschung, Grandpa«, setzte Henry das Spiel fort. Léo machte mit, zog den Mund wie einen Reißverschluss zu und verschloss ihn am Ende mit einem unsichtbaren Schlüssel.

Als wir fertig gegessen und Henry und ich rasch das Geschirr in die Küche gebracht hatten, hielt Léo, der sich nun die Schiebermütze aufgesetzt hatte, mir den Arm hin, damit ich mich bei ihm unterhakte. Der ältere Herr war rüstig und lief ohne Schwierigkeiten mit mir gemeinsam zum Vorplatz, während Henry von dem hervorragenden Wetter für unseren Ausflug schwärmte. Und wirklich: Die Sonne schien bereits warm und färbte alles in ihr krokusgelbes Licht. Der Juni zeigte sich nach seinem gestrigen Wutausbruch wieder von seiner besten Seite, und die Vögel feuerten ihn mit ihrem Gesang an. Henrys und Léos Mietwagen stand schon bereit, das Verdeck war geöffnet, und auf dem Rücksitz erblickte ich eine gefaltete rot karierte Decke. Ein Picknick also, dachte ich, konnte aber keinen Korb entdecken. Ich ließ mich von Léo zur Beifahrerseite führen, wo ich in den Wagen stieg. Henry war bereits um den Wagen herumgelaufen und hatte es sich auf dem Rücksitz bequem gemacht, während Léo den Fahrersitz einnahm. Um alles perfekt zu machen, schoss es mir durch den Kopf, fehlten mir nur noch eine große Sonnenbrille und ein Kopftuch. Henry lehnte sich zu uns vor und legte die Arme auf unseren Rücklehnen ab. Vielsagend blickte er mich an und rief laut über den aufheulenden Motor hinweg: »Ich hoffe, du hast ausgeschlafen, Penelope, wir haben viel vor. Hoffentlich hast du nach dem Frühstück noch ein wenig Platz im Magen!« Und los ging es.

Léo schlug schon bald Wege ein, die selbst ich noch nicht kannte. Wir fuhren Hügel hinauf, während sich an unserer Seite Lavendelfelder und sattgrüne Wiesen abwechselten. Gesäumt wurde die Straße von krummen Bäumen, deren Laubbewuchs am Ende der knorpeligen Auswüchse mich an die Haarkränze älterer Herren erinnerte. Durch die Baumgruppen hindurch erkannte ich mit Wein bewachsene Anhöhen und in der Ferne die Felsen der Verdonschlucht. Bald wechselte das Bild, und wir fuhren hügelabwärts in einen märchenhaft anmutenden Wald. Die Straße schlängelte sich um die Bäume herum, die Sonnenstrahlen besprenkelten den Pfad und bündelten sich wieder, als wir den nächsten Hügel hinauffuhren und die Bäume sich lichteten. Dabei erzählte Léo mir bedächtig, wie es seine Art war, von den Erlebnissen der letzten Tage, von den Ausflügen und wie sie von so manchem Einheimischen, der sie erst noch kritisch beäugt hatte, dann aber wegen Léos provenzalischem Akzent neugierig geworden war, in dessen altes Backsteinhaus geladen wurden. Dort empfingen sie gebeugt laufende weißhaarige Frauen und Männer, juchzende Enkel liefen um ihre Beine, und der angenehme Geruch vor sich hin köchelnder und backender Speisen lag in der Luft, der frische Duft einer Soupe au pistou, das würzige Aroma der vielen Kräuter eines Socca-Fladens … Wenn Léo dann die Geschichte seiner Familie erzählte, wie sie damals aus der Provence hatten fliehen müssen, um in England ein neues Zuhause zu finden, wurden die Gesichter der Anwesenden ernst, mal traf Léos fragender Blick nur auf Schweigen – eine Mauer, die über Generationen hinweg errichtet worden war –, mal sprudelten die Worte los wie ein Bach, dessen Lauf lange Zeit durch Steine gestaut war und der nun endlich wieder frei strömen konnte. Léo und Henry erfuhren von ähnlichen Familiengeschichten, die von Krieg, Angst und Flucht handelten, von Hoffnung auf Frieden, Geschichten, dezimiert in all diesen Menschen, die zum großen Teil nicht mehr selbst davon berichten konnten, sondern ihre Kinder und Enkel erzählen ließen. Dann verabschiedete man sich, und die beiden zogen weiter, um ein neues Weingut oder ein Städtchen zu erkunden.

»Und was steht noch so alles auf Ihrem Reiseplan?«, fragte ich, von seinen Erzählungen tief berührt, und versuchte, mir die wild umherfliegenden Haarsträhnen aus dem Gesicht zu streichen. Mein Blick ruhte auf Léo. Während er fuhr und auf die Straße achten musste, hatte ich die Gelegenheit dazu, ihn genauer zu betrachten, die lebhaften Augen, in denen ich immer auch eine Spur Traurigkeit auszumachen glaubte, mit den weißen Augenbrauen darüber. Seine Schiebermütze bändigte die im Fahrtwind wirbelnden Haare. Und sein kleiner Schnauzbart perfektionierte das Bild des ehemaligen Filmstars. Nur schwer konnte ich dem Drang widerstehen, ihn weiterhin ununterbrochen anzustarren und seine Ausstrahlung auf mich wirken zu lassen.

»Nun, es stehen noch einige Landstriche und Weingüter auf unserer Liste. Außerdem wollen wir Aix-en-Provence und Marseille besichtigen sowie mein Elternhaus, von wo meine Familie damals geflüchtet ist. Es steht also noch einiges an während der nächsten drei Wochen.«

Mit diesen Worten bremste er ab, rollte langsam die letzten Meter bis zu einem Sandplatz, zog die Handbremse an und stellte den Motor ab. Ich hatte gar nicht mehr darauf geachtet, wohin wir gefahren waren, und sah mich neugierig um. Wir befanden uns hoch oben auf einem der Hügel, um uns herum war alles dicht mit Pinien und Wachholderbüschen in allen Grüntönen bewachsen. Einige Meter von uns, wo der Abhang begann, wuchsen Weinreben ordentlich in Reih und Glied. Und rechts von uns befand sich ein großes, beeindruckendes Haus aus beigem Backstein. Ich stieg aus und kniff die Augen zusammen, um das Messingschild neben der Eingangstür zu entziffern: *Faugin et filles – Vin et Chocolat.* Das klang allerdings vielversprechend.

Léo war bereits vorausgegangen und wartete vor der Tür auf uns. Henry legte den Arm um meine Schulter und führte mich in Richtung des Hauses, während er mit seinem anderen Arm eine weit ausholende Geste machte, als wäre er der Hausherr dieses Anwesens.

»Wir haben uns gedacht, wo du doch Süßes liebst – und wir Wein –, sollten wir dir diesen Ort zeigen, auf den wir über eine Empfehlung gestoßen sind.« Er sprach im übertrieben protzigen Ton eines englischen Adeligen, der mich zum Kichern brachte. »Sie machen hier Wein und Schokolade. Wir haben Nathalie Faugin und ihre Schwester kennengelernt, und sie hat uns erzählt, dass sie Kurse anbieten. Und nun verrate ich es dir: Wir machen heute einen Pralinékurs. Léo und ich werden uns ganz schrecklich anstellen und brauchen daher meisterliche Unterstützung, um uns nicht völlig zu blamieren. Außerdem glauben wir, er könnte dir gefallen. Und«, fügte er hinzu, »wir wollten dir auch mal etwas Gutes tun, statt uns immer nur von dir verwöhnen zu lassen.«

Ich strahlte Henry und Léo an, konnte mich nicht zurückhalten und drückte beide dankbar.

»Woher wusstet ihr nur, dass ich mir das schon lange gewünscht habe? Ich will unbedingt lernen, wie man Pralinés herstellt, hatte aber nie die Zeit für einen Kurs.«

»Jetzt lernen Sie jeden Kniff und jeden Trick«, sagte Léo, dem anzusehen war, dass er sich über den Glückstreffer freute.

Er drückte auf die glänzende Klingel, die in das Schild eingearbeitet war, und lächelte mich vielsagend an. Eilige Schritte näherten sich der Tür, und eine junge Frau in einem grünen Kleid mit Glockenrock und dickem rotem Haar, das zu einem hohen Dutt frisiert war, öffnete uns.

»Ah, da sind ja unsere fehlenden Kursteilnehmer! *Bonjour* Léo, *bonjour* Henry, und du musst Penelope sein, von den Mariaux, nicht wahr? Wie schön, dass ihr da seid. Kommt herein, dann können wir gleich anfangen.« Sie küsste uns alle zur Begrüßung auf die Wangen.

Ich ließ mich durch die Eingangshalle mit ihrer hohen Decke und dem Kronleuchter führen. An der Prunktreppe vorbei gelangten wir in eine riesige Küche. An der Mittelinsel – ebenfalls riesengroß und komplett mit Schmiedeeisen bezogen – stand eine Gruppe von etwa einem halben Dutzend tuschelnder Leute. Ich blickte mich im Raum um und entdeckte an der Seite die großzügigen Fenster, durch die man zum Weinstock hinaus- und über die weite Landschaft der Provence blicken konnte. Die tiefdunklen Blätter der Reben und ihre splittrigen braunen Äste hoben sich von dem hellblauen Himmel ab. Hinter den Weinstöcken wellte sich das Land in Ocker- und Grüntönen sowie im Lavendelblau der Felder und wurde nur von spiralförmig auf Hügeln angeordneten Häusergrüppchen oder flach sich hinstreckenden Städtchen unterbrochen. Einzelne Landhäuser standen inmitten der Felder, und ich überlegte, welches davon Mamies Pension sein könnte. Da hörte ich ein fragendes »Penelope?«.

Die rothaarige Frau blickte sich suchend nach mir um, und ich bemerkte auch die anderen Blicke, die auf mir lagen. Sie war mit Léo und Henry schon bei der Gruppe angelangt. Offenbar hatte sie die beiden vorgestellt, und als sie das auch mit mir tun wollte, stand ich stattdessen mit aufgesperrten Augen vor dem Fenster.

»Ups, Entschuldigung«, sagte ich und gesellte mich rasch zu den anderen. Alle lachten und nickten wissend.

»Es ist schön, nicht wahr?«, sagte Léo leise.

»Atemberaubend.«

Die rothaarige Frau ergriff das Wort. »Ihr Lieben, das ist Penelope, die sich gemeinsam mit Léo und Henry unserer Gruppe anschließt. Damit sind wir vollständig. Es freut mich sehr, euch heute hier in unserem Weingut zu begrüßen, und ich bin sicher, dass wir einige wunderbare Stunden miteinander verbringen werden.« Dabei deutete sie einladend auf die gefüllten Weingläser, die schon auf dem Tisch bereitstanden, und wir alle nahmen eines zur Hand, prosteten uns zu und tranken einen Schluck. Der Weißwein war kühl und leicht prickelnd. »Ich heiße euch alle ganz herzlich willkommen bei uns. Einige waren ja bereits hier und kennen mich schon«, sie lächelte Léo an. »Ich bin Nathalie Faugin. Meine Vorfahren gründeten das Gut vor zweihundertfünfzig Jahren, sie begannen mit einer wesentlich kleineren Version des Hauses und bauten nach und nach ihren Weinstock aus. Der Wein war ein Erfolg, das Haus wurde größer und ebenso die Familie. Wer weiß, ob es nicht immer so weitergegangen wäre, wenn eine meiner Ururomas nicht eine Schwäche für eine weitere Köstlichkeit gehabt hätte: Schokolade. Sie importierte puren Kakao und Kakaobutter aus der Ferne und begann, damit herumzuexperimentieren. Das Ergebnis war: Ihre Schokolade wurde zu einer Lieblingsspeise der damaligen Gattin eines hohen Ministers. Seither hat sich vieles getan, aber unsere Schokolade wird noch immer nach demselben Rezept hergestellt. Und nicht nur sie: Neben der herkömmlichen Schokolade bereiten wir natürlich auch Trinkschokoladen, Pralinés, Schokoladencremes und so weiter zu. Ich freue mich, dass auch ihr hier bei uns gelandet seid! Und nun lasst uns beginnen.«

Sie wandte sich um und nahm von einem Stuhl hinter sich einen Stoß Schürzen, von denen sie jedem eine gab. »Auf dem Tisch stehen alle Zutaten bereit, wir beginnen mit dem Klassiker: französischen Trüffeln.«

Und schon verteilten sich alle um den Tisch herum, lauschten Nathalies Anweisungen und Erläuterungen und begannen dann, Kakao und Sahne in Messingschüsseln zu geben und mit Löffel und Schneebesen zu hantieren. Es wurde viel gekostet, die Schokolade schien bald überall zu sein, Spritzer davon in den konzentrierten Gesichtern, Kakaopulver auf Schürzen und Armen. Nathalie ging herum, gab hier einen Hinweis und da eine kurze Erklärung. Als sie bei mir ankam, lächelte sie mir entgegen.

»Ich habe schon viel von deinen Backkünsten gehört. Ich bin sicher, du kannst mir genauso viel beibringen wie ich dir. Wundere dich also nicht, wenn ich dir besonders genau auf die Finger gucke.« Sie lachte, als sie mein verwundertes Gesicht sah, und wandte sich dann mit helfender Hand Henry zu.

Ich lachte viel während des Zubereitens, vor allem, aber nicht nur über Henry. Auch die anderen Gruppenteilnehmer waren sympathisch und mit viel guter Laune hergekommen. Und dass Nathalie nicht müde wurde, unsere Weingläser immer voll zu halten, trug natürlich zu der guten Stimmung bei. Ich war beschwipst, beschwingt und zugleich konzentriert auf die Zubereitung unserer Pralinés. Für die Grundmasse, die Ganache, hatten wir drei verschiedene Sorten von Schokolade nacheinander gehackt und jeweils zu der erhitzten Sahne dazugegeben, bis sie darin geschmolzen war und die Zutaten sich zu einer glatten Creme verbunden hatten. Ich konnte nicht widerstehen, tunkte einen Löffel in die Ganache aus weißer Schokolade und leckte sie ab. Sofort verstärkte die Süße die Glücksgefühle in mir, und ich strahlte Léo an, der ebenfalls seinen Löffel in die Creme fahren ließ und mit einem entzückten Aufseufzen probierte. Natürlich ließ ich es mir nicht nehmen, auch von der Ganache mit dunkler und mit Vollmilchschokolade zu naschen.

»Wenn du so weitermachst, bleibt nichts mehr für unsere Pralinés übrig«, rief Henry mir von der Seite aus zu.

»Ich weiß ja jetzt, wie es geht! Dann mache ich einfach eine neue Creme«, gab ich grinsend zurück und versenkte meinen Löffel erneut in der Schokolade.

»Kannst du nicht lieber mir helfen?« Henry hob den Schneebesen aus seiner Schüssel, von dem Schokoladenbrocken in eine unappetitlich bröselige Masse fielen.

»Du bist ein hoffnungsloser Fall, Henry de Masson«, sagte ich seufzend. »Los, fangen wir noch mal von vorne an.« Und wie zuvor bei mir selbst, packte ich die Schokolade aus dem Papier und bedeutete Henry, sie zu hacken, während ich Sahne in einen kleinen Topf gab und langsam erhitzte.

Mit viel Ruhe – und einiger Mühe – schafften wir es irgendwie, auch für Henry eine köstliche Ganache zu zaubern – die »beste Ganache der Welt!«, wie er sogleich herumtönte.

Die fertigen Cremes wanderten für einige Stunden in den Kühlschrank, aber wir konnten trotzdem gleich weiterarbeiten, da Nathalie am Vortag bereits die Ganache für unsere Pralinés vorbereitet hatte. Ich siebte Kakaopulver und stach mit einem Löffel kleine Portionen der kühlen, glänzenden Schokoladencreme aus. Dann formte ich sie mit beiden Händen zu möglichst gleichmäßigen Kügelchen, wobei mir der intensive Duft der Schokolade in der Nase lag und es mir schwer machte, nicht schon wieder davon zu probieren. Die Kugeln tunkte ich in die geschmolzene Kuvertüre und wälzte sie anschließend in Kakaopulver, bis sie ganz damit bedeckt waren und zum Anbeißen aussahen. Nach den Trüffeln machten wir Rotweinpralinés und zuletzt Pralinés mit Weißwein, weißer Schokolade und Himbeerflocken – ein Traum! Ich kam nicht aus dem Probieren heraus und unterhielt mich zwischendurch immer mal wieder mit Nathalie – die wirklich in meiner Nähe blieb – über mögliche Variationen der Pralinés, über ihre Erfahrungen mit den Geschmackskomponenten und den Einfluss des Weines auf die Schokolade.

Zuletzt verteilte Nathalie hübsche kleine Kartons, in die wir unsere Kunstwerke legen konnten, und gab jedem noch zwei Flaschen Wein, einen roten, einen weißen, und einen reich gefüllten Picknickkorb dazu. Sie bedankte sich für die schönen Stunden, lud uns ein, sich auf dem Grundstück ein Fleckchen für ein Picknick zu suchen, und betonte, dass sie hoffe, uns bald wiederzusehen.

»Denkt daran, es gibt noch jede Menge anderer Köstlichkeiten. Und einige davon könnt ihr hier mit uns zusammen zubereiten. Wir freuen uns aber auch, euch zu einer unserer Weinproben, unseren Essensevents oder den Musikabenden zu begrüßen.«

Ganz berauscht von dem Gefühl, etwas Neues gelernt zu haben, und von der Energie, die Nathalie aussandte, taumelte ich aus dem Haus und strahlte die beiden Männer an.

»Vielen Dank euch beiden, das war so toll!«

Henry freute sich sichtlich über meine Reaktion und sagte dann trocken: »Das war erst der Anfang. Warte hier.«

Verwundert sah ich Léo an, doch der lächelte nur und bedeutete mir, mich zu gedulden. Ich beobachtete Henry, der zum Auto trat und sich die Decke von der Hinterbank schnappte. Zielstrebig ging er dann auf die Weinreben zu, und Léo und ich folgten ihm, durch den Laubengang hindurch bis zu einem kleinen freien Platz. Dort breitete er die Decke aus und stellte den Korb darauf ab.

»Mademoiselle, Monsieur, es ist angerichtet.« Er begann, wie ein Zauberer aus seinem Hut eine Köstlichkeit nach der anderen aus dem Korb zu ziehen. »Ah! Heute gibt es das französische Menü: Baguette, Camembert und Brie oder, ähm, Brie und Camembert – was da was ist, muss die Fachfrau entscheiden. Ein geheimnisvoller Dip.« Er öffnete ein Gläschen, steckte den kleinen Finger hinein, woraufhin er ein »Tst tst« seines Großvaters erntete, und kostete. »Süß und scharf, eine Art Chilimarmelade? Magst du probieren?«

Ich nickte mit einem leisen Lächeln und nahm einen kleinen Löffel, um die rote Soße zu kosten, die wirklich zugleich ein scharfes und süßes Aroma auf der Zunge entfaltete.

»Lecker«, sagte ich und gab das Gläschen an Léo weiter.

»Hier sind Weintrauben und Erdbeeren. Und wir haben natürlich noch unsere Pralinés, um all dem Gesunden hier etwas Sündiges entgegenzusetzen«, schloss Henry seine Vorführung. »Wobei … Eigentlich hatten wir gedacht, du könntest sie morgen vielleicht deiner Großmutter mitbringen, nicht wahr, Léo? Was meinst du, mag sie Pralinés, würde sie sich darüber freuen?«

Ich nickte kauend, denn ich hatte mir schon etwas von dem Brie – oder Camembert – mit etwas Dip in den Mund geschoben. »Ja«, murmelte ich, »schie lieebt Schogolade.«

Léo lachte und sagte: »Also ist das abgemacht.«

Ich schluckte den Happen hinunter und fügte normal hinzu: »Sie wird sich riesig freuen, glaubt mir. Und meine Pralinés bekommen Clem und Gaspard, bei denen bin ich morgen eingeladen. Eigentlich würde ich aber gern selbst auch welche essen … Wie wäre es, wenn wir zu Hause bald einfach noch viel mehr machen?«

Die beiden nickten begeistert.

»Weißt du eigentlich«, sagte Henry mit seinem ganz eigentümlichen Lächeln, das seine Augen zum Funkeln brachte, »dass du vor dich hin summst, wenn du Teig anrührst? Und dann lächelst du nicht nur, du strahlst. So wie eben beim Pralinékurs.«

»Das hat mir wirklich großen Spaß gemacht. Ich liebe es einfach zu backen, es lässt mich rundum entspannen«, antwortete ich. »Früher habe ich sehr viel mit Mamie gebacken, sie ist eine Meisterkonditorin, wirklich. Es waren ganz besondere Stunden, wenn wir uns in die Küche zurückgezogen haben und nur mit uns, den Teigen und Cremes beschäftigt waren. Wenn ich backe, muss ich immer an sie denken.«

»Man sieht Ihnen auf jeden Fall an, dass es Ihnen etwas bedeutet«, sagte Léo, »das ist sehr schön.«

»Es war besonders schön, heute mit Ihnen beiden etwas Leckeres zu zaubern«, sagte ich. »Und dieser Ort ist märchenhaft. Ich bin wirklich froh, dass Sie ihn mir gezeigt haben.«

»Das Haus deiner Großmutter ist doch auch toll«, sagte Henry.

»Schon, wenn auch kein Vergleich zu diesem Traum hier. Aber jetzt, wo du es sagst, ich würde eigentlich nicht tauschen wollen, nicht wirklich. Ich habe so viel Schönes in Mamies Haus erlebt. Und ich mag die Stimmung sehr. Findest du nicht auch, dass es manchmal im Dunkeln, wenn die Kerzen brennen, wirklich wie ein kleines Hexenhaus ist? Das einer guten Hexe natürlich. Es hat so etwas … Magisches an sich.«

»Wie kommt das Haus eigentlich zu seinem Namen?«, fragte Léo und beugte sich interessiert vor. »Das habe ich mich schon lange gefragt.«

»Haben Sie das Schild am Eingang gesehen? Es zeigt eine Hexe, die in der Luft zu schweben scheint. Und darauf ist der Name des Hauses eingraviert. Wir wissen nicht, wer genau das Haus gebaut hat und ob das Schild von Beginn an dort hing, aber ich stelle es mir gern so vor, dass eine geheimnisvolle Frau dahintersteckt. Vielleicht lebte sie mit ihrer Familie dort, oder sie hatte alle verloren und musste alleine in dem viel zu großen Haus wohnen. Aber da sie eine mystische Aura hatte, wurde sie von den Dorfbewohnern als Hexe angesehen – als gute Hexe, denn ›kleine Hexe‹ klingt nicht nach einer bösen, oder? Sie hat den Leuten mit ihren Kräutertinkturen und dem Heilwissen geholfen, und sie waren ihr dankbar. Schließlich wird jemand dieses Schild angefertigt haben, vielleicht als Geschenk oder als Ulk oder in Gedenken an die Frau.«

Henry und Léo waren gebannt der Erzählung gefolgt, die zwar nur meiner Fantasie entsprungen war, aber womöglich doch ein Körnchen Wahrheit in sich barg.

»Und nun lebt wieder eine ältere Dame darin«, schloss Henry und steckte sich endlich das Stück Baguette in den Mund, das er die ganze Zeit in der Hand gehalten hatte.

»Ja, aber eine, die nicht einsam ist«, sagte ich und lächelte.

Léo räusperte sich, ich sah ihn an in der Erwartung, dass er etwas sagen würde, aber er blickte nur gedankenverloren auf den weinbewachsenen Hang.

»Auf jeden Fall«, sagte ich, »war das der schönste Tag seit Wochen. Vielen Dank dafür.«

Damit entlockte ich Léo doch noch ein zufriedenes Schmunzeln, und Henry deutete im Sitzen eine kleine Verbeugung an und gluckste vergnügt.

Als wir uns satt gegessen und die Reste verstaut hatten, ließen wir den Korb vorerst einfach stehen, und die beiden führten mich an den Weinreben vorbei zu einem Wäldchen, das daran anschloss.

»Nach all der Sonne können wir ein paar Schritte im Schatten vertragen«, sagte Henry, »was meinst du?«

Ich nickte und schloss zu den beiden auf. Doch nach nur wenigen Schritten hörte ich das vertraute Klingeln von Henrys Handy. Er zog es heraus und warf einen Blick auf das Display.

»Verzeiht, da muss ich rangehen. Ich halte mich ganz kurz, versprochen.« In meine Richtung formte er mit den Lippen das Wort »Bangladesch«, dann entfernte er sich ein Stück von uns und hielt während des Gehens das Handy ans Ohr. Léo und ich wechselten einen Blick, dann gingen wir langsam weiter; Henry würde uns schon einholen. Ein leichter Wind wehte und ließ die Baumwipfel rascheln. Der Schatten unter den Blättern tat gut, und aus einem Reflex heraus bückte ich mich und zog mir die Ballerinas von den Füßen. Léos überraschter Blick wechselte zu einem Lächeln, als er verstand. Ich spürte die kühle Erde unter meinen Füßen, die vereinzelten Grasbüschel kitzelten zwischen meinen Zehen.

»Es tut gut, draußen zu sein. Ich war lange nicht mehr einfach so spazieren«, sagte ich. »In Berlin gibt es zwar viele Parks und auch Wald, aber irgendwie ist das nicht das Gleiche, wie hier unterwegs zu sein. Es fühlt sich unbeschränkter, freier an, wenn keine Großstadt in der Nähe ist, nicht?«

Léo nickte zustimmend und meinte, dass es in London ganz

ähnlich sei. Dann lauschten wir einigen Vogeljungen, die lautstark nach dem nächsten Wurm verlangten, ohne dass ich ihr Nest entdecken konnte. Durch die Büsche drang hin und wieder Henrys Stimme zu uns durch. Er schien auf einem parallel verlaufenden Weg zu gehen.

Langsam liefen wir weiter, beschirmt von den tief hängenden Ästen mit ihren leuchtend grünen Blättern, durch die hereinfallende Sonnenstrahlen ein tanzendes Lichtspiel auf den Boden zauberten. Léo hatte es auch entdeckt und war stehen geblieben, um es zu betrachten.

»Als Kind hatte ich eine Lampe neben meinem Bett, die mit einem Papierschirm bezogen war«, kam es mir plötzlich über die Lippen. »Meine Mutter hatte kleine Figuren und Sternmuster in das Papier geschnitten, sodass das Licht sie vergrößert an die Decke und Wände warf. Dort bewegten sie sich in der leichten Wellenbewegung, die der Lampenschirm unter der Wärme des Lichts machte. Und immer wenn ich nachts wach wurde, manchmal verschreckt nach einem schlechten Traum, waren sie das Erste, was ich sah. Und dann wusste ich sofort, dass ich daheim war und sicher.«

»Das muss schön gewesen sein. Und haben Sie diese Lampe noch?«

»Leider nein«, sagte ich, machte einen Schritt und blickte über meine Schulter, um zu sehen, ob Léo mir folgte. Wir setzten uns gemächlich wieder in Bewegung. »Sie muss irgendwann verloren gegangen sein, als ich ein Teenager war und mir andere Dinge wichtiger waren. So ging es mir leider mit vielem, was von meiner Mutter stammte.«

»Es klingt, als wäre Ihre Mutter …«

»Sie ist gestorben«, sagte ich, bevor sich Léo um ein passendes Wort bemühen musste.

»Das tut mir sehr leid. Sie vermissen sie sicher sehr.« Es war eine Feststellung, keine Frage. Ob Léo es aus meiner Stimme herausgehört hatte?

»Sehr«, antwortete ich.

Ganz der zurückhaltende Gentleman, fragte Léo nicht nach, was genau passiert war. Er ließ einige Sekunden verstreichen, dann sagte er: »Ich habe mittlerweile einen großen Teil meiner Familie und meiner Freunde verloren – natürlich, wir werden älter. Aber nichts war für mich schwerer zu akzeptieren als der Tod meiner Mutter.«

Ich war überrascht, dass dieser sonst eher zurückhaltende Mann solch konkrete Erinnerungen und Gefühle mit mir teilte.

»Sie standen sich also nah?«, fragte ich.

»So nah sich Mutter und Kind stehen können. Natürlich gab es Phasen des Streits. Ja, auch damals schon wollten Jugendliche rebellieren.« Er lächelte.

»Oh, das kann ich mir vorstellen!«, rief ich und dachte an die Bücher und Filme jener Zeit. Ich wurde wieder ernst, wollte ihm mein Beileid aussprechen, da kam er mir zuvor: »So kamen Sie Ihrer Großmutter näher, nehme ich an?«

Léo blickte nach vorn auf den Waldweg. Wir gingen langsam, Schritt für Schritt, den wurzeligen Weg entlang. Meine Füße wurden in das Lichtspiel aufgenommen, Sonnenstrahlen und Schatten tanzten über meine Zehen bis hoch zu meinen Knöcheln und Beinen.

»Wir waren uns immer sehr nah, jeden Sommer habe ich mit meiner Schwester bei ihr verbracht, seit wir kleine Kinder waren. Aber der Tod meiner Mutter hat eine neue Note in die Beziehung gebracht, das stimmt. Sie war viel für uns da, und wir konnten mit ihr über alles reden.«

»Es ist wichtig, einen solchen Menschen im Leben zu haben«, sagte Léo. »Ganz allein wären wir wohl alle verloren.«

Ich dachte an Mamie im Krankenhaus und an unser gestriges Gespräch. Womöglich sollte ich ihrem Rat folgen und mich mit meinem Vater treffen. Gedankenverloren streckte ich die Hand nach einem der herabhängenden Zweige über mir aus, ließ die Finger durch die scharfkantigen und zugleich zarten Blätter fahren. Ich griff mit einem Seufzen nach ihm, zog ihn zu mir heran und ließ ihn dann los. Er sprang vor und zurück, und da griff plötzlich eine zweite Hand von hinten nach dem Zweig und rettete ihn vor einer neuen Attacke meinerseits. Ruckartig drehte ich mich um. Henry stand da und lächelte Léo und mich entschuldigend an.

»Ich konnte nicht widerstehen.« Ich wechselte einen raschen Blick mit Léo, auch er wirkte noch benommen von unserem Gespräch. Dennoch lächelten wir uns kurz zu, bevor ich mich Henry zuwandte.

»Ist alles in Ordnung?«, fragte ich ihn, als ich an den Anruf dachte. Er sah mich verwirrt an, dann nickte er schnell.

»Ach so, ja, ja, keine Sorge, alles gut.«

Ich wartete ab, ob er noch etwas dazu sagen wollte, aber als nichts kam, deutete ich auf den Weg vor uns. »Wollen wir?«

»Wir wollen.«

Es war früher Abend, als wir vor der *Petite Sorcière* hielten. Wir waren alle erschöpft von dem langen Spaziergang, den vielen Eindrücken des Tages und dem Sonnenschein und hatten die Autofahrt über kaum etwas gesagt, sondern die tief stehende Sonne über den golden erleuchteten Hügeln betrachtet, während wir unseren Gedanken nachhingen. Ein Schlummertrunk wurde schnell vom Programm gestrichen, alle drei freuten wir uns zu sehr aufs Bett. Auf den Stufen zum Haus kam Fuchur herbeigestreunert. Heute Abend hatte er sich Léo ausgeguckt und wand sich mit verführerischem Schnurren in einer Acht um dessen Beine. Léo lachte und beugte sich hinab, um dem Kater die gewünschte Portion Aufmerksamkeit zukommen zu lassen. Mit einem Lächeln öffnete ich die Eingangstür. Henry und ich gingen hinein und verharrten im Flur, um auf Léo zu warten.

»Bist du sicher, dass du nicht noch etwas trinken möchtest?«, fragte Henry.

»Ach was, ich werde selbst nur noch ins Bett fallen. Léo ist bestimmt froh, mit dir zusammen ein wenig Ruhe zu haben. Ich habe das Gefühl, er ist sehr erschöpft.« Dass er auf mich regelrecht niedergeschlagen wirkte, fügte ich nicht hinzu. Der traurige Schatten um Léos Augen war trotz des sonnigen Tages und Henrys Witzen nicht ganz verschwunden.

Henry rang kurz mit sich, dann nickte er. Ich lächelte ihn an.

»Vielen Dank noch mal für diesen wunderschönen Tag.«

»Immer wieder gern«, sagte er und drückte kurz meinen Oberarm. Ich gab ihm ein Zeichen, dass ich die Pralinéschachteln, die ich noch in der Hand hielt, in die Küche stellen würde.

»Grandpa, ich bin dann schon mal oben im großen Zimmer«, rief Henry nach draußen, wo noch immer ein geräuschvolles Schnurren ertönte. »Gute Nacht, Pepe.« Mit diesen Worten verschwand er die Treppe hinauf, und ich trat in die Küche.

Ich legte die Schachteln auf dem Küchentisch ab. Sosehr sie mich auch anlachten, hielt ich mich zurück, nicht ein Praliné aus dem Karton zu stibitzen, schließlich waren sie für Clem, Gaspard und Mamie gedacht.

Ich hörte ein Knarzen, und als ich mich umwandte, sah ich, wie Léo den Flur betrat. Ich eilte zu ihm.

»Léo, auch Ihnen möchte ich noch einmal sehr für den wundervollen Tag und für das Gespräch vorhin danken. Das war sehr schön.«

Léo zog sich die Schiebermütze vom Kopf, sein wattiges Haar richtete sich wie erlöst auf, als er einmal gegen den Strich darüberfuhr.

»Es war mir eine Freude. Ich habe zu danken für das Gespräch und den Tag. Haben Sie eine angenehme Nacht.« Und damit entließ er mich. Mit einem Schritt, dem trotz aller Schwermut auch Leichtigkeit anzumerken war, stieg er die Treppe hinauf.

14

Clems und Gaspards Häuschen war erfüllt von den verschiedensten Düften, als meine Schwester mich am Sonntag um kurz vor ein Uhr einließ. Kaum hatte sie die Tür hinter mir geschlossen, plapperte sie schon los: »Warst du heute Vormittag bei Mamie?« Und auf mein Nicken hin: »Ich wollte nach dem Essen hinfahren. Wie geht es ihr heute?«

»Ganz gut, keine große Veränderung. Sie wirkt immer noch sehr schwach, aber sie freut sich über den Besuch und lächelt viel.«

»Das klingt gut. Wird Zeit, dass unsere Mamie wieder auf die Beine kommt, oder? Ich kann es einfach nicht erwarten, sie wieder in der Küche beim Backen zu sehen, mit Fuchur, der ihr um die Beine scharwenzelt, und mit einem großen Lächeln im Gesicht.«

»Das wäre schön«, stimmte ich zu, auch wenn es wohl noch eine ganze Weile dauern würde, bis es Mamie wieder gut ging. Clem warf währenddessen einen Blick in den Wandspiegel, drehte sich unvermittelt zur Wohnzimmertür und verschwand mit einem geträllerten »Ich bin sofort wieder da, muss nur noch schnell den Lippenstift nachziehen« in Richtung Treppe. Je näher ich der Küche kam, desto pikanter wurde der Duft: Fisch? Und Rosmarin! Ich schmuggelte mich in die kleine verschachtelte Küche und entdeckte Gaspard in einer Dampfwolke; an seinem Rücken saß in einer unordentlichen Schleife das weiße Schürzenband. Ich schlich mich näher an ihn heran und sah mit nur wenig Rettungsabstand zu, wie er über den Ofen gebeugt die Rosmarinkartoffeln begutachtete und dann vorsichtig eine nach der anderen wendete, während er leise vor sich hin meckerte. Geduldig wartete ich, bis der Ofen wieder geschlossen war, bevor ich ihm behutsam eine Hand auf die Schulter legte. Mit einem »Huch« drehte er sich ruckartig um. Als er mich erblickte, stahl sich ein Lächeln in sein Gesicht, und er schloss mich in die Arme.

»Pepe, wie schön. Schau nur, die Kartoffeln weigern sich einfach, heiß und knusprig zu werden, diese frigiden Dinger.« Ich blickte schmunzelnd in den Ofen und sagte, dass sie in meinen Augen ganz verführerisch aussähen, geradezu zum Anbeißen. Aus meiner Tasche zog ich die Schachtel mit den Pralinés, die ich als Beitrag zum Dessert mitgebracht hatte. Nachdem Gaspard sie ausgiebig bestaunt hatte, bat er mich, die geöffneten Weinflaschen ins Esszimmer zu tragen. Ich hörte die Türglocke gehen, während ich barfuß über Clems geliebte Teppiche tippelte, ganz darauf bedacht, auch ja nichts von dem Weißwein zu verschütten. Der große Holztisch, der fast das ganze Esszimmer füllte, war schon reichlich gedeckt. Ich zählte vier Teller. In der Mitte standen Schälchen mit Oliven und Dips sowie Teller mit Käse und Butter. Und an der einen Seite sah ich einen großen Korb mit frisch duftendem Baguette. Ich stellte die Flaschen ab und wandte mich um, als ich Stimmen sich nähern hörte. Die lauteste unter ihnen erkannte ich sofort, sie gehörte natürlich meiner Schwester.

Gespannt wandte ich mich zum Flur um, denn ich wollte sehen, wer der Überraschungsgast war. Da sprang plötzlich etwas daraus hervor und an mir hoch: ein schwarz-weißer Hund mit freundlichen Augen und wedelndem Schwanz.

»Nanu«, sagte ich, während ich mich zu ihm kniete und über sein dichtes weiches Fell strich, »dich kenne ich doch.«

»Dagobert, wann lernst du es endlich. Du darfst nicht an den Leuten hochspringen!«, hörte ich eine dunkle Stimme sagen. Ich blickte auf und sah einen groß gewachsenen jungen Mann, der hinter Clem in den Salon getreten war. Mich beschlich das Gefühl, ihn schon irgendwo mal gesehen zu haben. Ein freches Grinsen zierte sein schönes Gesicht, und gegen meinen Willen kribbelte es in meinem Magen. Er trug ein schwarz-weiß gestreiftes T-Shirt und Jeans; die schwarzen Haare steckten in einem unordentlichen Männerdutt. Nun lehnte er sich zu mir herunter, um mir mit einer Hand aufzuhelfen und mir zwei Küsse auf die Wange zu geben. Ich spürte den rauen Bart an meiner Haut, die Wärme, die er ausstrahlte.

»Ich habe Raphaël hier vor einigen Wochen in der Buchhandlung wiedergetroffen«, sprudelte Clems Stimme dazwischen, bevor ich ihn begrüßen konnte. »Ich habe ihn sofort als den kleinen Rabauken wiedererkannt, der er früher war. Und da ihr beiden euch von damals ja noch kennt, habe ich ihn kurzerhand zum Essen eingeladen.« Clem zwinkerte uns vielsagend zu.

Ich stand noch immer auf dem Schlauch, vermochte Raphaël nicht zuzuordnen, doch bevor ich nachfragen konnte, kam Gaspard mit einem dampfenden Servierteller herein. Ein großer Lachs lag darauf, drum herum die Kartoffeln und gedünstetes Sommergemüse. Es roch herrlich.

»Setzt euch, setzt euch, der Fisch ist perfekt auf den Punkt!«, rief er und verschwand wieder. Wir suchten uns unsere Plätze, wobei ich, ob zufällig oder nicht, neben Raphaël landete. Der rief den umherwuselnden Dago zu sich und befahl ihm, neben dem Tisch Platz zu nehmen, was dieser sofort tat. Clem schenkte Wasser ein und setzte sich ebenfalls. Ob es daran lag, dass ich sie so gut kannte, oder ob es wirklich so offensichtlich war: Ich sah, wie sie unter größten Anstrengungen den Mund verschlossen hielt, wenngleich ihre Augen frech funkelten. Gaspard kam aus der Küche zurück und setzte sich neben seine Frau. Als er ihr ins Gesicht sah, verdrehte er die Augen und zischelte ihr etwas zu, das ich nicht verstand, weil Raphaël sich in diesem Moment mir zuwandte.

»Du hast nicht die blasseste Ahnung, woher du mich kennst, oder?«, raunte er mir grinsend zu.

Ich schüttelte den Kopf und flüsterte ein »Pardon«.

»Wir haben früher quasi die ganzen Ferien miteinander verbracht. Auch wenn wir manchmal auf Kriegsfuß standen.« Er nahm die Weinflasche von Gaspard entgegen und goss mir nach meinem zustimmenden Nicken Wein ein.

»Auf Kriegsfuß? Ich versteh gar nichts mehr.«

»Mensch, Pepe, du stehst aber auch auf dem Schlauch!«, rief Clem, sodass ich zusammenfuhr. Ich blickte von ihr zu Gaspard, der nur entschuldigend die Schultern hob, zu meinem sichtlich amüsierten Tischnachbarn.

»Ich bin Raphaël Lucas. Vom Nachbarhof. Der, der bei euch Unkraut zupfen musste.«

Nun brauchte ich nur mehr eine Sekunde, um zu verstehen. Raphaël war einer der Nachbarsjungen, mit denen Clem und ich früher in den Ferien oft gespielt hatten, und wirklich hatten wir dabei nicht immer auf derselben Seite gestanden, vor allem wenn es Indianer gegen Cowboys geheißen hatte. Raphaël war für seine Tricks und seinen Übermut bekannt gewesen. Ich erinnerte mich noch genau daran, wie er einmal mit selbst gebautem Pfeil und Bogen Mamies Küchenfenster kaputtgeschossen hatte. Seine Eltern hatten daraufhin entschieden, dass er die restlichen Ferienwochen bei Mamie Unkraut jäten müsse. Meistens spielten wir aber stattdessen zusammen oder naschten Mamies leckeres Gebäck.

»Natürlich, entschuldige, ich habe dich gar nicht wiedererkannt. Wie lange haben wir uns jetzt nicht gesehen? Eine Ewigkeit!«

»Zwanzig Jahre dürften es bestimmt sein. Ich bin damals, nach der Trennung meiner Eltern, mit meiner Mutter in die Staaten gegangen und erst in diesem Frühjahr zurückgekommen.«

»Pepe, reichst du mir deinen Teller?« Von seinem Platz aus füllte Gaspard Kartoffeln, Gemüse und Fisch auf meinem Teller. Das Essen verströmte einen unwiderstehlichen Duft.

»Danke dir, das sieht köstlich aus«, sagte ich und entlockte Gaspard damit ein zufriedenes Lächeln. Egal, wie oft er für Gäste kochte, der Stolz über ein geglücktes Essen stand ihm jedes Mal ins Gesicht geschrieben. Er wandte sich Clems Teller zu, während sie Raphaël fragte:

»Du hast noch gar nicht erzählt, wo du überall warst, oder? Du warst doch nicht nur in New York?«

»Wir haben erst in New Jersey gelebt, bevor ich fürs Studium nach New York gegangen bin.«

Ich stellte mein Wasserglas ab und blickte Raphaël staunend an. »Du hast wirklich in New York gelebt?«

»Ja«, er lächelte und lehnte sich näher zu mir. »Warst du schon mal dort?«

Ich schüttelte den Kopf. Wir waren zwar früher viel gereist, als Clem und ich noch jünger gewesen waren, aber immer nur mit dem Auto durch Europa an die Orte, in denen mein Vater

Vorträge gehalten hatte. Auch wenn er selbst viel in Amerika unterwegs gewesen war, hatte meine Mutter es immer abgelehnt, in ein Flugzeug zu steigen, und ohne sie wären wir Kinder vor Ort ganz auf uns allein gestellt gewesen, da unser Vater ja arbeiten musste. Auch Clem und Gaspard waren noch nie dort gewesen.

»Ihr solltet mal hinfliegen, es ist schwer in Worte zu fassen, all die Energie und diese extravaganten Menschen, diese vielen, vielen Menschen.« Er musste selbst über seine Worte grinsen. »Okay, das klingt echt nicht nach dem tollsten Ort, aber ich sag euch, wenn ihr Kultur mögt, ist New York doch die beste Stadt der Welt. Jazz, Pop, Rock, Literatur, Theater, die Oper – und das jeden Abend in einem Maße, das man sich hier gar nicht vorstellen kann. Ich habe mich einige Zeit völlig darin verloren.«

Alle Teller waren gefüllt, ein allgemeines *»Bon appetit«* ging um den Tisch, gefolgt vom Klirren des Bestecks auf den Tellern. Auch Raphaël nahm seine Gabel in die Hand, doch sie verharrte über seinem Teller.

»Ich konnte mir einfach nicht vorstellen, wieder hierher zurückzukommen, wo es nichts dergleichen gibt, sondern nur Felder und Stille und einsame Menschen. Also nicht dass ich das wirklich glaube«, fügte er mit einem Blick in die Runde schnell hinzu. »Es war nur das Gefühl, das ich zu der Zeit hatte. Ich bin also geblieben, habe meinen Master gemacht und dann dort gearbeitet. Na ja, wie das eben so ist.«

»Und warum bist du nun wieder hier?«, fragte ich.

Er blickte auf seinen Teller und spießte mit der Gabel eine dampfende Kartoffelecke auf.

»Mein Vater ist gestorben. Herzinfarkt, dieses Frühjahr. Ich bin, so schnell es ging, zurückgekommen.«

»Das tut mir sehr leid«, beeilte ich mich zu sagen und stieß in der Verlegenheit, die solche Situationen in mir auslösten, beinahe das Wasserglas neben meinem Wein um.

»Es kam sehr überraschend, auch für uns hier«, sagte Gaspard ernst, und Clem nickte bedächtig.

Es folgte eine kurze Pause, in der Raphaël seine Kartoffel aß und ich gedankenverloren einen Schluck vom Wein nahm. Dann sagte ich stirnrunzelnd: »Aber wenn es schon im Frühjahr war – entschuldige, vielleicht ist es unsensibel, das zu fragen –, wieso bist du dann nicht längst wieder nach New York zurückgekehrt?«

»Raphaëls Familie besitzt eine Seifenfabrik«, sagte Clem, »und er hat nun die Führung inne.«

Raphaël zuckte mit den Schultern. »Jemand muss sich um das Familienunternehmen kümmern, und da ich ein Einzelkind bin, liegt das nun an mir. Ob ich es also will oder nicht, bin ich vorerst an diesen Ort hier gebunden.«

Ich sagte nichts dazu, innerlich fragte ich mich aber, ob ich das auch so schlimm finden würde wie Raphaël, an den Ort hier gebunden zu sein, an das Haus meiner Großmutter. Der Gedanke war alles andere als unangenehm, stellte ich fest, aber das hieß ja noch lange nicht, dass sich meine Gefühle so einfach auf andere übertragen ließen.

Er erzählte mehr über seine Arbeit. Sein Urgroßvater hatte einst die Seifenfabrik gegründet, die von Generation zu Generation an die Kinder vermacht wurde. Raphaëls erste Maßnahme war es gewesen, jemanden zu finden, der derzeit als leitender Geschäftsführer eingearbeitet wurde und mehr Erfahrung im laufenden Geschäft hatte als er selbst, sodass Raphaël nur die wichtigsten Entscheidungen mit ihm abzuklären brauchte. Da in dieser Zeit des Führungswechsels aber viele

Umstrukturierungen stattfanden, war er trotzdem täglich in das Geschäft eingebunden.

»Ich hoffe«, sagte er, und sein Blick blieb an mir hängen, »dass irgendwann alles so weit in die Wege geleitet ist, dass ich nicht mehr so stark gebraucht werde und etwas freier bin. Dann geht es sobald wie möglich zurück nach New York.«

Ich nickte, aber als ich merkte, wie sehr ich ihn anstarrte, blickte ich schnell wieder auf meinen Teller. Da erschrak ich plötzlich, als etwas Warmes, Nasses an meiner Wade entlangstreifte. Blitzschnell zog ich das Bein zurück und sah nach unten. Dago hatte sich angepirscht, stand da unter dem Tisch vor mir und blickte mich mit seinen braunen Augen flehend an.

»Dago«, sagte Raphaël in vorwurfsvollem Ton. »Zurück mit dir.« Er deutete auf den Platz neben seinem Stuhl. Mit enttäuschter Miene zog der Hund ab, er hatte sich wohl mehr von mir versprochen.

»Aber, Raphaël«, kam es da von Clem, die mir gegenübersaß und deren Teller schon halb leer geputzt war, »ein wenig bleibst du uns noch erhalten, oder?«

Seine lächelnden Augen richteten sich auf sie, und sofort sehnte ich mich danach, sie wieder auf mir zu spüren.

»Natürlich, es gibt ja noch einiges zu tun«, sagte er.

»Das ist gut, da freuen nicht nur wir uns drüber. Deine Tante wird bestimmt froh sein, dich hier zu haben«, fuhr Clem fort und zerteilte den restlichen Fisch auf ihrem Teller.

Raphaël nickte. »Sie hat der Tod ihres Bruders ganz schön mitgenommen.«

Als er das sagte, traf sein Blick plötzlich wieder mich, und ich fuhr innerlich zusammen. Hatte er bemerkt, wie ich ihn von der Seite angestarrt hatte? Er lächelte. »Alles in Ordnung, Pepe?«

»Ja, ja«, sagte ich schnell. »Der Fisch ist grandios, oder? Wirklich, Gaspard, ganz toll.« Bevor ich weiter ins Plappern geraten konnte, brach ich ab. Clem warf mir einen amüsierten Blick zu, dann wandte sie sich mit einer Frage an ihren Mann. Raphaël schien Clems Blick nicht bemerkt zu haben, in aller Ruhe aß er weiter. Als ich ihn so betrachtete, schoss mir der Gedanke durch den Kopf, ob meine Schwester diesmal nicht sogar ins Schwarze getroffen hatte. Vielleicht täte mir ein wenig Ablenkung nach der ganzen Sache mit Oskar ganz gut, vor allem wenn ein so gut aussehender Mann wie Raphaël daran beteiligt wäre.

»Und du bist auch vorübergehend hier?«, riss er mich aus meinen Gedanken. Wieder fühlte ich mich ertappt und spürte Röte in mein Gesicht steigen.

»Ja, ich kümmere mich um die Pension, bis unsere Großmutter wieder aus dem Krankenhaus kommt.«

Raphaël nickte. »Clem hat mir von der Geschichte erzählt. Schlimm, was da passiert ist. Ich hoffe, es geht ihr bald wieder besser.«

»Danke.« Ich dachte an Mamie, die sich so tapfer hielt, obwohl sie noch immer Schmerzen hatte, und fühlte sofort einen Kloß im Hals.

Ziellos schob ich eine Kartoffel auf meinem Teller von links nach rechts, legte dann die Gabel zur Seite und ließ die Hand in den Schoß sinken. Da spürte ich eine warme Berührung, Raphaëls Hand, an meinem unteren Rücken. Sanft strich sie darüber. Jede einzelne der fünf Fingerkuppen konnte ich durch den Stoff ausmachen. Sie lösten zarte Schauer aus, die über meine Haut bis in meinen Nacken strömten. Ich riss mich zusammen und warf ihm ein dankbares Lächeln zu.

»Ich weiß von meinem Vater, dass man das in solchen Situationen nicht hören will«, sagte er, »aber es hat mir dann doch sehr geholfen: Es wird wieder besser werden. Dir wird es irgendwann wieder besser gehen.«

Ich sagte es nicht, aber dachte für mich, dass er hier offensichtlich etwas falsch verstanden haben musste. Sein Vater war bereits tot, meine Großmutter nicht. Als er meine zusammengezogenen Brauen sah, schmunzelte er. Und da war sie wieder, nur ganz kurz, seine Hand an meinem Arm. Sie strich nur leicht darüber, dann war sie wieder fort, und es tat mir leid, dass sie nicht länger dort blieb.

»Ich hab's ja gesagt: Ich wollte es auch nicht hören«, meinte er.

Ich konnte nicht anders und lächelte ihn an. Er spießte ein Stück Fisch von seinem Teller auf und führte die Gabel zu seinem Mund. Mein Blick wandte sich von ihm ab und fiel auf Clem. Gerade noch sah ich, wie sie, offenbar ertappt, plötzlich wegschaute und dann in alle Richtungen sah.

Goldenes Nachmittagslicht fiel von draußen herein. Beim Kaffee war die Tafel aufgehoben worden, und wir vier waren auf die Sofas und Sessel zwischen den Bücherreihen und -stapeln umgezogen, wo sich ein Gespräch über unsere geheimen Lieblingsbeschäftigungen entspann. Dago hatte sich vor meinem Sessel niedergelassen und sich an meine Beine gekuschelt. Ich winkte ab, als Raphaël fragte, ob er ihn verscheuchen solle, ich genoss die Wärme und Flauschigkeit.

»Verrate mir lieber dein heimliches Lieblingshobby«, sagte ich.

Auch Clem und Gaspard lehnten sich interessiert vor. Lachend druckste Raphaël ein wenig herum, bis er schließlich zugab: »Ich stricke.« Clem fiel beinahe von der Couch, und auch ich konnte ein Prusten nicht unterdrücken. Gaspard grinste vor sich hin. »Meine Mutter hat es mir beigebracht … Am liebsten stricke ich Babysocken.« Das gab uns den Rest, wir alle drei brachen in lautes Gelächter aus. »Ja, ja, ich weiß«, sagte Raphaël, »sehr lustig. Aber jetzt rückt ihr mal raus mit der Sprache, was ist euer geheimes Hobby?«

»Lesen«, sagte Clem entschieden.

»Das ist kein Geheimnis«, sagte ich, »und zählt damit nicht.«

»Doch«, sagte Clem, »ich lese manchmal heimlich Bücher, die mir, na ja, ein wenig peinlich sind.«

»Zum Beispiel?«, fragte Raphaël mit spitzbübischem Lächeln.

Clem nuschelte so sehr, dass man sie kaum verstehen konnte: »*Shades of Grey* und so was.«

»Sexromane«, raunte Gaspard von der Seite, und Raphaël und ich mussten prusten.

»Aber das ist doch nichts Schlimmes«, sagte ich. »Das lesen doch Millionen von Menschen auf der ganzen Welt.«

»Aber mir ist es halt ein bisschen peinlich«, sagte Clem. Raphaël und ich wechselten einen belustigten Blick. »Ich bin richtig süchtig danach, ich verschlinge so ein Buch an einem Tag und finde es großartig. Ich kann es einfach nicht lassen!«

»Und du, Gaspard?«, fragte Raphaël.

»Ich suche mir abends gerne schon meine Kleidung für den nächsten Tag heraus«, sagte er und strahlte sein bärigstes Lächeln.

»Gaspard, das ist doch kein Hobby!«, rief ich lachend, doch Clem mischte sich sofort ein.

»Oh doch, Pepe, du musst ihn nur einmal dabei beobachten, wie er ein Stück nach dem anderen aus dem Kleiderschrank zieht, abwägt, ob die Hose zu dem Hemd passt, sie dann doch wieder austauscht – und da sind wir noch nicht mal bei den Socken angelangt! Du musst das nur sehen, dann weißt du, dass es wirklich seine Lieblingsbeschäftigung ist, die er ewig in die Länge ziehen kann.«

Gaspard zuckte mit den Schultern. »Ich finde das beruhigend. Es bringt mich runter nach all dem Stress in der Küche.«

Ich malte mir aus, wie Gaspard stundenlang vor seinem Kleiderschrank stand, die Hüfte in die Seite gelegt, die eine Hand darauf abgestützt, die andere im Bart, und grübelte, welches Outfit wohl das stylischste für den nächsten Tag wäre. Die Vorstellung brachte mich zum Kichern.

»Was ist mit dir, Pepe, was treibst du heimlich, wenn keiner dabei ist?« Raphaël sah mich durchdringend an, und bei der Doppeldeutigkeit seiner Frage lief ich puterrot an.

»Ich …«, begann ich und überlegte. »Ich backe …« Bevor meine Schwester einwerfen konnte, dass das bekannt sei, hob ich einen Zeigefinger. »Ich backe manchmal tagelang an einer aufwendigen Sache herum, wenn mir langweilig ist oder es mir nicht gut geht. Zum Beispiel habe ich mal in den Schulferien in der siebten Klasse hundertfünfzig Pokémon nachgebacken, lauter kleine Figuren, nur weil Mamies Pension in dem Sommer ausgebucht war und wir erst später anreisen konnten. Oder einmal habe ich eine fünfstöckige Hochzeitstorte gebacken, ohne dass jemand geheiratet hätte.« Das war nach dem Tod meiner Mutter gewesen, und Jonas war beinahe umgefallen, als er das Monstrum in meiner Küche entdeckt hatte.

»Stimmt, ich erinnere mich an die Pokémon«, sagte Clem. »Besonders Pikachu war köstlich gewesen!«

»Darf man denn mal etwas von dem probieren, was du so bäckst?«, fragte Raphaël, und sein Lächeln warf mich geradezu um.

»Oh ja«, rief Clem, »du musst sie unbedingt besuchen und etwas von ihrem Gebäck probieren.«

Ich runzelte die Stirn angesichts dieses so offensichtlichen Kuppelversuchs.

»Ähm, klar, du kannst gern vorbeikommen.« Dann sah ich meine Schwester an. Hier war dringend ein Gespräch unter vier Augen gefragt. »Clem, ich habe doch die Pralinés mitgebracht, die ich gestern gemacht habe. Die sollte ich mal holen. Und ich glaube, wir brauchen noch mehr Kaffee, würdest du …« Ich deutete auf die Kanne und mit dem Kopf in Richtung Küche.

Einen Moment starrte Clem mich begriffsstutzig an, dann verstand sie und sprang auf. »Ja, natürlich, Kaffee! Entschuldigt uns kurz.«

Doch die Männer waren bereits in ein Gespräch vertieft, das sich ums Stricken drehte. Während ich vorsichtig über Dago hinwegstieg, der zu meinen Füßen eingeschlafen war, hörte ich Gaspard sagen: »Ich habe einmal einen Schal für meine Oma stricken müssen, aber am Zopfmuster bin ich völlig gescheitert.«

»Ja, das ist schwieriger, als man meint«, erwiderte Raphaël, und kichernd verzogen wir uns in die Küche.

Sobald wir die Küchentür hinter uns zugemacht hatten, grinste Clem mich breit an, während sie die Kanne auf einem Schränkchen abstellte und den oberen Teil abschraubte. »Lass mich raten, es geht bestimmt um den wahnsinnig heißen Piraten da nebenan, oder? Ja, ja, ich habe die glühenden Blicke gesehen, die ihr euch zuwerft.« Sie gab Wasser und Kaffeepulver in die Kanne und stellte sie auf den Herd.

»So ein Quatsch«, sagte ich gedehnt, musste aber gegen meinen Willen viel zu breit lächeln. Herrje, als wäre ich eine Zweitklässlerin, die zum ersten Mal verknallt ist! »Also wirklich, Clem!«, gluckste es aus mir heraus bei dem Anblick meiner Schwester, die ihr Gesicht verzogen hatte, mit den Augenbrauen wackelte und mit übertrieben gespitzten Lippen Küsse in die Luft warf. »Hör auf, ich …« Meine Worte gingen im Gelächter unter, und es dauerte einige Augenblicke, bis ich mich wieder gefasst hatte. »Okay, okay, ich finde ihn ganz süß.«

»Und er dich«, fügte Clem hinzu. Sie hatte sich nun gegen den Schrank gelehnt, die Arme überkreuzt, und grinste noch immer bis über beide Ohren. »Also meinen Segen hast du. Er war zwar immer ein ziemlicher Rabauke, aber er scheint sich zum Positiven entwickelt zu haben, meinst du nicht? Ein wohlhabender, schnuckeliger Typ aus meiner Nachbarschaft – besser geht's nicht. Du ziehst hierher!«

»Nun mach mal langsam! Erstens habe ich ihn gerade erst kennengelernt, und zweitens wird da eh nichts weiter passieren.«

»Na ja, nichts passieren … Mit den Blicken habt ihr euch immerhin schon ausgezogen!«

Ich seufzte gespielt genervt auf und richtete Hilfe suchend die Hände gen Himmel.

»Und drittens«, fuhr ich fort, »will Raphaël wieder von hier wegziehen, sobald er kann.«

»Das wird sich ändern, wenn ihr erst einmal angebändelt habt. Aber du wolltest etwas anderes mit mir besprechen?«

Typisch Clem, einfach so aus dem Nichts heraus das Thema zu wechseln.

»Na ja, es geht wirklich um Raphaël. Du hast das hier arrangiert, um uns zu verkuppeln, oder?«

Clem wandte sich der silbernen Kanne zu, die auf dem Herd zu brausen und zischen begonnen hatte, und goss den Kaffee in die Porzellankanne um.

»Na und? Scheint doch aufzugehen«, nuschelte sie mehr in Richtung Kaffeekanne als zu mir.

»Ja, ja, ich find es wirklich gut, dass du ihn eingeladen hast. Raphaël gefällt mir, aber könnten wir das Ganze vielleicht ein wenig unauffälliger gestalten?«

»Was meinst du?«

»Weniger auffällige Blicke, weniger Anspielungen?«

Clem sah mich belustigt an. Dann zuckte sie mit den Schultern. »Klar.«

»Danke.« Ich drückte ihr einen Kuss auf die Wange. »Auch dafür, dass du uns einander vorgestellt hast.«

Sie grinste, dann sandte sie wieder einige Küsse in die Luft, nahm sich auf mein Zwicken in ihre Seite hin zusammen, und gemeinsam gingen wir mit der Kaffeekanne und den Pralinés, die ich mir geschnappt hatte, zurück ins Wohnzimmer.

Sobald ich saß, schnappte ich mir ein Praliné und biss in die knackige Oberfläche. Cremige Schokolade mit einem Hauch Weingeschmack entfächerte sich auf meiner Zunge. Mir entfuhr ein leises »Mhh«. Auch die anderen griffen zu, und bei meinem an Raphaël gerichteten »Wie schön, dass es dir auch schmeckt!« war meine Stimme womöglich eine halbe Oktave zu hoch. Mein Blick haftete immer einige Sekunden zu lange an ihm, selbst wenn jemand anderes sprach, an seinen hellen Augen, seinen Lippen, die ein wenig mit Kakaopulver bestäubt waren, seiner markanten Kieferpartie, seinem Nacken … Ich beugte mich in meinem Sessel vor und versuchte mich mit dem Streicheln von Dago abzulenken, um mich nicht noch auffälliger zu verhalten, als ich es Clem eben verboten hatte. Diese hatte mich und Raphaël die ganze Zeit über natürlich im Blick und bemerkte genau, was hier vor sich ging, wie ich an dem Kräuseln ihrer Lippen ablesen konnte.

Als es Abend wurde, war es an der Zeit, sich zu verabschieden. Gaspard drückte mir noch eine Schüssel mit selbst gepflückten Erdbeeren aus dem Garten in die Hand, und als ich Clem zur Verabschiedung in die Arme schloss und ihr für den schönen Tag dankte, flüsterte sie mir ins Ohr: »Er vergöttert dich. Mach was draus!«

Sie kniff mir liebevoll in den Arm, dann war sie schon wieder fort, bevor ich noch etwas sagen konnte. Aus dem Wohnzimmer hallte ein kurzes *Adieu*.

Da hörte ich Raphaël von draußen nach mir rufen. Er stand auf dem Gartenweg. Dago, der hier und da im Garten herumgeschnuppert hatte, lief, als er mich bemerkte, rasch in meine Richtung, leckte mir einmal über die Hand und kehrte zu Raphaël zurück. Der machte grinsend eine entschuldigende Geste und winkte mich zu sich. Seine Hand legte sich auf meinen Rücken, und er führte mich zu meinem Wagen. »Es war schön, dich heute wiederzusehen. Vielleicht gehen wir in den nächsten Tagen mal gemeinsam einen Kaffee trinken? Ruf mich doch an, wenn es dir passt.« Und er reichte mir einen abgerissenen Zettel, auf dem in krakeliger Schrift sein Name und eine Handynummer standen. Ich nickte und schloss meine Hand darum, während ich mit der anderen meine Wagentür öffnete.

»Ich melde mich«, versprach ich. Ich lächelte ihm noch einmal unsicher zu, bevor er meine Autotür zuschlug.

15

Nach meiner Rückkehr wandte ich mich den Aufgaben in der Pension zu, die noch anstanden. Am Morgen hatte ich Léo und Henry das Frühstück bereitgestellt und mich dann ihren Zimmern gewidmet. Nun wischte ich alle Räume durch und reinigte die Oberflächen. Dabei hatte ich mir die Kopfhörer über die Ohren gezogen, hörte ein frühes Kate-Bush-Album und ließ die Gedanken schweifen. Allerdings wanderten sie heute immer in dieselbe Richtung, nämlich zu Raphaël und seinen schönen Augen. Damit vergingen der restliche Nachmittag und der frühe Abend wie im Flug, und schon bald brach die Dämmerung an. Ich verbannte Besen, Wischmopp und alles Putzzeug mit einem »Weg mit euch!« in die Kammer und wandte mich der Küche zu. Ich wollte mit den Erdbeeren, die Gaspard mir aus seinem Garten mitgegeben hatte, Törtchen für das Frühstück backen. Ich versuchte mich dabei auf die Aufgaben der kommenden Tage zu konzentrieren, die mir in der Pension bevorstanden, doch jeder Gedanke wurde abrupt durch das Aufblitzen von Erinnerungsbildern der letzten Tage durchbrochen: Léos Worte, während wir am Weinberg entlanggingen, das intensive Gespräch mit Jonas am Telefon, Raphaël und sein spitzbübisches Lächeln, das Kribbeln unter seiner Hand an meinem Rücken. Ich arbeitete unkonzentriert, brauchte länger als sonst für dieses eigentlich simple Rezept.

Als ich gerade das fertige Blech auf dem Tisch abstellte, hörte ich von draußen her eine laute Stimme. Sie gehörte einem Mann und klang aufgebracht. Ich hörte genauer hin und erkannte, dass er Englisch sprach. Henry? Ich ging zur Terrassentür und blickte hindurch. Er war es tatsächlich. Mit dem Handy am Ohr lief er ungeduldig und geradezu wütend auf und ab. Als er auflegte und ums Haus herumging, lief ich schnell wieder zum Tisch, wo ich so tat, als wäre ich die ganze Zeit mit meinen Törtchen beschäftigt gewesen. Die Haustür wurde geöffnet und mit einem lauten Krachen ins Schloss geworfen. Henry machte einige Schritte in Richtung der Treppe, da rumpelte es, und er schrie auf. Ich rannte in den Flur und sah, dass er am Boden lag, zwischen seinen Füßen der kleine Läufer, über den er gestolpert sein musste. Schon länger wölbte sich eine Ecke so nach oben, dass sie tatsächlich zur Stolperfalle werden konnte, wenn man in das Haus eilte, ohne hinzuschauen. Ich musste ihn unbedingt auswechseln.

»Damn it!«, schimpfte er vor sich hin. Ich trat zu ihm und half ihm hoch. Ich wusste nicht, wie ich ihn in dieser Stimmung am besten ansprechen sollte. Also flüsterte ich nur: »Alles okay? Entschuldige, der Läufer …« Er sah mich aufgebracht an, als wollte er mich gleich anschreien. Verschreckt wich ich zurück, beugte mich hinab, um den Teppich zu glätten, und wartete auf das Donnerwetter. Doch es kam nicht. Henry stand mit einem Mal neben mir und half mir.

»Pardon, Penelope. Ich bin nicht wütend auf dich.« Seine Stimme klang gepresst, die unterdrückte Wut war noch deutlich herauszuhören. Ich nickte und versuchte es mit einem kleinen Lächeln. Sein Versuch, es zu entgegnen, endete in einer seltsamen Fratze. Seine Augen wirkten traurig, seine Stirn war in Falten gelegt, der Mund verzerrt.

»Kann ich dir einen Tee machen, möchtest du etwas Gebäck?«, fragte ich, auf die tröstende Kraft von etwas Warmem und Zucker vertrauend.

»Ein Whisky wäre wesentlich besser.« Ich lächelte und eilte in die Küche, um die Flasche herauszusuchen. Henry folgte mir, und ich war froh, dass er mit mir zusammen sein wollte, obwohl es ihm eindeutig schlecht ging. Ich schenkte uns zwei Gläser ein, und Henry deutete mit seinem nach draußen. Wir machten es uns auf der Terrasse bequem, tranken kleine Schlucke von dem rauchigen Whisky, sahen über die Felder, die sich langsam verdunkelten. Wir schwiegen lange. Ich wollte Henry zu nichts drängen, wollte ihm Zeit geben, seinen Gedanken nachzuhängen. Als auch meine zu wandern begannen und wieder zu der Szene mit Raphaël am Mittagstisch gingen, durchbrach Henry plötzlich die Stille.

»Aus Bangladesch wird wohl nichts.« Überrascht sah ich ihn an. Hatte er deswegen so wütend reagiert, weil sein Plan, der Familienkanzlei zu entfliehen, durchkreuzt worden war? »Das eben war Jeff, der Freund, der dort arbeitet.« Ich nickte. »Er hat mir gesagt, dass ich nicht kommen soll.« Verletztheit war aus seiner Stimme herauszuhören, sie klang brüchig.

Als er nichts weiter sagte, fragte ich: »Warum sollst du nicht kommen? Ich dachte, sie suchen ganz dringend nach Mitarbeitern.«

Henry nahm einen großen Schluck von dem Whisky und atmete hörbar aus. Er blickte weiterhin auf das Feld, dann kurz zu mir und wieder weg.

»Die Sache ist etwas … komplizierter.«

»Inwiefern kompliziert?«

»Na ja, insofern, als dass es dabei um mehr geht als nur die Frage, wo ich arbeiten werde.«

»Henry«, brach es ungeduldig aus mir heraus, »ich verstehe nicht, wovon du redest, außer dass es um den heißen Brei herum ist. Du sprichst von deiner Familie, nicht wahr? Wäre es denn wirklich so schlimm für sie, wenn du für eine Weile nach Bangladesch gehen würdest?«

Ein kleines Lächeln huschte über Henrys Gesicht, verzog sich dann aber zu einer ironischen Miene.

»Es geht hier nicht nur um Bangladesch, Penelope.«

»Sondern?«

»Sondern darum, dass ich bei dem Mann sein möchte, in den ich verliebt bin.«

Ich versteckte meine Überraschung im Whiskyglas, ohne daraus zu trinken. Plötzlich setzten sich in meinem Kopf all die kleinen Bruchstückchen zu einem Ganzen zusammen.

»Jeff«, sagte ich, und Henry nickte verbittert.

»Ja, Jeff. Ich habe ihn in meinem letzten Studienjahr in London kennengelernt und mich sofort in ihn verliebt. Aber dann ging Jeff nach Bangladesch. Die Stelle hatte er schon einige Monate zuvor angenommen, und es war etwas, das er unbedingt machen wollte. Also kam die Idee auf, dass ich ihn dorthin begleiten könnte. Na ja, ich habe heute Nachmittag mit meinen Eltern telefoniert und ihnen von meinen Überlegungen erzählt. Sie waren stinksauer. Sie meinten, ich würde sie im Stich lassen und all ihre Hoffnungen zerstören, die sie in mich – ihren einzigen Sohn! – gesetzt hätten.«

»Aber das ist doch Unsinn«, warf ich ein. »Du würdest etwas Gutes tun, anderen Menschen mit deinem Wissen helfen.«

»Das habe ich auch versucht, ihnen zu erklären, aber sie haben kaum zugehört. Ihnen geht es nur um ihre Kanzlei und den Ruhm.«

»Und das hat dich ins Straucheln gebracht, was deine Entscheidung angeht?«

Henry machte eine hilflose Geste. »Es ist schwer, sich dem Druck zu entziehen.«

»Verstehe. Und deswegen war Jeff nun wütend auf dich, weil du überlegst, in London zu bleiben?«

»Genau. Ich habe ihn angerufen, wollte das Ganze mit ihm zusammen durchsprechen, alles noch einmal abwägen. Denn vielleicht wäre es ja dumm, diese Chance mit der Kanzlei sausen zu lassen. Aber kaum dass ich die Möglichkeit erwähnt habe, ist Jeff wütend geworden und meinte, dass mir unsere Beziehung nicht wichtig genug sei.«

Ich blickte ihn prüfend an. Dann tastete ich mich Wort für Wort an den nächsten Satz heran: »Henry, kann es vielleicht sein, dass du einfach Angst hast, den Schritt nach Bangladesch zu wagen? Mir hast du sehr klar gesagt, dass die Kanzlei in London nicht der Ort ist, an dem du arbeiten möchtest.«

Er antwortete nicht, sondern saß nur da, als hätte er soeben einen Triathlon hinter sich gebracht, so ermattet sah er aus. Schließlich nickte er.

»Du liebst Jeff, dann … dann musst du zu ihm. Es ist doch so selten, dass man jemanden trifft, den man wirklich liebt. Du solltest ihn nicht durch deine Angst verlieren.«

Ich reichte ihm sein Whiskyglas, und er nahm einige Schlucke.

»Aber wer weiß, ob das mit Jeff wirklich klappt. Ich liebe ihn, das ist nicht die Frage, aber man weiß doch nie, ob so eine Liebe wirklich hält. Und dann sitze ich allein in Bangladesch.«

»Statt in London mit einem Beruf, den du nicht ausstehen

kannst. Ich finde, du solltest es wagen. Nicht nur um mit Jeff zusammen zu sein, sondern auch weil das nach einer tollen Chance für dich klingt. Du wirst etwas Neues sehen und beruflich ausprobieren. Du darfst nicht vergessen, dass du immer zurückkommen kannst, wenn etwas schiefgeht.«

»Das sagst du so. Meine Eltern werden definitiv mit mir brechen, wenn ich gehe, so einfach wäre es also nicht, zurückzukommen und hier weiterzumachen, wo ich aufgehört habe.«

»Das mag stimmen, aber Henry, du bist ein kluger, fitter Juraabsolvent. Wenn du plötzlich als Arbeitsloser endest, würde mich das sehr überraschen.«

Henry sah an mir vorbei, während er das Gehörte verarbeitete, dann sagte er trocken: »Meine Ängste sind ziemlich albern, oder?«

»Nein, gar nicht. Ich kann das total verstehen, aber von außen betrachtet sind sie grundlos.«

»Und es wäre wirklich dumm, das mit Jeff für etwas aufzugeben, was ich nicht mal will, oder?«

»Ja, das wäre wirklich dumm. Das Dümmste, was man sich vorstellen kann!«

Henry brachte ein brüchiges Schmunzeln zustande.

»Im Ernst, Henry. Stell dir vor, du würdest in London bleiben, in die Kanzlei einsteigen und die Beziehung mit Jeff aufgeben. Was meinst du, wie es dir in ein paar Monaten geht?«

»Wahrscheinlich würde ich vom schicken Balkon der Kanzlei springen.« Er raffte sich auf, saß wieder aufrechter, und ein erster Funke der Entschlossenheit schlich sich in seine Augen.

»Ich sollte ihn noch mal anrufen und ihm sagen, dass ich einen Moment der Schwäche hatte, mich nun aber definitiv für ihn und Bangladesch entschieden habe, oder?«

Ich nickte lächelnd.

»Bangladesh it is.« Mit diesen Worten warf er mir einen Blick zu, in dem sich Erleichterung und Dankbarkeit vermischten, bevor er aufstand, sein Handy aus der Hosentasche holte und sich in Richtung der Lavendelfelder entfernte.

Ich blieb noch einen Moment sitzen, nippte an meinem Whiskyglas und dachte über Henrys Situation nach. Ich war überzeugt von dem, was ich ihm gesagt hatte, war sicher, dass Jeff und Bangladesch für ihn die richtige Entscheidung waren. Für einen Außenstehenden war es so offensichtlich, dass ich mich fragte, wie es um mich stand, ob mein Leben von außen auch so klar eingeschätzt werden könnte. Waren es Berlin und ein neuer Versuch an einem Theater oder in einem neuen Job? All das schien mir mittlerweile so fern, obwohl ich gerade mal zwei Wochen hier war. Doch irgendwann, wenn Mamie in die Pension zurückgekehrt und wieder so mobil war, dass sie die Aufgaben übernehmen konnte, würde sich diese Frage für mich stellen: Was wollte ich mit meinem Leben anfangen? Ich seufzte, weil ich darauf keine Antwort wusste. Das Einzige, was mittlerweile für mich feststand, war: Ich würde nichts mehr machen, was mich nicht glücklich stimmte, keine Kompromisse mehr, was den Job oder die Beziehung anging. Ich wollte meinen Blick wachhalten, nicht wieder Hals über Kopf in etwas stolpern, was mich nach einiger Zeit nur unglücklich machte. Was genau das sein sollte … Keine Ahnung. Ich hob das Glas an meine Lippen. Der rauchige Whisky floss brennend meine Kehle hinunter, und ich lehnte mich in meinem Stuhl zurück und schloss die Augen.

16

Am nächsten Morgen wand ich mich beschwingt aus den Laken. Natürlich hatte ich keine Millisekunde länger als nötig verharrt, um an Raphaël zu denken, und natürlich hatte ich mir nicht vorgestellt, wie es wäre, ihn wiederzusehen, ihm näherzukommen … Mit der Zahnbürste im Mund grinste ich mir selbst im Spiegel zu. Warum sollte ich auch nicht an ihn denken? Ich war völlig frei. Ich genoss den Klang des Wortes und ließ ihn in meinem Inneren widerhallen. *Frei.* Jetzt musste ich nur noch daran arbeiten, diese Freiheit auch auf anderen Gebieten wiederzuerlangen. Ich hatte mir während der letzten Tage immer wieder Gedanken darüber gemacht, wie es beruflich mit mir weitergehen sollte. Das Theater kam nicht mehr infrage. Gut möglich, dass sich der Zwist mit meinem Chef schon in der Szene herumgesprochen und mir neue Einstiegsmöglichkeit verbaut hatte – wert war er es trotzdem gewesen. Nein, es musste, was die Arbeit anging, etwas Neues her, und seit Samstag, als ich mit Henry und Léo in Nathalie Faugins Küche gestanden hatte, verspürte ich den Wunsch, in diese Richtung zu gehen, umzusatteln und mich als Konditorin zu versuchen. Über diese Möglichkeiten wollte ich mich nun informieren.

In der Küche bereitete ich das Frühstück vor und deckte den

Tisch auf der Terrasse. Dabei schob ich mir nebenbei ein Erdbeertörtchen in den Mund und trank eine halbe Tasse Kaffee. Von den beiden Gästen war noch keine Spur. Also schlüpfte ich in das neue Büro auf dem Dachboden und fuhr den Computer hoch. Als er endlich bereit war, tippte ich in das Suchfeld »Konditorei Jobs Berlin« ein. Entgegen meinen Erwartungen gab es tatsächlich Stellenanzeigen, und einige davon klangen wirklich interessant. Eine vegane Donutbäckerei suchte Unterstützung – und sogar eine französische Konditorei! In den meisten Stellenausschreibungen stand allerdings explizit drin, dass eine ausgebildete Konditorin gefragt war. Ich suchte weiter und stieß auf eine Seite, die den Werdegang eines Zuckerbäckers und die Berufsaussichten erläuterte, und da stand ganz klar: Eine Ausbildung ist absolute Voraussetzung. Ich seufzte auf. Eigentlich hätte ich ja wissen müssen, dass ich mich nicht einfach so in eine Backstube stellen und losbacken konnte, aber gehofft hatte ich es doch. Ich las weiter über die Möglichkeit einer Umschulung. Zwei Jahre Schulbank und die praktische Einweisung in einer Konditorei, das hieß zwei Jahre lernen und womöglich wieder einen cholerischen Chef haben, von dem man abhängig war. Frustriert nahm ich die Hand von der Maus, starrte aus dem Fenster und beobachtete das Spiel des Windes in den Baumwipfeln. Andererseits: Welche Möglichkeiten hatte ich, wenn das Theater definitiv ausschied? Ein erneuter Seufzer entfuhr mir, ich griff nach der Maus und las weiter über die Formalien einer Umschulung. Da hörte ich Fußgetrappel auf der Treppe. Froh, dieser Entscheidung über meinen weiteren beruflichen Werdegang zumindest für den Augenblick zu entkommen, löste ich mich vom Computer und lief schnell hinunter auf die Terrasse, um Henry und Léo zu begrüßen.

Eine gute Stunde später öffnete ich die Tür zum Krankenhauszimmer meiner Großmutter. Sie lag in ihrem Bett, die Decke über ihrem Gipsfuß war etwas zurückgeschlagen. Auf ihrem Bauch lag ein offenes Buch, doch sie las nicht, sondern blickte gedankenversunken in Richtung des Fensters.

Vorsichtig klopfte ich gegen den Türrahmen und betrat das Zimmer. Als Mamie mich erblickte, lächelte sie und deutete mit einer kleinen Bewegung auf den Stuhl neben ihrem Bett.

»Mamie, wie geht es dir?«

»Besser, meine Liebe.« Sogar ein keckes Blinzeln war in ihren Augen zu erahnen, als sie witzelte: »Wenn auch noch ein wenig schwach auf den Beinen.« Ich lächelte, auch wenn mir nicht wirklich danach zumute war. Ihre Stimme klang mitgenommen, die Anstrengung war ihr anzumerken. Sie schien besorgt, scheinbar geistesabwesend nestelte sie mit den Fingerspitzen an dem Buch auf der Bettdecke. Als ich schon befürchtete, dass sie meine Anwesenheit vergessen haben könnte, hob sie wieder den Kopf und sah mich an.

»Pinou, es gibt da etwas, worüber ich mit dir sprechen wollte. Es betrifft die Pension. Ich bin sehr froh, dass du die Arbeit dort vorerst übernommen hast, aber du wirst deine eigenen Pläne haben, du kannst sicherlich nicht ewig hierbleiben. Also müssen wir uns Gedanken machen, was passiert, wenn du zurück nach Berlin gehst und ich noch nicht fit genug bin, um mich alleine um alles zu kümmern.« Ich stutzte und wollte einwerfen, dass sie doch so gute Fortschritte gemacht habe, doch ein Blick in ihre müden silbrig blauen Augen brachte mich zum Schweigen. »Mein Wunsch ist, dass die Pension in guten Händen liegt, am liebsten in denen unserer Familie, aber ich weiß natürlich, dass ihr alle unheimlich beschäftigt seid. Clem hat mit ihrer Buchhandlung zu tun, und dein Vater wird seinen

Kopf in nichts anderes als seine Bücher stecken.« Ich sah, wie viel Mühe es ihr bereitete, diese traurige Bilanz zu ziehen, und das Schlucken fiel mir schwer. »Daher wollte ich mit dir reden. Ich weiß, ich weiß. Du hast sicherlich andere Pläne für deine Zukunft. Aber wie konkret sind sie bisher? Hast du bereits eine neue Stelle gefunden? Ich möchte dich von nichts abhalten, glaube mir. Mir liegt sehr am Herzen, dass es dir gut geht und du in deinem Leben alles erreichst, was du dir wünschst. Und ich weiß, dass das Theater dir immer viel bedeutet hat.«

Endlich machte meine Großmutter eine Pause, und ich konnte etwas sagen. »Ach, weißt du, Mamie, eigentlich bin ich mir gar nicht so sicher, wann ich überhaupt nach Berlin zurückgehen werde.« Gespannt sah sie mich an, und ich wusste, dass sie jedem meiner Worte aufmerksam lauschte. »Ehrlich gesagt habe ich gar nicht nach einer neuen Arbeit am Theater gesucht und habe auch keinerlei Lust, dorthin zurückzukehren.« Überrascht weiteten sich ihre Augen. »Ich weiß, ich weiß, lange Geschichte. Die Kurzversion ist: Ich halte es nicht mehr aus, meine gesamte Lebenszeit für etwas aufzuopfern, was mir rein gar nichts gibt, keine Anerkennung, keine Glücksgefühle, nichts und wieder nichts. Ich habe überlegt, umzusatteln und vielleicht eine Umschulung zur Konditorin zu machen, aber das sind gerade noch Hirngespinste, nichts Konkretes. Na ja, und das mit Oskar ist auch vorbei. Das weißt du schon, oder?«

Sie nickte und sagte leise: »Clem hat da etwas angedeutet.«

»Momentan zieht mich also nichts zurück nach Berlin«, fuhr ich fort. »Gerade gefällt es mir hier sehr. Ich fühle mich unheimlich wohl und habe zum ersten Mal seit Langem wieder das Gefühl, atmen zu können. Also, wenn du mich wirklich hierhaben willst, bleibe ich. Bis es dir besser geht.«

Ein erleichtertes Lächeln huschte über Mamies fahles Gesicht. Ich griff nach ihrer Hand – sie war kühl und fühlte sich knochig an. Ich hielt sie und strich ihr mit dem Daumen sanft über den Handrücken. Früher hätte ich sie freudig gedrückt, aber heute wirkte sie so zerbrechlich.

»Wie mich das freut, Pinou. Ich habe mir immer gewünscht, dich hier bei uns zu haben, und bin über jeden Tag froh, den du länger bleibst! Die Idee mit der Umschulung ist aber eine sehr gute! Ich glaube, der Beruf der Konditorin würde dich glücklich machen. Und was die Pension angeht: Bitte entscheide alles ganz frei. Ich vertraue dir und bin sicher, dass du die Aufgabe wunderbar meistern wirst. Du brauchst nichts mit mir abzusprechen.« Mit einem sarkastischen Blick maß sie das Krankenzimmer. »Wenn du einen Rat möchtest, weißt du natürlich, wo du mich finden kannst.« Sie lächelte schief, dann fuhr sie fort: »Und noch etwas. Natürlich wirst du für deine Arbeit hier bezahlt.« Ich wollte schon widersprechen, erinnerte mich dann aber an mein maues Konto und die Miete, die bald wieder fällig wäre. »Keine Widerrede, Liebes. Ich werde mit Clem darüber reden.«

Ich wollte ihr für alles danken: für das Vertrauen, das sie in mich setzte, und dafür, dass sie selbst an so etwas wie die Bezahlung gedacht hatte. Aber ich bekam keinen Ton an dem dicken Kloß vorbei, der mir im Hals steckte. Also lächelten wir uns an und lasen alles, was nötig war, aus unseren Blicken.

Auf dem Krankenhausflur lief ich Mamies Arzt mit den grellen Turnschuhen über den Weg und fragte ihn nach Neuigkeiten.

»Nun ja«, sagte er in seinem gewohnt näselnden Ton, »Ihre Großmutter macht sich weiterhin recht gut. Ich bin überzeugt, es war die richtige Entscheidung, vorerst nicht operativ vorzugehen. Allerdings sind da noch immer ihre Erinnerungsschwäche und die Verwirrtheit. Wir sollten das beobachten, einen Gedächtnistest durchführen und gegebenenfalls ein weiteres MRT in Betracht ziehen.«

Ich nickte. Auch wenn ich nicht glaubte, dass Mamie über ihre Gehirnerschütterung hinaus unter Verwirrtheit litt, war es wahrscheinlich das Beste, sie einmal vom Scheitel bis zur Sohle zu untersuchen, wenn sie schon hier war. Also dankte ich ihm und machte mich auf den Weg in die *Petite Sorcière.*

Nach einem Mittagessen, bei dem mir nur Fuchur Gesellschaft leistete, setzte ich mich wieder an den Computer auf dem Dachboden. Es war heiß hier oben, und auch ein provisorischer Vorhang aus einigen Laken und Tüchern, den ich vor dem Fenster angebracht hatte, hielt die Mittagshitze nicht ab. Und so liefen mir Schweißtropfen die Schläfen hinab, während ich zunächst einige E-Mails mit Gästeanfragen durchackerte, die während des Wochenendes eingetroffen waren, und mit einer Familie telefonierte, um ihre Buchung für den nächsten Monat zu bestätigen, nachdem Mamie nicht mehr dazu gekommen und ihre Anfrage bei mir durchgerutscht war. Dann las ich weiter über die Umschulung zur Konditorin und machte mir eine Liste, was ich dafür in Angriff nehmen müsste. Im Anschluss ging ich in den Garten, um die Pflanzen zu gießen. Dabei landeten die ersten Spritzer aus dem Gartenschlauch allerdings in meinem Gesicht und Nacken, um den Schweiß abzuwaschen. Es wurde wirklich Zeit, dass ich mit den Arbeiten im Dachboden vorankam, einen Ventilator installierte und den richtigen Schreibtisch nach oben brachte. Aber solange dort noch alles voller Kram war, gab es nicht genug Platz dafür.

Nach der Gartenarbeit zog es mich wieder in die Küche. Ich

war froh, Henry als Gast zu haben, der mein Gebäck so gern und schnell verschlang, dass ich keine Sorge haben musste, zu viel zu machen. Auf dem Rückweg vom Krankenhaus hatte ich an einem Hofladen gehalten, frische Eier, Butter und Äpfel gekauft, die mich inspirierten, heute einen traditionellen Apfelstreuselkuchen nach deutschem Rezept zu backen. Während ich herumwirbelte, Eier aufschlug und Äpfel schnitt, gesellte sich Léo zu mir. Er setzte sich an den Küchentisch, und wieder einmal fiel mir auf, was für ein guter Gesprächspartner er war: Immer war er interessiert, immer stellte er passende Fragen, die nie zu weit in die Privatsphäre eindrangen. Ich fragte ihn nach Henry, in der leisen Hoffnung, aus der Antwort heraushören zu können, ob er schon mit seinem Großvater über Jeff und seine Pläne gesprochen hatte.

»Henry ist auf seinem Zimmer, er wollte wohl etwas für seine anstehende Reise nach Bangladesch vorbereiten.«

»Dann fährt er also sicher?« Und hatte sich mit Jeff versöhnt, dachte ich bei mir.

»Er wird wohl in nächster Zeit dort arbeiten, was für ihn sicherlich eine Bereicherung sein wird. Mir hingegen wird er fehlen.«

»Natürlich, das verstehe ich. Aber Sie können ja jederzeit mit ihm skypen oder facetimen«, rutschte es mir heraus, bevor ich mich an das Alter meines Gesprächspartners erinnerte.

»Facetimen?« Seine durchdringenden blauen Augen waren auf mich gerichtet, ein Runzeln lag auf seiner Stirn. »Dieses Skypen hat mir Henry ja mittlerweile beigebracht, aber was hat es denn nun schon wieder mit dem Facetimen auf sich?«

Ich musste gegen meinen Willen lachen, als ich das amüsierte Funkeln in seinen Augen entdeckte.

»Etwas, das man gar nicht braucht, wenn man skypen kann«,

sagte ich schnell und verrieb Butter mit Mehl, Zucker und etwas selbst gemachtem Vanillezucker zu groben Streuseln.

Léo lehnte sich auf seinem Stuhl zurück und beobachtete mich, ohne aufdringlich zu wirken.

»Wissen Sie, Penelope, dass ich während meiner Reisen – und da kommen über die Jahre einige zusammen – selten so gutes Gebäck gegessen habe wie bei Ihnen?«

»Geschweige denn daheim in Großbritannien, nehme ich an.« Ich schmunzelte, und er nickte bestätigend. Er musste früher ein wirklich attraktiver Mann gewesen sein. Noch immer stach er hervor mit seinem markanten Kinn und der hohen Stirn.

»Sie nehmen ungern Komplimente an, nicht wahr?«

Ich war überrascht, ihn plötzlich eine so persönliche Frage stellen zu hören. Doch er lenkte nicht ein, nahm seine Frage nicht zurück. Sie stand weiterhin im Raum zwischen uns.

»Na ja«, sagte ich schließlich, »geht das nicht allen so?«

»Meinen Sie wirklich? Das kann ich auf jeden Fall verneinen. Manche Menschen neigen sogar dazu, sich selbst die ganze Zeit mit Komplimenten zu umgarnen oder sie anderen in den Mund zu legen. Sie hingegen sind da anders.«

Wieder verhallten seine Worte, ohne dass ich wusste, was ich darauf erwidern sollte.

»Gut, gut, ich befreie Sie ja schon aus dieser kleinen Folter«, schmunzelte er. »Nur ein einziges Kompliment noch, dann überlasse ich Sie Ihrer Arbeit: Ich glaube, dass Sie eine wunderbare Enkelin für Ihre Großmutter sind.«

Nun spürte ich die Röte in meinem Gesicht aufsteigen. Ich lächelte ihn an.

»Danke«, sagte ich leise.

Und er: »Sehen Sie, manche Komplimente – die wirklich

wichtigen – sind doch leichter anzunehmen, nicht wahr?« Und mit einem letzten Lächeln in meine Richtung verschwand er im dunklen Flur.

Schmunzelnd sah ich ihm nach.

»Ach, Penelope«, hörte ich Léos Stimme vom Flur her. Sein Kopf erschien noch einmal im Türeingang. »Beinahe hätte ich das Wichtigste vergessen. Deswegen war ich doch eigentlich heruntergekommen. Henry und ich haben spontan entschieden, für drei Tage nach Marseille zu fahren und einen Schlenker über Avignon zu machen.«

»Wie schön!«, rief ich und hätte am liebsten alles stehen und liegen lassen, um mich ihnen anzuschließen. »Avignon ist fantastisch, es wird Ihnen gefallen!«

»Und Sie haben endlich ein wenig Urlaub von uns«, zwinkerte er mir zu.

»Ach was, Urlaub. Den brauche ich nicht, nicht bei Gästen wie Ihnen. Aber ich wünsche Ihnen eine wunderschöne Zeit!«

»Bis in drei Tagen!«

»Bis dann!«

Schnell schickte ich per Handy eine Nachricht an unseren Bäcker. Ich hatte schon die Befürchtung, dass es zu spät für eine Stornierung der Bestellung für die nächsten Tage wäre, doch er antwortete sofort, dass es kein Problem wäre. Während ich nun meinen Apfelkuchen fertig belegte, träumte ich von der steinernen Papststadt am Fluss. Da hörte ich nochmals ein Knarzen auf der Treppe. Eine Gestalt rauschte in den Raum und hob mich in den Arm – Henry.

»Stell keinen Unsinn an, während wir weg sind«, raunte er in mein Ohr.

»Niemals, nur mit dir gemeinsam!«

»Dann ist's ja gut«, lachte er.

»Bangladesch?«, fragte ich, als wir uns voneinander gelöst hatten.

»Steht! Ich erzähle dir alles, wenn wir zurück sind. Oh Mann, es gibt so viel zu tun!«

»Na dann los, macht euch schöne Tage!«

»Du dir auch, bis ganz bald!«

Nun, am Abend in meinem Zimmer, fiel mein Blick auf die Uhr. Es war schon halb neun, und ich überlegte, ob es wohl zu spät war, um Jonas anzurufen. Seit unserem letzten Gespräch waren drei Tage vergangen, und ich vermisste es, seine Stimme zu hören. Ich suchte nach meinem Handy – kein Anruf, keine Nachricht – und wählte seine Nummer. Es tutete mehrmals. Ich wollte gerade schon auflegen, als sich eine müde Männerstimme meldete und ein kratziges »Hallo?« von sich gab.

»Jonas, hi, ich bin's, Pepe. Oje, hab ich dich geweckt?«

»Hm«, grummelte es durch den Hörer, »Pepe. Das ist schön«, murmelte er verschlafen. »Ich habe dich vermisst.«

Lächelnd setzte ich mich mit dem Handy auf mein Bett und ließ mich langsam zurückfallen. »Willst du lieber weiterschlafen?«

»Mhm, nein«, kam es entschieden, aber mit noch kratzigerer Stimme zurück. »Ich bin wach.« Es klang jedoch ganz anders.

»Bist du um die Zeit schon im Bett?«

»Auf der Couch.« Ich schmunzelte vor mich hin bei dem Gedanken an einen zerknautschten Jonas auf der quietschroten Couch in seinem und Linas Wohnzimmer. Er seufzte verschlafen. »Weißt du, was jetzt schön wäre? Wenn du hier wärst.«

»In Berlin, meinst du?«

»Ja«, er räusperte sich, »mit einem kalten Bier hier bei mir auf dem Sofa.«

Seine Stimme klang, als würde er gleich wieder in den Schlaf fallen, also murmelte ich: »Jonas, schlaf weiter, ich rufe dich morgen an, ja?«

»Nein«, sagte er entschieden. Ich hörte es im Hintergrund rascheln, hörte ein verschlafenes Gähnen, dann meldete sich Jonas wieder: »Nein, lass uns reden«, sagte er langsam, sammelte sich aber nach und nach. »Eigentlich wollte ich noch am Laptop arbeiten, aber dann muss ich wohl weggenickt sein. Gut, dass du mich geweckt hast. Das passiert mir in letzter Zeit einfach viel zu oft.«

»Feli powert dich wohl ganz schön aus, was?«

»Kaum zu glauben, wie anstrengend es sein kann, Schaukeln anzustoßen und Kinder aufzufangen, die unbedingt auf dem Bauch die Rutsche runterwollen. Geschweige denn, sich mit den anderen Eltern darüber zu zanken, wer nun wem sein grünes Schäufelchen geklaut hat.«

»Das klingt nach ernsten Problemen, die da bewältigt werden müssen«, antwortete ich lachend. »Was ist mit Lina, unterstützt sie dich denn nicht bei dem Spielplatzkrieg?«

»Doch, schon, wir wechseln uns meistens damit ab. Aber glaub mir, das sind die wahren Probleme, die die Welt bewegen. Zumindest die der kleinen Tyrannen, die unseren Alltag beherrschen.«

Ich lachte, als ich an Feli dachte, wie sie mit der Schaufel in der Hand ihre Eltern herumkommandierte.

»Warst du heute bei deiner Großmutter? Wie geht es ihr?«, fragte Jonas, der sich mittlerweile wieder wesentlich fitter anhörte.

»Nun ja, es geht ihr im Vergleich zu den Tagen nach dem Sturz wesentlich besser. Der Arzt meinte vorhin, man müsse ihre Erinnerungsschwächen im Auge behalten«, sagte ich und spürte, wie mein Hals sich unerwartet zusammenschnürte; ich brach ab. Jonas schwieg, er schien zu spüren, dass ich einen Moment brauchte. »Ich habe mir wahnsinnige Sorgen um sie gemacht«, fuhr ich fort. »Mamie ist der wichtigste Mensch in meinem Leben. Auf sie konnte ich mich immer verlassen, ihr konnte ich alles anvertrauen. Ich kann mir nicht vorstellen, wie es ohne sie sein soll. Und als ich sie an meinem ersten Tag hier so blass und reglos liegen gesehen habe, hatte ich solche Angst, sie plötzlich verlieren zu können. Mir ist mit einem Mal so viel eingefallen, was ich nicht über sie weiß und sie vielleicht niemals fragen kann.«

Ich hatte nur diesen einen kleinen Einblick in ihr Leben, den einer Enkelin, die ihre Großmutter ausschließlich in ebendieser Rolle kannte. Über lange Zeit hatte sie für mich nur eine Funktion: dafür zu sorgen, dass es mir gut ging. Erst als ich älter war, fünfzehn, sechzehn vielleicht, erkannte ich, dass auch sie ein anderes Leben hatte. Dass sie ein junges Mädchen und dann eine junge Frau gewesen war, dass sie mit Männern geflirtet und irgendwann meinen Großvater kennengelernt hatte. Es waren kleine Puzzleteile, die ich im Lauf der Zeit gesammelt hatte, aber zu viele Teile fehlten mir noch, um sie zu einem großen Ganzen zusammensetzen zu können.

Jonas räusperte sich. »Das ist wahrscheinlich etwas, das man irgendwann zwangsläufig durchmacht, oder? Wenn die eigenen Eltern oder Großeltern am Ende ihres Lebens stehen. Dann merkt man, dass man viel zu wenig mit ihnen gesprochen hat – *wirklich* gesprochen hat. Nicht nur über die eigenen Probleme. Manche von uns haben das Glück, etwas davon aufholen zu können, viele haben es nicht. Aber ich glaube ja, dass das Wichtigste dabei ist zu sehen: Die Menschen, die uns aufgezogen haben und uns so nah waren, sind irgendwie ganz normal, sie haben ihre eigene Geschichte und auch eine Vergangenheit. Er oder sie hat Fehler gemacht und vielleicht daraus gelernt, vielleicht auch nicht.« Er hielt kurz inne, dann fuhr er fort: »Du aber hast jetzt noch die Chance, mit deiner Großmutter zu reden und sie richtig kennenzulernen. Wobei ich glaube, dass du das eigentlich schon zu einem gewissen Grad tust und gar nicht so ignorant bist, wie du zu sein vorgibst.« Das Grinsen war aus seinen Worten klar herauszuhören.

Ich ließ mich tiefer in die Kissen sinken und seufzte: »Das hoffe ich.« Ich ließ Jonas' Worte in mir nachhallen und nahm mir vor, sie ganz tief in mir zu bewahren und zu verankern, um sie nie wieder zu vergessen. Ein lautes Gähnen entfuhr mir.

»Ich glaube, nun muss ich *dich* ins Bett schicken«, sagte Jonas mit einem leisen Lachen.

»Vielleicht«, meinte ich und zog die Laken hervor, um mich darin einzukuscheln.

»Dann schlaf gut, Pepe, und träum was Süßes.«

»Gute Nacht, Jonas. Und – danke.«

Ich legte das Handy beiseite, und kaum dass ich die Augen geschlossen hatte, war ich auch schon eingeschlafen.

17

Das Haus wirkte unheimlich still am nächsten Tag. Henry und Léo waren sehr früh aufgebrochen, und ich vermisste die Gespräche und das Lachen mit ihnen schon jetzt. Andererseits war es auch eine Erleichterung, sich drei Tage lang freinehmen zu können, um sich statt den täglichen Aufgaben nun der organisatorischen Seite der Pension zuwenden zu können. Ich schenkte mir eine Tasse Kaffee ein und setzte mich damit auf die Terrasse. Die ersten Sonnenstrahlen schummelten sich bereits an den linken Seitenbalken der *Petite Sorcière* vorbei und wärmten meine Schulter. Ich zückte mein Handy. Clem hatte mir eine Nachricht geschickt:

> Pepe, ich stecke bis zum Hals in den Vorbereitungen für die Lesung heute Abend. Jeanette Gevrois wird ihren neuen Roman vorstellen. Es wird toll, komm vorbei! 19 Uhr. Kuss, C.

Ich schmunzelte. Hatte ich denn eine Wahl? Ich sagte ihr zu, hegte aber die Hoffnung, diese Verabredung mit einer noch aufregenderen zu verbinden. Mit einem Kribbeln im Bauch schickte ich Raphaël eine Nachricht mit der Frage, ob er nicht Lust hätte, mich am Abend zu der Lesung zu begleiten. Schließlich würde es ganz in Clems Sinn sein, dass sie mir den perfekten Anlass zu einem ersten Date mit dem verwegenen Nachbarsjungen gab. Sie schien ja geradezu versessen darauf zu sein, mich mit ihm zu verkuppeln.

Keine zwei Minuten später kam Raphaëls Zusage: Er freue sich sehr auf den Abend mit mir. Und auf Clems Gesicht war ich jetzt schon gespannt.

Nach meinem ersten Kaffee setzte ich mich wieder an den Computer. Neben der Tastatur dampfte es aus einer großen Teekanne, und ein Stück Apfelstreuselkuchen stand auch schon bereit – für den kleinen Hunger zwischendurch. Hatte ich nicht irgendwo gelesen, dass Denken die meisten Kalorien verbrauchte?

Zunächst checkte ich, ob neue Buchungsanfragen eingetroffen waren, doch nach dem ersten Schub sah es damit mau aus. Höchste Zeit, dass die Leute da draußen von der wunderbaren *Petite Sorcière* erfuhren! Ich öffnete also ein neues Word-Dokument, um meine Werbeideen zu notieren, und begann mit den üblichen Dingen: Werbeverteiler erstellen, die Social-Media-Kanäle nutzen, neue Visitenkarten und, falls das Geld ausreichte, Flyer drucken lassen. Dann saß ich lange da und starrte auf den weißen Fleck vor mir. Gedankenverloren pulte ich mit der Gabel im Kuchenstück und steckte mir kleine Häppchen in den Mund. Ich schüttelte den Kopf, um mich zu konzentrieren, legte die Gabel beiseite, sah auf den Bildschirm. Doch mein Blick wanderte wie von allein wieder zu dem Stück Apfelstreusel. Und da hatte ich die Idee! Ich war eine vorübergehende Pensionshüterin, die gerade ihre Leidenschaft fürs Backen wiederentdeckt hatte. Und hier hatten wir eine riesige Küche, die sich perfekt zum Backen mit mehreren

Leuten eignete. Ich dachte an Nathalie und ihre Schwester, an ihr Weingut und die Pralinékurse. Wieso sollte nicht auch ich Kurse geben? Kurse in französischer Backkunst natürlich!

Die nächste halbe Stunde verbrachte ich damit, in die Tastatur zu hämmern, was das Zeug hielt. Ich notierte mögliche Termine in den nächsten paar Wochen mit Schwerpunkt auf verschiedenen Backwaren, schrieb einen kleinen Werbetext, den ich online stellen und auf Aushängezettel und Flyer drucken wollte, um sie in den umliegenden Geschäften zu verteilen. Sollten die Kurse Erfolg haben, würden die Teilnehmer – viele davon wären sicherlich Touristen, die in anderen Gasthäusern und Hotels untergekommen waren – auch die *Petite Sorcière* sehen und den nächsten Urlaub womöglich bei uns planen oder ihren Freunden und Bekannten von uns weitererzählen.

Zufrieden heftete ich die ausgedruckten Dokumente in einem neuen Ordner ab, schaltete den Computer aus und machte mich auf den Weg zu Mamie, ungeduldig darauf zu hören, was sie von meinen Ideen hielt.

Am frühen Nachmittag ließ ich mich mit einem zufriedenen Seufzer in die Sofakissen im Wohnzimmer fallen. Fuchur sprang wie ein weißer Blitz auf meinen Schoß, drehte dort einige Runden, drückte mir mit kleinen Tritten die Tatzen in die Oberschenkel und ließ sich dann behaglich darauf nieder. Ich kraulte ihm den Nacken und schmunzelte über das laute Schnurren, das er sofort von sich gab. Würde mich jetzt jemand am Nacken kraulen wie ich ihn, würde ich wohl dieselben Laute von mir geben, so gut fühlte ich mich gerade. Endlich schien das, was ich anpackte, wieder zu funktionieren, und endlich gab es wieder Dinge, auf die ich mich so richtig freuen konnte. Das Gespräch mit Mamie hatte meine anfängliche Euphorie über die Idee, in der *Petite Sorcière* Backkurse anzubieten, noch angefacht. Mamie war begeistert, sagte, sie könne sich nichts Besseres vorstellen. Sie meinte sogar, es fühle sich für sie so an, als wäre diese Idee etwas, was genau so hätte kommen müssen. Als würden sich die Dinge nun fügen.

Ich warf einen Blick auf die große Standuhr an der gegenüberliegenden Wand. Mir blieben noch drei Stunden, bis ich zur Lesung aufbrechen müsste. Das Kribbeln, das ich seit dem Morgen spürte, war mit jeder verstrichenen Stunde stärker geworden. Es ließ sich wirklich nicht bestreiten, dass mich das Date mit Raphaël in einen kleinen Ausnahmezustand versetzte. Da musste unbedingt Ablenkung her. Vorsichtig hob ich Fuchur an und setzte ihn auf dem Polster neben mir ab, wo er sich widerspruchslos zusammenrollte. Er musste ungewöhnlich müde sein, wenn er keinen Laut des Protests von sich gab. Dann machte ich mich auf zum Dachboden, um dort zwei Stunden in den Kisten zu wühlen.

Kleine Schweißtropfen benetzten meine Nase. Die Sonne schlüpfte durch die Spalte der Vorhänge, schien unerbittlich durch die großen Dachbodenfenster und heizte den Raum immer mehr auf. Ich hatte nun schon fast zwei Stunden hier gearbeitet und endlich das Gefühl, dass sich das Chaos lichtete. Ich blieb neben dem Fenster stehen, dort, wo ich nicht von den Sonnenstrahlen getroffen wurde, und nahm einen großen Schluck aus der Wasserflasche, die ich mit nach oben genommen hatte. Dann warf ich einen Blick auf die verbliebenen Regalbretter, auf denen noch ungeordnet Kisten und die unterschiedlichsten Gegenstände standen. Noch einen Meter, sagte ich mir, dann hatte ich es geschafft.

Entschlossen stellte ich die Flasche ab und machte mich wieder an die Arbeit, zog einen weiteren nichtssagenden braunen Karton von dem Regal, das am dichtesten am Fenster stand. Da schepperte etwas. Ein rosa Kästchen, etwa in DIN-A5-Größe, war von einer Ecke des Kartons vom Regal gestoßen worden. Ich hob es vorsichtig auf, zum Glück war es so auf dem Boden gelandet, dass der Inhalt nicht herausgefallen war, obwohl kein Deckel darauf lag. Ich sah zum Regalbrett – da lag er, offenbar hatte er neben dem offen stehenden Kästchen gelegen. Ich sah hinein. Papiere drängten sich so eng aneinander, dass sie nicht aus dem Kästchen hatten herausfliegen können. Vorsichtig hob ich eine Seite der Papiere hoch, ohne sie dem Kästchen zu entnehmen. Mit dem Daumen strich ich den Kamm entlang, den die Papierränder bildeten. Die Bögen schienen mit der Hand beschrieben zu sein, hier und da erblickte ich auch ein Foto dazwischen, schwarz-weiß oder eine der ersten Farbaufnahmen, deren Pigmente mittlerweile verblichen waren. Ich fuhr mir mit dem Handrücken über Stirn und Nase, um den Schweißfilm abzuwischen. Dann zog ich vorsichtig eines der Dokumente heraus. Ein Brief. Oben stand ein Datum auf dem Papier: 1958. In der ersten Zeile stand ein »T.«. Stirnrunzelnd drehte ich das Papier um – die Signatur des Briefes lautete lediglich »P.«. Schnell überflog ich im Kopf die Namen meiner Familie: Die Initiale meines Großvaters war ein »J« für Joseph, und auch sonst gab es außer mir niemanden, dessen Name mit einem »P« begann. Es nützte nichts, mit vorschnellen Schlüssen kam ich nicht weiter. Ich wendete den Brief wieder und begann zu lesen.

14. Januar 1958
T.,
Nun hast Du wohl erreicht, was Du wolltest. Du bist mich los … Und jetzt? Ist es Dir gleichgültig, was mit mir ist? Wie

sehr ich leide, seitdem ich Dich nicht mehr sehen kann, Dich nicht mehr berühren kann? Aber weißt Du, mir ist egal, was Du willst oder ob Du es nicht wissen willst, lies es: Es zerreißt mich! Ich will, dass Du weißt, welche Schmerzen Du mir zugefügt hast, will, dass auch Du leidest! Dass Du leidest, wie ich leide. Ich will, dass Dein Mann – ich hasse diese Wörter –, dass er spürt, dass es mich gegeben hat, dass Du mich geküsst hast, bevor er Dich an den Altar geführt hat. Und ich will, dass auch er leidet. Es soll Euch schlecht gehen, nur das habt Ihr verdient.

P.

Trotz der Hitze lief es mir kalt den Rücken hinunter. Ich spürte Beklommenheit, so als würden sich diese hasserfüllten Worte an mich selbst richten. Was hatte diesen P. dazu gebracht, solche Bösartigkeiten niederzuschreiben und an jemanden zu schicken? Das konnte keine einfache, missglückte Liebesgeschichte gewesen sein, die so etwas auslöste. Ich dachte an Oskar und welche Wut ich in mir gespürt hatte, als er mir die Trennung verkündet hatte. Ich hätte ihn am liebsten beschimpft, tat es vielleicht auch ein wenig, aber niemals hätte ich einen Brief geschrieben, in dem ich ihm und seiner Neuen wünschte, dass es ihnen schlecht ergehen solle, auch wenn mir der Gedanke hin und wieder durch den Kopf gegangen sein mochte. Doch ob man jemandem etwas heimlich wünschte, es aussprach oder gar schriftlich darlegte, waren drei völlig verschiedene Dinge, und ich konnte oder wollte mir nicht vorstellen, was alles hätte passieren müssen, damit ich Oskar solche Zeilen geschrieben hätte.

Es reizte mich, das Kästchen an Ort und Stelle auszukippen und mich durch die vielen Briefe zu wühlen. Ob noch mehr von dem ominösen P. dabei waren? Und ob etwas darin stand, was mir einen Hinweis auf seine Identität geben würde? Doch ich musste mich bis später gedulden, denn es war höchste Zeit, mich für den Abend mit Raphaël zurechtzumachen. Ich versuchte, mir das eben Gelesene aus dem Kopf zu schlagen, und stellte mir Raphaëls Lächeln vor, wie er neben mir am Tisch saß. Ja, dachte ich, für einen Abend sollte ich den Brief und sein Geheimnis beiseiteschieben können.

18

Die Buchhandlung war bereits voller Menschen, als ich sie betrat, und ein Schwall an Stimmen und Gemurmel drang mir entgegen. Die Lichter waren gedimmt und die Buchtische zur Seite gerückt, um für die Sitzreihen Raum zu schaffen. An der Kopfseite stand ein größerer Tisch mit zwei Stühlen, einem Stapel Büchern darauf und Wassergläsern. Suchend blickte ich mich nach Raphaël um. So lange hatte ich nun keine hohen Schuhe mehr getragen, dass ich mich etwas unsicher auf meinen Sandalen mit den Keilabsätzen bewegte. Ich hatte schon gar nicht mehr gewusst, dass ich sie in den Koffer gepackt hatte, bis ich vorhin, auf der Suche nach einem Outfit für mein Date, darauf gestoßen war. Entschuldigungen wispernd, versuchte ich, mir einen Weg durch die Menge zu bahnen, als Clem plötzlich vor mir stand. Sie umarmte mich stürmisch und zog mich zur Seite, wo es etwas ruhiger war.

»Wie schön, dass du gekommen bist!«, sagte sie mit einem strahlenden Lächeln, in dem sich ein Funken Nervosität widerspiegelte. »Hoffentlich wird die Veranstaltung ein Erfolg, nach all der Mühe, die sie mich gekostet hat. »Bist du alleine gekommen?«

Bevor ich zu einer Antwort ansetzen konnte, winkte Clem einer älteren Frau hektisch zu, die mit einer jüngeren im Gespräch war. Sie machte bereits einen Schritt in die Richtung der Frau, da hielt sie inne. Ein breites Grinsen legte sich auf ihr Gesicht, und sie wisperte mir zu: »Ah, ich sehe schon, du bist *nicht* alleine hier. Brauchst gar nicht die Unschuldige zu spielen, Raphaël sperrt schon ordentlich die Augen nach dir auf.«

»Du kümmere dich mal lieber um deine Autorin«, gab ich zurück, während ich möglichst unauffällig die Reihen absuchte und ihn endlich entdeckte. Er stand an der kleinen Bar, die an einem Tisch aufgebaut worden war, und beugte sich gerade zu der Dame dahinter. Raphaël trug ein schlichtes weißes Hemd, wodurch sich seine schwarzen Haare besonders abzeichneten. Der leichte Schatten eines Dreitagebarts bedeckte seine Wangen und sein Kinn. Während ich mir einen Weg zu ihm bahnte, entdeckte auch er mich und lächelte mir zu, woraufhin sich das Kribbeln zurückmeldete, das ich durch den Brieffund auf dem Dachboden gar nicht mehr gespürt hatte. Und diesmal fuhr es schlagartig durch meinen ganzen Körper. Ich biss mir kurz auf die Lippe, ballte die Fäuste, die in der Menge zum Glück noch unsichtbar waren, und riss mich zusammen.

Er hielt zwei Rotweingläser in der Hand, gab mir zunächst zwei Küsse auf die Wangen und überreichte mir dann eines der Gläser.

»Du kommst gerade richtig«, sagte er und stieß mit mir an. »Vielen Dank für die Einladung. Es hat mich sehr gefreut, von dir zu hören.«

Für eine Sekunde blitzte der sorgenvolle Gedanke in meinem Kopf auf, ob es wirklich eine gute Idee war, sich so schnell nach der Trennung von Oskar in die nächste Sache zu stürzen. Aber dann blickte ich in diese hellen Augen, umgeben von tiefschwarzen Wimpern, und wusste, dass es sinnlos war, sich immer einen Plan machen zu wollen. Hier entschieden offenbar andere Dinge als nur mein Kopf.

»Es ist toll, dass du so spontan Zeit hattest«, erwiderte ich und hob das Weinglas. »Auf einen schönen Abend.«

Er stieß mit mir an und zwinkerte mir dabei zu. »Ich war froh über einen Anlass, mal wieder rauszukommen. Hier in Puimoisson und auch in Riez gibt's ja nicht gerade ein Höchstangebot an Kultur.«

»Ups, das solltest du lieber nicht in Clems Gegenwart sagen«, warf ich mit gespielter Strenge ein. »Aber ich werde ausnahmsweise von meiner schwesterlichen Pflicht absehen und ihr nichts von deinem Hochverrat sagen.«

Raphaël lachte, dabei glitt seine Hand an meinen Arm entlang, und er beugte sich leicht zu mir herab. Als er sprach, spürte ich seinen sanften Atem an meinem Ohr.

»Ehrlich gesagt war mein größter Ansporn hierherzukommen gar nicht so sehr die Lesung.«

Ich spürte, wie mir die Röte in die Wangen stieg. Ich nahm schnell noch einen Schluck von dem Wein und war mir Raphaëls Blick auf mir nur allzu bewusst.

»Wie, ähm, waren denn deine letzten Tage?«, fragte ich und kam mir dabei furchtbar ungelenk vor.

»Ganz gut, wenn man mal von der Tatsache absieht, dass ich die ganze Zeit über glücklos darauf gehofft habe, endlich dein vielgelobtes Gebäck probieren zu dürfen ...«

»Oh, du hättest jederzeit vorbeikommen können. Irgendetwas zum Probieren ist immer da.«

»Ist das so?«, fragte Raphaël und zauberte mit seinem Lächeln sofort wieder einen ordentlichen Roséton in mein Gesicht, der sicherlich jedes Rouge in den Schatten stellte.

Da verstärkte sich der Druck seiner Hand auf meinem Arm,

und er nickte in Richtung des vorderen Bereichs, wo sich die Autorin gerade an den Tisch setzte.

»Komm, wir suchen uns einen Platz.«

Ich nickte, leicht benommen von dem Wein, der mir sofort in den Kopf gestiegen war. Seine Finger glitten von meinem Arm hinab zu meiner Hand und ergriffen sie sanft. Und so zog er mich zu zwei Stühlen in der letzten Reihe.

Meine Hand lag noch immer in Raphaëls, und ich spürte ihre Rauheit und Wärme. Vorne stand Clem und schenkte der Menge ihr schönstes Lächeln.

»Liebe Gäste, ich freue mich, dass Sie heute so zahlreich gekommen sind, um gemeinsam das Erscheinen des neuen Romans von Jeanette Gevrois zu feiern. Die Fortsetzung ihrer Kriminalreihe führt uns mitten ins Herz der Provence, wo während einer großen Feier in einem abgeschiedenen Landhaus plötzlich der Gastgeber ermordet aufgefunden wird. Einer der Gäste steckt hinter dem Mord – aber welcher?« Clem strahlte regelrecht. Nicht zum ersten Mal erkannte ich, dass sie in diesen öffentlichen Auftritten völlig aufging. Und doch wanderte mein Blick immer wieder von ihr fort und zu den Händen, die ineinander verschränkt auf meinem Oberschenkel lagen. Der Wein in meinem Blut ließ meine Gedanken wie verrückt durch meinen Kopf wirbeln. Eine Frage nach der anderen tat sich auf, blitzte kurz auf, wurde von der nächsten verdrängt. Da löste Raphaël seine Finger von meinen und legte den Arm auf meiner Stuhllehne ab, sodass seine Hand sich sanft um meinen Arm schmiegte. Verstohlen sah ich zu ihm auf, doch er erwiderte meinen Blick nicht, sondern schaute nach vorn zum Geschehen, von dem nur ein Rauschen zu mir durchdrang. Ich genoss das Kribbeln, das durch meinen Körper fuhr, gab mir aber innerlich dann doch einen kleinen Tritt, um mich auf die Lesung zu konzentrieren.

»Lesen werde ich das Buch wohl nicht, aber es war schon spannend, einen Einblick in das Schreiben dieser Frau zu bekommen.«

Raphaël nahm einen Schluck vom Wein, den uns der Kellner an den Tisch gebracht hatte. Wir saßen in einer Bar um die Ecke von der Buchhandlung, und ich hatte mich bereits auf die Chips gestürzt, die in kleinen Schüsseln auf allen Tischen standen. Wieso hatte ich nur vor dem Treffen nichts gegessen? Kein Wunder, dass der Wein so schnell seine Wirkung gezeigt hatte. Ich schnappte mir die Karte und blätterte sie auf der Suche nach einem Snack durch, während ich nach dem nächsten Chip griff. Dabei schaffte ich es sogar noch – zugegebenermaßen mit vollem Mund – zu antworten: »Das war wirklich der spannendere Teil. Ich glaube, das Buch würde mir auch nicht so gut gefallen, ich mag Krimis nicht besonders, aber die Gedanken dahinter und die Recherche, die sie dafür angestellt hat, waren wirklich interessant.«

Raphaël nickte amüsiert angesichts meiner chipslastigen Rede. Hoffentlich hatte ich beim Sprechen keine Krümel in seine Richtung gespuckt. Ich war jedenfalls froh, als der Kellner in diesem Moment an den Tisch trat, und bestellte ein Stück Quiche mit Salat, während Raphaël ein herzhaftes Soufflé bestellte, das mich auch angelacht hatte.

»Du musst mich unbedingt probieren lassen!«, rief ich aus und brachte Raphaël zum Schmunzeln.

»Du isst gerne, oder? Das ist toll. Ich mag es, wenn Frauen genauso gerne essen wie ich.«

»Ja«, sagte ich und grinste, »damit bist du bei mir an der richtigen Adresse. Essen kann ich!«

»Und backen anscheinend ja auch – obwohl ich mich noch immer nicht davon überzeugen durfte.«

»Ich spiele gerade mit dem Gedanken, Backkurse in der Pension anzubieten. Für Touristen und alle, die Lust haben.«

»Backkurse, die du gibst?«

Ich nickte.

»Dann kannst du mich definitiv schon mal als Teilnehmer einplanen«, sagte er, nahm einen Schluck Wein, und dabei schien ihm etwas klar zu werden. »Moment mal. Das heißt, dass du noch länger hierbleibst? Ich dachte, du reist ab, sobald deine Großmutter wieder fit ist.«

»Daran hat sich nicht direkt etwas geändert«, sagte ich, »aber da Mamie erst mal gesund werden und dann wohl auch noch zur Reha muss, werde ich so schnell nicht wieder von hier verschwinden.«

Ich lächelte, er erwiderte es, und in seine Augen stahl sich ein freches Blitzen. Plötzlich spürte ich sein Bein, das meines unter dem Tisch berührte. Der feste Jeansstoff rieb leicht gegen meine Haut, und selten hatte eine so kleine Berührung so viel in mir ausgelöst. Alles in mir schien plötzlich in Aufruhr zu sein, da kribbelte es, und da wuselte es, kaum ein Körperteil schien nicht Schauplatz dieses Rummels in mir zu sein. Ich erkannte mich gar nicht wieder. So hatte ich noch nie auf einen Mann reagiert.

»Das ist definitiv die beste Nachricht dieses Tages, wenn nicht sogar der Woche«, fügte Raphaël hinzu.

»Ziemlich mutig von dir, das an einem Dienstag zu sagen. Was, wenn du morgen im Lotto gewinnst oder erfährst, dass Dago sprechen kann?«

»Das würde nichts dran ändern«, erwiderte Raphaël und setzte eine übertrieben ernste Miene auf. »Wobei ein sprechender Dago schon eine ziemliche Sensation wäre. Ich bin überzeugt davon, dass er der beste Liebesberater der Welt wäre. Du musst nur sehen, wie er guckt, wenn ich ihm von meinen gescheiterten Versuchen erzähle, Frauen anzusprechen.«

»Und das kommt oft vor?«, fragte ich lächelnd.

»Seit letzter Woche eigentlich nicht mehr.«

»Ach, könnte ich jetzt nur Dago ausfragen, ob das wirklich stimmt!«

Raphaël zog eine Augenbraue hoch und lächelte vielsagend.

In diesem Moment kam unser Essen, und mein Magen gab ein dankbares – und nach meinem Geschmack viel zu lautes – Knurren von sich.

Raphaël gluckste: »Lass es dir schmecken.« Und das ließ ich mir nicht zweimal sagen. Die Quiche schmeckte köstlich nach frischen Kräutern – Rosmarin und Thymian, viel Thymian. Raphaël beobachtete mich, während ich kaute. Er bot mir seinen Teller mit dem Soufflé an, und ich nahm mir eine Gabel davon.

»Gut?«, fragte er mit einem Lächeln, und ich nickte vielsagend. Kauend deutete ich mit der Gabel auf meinen Teller und warf ihm einen fragenden Blick zu. Er nickte, und ich lud eine Ecke von der Quiche auf die Gabel, um sie zu seinem Mund zu führen. Es war die klischeehafteste Datingszene der Welt, irgendetwas zwischen *Susi und Strolch* und *9 ½ Wochen* – nur dass wir weder Hunde noch nackt waren –, und trotzdem war es schön, ihm auf diese Weise näherzukommen, das erste zaghafte Wachsen der Intimität zwischen uns zu spüren. Ich kannte Raphaël eigentlich kaum, und doch zog es mich wie verrückt zu ihm hin. Während er die Quiche probierte und zustimmend nickte, legte ich vorsichtig eine Hand auf sein Knie, das noch immer an meinem Bein lag, und strich mit dem Daumen sanft darüber. Raphaël hielt nur eine Sekunde inne, als er meine Hand spürte, und lächelte mich dann an, mit diesem schönen, schönen Mund und den hellen Augen, die so voller Wärme waren.

Er beugte sich vor und nahm meine rechte Hand, die noch immer auf dem Tisch lag. Ich musste fast lachen, als ich unsere Hände da liegen sah, mit der Gabel, die ich noch immer hielt und die aus dem Knäuel hervorstach. Mich erinnerte das Bild an ein Kindergartenkind, dem das Essen mit Besteck beigebracht wurde. Aber als ich aufsah, vergaß ich diesen Gedanken sofort. Raphaël wirkte so ernst, wie er mich über den Tisch hinweg anblickte. Er sprach leise, und ich musste mich ganz auf seine Worte konzentrieren, um sie zu verstehen.

»Ich glaube, ich könnte dich ziemlich gernhaben.«

»Ist das so?«, fragte ich, etwas eingeschüchtert, und er nickte.

»Ehrlich gesagt fand ich dich früher schon ziemlich gut.«

»Früher.« Ich lachte. »Wann genau, als du sieben warst?«

»So ungefähr. Ich muss sagen, die Federn im Haar haben dir verdammt gut gestanden, und die Kriegsbemalung erst …«

Ich kniff ihm leicht in den Oberschenkel, soweit das ging, da er, wie ich nebenbei feststellte, ziemlich muskulös war.

»Mit deinem kleinen Cowboyhut und dem Sheriffstern hast du aber auch ganz schön was hergemacht«, säuselte ich in demselben Ton zurück, den er angeschlagen hatte. »Hattest du nicht sogar ein Paar winzig kleiner Cowboystiefel?«

Raphaëls Schmunzeln verriet ihn. »Mag sein. Stilsicher war ich schon immer.«

»Stilsicher und ein übler Rabauke.«

»Vielleicht war ich ein Rabauke, dafür warst du verrückt.«

»Wie bitte?«, gab ich mich empört.

»Pepe, wirklich, du hattest immer die abstrusesten Ideen. Einmal wolltest du meinen Sheriffstern in eurem Beet einbuddeln, weil du behauptet hast, dann würde ein Sternbaum daraus wachsen.«

»Eigentlich wollte ich nur deinen Stern haben.«

Raphaël lachte. »Verrückt, sag ich ja.«

»Das ist alles lange her.«

»Jetzt ist es vorbei mit den Verrücktheiten, meinst du?«

»Na ja«, lenkte ich ein, »vielleicht kann man es verrückt nennen, wenn man seinen Topjob in Berlin schmeißt?«

»Nicht wenn einen das in die wunderschöne Provence führt, wo man eine Pension übernimmt und sich in den galanten Nachbarn verliebt. Nein, da würde ich dich dann keineswegs eine Verrückte nennen, sondern vielmehr einen Glückspilz!«

Ich musste lachen und lief zugleich rot an. Verliebt … war ich das? Moment, war er das?

»Hm«, sagte ich lächelnd, »also, von Verliebtheit würde ich bei Monsieur Robert nun wirklich nicht sprechen, ich mag den Herrn ja ganz gern, aber mehr …«

Raphaël schmunzelte, dann erhob er sich leicht von seinem Platz, beugte sich an dem Tisch vorbei, legte seine Hand auf mein linkes Schulterblatt, zog mich zu sich, und endlich küsste er mich. Ich erwiderte seinen Kuss, rückte ungelenk mit meinem Stuhl näher an ihn heran. Und obwohl unsere Position so unbequem war, hörten wir nicht auf, uns zu küssen.

Plötzlich – und nach meinem Geschmack viel zu früh – lösten sich Raphaëls Lippen von meinen. Er hielt mein Gesicht weiter in seiner Hand und verharrte mit seinem Gesicht nur Zentimeter von meinem entfernt.

»Moment.« Er legte den Kopf schief, und seine Augen verengten sich. »Monsieur Robert? Ist das nicht dieser kleine runde Mann, der so gerne tanzt und den Damen gegen die Beine tritt?«

Ich kicherte vergnügt und nickte. Da zog er mich schon wieder an sich, und seine Lippen legten sich auf meine.

19

Wohlig erwachte ich, ohne die Augenlider zu öffnen. Ganz bewusst wollte ich jede einzelne Schicht beim Übergang vom Schlaf zur Wachheit genießen, jedes Körperteil einzeln sanft bewegen, um der Schwere aus Müdigkeit und Entspannung nachzuspüren. Ich räkelte mich ganz vorsichtig unter meinem Laken, streckte ein Bein nach dem anderen, beugte die großen Zehen, und dann, ganz langsam und verstohlen, blinzelte ich. Mein Zimmer lag in hellem Sonnenschein. Einige Strahlen reichten sogar bis zum Bett und schufen auf dem Lakengewirr ein hell strahlendes Tupfenmuster. Sicherlich ging es bereits auf zehn Uhr zu, aber das war mir heute völlig egal. Die Messieurs waren auf Tour, und Mamie würde ich am Nachmittag besuchen. Ich merkte, dass ich lächelte. Und nun, wie ein Koalabär, der sich gemächlich nach seinem Kumpanen umsieht, drehte ich den Kopf zu dem Mann neben mir.

Raphaël lag friedlich da, mir zugewandt auf der Seite, die Hände wie ein Kind unter der Wange verschränkt. Ich musste innerlich kichern. Dass es wirklich Menschen gab, die so schliefen! Und zugleich breitete sich kribbelige Wärme in meiner Brust aus. Er war so schön. Seine helle Haut schien makellos und bildete einen Kontrast zu dem Dunkel seines Kopfhaars, seines Barts, seines Brusthaars, das ich unter dem gebeugten Arm hervorlugen sah. Ich wusste, dass er unter dem Laken nackt war, so wie ich, und dieses Wissen entlockte mir ein weiteres Kribbeln, das in meinen ganzen Körper ausströmte.

Einige Minuten lag ich da und sah ihn an. Ich genoss den Augenblick, in dem ich ihn in Ruhe betrachten konnte, ohne eine Erklärung geben zu müssen. Dann hob ich wie in Zeitlupe die Hand und strich ihm ganz sanft über die Wange. Nur einmal. Und ohne ihn wecken zu wollen. Raphaël rührte sich nicht. Mich trieb die Lust auf einen großen Kaffee, doch lag ich auf der der Wand zugeneigten Seite des Bettes und kam nicht so einfach hinaus. Entweder musste ich über Raphaëls schlafenden Körper klettern oder … Vorsichtig und furchtbar umständlich schälte ich mich aus dem Lakenmeer, um in meiner völligen Nacktheit über das Fußende des Betts hinauszukrabbeln. Erst als ich stand und auf das Bett zurücksah, bemerkte ich Raphaëls halb geöffnete Augen und das Schmunzeln, das sich in sein Gesicht geschlichen hatte. Er hatte meine komische Krabbelaktion, die bestimmt unheimlich unsexy gewirkt haben musste, beobachtet.

»Hast du alles gesehen?«, fragte ich zerknirscht.

»Das ganze Programm«, gab er grinsend zurück, und ich konnte ihm ansehen, dass er vor Vergnügen fast platzte. Da rutschte er auf die Innenseite des Betts, drehte sich einmal und hielt einladend das Laken hoch. »Und der Anblick deines hübschen, hin- und herwackelnden Pos war der schönste, der mir seit Ewigkeiten am Morgen beschert worden ist. Komm her!«

Ich gluckste glücklich und ließ mir das nicht zweimal sagen. Der Kaffee war vergessen. Mit einem Satz hüpfte ich neben ihn ins Bett und ließ mich in seine warme Umarmung fallen.

Die Frage, ob Raphaël nach unserem Date mit zu mir kommen würde, hatte eigentlich keiner von uns so richtig aufs

Tapet gebracht, eher schien es ganz plötzlich eine feste Annahme auf beiden Seiten gewesen zu sein. Eben noch sprachen wir über Bücher, dann küssten wir uns wieder und wieder und wieder, und irgendwann sprachen wir kaum noch, sondern küssten uns nur noch, bis wir zahlten und ineinander verhakt zu Raphaëls Auto gingen. Allerdings brauchten wir die doppelte Zeit, weil wir immer wieder stehen blieben, um uns zu küssen.

Bis zum Mittag waren wir nicht aus dem Bett zu bekommen. Selbst mein Handy ignorierte ich, als eine Nachricht eintraf, so völlig absorbiert war ich von Raphaël und seinen Liebkosungen. Zwischendurch lagen wir ineinander verschlungen und redeten oder schwiegen einfach, bis es uns wieder überfiel und unsere Hände zu wandern begannen. Erst als irgendwann unser Hunger so groß war, dass wir ihn nicht mehr kleinreden konnten, wagten wir uns doch aus dem Bett, warfen uns ein paar Kleidungsstücke über und begaben uns nach unten. Fuchur stürmte mir sofort miauend entgegen, und mir fiel siedend heiß ein, dass er seit gestern Abend nichts mehr zu fressen bekommen hatte. Blitzschnell füllte ich seinen Napf mit einer Sorte Katzenfutter, die mir besonders lecker erschien – sofern man das über Katzenfutter sagen konnte –, denn irgendwie musste ich ihn ja für mich zurückgewinnen. Dann widmete ich mich unserem Frühstück und backte schnell ein paar Waffeln auf Mamies uraltem Waffeleisen. Dazu gab es frische Beeren und Ahornsirup – nicht das französische Programm, aber bei Waffeln durfte man ruhig mal eine Ausnahme machen. Außerdem spendierte ich Raphaël noch ein Stück von meinem Apfelstreuselkuchen, schließlich hatte er sich schon viel zu lange gedulden müssen, um etwas Selbstgebackenes von mir probieren zu können.

Mit den beladenen Tellern, großen Tassen voll Kaffee und einer Orangensaftkaraffe setzten wir uns nach draußen auf die Terrasse. Zum Glück spendete uns das Vordach etwas Schatten, denn an diesem Tag brannte die Sonne unheimlich stark. Es ging spürbar auf den Hochsommer zu.

»Was sind deine Pläne für den restlichen Tag?«, fragte ich Raphaël, während wir aßen und unsere Füße unter dem Tisch in ihrem ewigen, einander umschmeichelnden Spiel nicht voneinander ließen.

»Ich werde später wohl noch meinen Geschäftsführer treffen müssen, um einige Dinge mit ihm durchzusprechen.«

»Über die weitere Führung der Firma?«

Raphaël nickte und nahm einen großen Schluck von seinem Orangensaft. »Ja, ja. Es geht gerade vor allem darum, die Fabrik auf einen modernen Stand zu bringen. Das betrifft vor allem die Maschinen. Womit wir gerade produzieren, ist ziemlich veraltet. So werden wir nicht mehr lange mithalten können. Und dann stehen natürlich Berechnungen an: Was können wir uns leisten, mit welchen Lieferanten werden wir günstig zusammenarbeiten können, wo können wir sparen, um die Maschinen zu finanzieren. So was.« Ich nickte und wollte nachfragen, aber da kam er mir zuvor: »Und du?«

Ich dachte an die Aufgaben, denen ich mich unbedingt widmen musste, und auch die Briefe, die in der kleinen Kiste darauf warteten, von mir gelesen zu werden. Aber davon würde ich Raphaël jetzt noch nichts erzählen. Also antwortete ich: »Am Nachmittag werde ich meine Großmutter besuchen. Und vorher gibt noch einiges für die Pension zu erledigen. Ich muss mich um die anstehenden Backkurse kümmern: Werbung und so weiter. Nicht dass ich am Ende ganz allein ohne einen einzigen Teilnehmer dastehe.«

»Na ja, mit mir! Und das wäre wiederum gar nicht mal so schlecht. Du und ich allein in der Küche …« Ein schelmischer Ausdruck legte sich auf Raphaëls Gesicht. Aber bevor er sich seinen Träumereien hingeben konnte, warf ich ein:

»Die Küche ist allerdings Fuchurs Reich. Und ich möchte nicht, dass du dich nackt mit seinen Krallen anlegst.«

»Oh, nein, das will ich auch nicht.« Das Träumerische in seinen Augen wich für eine Sekunde dem Schrecken – aber nur für eine Sekunde. »Wenn wir ihn allerdings mit Thunfischterrine aus der Küche rauslocken und nur lang genug ablenken …«

Da lenkte ich ihn schnell ab, bevor er das ausschmücken konnte und wir, bevor wir uns versahen, wieder im Bett landeten, ohne heute noch irgendetwas zu schaffen.

Nach dem Essen sammelte Raphaël seine Sachen zusammen und nahm mich noch einmal lange in den Arm.

»Wann sehen wir uns wieder?«, fragte er.

»Wann willst du denn?«, fragte ich zurück.

»Am liebsten würde ich gar nicht gehen.«

»Dann komm später wieder.«

Ein breites Lächeln, ein Nicken, ein Kuss.

Dann musste ich ihn, so ungern ich es auch tat, gehen lassen. Ich sah ihm nach, wie er in seinen Wagen stieg, den Rückwärtsgang einlegte, um zu wenden und auf dem Sandweg davonzubrausen. War es zu früh, um schon wieder mit jemandem anzubändeln? Nach der Trennung von Oskar hatte ich gedacht, nie wieder mein Herz für jemanden öffnen zu können, zumindest nicht so rasend schnell. Aber mit Raphaël war das ganz einfach gewesen. Ohne dass ich so richtig sagen konnte, wie er es angestellt hatte, hatte er mich mit seinem Charme im Nullkommanichts um den Finger gewickelt. Dabei hatte ich nicht mal eine Sekunde daran gezweifelt, ob ich ihm vertrauen, mich auf ihn einlassen sollte. Er hatte mir die Möglichkeit gegeben, mich einfach fallen zu lassen, ohne Zweifel, ohne Angst, und ich hatte es wirklich getan.

Fröhlich vor mich hin summend, verzog ich mich auf den Dachboden. Es war eine weitere Gästeanfrage per Mail eingetroffen, und ich bestätigte die Buchung.

Ich hatte mir vorgenommen, heute mit den Vorbereitungen für die Umschulung zur Konditorin weiterzumachen, damit alles rausgeschickt war, bevor Léo und Henry zurückkehrten und die alltägliche Arbeit wieder einsetzte. Doch als ich eines der Formulare öffnete, spürte ich das graue Unbehagen sich in mir ausbreiten. Ich hatte keine Lust auf Formulare, nicht auf dieses und auch auf kein anderes, ich hatte keine Lust auf Schule, und eigentlich, das merkte ich plötzlich, hatte ich auch keinerlei Lust auf Berlin. Was zog mich denn dorthin zurück? Klar, es war eine tolle Stadt, aber die würde ich als Besucherin wahrscheinlich noch besser zu schätzen wissen, als wenn ich dort wohnte. Der Einzige, der mir wirklich fehlen würde, war Jonas. Sonst, so spürte ich jetzt, vermisste ich momentan nichts an der Stadt und genoss im Gegenteil die Ruhe und Freiheit, die mir die *Petite Sorcière* spendete. Ich hatte mich in dem unbequemen Stuhl zurückgelehnt und merkte jetzt, dass ich begonnen hatte, an meinem Nagel zu kauen. Schnell nahm ich die Hand runter. *Musste* ich denn wirklich zurückkehren? »Nein«, flüsterte ich. Ich konnte doch hierbleiben, wenn ich wollte. Mamie würde sicherlich weiterhin froh sein über Unterstützung, auch wenn sie zurück war, und ich könnte zusätzlich Backkurse anbieten. Ich wunderte mich über mich selbst. Ob es nun an Raphaëls Leichtigkeit lag, die auf mich abfärbte, oder ob ich über Nacht mutiger geworden war – ich fasste eine Entscheidung. Einfach so, aus dem Gefühl heraus. Ich würde hierbleiben, würde auf Berlin pfeifen und auf eine Umschulung sowieso. Ich würde hier bei meiner Familie leben, an dem Ort, den ich so liebte.

In diesem Moment wurde mir bewusst, wie unglücklich ich die letzten Jahre über wirklich gewesen war. Und das nicht nur wegen des Todes meiner Mutter oder der Frustration auf der Arbeit, sondern auch weil die Beziehung zwischen Oskar und mir mich in meiner Traurigkeit und Unzufriedenheit nicht wirklich hatte auffangen können. Stattdessen hatte ich mich in einer Spirale befunden, in der eines zum anderen hatte führen müssen: Mein Job hatte mich frustriert, was ich mit in die Beziehung genommen hatte, was diese weiter hatte erkalten und mich wiederum im Job noch unmotivierter hatte werden lassen. Währenddessen hatten sich die Probleme zwischen Oskar und mir langsam, aber sicher zu einer Mauer aufgeschichtet. Ich dachte an Raphaël und hatte das Gefühl, dass es diesmal anders laufen könnte.

Am liebsten hätte ich sofort Clem angerufen, um ihr von meiner Entscheidung zu erzählen, aber dafür war ja noch Zeit, wenn ich sie das nächste Mal sah. Ich schnappte mir stattdessen die kleine Kiste mit den Briefen und nahm sie mit auf die Terrasse, wo ich den großen Sonnenschirm aufspannte, ein Kissen von einem der Gartensessel nahm, es auf den Boden legte und es mir im Schneidersitz darauf bequem machte. So hatte ich genug Platz, um die Briefe vor mir auszubreiten. Fuchur schien mir verziehen zu haben. Er kam heraus und rollte sich auf einem Stuhl neben mir zusammen, von wo aus er mich mit einem Auge im Blick behielt, während er mit dem anderen zu schlafen schien.

Ich blätterte die Briefe in der Kiste durch. Nicht alle kamen vom selben Absender, und zudem schienen sie zeitlich völlig durcheinandergeraten zu sein. Also nahm ich mir vor, erst einmal Ordnung in die Sache zu bringen. Ich beugte mich vor, sammelte zunächst die Fotos heraus und machte dann auf dem Boden vor mir verschiedene Häufchen von Briefen, nach Absendern sortiert. Der Tag war absolut windstill – ein Glück für meine Zettelhäufchen, ein Pech für alle, die heute in der Sonne zu tun hatten.

Der Duft des Lavendels hing besonders schwer in der Luft. Und während ich sortierte, wanderte mein Blick immer mal wieder zum Lavendelfeld hin, wo in der vor Hitze flirrenden Luft ich in einiger Entfernung einen Mann erkannte, der die Pflanzen inspizierte. Irgendwann richtete er sich auf und blickte in meine Richtung. Ich winkte ihm, er winkte zurück. Es war der Nachbar, dem das Feld gehörte. Sicherlich war es nun bald Zeit für die Ernte.

Schließlich hatte ich die Briefe und Bilder fertig sortiert. Vor mir lagen vier Haufen: einer mit den Fotos von Leuten, die ich teilweise als Familienmitglieder erkennen konnte – meine Urgroßmutter, eine ferne Tante –, sowie mit Szenen von einem Dorffest, die so verwackelt waren, als hätte jemand eine neu angeschaffte Kamera ausprobiert, dann ein kleiner Haufen von nur zwei Briefen jener entfernt lebenden Tante meiner Großmutter, die ich getrost aussparen konnte, ein etwas größerer Haufen mit Briefen von einem Hugo, der mir nichts sagte und dessen Worte sich bei genauerem Hinsehen als irrelevant herausstellten, und schließlich ein Stapel von mindestens fünfundvierzig Briefen von besagtem P. Ich lehnte mich zurück und wandte den Kopf in Richtung Küchenfenster. Dort konnte ich die Wanduhr erkennen. Es war jetzt fünfzehn Uhr. Wenn ich noch zu meiner Großmutter wollte, sollte ich nicht länger als eine Stunde in den Briefen lesen.

Doch nun, da sie so offen vor mir lagen, zögerte ich. Ich war mit dem Lesen des Briefes von meinem Vater an Mamie bereits in ihre Privatsphäre eingedrungen. Und da es nicht unwahrscheinlich war, dass Mamie, Grandpère oder ein anderer Verwandter auf welche Weise auch immer in diese Geschichte um P. involviert war, würde ich noch mehr Dinge erfahren, die nicht für meine Augen bestimmt waren. Sollte ich wirklich weiterlesen? Ich ließ den Blick über die Stapel gleiten, dachte an den Brief, den ich bereits gelesen hatte. Mamies Sturz, der Brief meines Vaters, die Nähe zu meiner Familie – all das weckte in mir den dringenden Wunsch, mehr über die Vergangenheit zu erfahren. Und wenn ich ganz ehrlich war, fiel es mir wahnsinnig schwer, der Versuchung zu widerstehen. Ich wusste nicht, wer P. und T. sein mochten, aber in mir siegte der Drang, mehr wissen zu wollen über P.s unglückliche Liebe und seine mögliche Verbindung zu meiner Familie. Also wandte ich mich den Briefen zu.

Rasch ordnete ich sie nach Datum. Der erste Brief war der, den ich gestern aus dem Stapel gezogen hatte. Also nahm ich mir nun den nächsten vor.

Mai 1958
T.,
Du wirst dich fragen: Warum schreibt er mir überhaupt, warum nach all den Monaten? Die Antwort ist einfach. Ich liebe Dich noch immer. Ja, genauso sehr wie an dem Tag, als Du mich abgewiesen hast. Ich komme einfach nicht los von Dir. Ich kann Dich nicht vergessen, will es auch nicht. Jeden Tag wache ich auf, und mein erster Gedanke gilt Dir – ich muss bei Dir sein, will Dich sehen und hören und fühlen! Ich will Dich küssen, will Dich an mich drücken, ich brauche

Dich! Verstehst Du: Ich brauche Dich! Bitte sag mir, dass es Dir auch so geht … ein Wort von Dir, und ich bin sofort zurück und hole Dich! Du brauchst Dir keine Gedanken um die Heirat zu machen, lass ihn einfach zurück, und wir leben frei und zusammen! Ich liebe Dich.
P.

Wie eine Eisenklammer hatte sich die Beklemmung beim Lesen um meine Brust gelegt. Ich war baff darüber, welche Gefühle in diesen Worten steckten, und las den Brief und seinen Vorgänger gleich mehrmals, um alles in mich aufzunehmen. Jemand – vermutlich ein Mann –, der verprellt worden war und in seiner Wut und verzweifelten Liebe weiterleben musste, ohne auf eine gemeinsame Zukunft hoffen zu dürfen.

Ich nahm den nächsten Brief in die Hand. Er war auf gut ein Jahr später datiert.

Februar 1959
T., süße T.,
Deine Briefe sind Morphium. Ich brauche sie einfach, schick mir mehr! Der Schmerz ist erträglich durch Deine Worte. Nein, nicht erträglich – erträglicher. Ich will etwas ganz anderes als Deine Briefe, das weißt Du. Aber was soll der Kranke denn tun, wenn ihm keine Erlösung von den Schmerzen zuteilwerden kann? Er muss sie betäuben. Also betäube mich!
P.

Ich zog die Stirn kraus. Offenbar hatte es einen Austausch von Briefen gegeben. Ob P. zwischen diesen beiden noch weitere geschickt hatte, die jedoch nicht hier in der Kiste gelandet waren?

Auf jeden Fall musste T. ihm geschrieben haben. Sein Ton klang wohlwollender, hatte ich den Eindruck.

Die nächste Nachricht war kein Brief, sondern eine Postkarte. Das vergilbte Bild zeigte eine verträumt daliegende Hügellandschaft, die sich am Meer entlangzog, und einige rote Blumen im Vordergrund. Darunter stand in schnörkeligen Buchstaben »Amalfi«.

August 1959
Bei meinen langen Streifzügen sind meine Gedanken ganz bei Dir, geliebte T., bei jedem Aperitivo sowieso. Du würdest in einer Tour schwärmen über die Farben, die Gemüter, die Lebensart. Ach, könntest Du hier sein, bei mir. Wir würden in Liebe zergehen! P.

Ich konnte nicht anders, als weiterzulesen und mich in die nächsten Jahrzehnte vorzuwagen. Der Ton wurde mit jedem Brief heller. Und während er in den Fünfzigern und Sechzigern noch von Anspielungen auf P.s Liebe zu T. durchzogen war, gingen diese in den Siebzigern und Achtzigern zurück, um einem freundschaftlichen Klang zu weichen. Keinerlei Groll oder Bitterkeit war mehr herauszulesen. Ich fragte mich, warum die Briefe 1991 abbrachen. Es gab viele mögliche Gründe: Vielleicht waren sie an einem anderen Ort aufgehoben worden, oder einer der Beteiligten war verstorben … Die wichtigste Frage aber lautete: Wer waren T. und P.? Wie kam meine Großmutter an diese Briefe?

Ich seufzte frustriert auf. Mit meinen Spekulationen kam ich einfach nicht weiter. Ich würde mit jemandem reden müssen, der die damaligen Geschehnisse kannte: Ob Mamie etwas wusste? Ich nahm mir fest vor, sie heute behutsam darauf anzusprechen. Ich musste ja nicht alles erzählen, was ich entdeckt hatte, aber zumindest könnte ich sie fragen, ob ihr die Initialen T. und P. etwas sagten.

Ein Blick auf die Uhr verriet mir, dass ich losmusste, um nicht mit den Besuchszeiten im Krankenhaus in Konflikt zu geraten, zumal ich erst den halbstündigen Marsch nach Puimoisson antreten musste, um mein dort gestrandetes Auto abzuholen. Schnell sammelte ich die Briefe ein, brachte sie auf mein Zimmer und machte mich auf den Weg zu Mamie. Ich war gespannt, ob sie mir etwas zu P. und T. sagen konnte, und zugleich voller Freude, ihr meinen neuen Plan zu verkünden, hier in Frankreich zu bleiben.

Im Krankenhaus angekommen, ging ich raschen Schrittes den Gang von Mamies Station entlang – und blieb abrupt vor dem Zimmer stehen. Die Tür stand sperrangelweit offen, und daraus kam mir eine Stimme entgegen. Die Stimme eines Mannes – meines Vaters.

20

Stocksteif stand ich da. Jedes einzelne Glied in meinem Körper schien von Eis umkrustet. Nur meine Ohren funktionierten noch. Die Laute, die mein Vater von sich gab, liefen durch die Windungen und setzten sich irgendwo in meinem Gehirn zu Wörtern zusammen. Ihr Sinn drang nur verzögert zu mir durch.

»Wir werden sehen, dass wir die beste Einrichtung finden, wo man sich entsprechend um dich kümmert. Es soll hier einige hervorragende Pflegeheime geben.«

Mein Vater war also hier, aber wieso hatte mir keiner Bescheid gesagt, dass das schon jetzt so weit war? Und was erzählte er denn da? Von welcher Einrichtung sprach er? Mamie würde zurück in die *Petite Sorcière* kommen, sobald es ihr besser ging. Das war doch völlig klar. Wut durchlief mich und ließ mich die Kiefer so fest aufeinanderpressen, dass ein leichter Schmerz in meinen Kopf ausstrahlte. Nicht mehr der Schreck war es, der mich hier vor der Tür ausharren ließ, sondern ein Gemisch aus Neugier und Ärger.

»Ich werde mich in den nächsten Tagen erkundigen, wo es hier in der Nähe entsprechende Häuser gibt. Und dann sorge ich dafür, dass du dorthin gebracht wirst, sobald deine Brüche verheilt sind.«

»Wie lange wirst du bleiben?«, hörte ich die leise Stimme von Mamie.

»Nur wenige Tage. Aber ich komme wieder, sobald die Arbeit es zulässt.« Ich hörte, wie ein Stuhl verrückt wurde. Mein Vater räusperte sich. »Ich muss jetzt los, ich habe noch ein Gespräch in die Staaten zu führen.«

Ich schüttelte meine Starrheit ab. Wie vom Teufel gejagt, drehte ich mich auf dem Absatz um und rannte den Gang zurück. Dabei kam mir eine Schwester mit einem Wagen voller gefüllter Tabletts entgegen und sah mir überrascht hinterher. Ich murmelte im Laufen eine Entschuldigung, bog nach der Gangtür willkürlich ab und rannte immer weiter, bis ich in einem mir gänzlich unbekannten Krankenhausbereich landete. Schnaufend öffnete ich eine Glastür, die auf einen kleinen Hof führte. Hier standen eine weiß lackierte Bank und ein hoher silberner Aschenbecher, der offensichtlich von den Patienten wie dem Personal viel genutzt wurde. Die Hitze des Tages hatte sich in eine laue Abendwärme gewandelt, die aber keineswegs beruhigend auf mich wirkte, sondern kleine schwindelerregende Wirbel in meinem Kopf freisetzte. Ich ließ mich auf die Bank fallen, um erst einmal zu Atem zu kommen und meine Gedanken zu ordnen. Der Geruch nach altem Tabak stieg mir in die Nase, und ich musste mich zusammenreißen, nicht sofort wieder aufzustehen und weiterzulaufen. Ich wollte so viel Abstand zwischen mich und meinen Vater bringen wie nur irgend möglich. Was ich da gehört hatte, brachte mich auf und ließ die alten Gefühle allesamt wieder aufkochen. Er wollte Mamie in ein Heim abschieben? Damit er sich nicht um sie kümmern musste, so wie er sich nicht um meine Mutter gekümmert hatte? Jedes Verständnis, das ich in den letzten Tagen für ihn entwickelt hatte, schmolz dahin. Wie konnte er es sich erlauben, hierherzukommen und ohne Absprache mit mir oder Clem über Mamie zu bestimmen? Aber das würde ich nicht zulassen. Ich überlegte, jetzt zu Mamie zu gehen und mit ihr zu sprechen, aber die Furcht, meinem Vater in die Arme zu laufen, war zu groß. Ich würde mein Vorhaben gleich morgen früh in die Tat umsetzen.

Ich holte tief Luft und versuchte, die Wut aus meinem Bauch herauszuatmen. Aber sie verflog einfach nicht. Mein Puls raste noch immer, und mein ganzer Körper war angespannt. Ich musste mich abregen, bevor ich mich ins Auto setzte. Nicht dass ich noch einen Unfall heraufbeschwor. Ich griff in meine Tasche und zog mein Handy hervor. Am liebsten hätte ich Raphaël angerufen, doch der saß sicherlich noch mit seinem Geschäftsführer zusammen, und ich wollte ihn nicht stören. Da sah ich die SMS von Jonas auf dem Display, die heute Morgen eingetroffen war. Ich tippte auf seinen Namen und rief ihn an. Jonas meldete sich nach dem ersten Klingeln.

»*Salut,* Penelope, wie geht's dir?«

Sofort durchströmte mich die beruhigende Wärme, die von seiner Stimme ausging.

»Wie gut, deine Stimme zu hören!«, schoss es aus mir heraus.

»Ist alles okay bei dir? Was ist passiert?«

»Eigentlich nichts Schlimmes, keine Sorge. Ich bin nur fast meinem Vater über den Weg gelaufen, das ist alles.« Ich konnte geradezu hören, wie Jonas die Information einzuordnen versuchte. Da wurde mir klar, dass er ja gar nichts von dem großen Streit wusste, weil er zu einer Zeit passiert war, als wir keinen Kontakt hatten. Ich sprang ihm zu Hilfe: »Wir hatten uns schlimm zerstritten, nachdem … vor einem Jahr.«

»Worum ging es denn da?«

Das Gefühl von Geborgenheit, ausgelöst durch das Gespräch mit jemand Vertrautem, umspielte die Panikbläschen in meinem System und verdrängte sie nach und nach. Ich erzählte Jonas von meinem Vorwurf meinem Vater gegenüber und dem Streit, der daraus entbrannt war.

»Und seitdem habt ihr nicht mehr miteinander gesprochen?«

Zwei Pfleger traten in den kleinen Hof, die Zigaretten schon gezückt. Sie nickten mir zu, ohne ihr Gespräch zu unterbrechen.

»Wo bist du jetzt, Penelope?«, fragte Jonas.

»Ähm, in irgendeinem Hof im Krankenhaus.«

»Du solltest nicht irgendwo da so herumsitzen. Willst du nicht besser nach Hause fahren?«

»Ich denke schon, aber …« Ich wollte das Gespräch mit Jonas noch nicht unterbrechen.

»Ruf mich wieder an, wenn du angekommen bist, dann sprechen wir in Ruhe.«

»Kannst du nicht dranbleiben?« In meine Stimme hatte sich ein flehentlicher Ton gemischt, der mich selbst überraschte. Ich suchte in meiner Tasche nach den Kopfhörern, während ich auf Jonas' Antwort wartete.

»Doch, klar. Freisprechfunktion?«

»Mhm.« Ich schob die Kopfhörer ins Ohr, stöpselte das Kabel ins Handy, steckte es dann in die Tasche und erhob mich. »Danke.«

»Klar, du. So kriege ich es wenigstens mit, wenn du mit Karacho in einen Heuhaufen fährst.«

Mir entfuhr ein kehliges Lachen, während ich mich an den Pflegern vorbeischob und die Tür zum Krankenhausgang aufstieß.

»Dazu müsste ich erst mal den Weg aus diesem Labyrinth hier finden.«

»Sie macht wieder Witze, wir haben sie noch nicht verloren, ein Glück!«

»Haha«, machte ich, musste aber doch grinsen.

»Stimmt schon, es sind keine besonders guten Witze, aber es ist ein Anfang, das können Sie nicht leugnen, Doktorin.«

»Erzähl mir lieber, was Feli treibt, statt dich über mich lustig zu machen.«

Jonas berichtete mir von Felis Abenteuern im Kindergarten und ihrer Aufregung, weil sie zu dem Geburtstagsfest von einem Jungen ihrer Gruppe eingeladen worden war.

»Sehe ich da einen weiteren Flirt nahen?«, fragte ich.

»Das verbitte ich mir, das Kind ist zwei Jahre alt und hat eine Freundin!«

»Du weißt, wie besessen jetzt alle von Polyamorie reden ...«

»Erzähl das bloß nicht Feli, sonst bringst du sie auf krude Gedanken. Ich habe sowieso schon überlegt, ob man mit zwei Jahren nicht überhaupt noch zu jung für die ganze Beziehungskiste ist. Andererseits ... ich glaube, so ganz unschuldig war ich in dem Alter wohl auch nicht mehr. Damals hatte ich mich Hals über Kopf in unsere Praktikantin verknallt. Ich kann dir nur so viel verraten: Eine glückliche Liebe war das nicht.«

»Oje, warst du ihr zu jung?«

»Das kann man wohl sagen.«

»Wahrscheinlich würde sie jetzt total auf dich abfahren.«

»Meinst du wirklich, ich hätte Chancen?«

»Na hör mal, mit deinen Locken bekommst du doch jede rum.«

»Na ja«, sagte er, »nicht jede.«

Seine Worte hatten mich sofort wieder in die Vergangenheit katapultiert, in die Zeit, als er mich geküsst hatte.

»Du, Jonas, ich habe dir nie erzählt ...«, entfuhr es mir mit einem Kichern, doch dann hielt ich inne. Konnte ich ihm wirklich gestehen, dass sein Kuss mich damals ziemlich umgehauen hatte? Auch wenn ich es mir damals nicht zugestanden hatte, war es doch mit der beste Kuss gewesen, den ich je bekommen hatte. Wieder musste ich kichern.

»Was denn?«, fragte Jonas gespannt.

Ich holte einmal tief Luft, setzte an und sagte dann nur: »Ach, nichts.«

»Dafür findest du das Nichts aber ziemlich lustig«, sagte er in beleidigtem Ton, der mich schon wieder zum Lachen brachte.

Ich lenkte das Gespräch schnell um zu Feli und Kindergeburtstagen, und dann erzählte ich ihm davon, dass ich das Backen wieder für mich entdeckt hatte, während ich das Auto ruhig über die Landstraßen lenkte.

Zu Hause angekommen, holte ich mir ein Glas Wasser, während ich weiterhin den Knopf im Ohr hatte und mit Jonas plauderte. Mittlerweile waren all die düsteren Gedanken und Gefühle verschwunden, und erst als ich es mir auf einem Terrassenstuhl bequem gemacht und die Füße an den Körper gezogen hatte, wurde ich wieder an sie erinnert. Jonas tastete sich vorsichtig an das Thema heran, und sofort quoll die Unruhe in mir auf.

»Wie war es eigentlich nach eurem Streit, hat dein Vater nicht versucht, den Kontakt zu dir wiederaufzunehmen?«

»Nein, hat er nicht, zumindest nicht ernsthaft.«

»Hm, das war für dich wahrscheinlich so, als würde er die Schuld eingestehen, oder?«

»Du meinst, die Schuld, meine Mutter einfach fallen gelassen zu haben, als es ihr so schlecht ging? Ja, schon. Ich meine, für mich stand das eigentlich von Anfang an fest. Als ich dann nach einigen wenigen halbherzigen Anrufversuchen seinerseits nichts mehr von ihm hörte, dachte ich, okay, er hat offensichtlich nichts weiter dazu zu sagen. Also, ja, da war die Sache für mich ganz klar.«

»Du klingst nicht so, als wäre es noch immer völlig klar.«

Ich überlegte einen Moment, bevor ich antwortete.

»Da ist ein Brief aufgetaucht. Er stammt von meinem Vater, und es geht darin um meine Mutter. Er schreibt, dass er sich schuldig fühlt, aber dann auch, dass er doch versucht habe, ihr zu helfen. Ich gebe es ungern zu, weil ich selbst nicht daran glaube, aber es klingt, als bereute er, dass er nicht mehr für sie da gewesen ist.«

»Daran hast du gezweifelt?«

»Natürlich. Mein Vater war immer unterwegs, immer gab es irgendetwas Wichtigeres als meine Mutter – und uns.«

»Hast du mal überlegt, mit deinem Vater in Ruhe darüber zu sprechen? Ihn zu fragen, wie es ihm mit allem ging? Vielleicht verstehst du dann besser, was wirklich passiert ist.«

»Das sagen mir hier alle.«

»Dann hör doch wenigstens auf mich, wenn schon nicht auf alle anderen«, sagte Jonas, und ich hörte das Schmunzeln in seiner Stimme. »Ich sag ja nicht, dass gleich die große Versöhnung ausbrechen muss, aber vielleicht kann er dir helfen, auch seine Seite zu verstehen.«

Ich starrte auf die Felder vor mir, die sich im Licht des Sonnenuntergangs verfärbten.

»Weißt du, ich war ja fast schon so weit, mit ihm zu reden, aber nachdem ich eben gehört habe, was er zu meiner Großmutter gesagt hat, will ich das nicht mehr. Ich bin so unfassbar wütend auf ihn. Dass er einfach so über unseren Kopf hinweg entscheidet!«

»Aber du weißt doch noch gar nicht, ob das wirklich so ist. Vielleicht hat er bereits mit deiner Schwester gesprochen. Oder er tut es morgen und will es dann auch mit dir klären.«

Ich gab ein Schnaufen von mir.

»Ja, vielleicht.«

»Ich will dir gar nicht reinreden. Aber wenn man gefühlsmäßig so geladen ist, neigt man manchmal dazu, etwas zu übersehen oder vorschnell zu urteilen.«

»Vielleicht rede ich morgen erst mal mit Clem. Und dann mit Mamie.«

»Ja, hör dir an, was sie sagen. Und vor allem, was deine Großmutter eigentlich will. Vielleicht war das ja sogar ihre Idee mit dem Heim, um euch nicht zur Last zu fallen.«

»Aber sie würde uns doch nicht …« Ich brach mitten im Satz ab und überlegte. »Das kann ich mir nicht vorstellen.«

»Sprich erst mal mit allen und guck, was dabei herauskommt.«

Ich nickte und merkte, dass ich die ganze Zeit an dem Kopfhörerkabel herumgespielt hatte, ohne es zu merken. Ich ließ es los, glättete es wieder und sagte: »Danke, Jonas. Ich habe langsam echt ein schlechtes Gewissen, dass ich dich so vollnöle.«

»Ach, Quatsch. Das brauchst du wirklich nicht zu haben. Nur eine Sache musst du mir noch sagen …«

»Was denn?«

»Was wolltest du mir vorhin nicht verraten? Du hast doch irgendein Geheimnis vor mir.«

Ich unterdrückte ein Lachen, das seine Neugier nur anreizen würde.

»Geheimnisse plaudert man nicht am Telefon aus«, sprudelte es schließlich aus mir heraus.

»Ist mir neu. Von wem ist diese Regel?«

»Sokrates«, sagte ich, ohne nachzudenken, und wir beide lachten los.

»Alles klar«, sagte er, noch immer prustend. »Sokrates' Regeln sind mir natürlich heilig, vor allem wenn es ums Telefonieren geht. Wie genau sahen noch mal die Telefone im antiken Athen aus?«

»Grau«, sagte ich, »und steinern. Es gab häufig Verbindungsprobleme.«

»Und was sagt Sokrates' Regelwerk zum Verraten von Geheimnissen bei Besuchen in der Provence?«

»Heißt das, du willst vorbeikommen?« Ich setzte mich auf. »Das wäre ja großartig!«

»Na ja, hier ist gerade nicht viel los, außer dass ich mir den Kopf darüber zerbrechen muss, was bei Kindergartenkindern als Geburtstagsgeschenk angesagt ist. Die Raupe Nimmersatt oder Duplo.«

»Hm, sind Bagger nicht immer cool für kleine Jungs? Irgendein Spielzeugbagger oder ein Buch oder so?«

»Hm, Bagger klingen gut, das könnte etwas sein«, sagte er, und ich musste lächeln. Obwohl er sich immer wieder darüber lustig machte, nahm er diese Dinge doch ziemlich ernst.

»Wann würdest du mich denn besuchen wollen? Und kommst du allein oder ...« Da hörte ich ein Schlüsselgeräusch bei ihm im Hintergrund, Schritte und eine Frauenstimme. Es raschelte wieder.

»Penelope, du, ich muss Schluss machen, Lina ist gerade gekommen. Wir sprechen uns wieder, ja? Ruf mich an, wann immer was ist.«

»Klar! Ich dank dir sehr. Und Grüße an Lina und Feli! Bis ganz bald!«

Es tutete in der Leitung, und ich zog den Kopfhörerstecker aus meinem Ohr. Ich schielte auf mein Handy. Es war schon halb neun, aber Raphaël hatte sich noch nicht gemeldet. Am besten bereitete ich schon mal etwas zu essen für uns vor. Ich warf einen letzten Blick auf die dunkelblauen Felder, auf die rot und orange leuchtenden Streifen darüber, bevor ich in die Küche ging.

21

Vor den Fenstern war es stockdunkel geworden. Ich war in den Salon umgezogen und hatte dort überall Kerzen angemacht. Die warmen Farben im Wohnzimmer wurden durch ihr wohliges Licht zum Leuchten gebracht. Im Kamin entzündete ich ein Feuer, das bald schon sanft vor sich hin knisterte. Eigentlich war es zu warm für ein Kaminfeuer, aber ich hatte nicht widerstehen können, und es war ja nur ein kleines. In meinen Augen gab es kaum etwas Schöneres, als sich vor dem Kamin in einem Sessel einzumummeln.

Fuchur schien da ganz meiner Meinung zu sein. Er hatte sich durch entschlossenes Hin-und-Herwälzen seines Hinterteils eine Kuhle neben mir verschafft und sich darin zusammengerollt. Ihm konnte es anscheinend gar nicht warm genug sein.

Neben mir auf dem Beistelltisch stand ein leerer Teller. Nachdem Raphaël auch um halb zehn noch nicht gekommen war, hatte ich mir eine Portion des Ratatouilles aufgetan und allein im Wohnzimmer gegessen. Inzwischen war eine weitere Stunde vergangen, und ich begann mir Sorgen zu machen. Zum wiederholten Mal tippte ich auf mein Handy, aber weder eine Nachricht noch ein Anruf waren eingegangen. Gegen zehn hatte ich ihm geschrieben – sollte ich es ein weiteres Mal versuchen? Ich beschloss, eine halbe Stunde zu warten und ihn dann anzurufen. Schließlich hatten wir ja wirklich keine Uhrzeit ausgemacht, und ich wollte nicht zu aufdringlich erscheinen.

Ich streichelte über Fuchurs samtig weiches Fell, spürte das Vibrieren seines Schnurrens an seinem Bauch, und meine Gedanken schweiften zurück zu dem Moment, als ich meinen Vater in Mamies Krankenzimmer gehört hatte. Ich würde die wichtigen Fragen, die sich angesichts seiner Worte aufgetan hatten, klären müssen, bevor ich Mamie nach den Briefen fragen könnte. In meinem Kopf kreisten einige der gelesenen Satzfetzen: *Wir würden in Liebe zergehen … Deine Briefe sind Morphium …* Auf mich wirkte vieles davon so übertrieben und kitschig. Wie die Empfängerin, diese T., die Briefe damals wohl aufgenommen hatte? Ob sie die Worte völlig ernst genommen, sich nach dem allerersten Brief vielleicht sogar Sorgen um den Verfasser gemacht hatte? Es klang gerade so, als drohte er damit, sich selbst etwas anzutun. Mir kam das recht überzogen, geradezu manipulativ vor, aber ich wusste nicht, was für eine Geschichte hinter all dem steckte.

T. und P. – die Initialen spukten mir schon den ganzen Abend im Kopf herum. Noch einmal ging ich die Namen meiner Familie durch. Mein Vater hieß Timothé, fiel mir siedend heiß ein – aber das passte von seinem Alter her nicht zum Datum der ersten Briefe. Nein, es musste jemand aus einer früheren Generation sein, den ich möglicherweise nicht einmal kannte – eine der Personen auf den leicht verwackelten Bildern von dem Dorffest etwa oder gar jemand, der mit meiner Familie gar nichts zu tun hatte. Und wenn sie von jemandem stammten, der vor meinen Großeltern in diesem Haus gelebt hatte? Aber wäre das Senden der Briefe dann mit ihrem Einzug nicht eingestellt worden?

Ich seufzte, da ich selbst merkte, wie sich meine Spekulationen ineinander verfingen und verknäulten, ohne mich voranzubringen. Ich nahm mein Handy zur Hand und tippte schnell eine Nachricht an Clem. Darin lobte ich ihre gestrige Veranstaltung und fragte dann, ob ihr die Initialen etwas sagten. Auf unseren Vater würde ich sie morgen persönlich ansprechen.

Während ich wartete, schielte ich immer wieder auf das Handy, auf eine Nachricht von Raphaël hoffend. Sollte ich nicht …? Wie lange konnte so eine Besprechung denn dauern? Da leuchtete das Display auf, und mein Herz pochte schneller, bis ich den Namen meiner Schwester erblickte.

P. = Penelope, aber daran dachtest du wohl nicht.

Ein Smiley mit herausgestreckter Zunge folgte, dann:

Könnte T. für Papa stehen? Sonst wüsste ich auf Anhieb nichts, aber ich überlege weiter, gib mir bis morgen Zeit. Warum willst du das eigentlich wissen?

In einer längeren Nachricht schilderte ich ihr die Sache mit den Briefen.

Das klingt interessant. Ich denke darüber nach. Willst du morgen Vormittag bei mir in der Buchhandlung vorbeikommen? Ich würde die Briefe gern mal sehen.

Klar, bis morgen, gute Nacht!

Ich seufzte und strich über Fuchurs Fell. »Hoffen wir mal auf die Brillanz meiner Schwester. Aber was machen wir jetzt?« Zum Schlafengehen war ich zu unruhig, ich wollte so gern noch wach sein, wenn Raphaël endlich käme. Aber hier herumsitzen wollte ich auch nicht mehr. Ich stand auf, darauf bedacht, Fuchur nicht von seinem Platz aufzuscheuchen, und ging zur Terrassentür, die einen Spalt offen stand. Von draußen drang das Singen der Grillen herein, sonst war es ganz still, und noch immer wehte kein Lüftchen in dieser Nacht. Ich pustete die Kerzen im Wohnzimmer aus, ließ Fuchur schlafend auf seinem Sessel zurück, griff nach meinem Handy und schlüpfte durch den Spalt hinaus. Mir drehte sich der Kopf bei all der Grübelei über meinen Vater und Mamie, über die Briefe und Raphaëls Schweigen. Ich brauchte Luft. Mit wenigen Schritten stand ich inmitten der Lavendelfelder, die fast schwarz vor mir lagen. Nur der Mond beschien die dunkle Landschaft um mich herum, die Hügel in der Ferne, die *Petite Sorcière* hinter mir. Doch obwohl mir kurz der Gedanke durch den Kopf schoss, wer oder was sich da alles in den Feldern verbergen könnte, hatte ich keinerlei Angst. Die Wärme der Nacht umspielte meine Haut, die zarten Lavendelblüten strichen bei jedem Schritt an meinen Beinen entlang, und ihr betörender Duft breitete sich in meiner Nase und meinem ganzen System aus. Langsam beruhigte ich mich und ließ die Gedanken umherwandern. Meine Augen hatten sich mittlerweile gut an das Dunkel gewöhnt und erkannten mehr Details in der Umgebung, den Kirchturm auf einem der Hügel dort hinten, das Wäldchen, das daran grenzte.

Trotz der Sorge um Mamie spürte ich einen Funken Glück in mir aufglimmen. Dies war der Ort, an dem ich bleiben würde. Dies war mein Zuhause. Und ich konnte mir keinen schöneren, keinen besseren Ort vorstellen.

Als ich zurück zum Haus kam, war es bereits nach Mitternacht. Ich war noch eine Weile in den Feldern spazieren gegangen, ganz ohne Ziel hatte ich mich einfach treiben lassen.

Mein Handy hatte in dieser Zeit nicht geklingelt. Ich war enttäuscht, sehr sogar, dass ich nichts von Raphaël gehört hatte, und ein wenig wütend. Eine kleine Nachricht zwischendurch hätte er durchaus schicken können. Aber gut, erst mal würde ich mir anhören, was passiert war.

Da spürte ich mein Handy in der Rocktasche vibrieren, und mein Herz machte einen Sprung. Schnell zog ich es hervor und blickte gespannt auf das Display. Doch statt der erwarteten Nachricht von Raphaël las ich Jonas' Namen.

Stell dir vor, wer bis jetzt wach geblieben ist. Neuer Rekord!

Trotz meiner Enttäuschung entschlüpfte mir ein Lachen. Ich blieb kurz auf halber Treppe zur Terrasse stehen und tippte:

Das werde ich gleich dem Guinness-Komitee mitteilen. Wie kommt's dazu?

Dann schlüpfte ich durch den Spalt der Wohnzimmertür und drehte eine schnelle Kontrollrunde durch alle Räume, wo sich meine letzte Hoffnung in nichts auflöste: Raphaël war wirklich nicht hier. Ich ging nach oben.

Mein Handy vibrierte erneut, und ich las Jonas' Nachricht:

Ach, ich bin zu aufgewühlt, wahrscheinlich ein Glas Wein zu viel, hänge nun über der Baggerauswahl und habe keine Ahnung, was davon etwas taugt.

Ich legte mein Handy beiseite, zog mich aus und schlüpfte in mein Nachtzeug. Wohl um einiges zu nachlässig schrubbte ich mir die Zahnreihen und spritzte mir Wasser ins Gesicht, dann plumpste ich auch schon ins Bett und nahm mein Handy wieder zur Hand.

Was steht denn zur engeren Auswahl? Und wie alt ist das Kind?

Wenn ich schon den Abend nicht mit Raphaël verbringen konnte, so konnte ich mich doch zumindest bei Jonas ein klein wenig für seine Geduld während der letzten Tage revanchieren.

Es trafen drei Fotos mit verschiedenen Spielzeugwagen und Büchern ein. Zusammen wählten Jonas und ich das aus, was wir in dem Alter wohl am liebsten gehabt hätten, in der Hoffnung, dass sich der Geschmack seither nicht allzu sehr verändert hatte.

Wie steht es nun um deinen Besuch?, fragte ich dann nach.

Ist leider ins Ungewisse verschoben, Lina fährt zu ihren Eltern, und Feli will unbedingt zum Kindergeburtstag. Danach aber bald, ja?

Okay.

Und warum bist du noch unter den Wachen?

Ich ignorierte das Piksen in meiner Brust und antwortete:

Ich habe einen Mitternachtsspaziergang unternommen und warte auf die Müdigkeit.

Oder: Du grübelst mal wieder zu viel und wirst zur Bettflüchtigen.

Jonas, ich mag es nicht, wenn du mich zu gut durchschaust.

Ich kenn dich seit zehn Jahren, und so wahnsinnig komplex, dass man dich dann immer noch nicht durchschauen würde, bist du auch wieder nicht!

Mir entfuhr ein leicht gequältes Lachen.

Vielen Dank für deine Liebenswürdigkeit, Mister Superpsycho! Ich hab dich auch lieb.

In der Sekunde, als ich die Nachricht abschickte, traf eine andere ein und ließ mich schlucken. Raphaël hatte geschrieben.

Gerade erst raus aus der Firma, muss unbedingt direkt ins Bett. Nimm's mir nicht übel, wir sprechen morgen, ja?

Eine neue Welle der Enttäuschung lief durch mich hindurch, durchmischt mit Wut und Ohnmachtsgefühl. Und gleichzeitig schoss mir durch den Kopf, dass es einfach ein Missverständnis gegeben hatte: Ich hatte unsere Abmachung als Verabredung verstanden, Raphaël offensichtlich nur als Möglichkeit. Ich blickte noch einmal auf seine Nachricht und nahm am Rande wahr, dass auch Jonas geschrieben hatte:

Du bist mir die Wichtigste, das weißt du doch.

Ein kleines Lächeln kämpfte sich durch meine grimmige Maske und ein wenig Wärme durch die Enttäuschung in mir.

22

Das Glaswindspiel über der Tür gab seine Melodie zum Besten wie jedes Mal, wenn ich die Buchhandlung meiner Schwester betrat, in der sich die Bücher auf den Tischen stapelten und den unwiderstehlichen Duft nach Papier verströmten. Und jedes Mal war die Melodie doch ein klein wenig anders, ganz so, wie meine Stimmung immer eine andere war. Heute Morgen, es war gerade halb zehn, war ich voller Hochgefühle, denn Raphaël hatte mich angerufen.

Obwohl ich mir vorgenommen hatte, die Nacht durchzuschlafen, hatte ich wieder stundenlang wach gelegen und über das gegrübelt, was am Abend zuvor mit Raphaël schiefgelaufen war. Nach seinem Anruf um acht Uhr morgens war ich dann dermaßen euphorisiert gewesen, dass ich nicht mehr hatte schlafen können. Das war nun schon die zweite durchwachte Nacht am Stück und damit so langsam mein körperlicher Untergang. Mühsam, aber glücklich schleppte ich mich über die Schwelle. Clem saß hinter ihrem Verkaufstresen und beobachtete das ulkige Trauerspiel, das ich ihr bot: die hängenden Schultern und schwerfälligen Bewegungen, die Augenringe, die fahle Haut. Logisch, sie zog ihre Schlüsse, was oder, besser gesagt, wer hinter meinem bedauernswerten Auftritt steckte. Bevor ich sie erreicht hatte, war sie bereits aufgesprungen und hatte aus dem Hinterraum zwei Tassen mit dampfendem Kaffee geholt. Damit kam sie mir nun entgegen.

»Was ist passiert?«, fragte sie, und noch bevor ich antworten konnte, grinste sie mir siegesgewiss entgegen: »Raphaël?«

Trotz meiner Müdigkeit schaffte mein Körper es irgendwie, die richtigen Muskeln zu aktivieren, um ein Lächeln zustande zu bringen – ein sehr breites noch dazu.

»Erzähl mir alles!«

Ich ließ mich auf den Hocker seitlich der Theke plumpsen und kam Clems Wunsch nur allzu gern nach. In – fast – allen Details beschrieb ich ihr, was sich seit der Lesung zwischen Raphaël und mir abgespielt hatte. Auch von dem Anruf berichtete ich, mit dem er mir hatte sagen wollen, wie gern er mich wiedergesehen hätte.

»Ich wusste es! Man hat euch sofort angesehen, dass ihr übereinander herfallen wollt. Es war nur eine Frage der Zeit. Wie schön! Damit ist Oskar hoffentlich ganz aus dem Spiel?«

Ich stutzte. An Oskar hatte ich wirklich nicht mehr gedacht.

»Ja … offenbar. Ehrlich gesagt habe ich das Gefühl, als wäre er gerade einfach aus meinem System raus.«

Clem schlug begeistert die Hände zusammen. »Wann seht ihr euch wieder? Ist das jetzt was Festes? Hat er gesagt, dass er deinetwegen in Frankreich bleiben wird?«

»Moment mal, Clem. Also gleich vorweg: Einen Heiratsantrag hat er mir noch nicht gemacht, und Kinder sind auch nicht unterwegs. Hoffentlich. Also wirklich, deine Fragen sind völlig überzogen, wir haben doch erst eine Nacht miteinander verbracht.«

»Okay, okay. Also wann seht ihr euch wieder?«

»Ich weiß nicht, wir haben noch nichts ausgemacht. Heute Abend hat er jedenfalls keine Zeit.«

»Warum nicht?«

»Er ist mit einem alten Schulfreund verabredet.«

»Das ist doch kein Grund, das muss er absagen!«

»Clem!«

»Schon gut, schon gut, ich halte mich zurück. Ihr lasst es langsam angehen.« Und dann fügte sie nuschelnd hinzu: »Zumindest in manchen Dingen.«

Ich schüttelte den Kopf über meine unverbesserliche Schwester, dann setzte ich meine Kaffeetasse an und leerte sie halb. Clem beobachtete mich mit ihrem süffisanten Grinsen, während sie mir wortlos ihre noch volle Kaffeetasse über den Tresen schob wie der wortkarge Barkeeper in einem ollen Western. Darüber musste ich so lachen, dass ein großer Schub des restlichen Kaffees in meiner Tasse überschwappte – und mir auf die Stoffhose tropfte. Das wiederum brachte auch Clem zum Lachen. Ein Glück, dass der Kaffee nicht mehr ganz so heiß war.

»Ich muss dir noch etwas erzählen«, sagte ich glucksend. »Ich glaube, ich bleibe hier.«

»Was meinst du damit? Du wolltest doch eh noch eine Weile bleiben, das ist doch nichts Neues, oder?«

»Doch, ich meine, ich will für immer bleiben, also zumindest auf unbestimmte Zeit – wenn Mamie mich haben möchte in der *Petite Sorcière*. Sonst suche ich mir etwas Kleines in der Nähe.«

Clem sah mich einen Moment sprachlos an, dann öffneten sich ihre Augen weit, und ihr Mund formte ein breites Lächeln. »Nicht dein Ernst! Das ist ja großartig!« Sie sprang von ihrem Stuhl und umarmte mich stürmisch. »Klar will Mamie dich bei sich haben! Wie ist es denn dazu gekommen?«

»Hier geht es mir einfach besser als in Berlin. Ich habe das Gefühl, dass ich in der *Petite Sorcière* in nächster Zeit sehr glücklich werden könnte.«

»Mit dem heißen Cowboy-Piraten!«, entfuhr es ihr, und ihre Hand zuckte schnell vor ihren Mund.

»Mit euch vor allem, mit dir und Mamie und Gaspard – und was Raphaël angeht, wer weiß?«

»Das ist toll, Pepe, ich freue mich riesig. Aber Mamie weiß noch von nichts?«

»Nein, ich erzähle es ihr beim nächsten Besuch.«

»Das wird sie so glücklich machen, sie hat es sich immer schon gewünscht.«

Clems Blick fiel auf meine Hose, auf der sich die Kaffeeflecken ausbreiteten.

»Moment«, sagte sie, ging kurz nach hinten in den Abstellraum hinter dem Vorhang und kam mit einem feuchten Tuch wieder, das sie mir reichte.

»Hast du eigentlich die Briefe dabei?«, fragte sie unvermittelt, während ich auf den Flecken herumrieb.

Ich unterbrach meine Reinigungsaktion und zog das Bündel mit den Briefen aus der Tasche.

Clem begann, einen nach dem anderen durchzulesen, während ich den Kaffeeflecken an den Kragen ging.

»Interessant«, sagte sie, als sie am Ende des letzten Briefes angekommen war. »Klingt nach einer unerwiderten Liebe.«

»Hast du eine Idee wegen der Initialen?«, fragte ich sie.

»Nicht direkt.« Sie ließ den Blick nochmals über die Briefe schweifen. »Aber … hast du auch den Brief dabei, den wir in dem Rezeptbuch gefunden hatten, den von Papa?« Ich nickte, zog auch ihn aus der Tasche und reichte ihn ihr.

Clem entfaltete den Brief und las ihn in Ruhe durch. Mein Blick wanderte von den kleinen, gerade stehenden Buchstaben aus der Hand meines Vaters hinüber zu dem Stapel mit den Briefen von P., auf denen sich die Schrift geradezu überschlug, mit ihren schrägen, ungeordneten Lettern. Dann beobachtete ich Clem. Ich konnte ihr ansehen, wie die Aufregung in ihr zu brodeln begann.

»Also, Pepe«, sagte sie endlich und sah von dem Brief unseres Vaters auf. »Ich glaube, du hast hier schlicht was übersehen. Du meintest ja, Mamie hätte nichts mehr davon gewusst, dass sie Papas Brief in ihrem Rezeptbuch hinterlegt hat, stimmt's?«

Verwirrt blickte ich auf. »Ähm, ja, also nein, sie wusste nichts davon.«

»Nun gut, ihr Gedächtnis hat durch den Sturz gelitten, vielleicht hat sie es schlicht vergessen, aber eher glaube ich, dass du den Brief gar nicht finden solltest. Ganz im Gegenteil.«

»Was? Wie meinst du das?«

»Mamie hat den Brief versteckt, fertig. In dem Buch, damit keiner von uns ihn findet. Solange du nicht im Haus bist – und dein Besuch war ja nicht geplant –, sieht niemand sonst in das Rezeptbuch außer Mamie selbst.«

»Aber sie hat mich doch auf das Buch aufmerksam gemacht, weißt du nicht mehr? Als sie kurz aufgewacht war.«

»Bist du sicher, dass ihr wirklich klar war, was sie da sagte und zu wem?«

»Ich habe ihr meinen Namen genannt.«

»Sie war bestimmt in einer Art Delirium, so kurz, wie sie wach war. Aber wie auch immer. Ich glaube, sie hat die Worte nur so vor sich hingesagt. Vielleicht war es eines der letzten Dinge, die sie getan hat, bevor es zu dem Sturz kam: den Brief zu lesen und in dem Rezeptbuch zu verstauen. Daher war es auch die erste Erinnerung, als sie wach wurde.«

»Aber warum sollte sie ihn denn verstecken, Clem? Wegen meines Streits mit Papa? Das glaube ich nicht.«

»Nein, Clem, nicht wegen dir und Papa. Hast du das hier

gelesen?« Sie hielt mir den Brief hin und deutete auf die letzten Zeilen.

»Ja, klar, aber was ... Gib mal her!« Ich nahm ihr den Brief aus der Hand und las die wenigen Zeilen:

Dabei muss ich an Dich denken und das, was Du mir in Deinem Brief berichtet hast. Es gibt Geheimnisse wohl in jeder Ehe, vielleicht habe ich das eine in meiner eigenen übersehen.

»Ich dachte, darin geht's um irgendetwas, das Mamie ihm über unsere Mutter erzählt hat«, sagte ich und kaute auf der Innenseite meiner Wange. »Aber, warte mal. Ich weiß, was du meinst.« Ich deutete auf die Briefe. »Ein Geheimnis, das Mamie in ihrer eigenen Ehe hatte und das sie unserem Vater anvertraut hat, das aber weiterhin ihr Geheimnis vor uns allen bleiben sollte. Zum Beispiel eine heimliche Liebesgeschichte mit einem anderen Mann!«

Clem nickte eifrig. Ich nahm erst mal einen großen Schluck Kaffee aus ihrer Tasse, um das Bild in meinem Kopf, das sich soeben zusammensetzte, noch einmal in Ruhe zu hinterfragen. Konnte es wirklich stimmen? Konnte T. unsere Großmutter sein? Hatte sie vor ihrer Heirat eine heimliche Affäre mit einem anderen Mann gehabt?

»Es wäre aber natürlich auch möglich«, sprudelte es aus Clem heraus, »dass er mit diesem Satz etwas völlig anderes, Harmloses meint. Und die Briefe ... vielleicht hat eine befreundete Nachbarin Mamie darum gebeten, sie für sie zu verstecken, damit der eifersüchtige Ehemann nicht darauf stößt.«

»Daran hatte ich auch schon gedacht, aber irgendwie glaube ich das nicht.«

»Sprechen wir sie darauf an?«, fragte Clem und sah mich neugierig an. »Mamie und die Briefe, sollen wir danach fragen?«

»Ich wüsste so gern Bescheid«, sagte ich.

»Aber es könnte sie zu sehr aufregen, nicht?«, überlegte Clem weiter, und ich nickte. »Wenn die Briefe wirklich an sie gerichtet sind und sie dieses Geheimnis nicht teilen wollte …«

Ich zuckte mit den Achseln. »Wir müssen es ja nicht sofort tun, auch wenn es mir unter den Nägeln brennt. Wir warten, bis sie wieder auf den Beinen ist. Es gibt sowieso noch andere Dinge zu klären, die im Moment weitaus wichtiger sind.«

»Hier«, sie schob mir die Briefe zu, »nimm die lieber wieder mit in die *Petite Sorcière*, da sind sie besser aufgehoben.« Ich verstaute das Bündel in meiner Tasche. »Noch mehr Kaffee?«, fragte sie.

»Ja, bitte.«

Clem schnappte sich die beiden Tassen und verschwand für einen Moment hinter dem Vorhang. Auf dem Weg zurück zu mir balancierte sie zwei volle Tassen Kaffee in den Händen. Ich nahm einen vorsichtigen Schluck, während ich das Quengeln meines Magens zu überhören versuchte, der alles andere als erfreut darüber war, heute hauptsächlich Kaffee vorgesetzt zu bekommen. »Papa ist hier«, sagte sie dann mit einem Mal.

»Ich weiß.«

Überrascht zog sie ihre Brauen hoch.

»Hat er dich auch angerufen?«

»Nein, ich habe es durch einen Zufall erfahren. Wusstest du schon länger, dass er gestern kommen würde?«

Sie schüttelte den Kopf. »Erst seit gestern Abend. Er hat mich von seinem Hotelzimmer in Riez aus angerufen. Offensichtlich wollte er sich dir in der *Petite Sorcière* nicht aufdrängen, und für mein Sofa ist er viel zu groß. Ich wollte es dir heute erzählen, wenn wir uns sehen.«

»Okay. Und hat er auch mit dir darüber gesprochen, dass er Mamie in ein Heim abschieben will?«

»In ein Heim? Nein, darüber weiß ich nichts. Woher hast du das, hat Mamie dir das erzählt?«

»Nein, ich habe es gestern Abend gehört, als ich sie besuchen wollte. Und ehrlich gesagt finde ich es unglaublich, dass er mit keinem von uns beiden darüber spricht. Er fällt einfach Entscheidungen über die Köpfe anderer hinweg. Ich will nicht, dass Mamie in ein Heim kommt. Du etwa?«

»Pepe, Moment mal, beruhig dich. Natürlich will ich das nicht. Aber ich kann mich auch nicht die ganze Zeit um sie kümmern, wenn sie aus dem Krankenhaus kommt und pflegebedürftig sein sollte. Wir wissen nicht, in welchem Zustand sie dann sein wird. Vielleicht kannst du es nicht allein schaffen.«

»Aber wenn es so wäre, kann man doch jemanden engagieren. Da muss sie doch nicht gleich in ein Heim!«

»Papa kann doch noch gar nicht wissen, dass du bleiben wirst.«

»Stimmt auch wieder«, gab ich zu.

»Okay, okay, wir verstricken uns hier gerade in einer Diskussion, ohne irgendwelche Fakten zu haben. Hör zu, Papa hat mir gestern gesagt, dass er mit uns reden möchte. Ich habe mich schon gefragt, worum es geht. Wahrscheinlich genau darum.«

»Mit uns beiden?«

»Natürlich, Pepe«, sagte Clem milde, »es betrifft doch uns alle. Ich denke mal, er wird mit uns darüber sprechen wollen, damit wir gemeinsam eine Entscheidung treffen können.«

»Das klang gestern ganz anders …« Ich unterdrückte den Drang, weiter auf ihn zu schimpfen.

»Würdest du dir trotzdem einmal anhören, was er zu sagen hat?«

Bei dem Gedanken an ein Gespräch mit meinem Vater spürte ich schon jetzt das vertraute Gemisch aus Nervosität und Wut in mir aufsteigen. Aber ich merkte auch, dass gerade nicht der Moment war, diesen Gefühlen Raum zu geben.

Ich seufzte tief auf. »In Ordnung … Es muss ja sein.«

Clem lächelte mich an. »Gut.«

23

Es war gegen Mittag, als ich Clems Buchhandlung verließ. Im Auto zögerte ich, schon in die Pension zurückzukehren. Ich hatte das Bedürfnis, den Kopf freizubekommen. Das Gespräch mit Clem über meinen Vater und die Aussicht darauf, bald mit ihm selbst reden zu müssen, hatten wieder dieses Brodeln in mir geweckt, das ich nur allzu gut kannte. Aber da war auch ein neues Gefühl, das sich darüberlegte: grimmige Entschlossenheit, meinem Vater die kruden Pläne für Mamie nicht durchgehen zu lassen. Dieses Mal würde es nicht nach seinem Willen laufen. Ich war fest entschlossen, mit Mamie und Clem zusammen eine gute Lösung zu finden und diese auch durchzusetzen, ob mein Vater nun damit einverstanden war oder nicht.

Statt den Heimweg anzutreten, beschloss ich, nach Riez zu fahren, wo heute Markttag war. Ich stellte das Auto ab und ging die kopfsteingepflasterte Straße entlang zu dem Platz im Ortskern, der von Laubbäumen gesäumt war. In zwei Reihen zogen sich die Marktstände hin, und dazwischen herrschte ein lebhaftes Gedränge. Der Markttag war keine reine Touristenattraktion, er wurde von den Anwohnern der nahen Orte und der ländlichen Umgebung sehr geschätzt – nicht nur weil man hier die Produkte der lokal ansässigen Bauern kaufen konnte, sondern auch weil alle zusammenkamen, um zu sehen, gesehen zu werden und vor allem um zu tratschen. Auf den Bänken hinter den Ständen tummelten sich die älteren Herren, zum Teil sitzend, zum Teil stehend, mit einer Zigarette oder einem Weingläschen in der Hand. Und an den Ständen bildeten sich Grüppchen von Frauen, die dem neuesten Klatsch lauschten und das Angebot an Waren prüften. Ich schlenderte durch die Reihen und ließ den Blick über die Auslagen wandern. Bei einem Obst- und Gemüsebauern blieb ich stehen, wechselte ein paar Worte über den Gesundheitszustand meiner Großmutter und kaufte eine große Menge Obst und Gemüse.

»Was machen Sie denn mit all dem Obst?«, fragte er mich neugierig, während er mir half, die Tüten in meinen Korb zu packen.

»Ich backe. Törtchen, Muffins, Cupcakes, Kuchen …« Die Augen des Bauern wurden groß.

»So wie Ihre Madame Grandmère?«

»Ganz genau.«

»Da müssen Sie aber versprechen, beim nächsten Mal eine Kostprobe mitzubringen, damit ich sehe, was aus meinem Obst so wird.«

Ich versprach es lächelnd und zog weiter. Auch bei den anderen Händlern, an deren Ständen ich haltmachte, ob nun für Käse und Aufschnitt oder Fisch, wurde ich nach meiner Großmutter gefragt.

Eine Stunde später kehrte ich in die *Petite Sorcière* zurück. Die Vögel zwitscherten fröhlich, als ich das kurze Stück vom Auto zum Haus ging.

In der Küche bereitete ich mir einen Mittagssnack zu – einen Wrap mit Hummus, das ich in der Küchenmaschine schnell selbst zubereitete, und allerlei von dem frisch gekauften Gemüse – und nahm diesen mit auf den Dachboden. Mein Körper lechzte nach ein paar Stunden Schlaf, aber ich wusste, dass es keinen Sinn haben würde, mich hinzulegen, dazu war meine innere Unruhe einfach zu groß. Ich nahm mir meine ersten Entwürfe der Flyer für meine Kurse vor und ging noch einmal mit dem Rotstift darüber, während ich nebenbei meinen Wrap zu essen versuchte, der einfach nicht zusammengerollt bleiben wollte. Ich hatte mir überlegt, die Gruppen erst einmal kleiner zu gestalten und dafür mehr Termine anzusetzen, damit sich jeder Teilnehmer gut betreut fühlte. Und auch was die Rezepte anging, wollte ich es nicht zu kompliziert halten. Mein Gefühl sagte mir, dass ein raffiniertes Rezept sicher in Ordnung wäre, aber die meisten Gäste wollten bestimmt vor allem lernen, wie man die Klassiker zubereitete. Also konzentrierte ich mich auf Eclairs, Macarons und Madeleines. Ich beschloss, jeweils zwei Termine zu jedem Gebäckstück anzusetzen. So würde ich Erfahrungen sammeln und die Teilnehmer nach ihren Wünschen fragen, bevor ich die nächste Kursreihe plante. Ich legte eine Checkliste an: Höchstens acht Teilnehmer würde ich in der Küche unterbringen können, also rechnete ich hoch, was ich an Zutaten einkaufen müsste und was sonst noch an Backutensilien gebraucht wurde. Ich überschlug, welche Kosten all das inklusive der Flyer mit sich bringen würde – ich würde das Geld vorstrecken in der Hoffnung, dass sich genug Kursteilnehmerinnen fanden, um es wieder einzuspielen. In meinem Kopf setzte sich ein Plan zusammen, ich sah erste Bilder, wie die Teilnehmer um den Küchentisch standen und ihre Teige anrührten. Das könnte klappen! Meine Vorfreude wuchs immens. Und warum sollte ich noch länger damit warten? Jetzt war Hochsaison in der Provence, jetzt würden meine Flyer die meisten Touristen erreichen. Also setzte ich als ersten Termin mutig den ersten Juli ein – übernächsten Sonntag.

Sollten sich dafür noch nicht so viele Teilnehmer finden, wäre das nicht weiter schlimm. Es kribbelte mir unter den Fingern, meine Ideen in die Tat umzusetzen. Als der Flyer fertig war, schickte ich ihn an Clem, die ihn an die Druckerei in Riez weiterleiten würde, in der sie ihre Plakate, Prospekte und Visitenkarten für die Buchhandlung drucken ließ. Morgen früh schon würde ich die fertigen Flyer abholen können. Aufregung erfasste mich, und ich musste schmunzeln: Eigentlich lief gerade alles ziemlich gut. Wenn ich daran dachte, in welchem Zustand ich noch bei meiner Ankunft gewesen war … Und nun saß ich hier und arbeitete eine kleine Businessidee aus, in einem Haus, das nun mein neues, altes Zuhause war. Und dann war da ja auch noch Raphaël. Jetzt musste ich nur noch das Gespräch mit meinem Vater irgendwie über die Bühne bringen. Dazu müsste ich meine Wut im Zaum halten, wie auch immer ich das bewerkstelligen sollte. Ich würde ihm gern entschlossen begegnen, ohne ihm Vorwürfe an den Kopf zu werfen. Irgendwie sollte das doch zu schaffen sein. Ich musste an Jonas denken und seine Ruhe, die in unseren Telefonaten auf mich überging, eine Ruhe, die er allen Menschen gegenüber bewies, unabhängig davon, ob sie in seinen Augen gut waren oder schlecht. Für jeden hatte er erst einmal ein Ohr. Wenn jemand dieses Recht missbrauchte und Übles, Diskriminierendes oder Unfaires von sich gab, dann wurde auch Jonas mal forsch. Aber trotzdem ließ er dem anderen weiterhin die Möglichkeit, sich im Anschluss zu entschuldigen. Ich war noch immer erstaunt darüber, wie Jonas mich ohne ein Wort der Anschuldigung oder des Gekränktseins wieder in den Kreis seiner Freunde aufgenommen hatte.

Ein sehnsüchtiges Ziehen ließ mich nach meinem Handy greifen. Wie gern ich jetzt seine Stimme gehört und ihn nach einem Rat gefragt hätte, wie ich das Gespräch mit meinem

Vater angehen könnte. Doch ich hielt mich zurück. Ich konnte Jonas nicht täglich anrufen, er hatte mit seiner Familie und der Arbeit genug zu tun.

Apropos Nachbarn, dachte ich und riss mich aus den Träumereien. Ich musste mit der Berliner Verwaltung sprechen, um die Wohnung baldmöglichst zu kündigen. Ich suchte im Internet die Nummer heraus, griff nach dem Telefon und wählte. Als das geklärt war, richtete ich meine Gedanken auf meine Wohnsituation hier in der Provence. Ich hoffte, dass Mamie mich bei sich in der Pension haben wollte. Es wäre einfach die beste Lösung, weil ich ihr so jederzeit zur Hand gehen könnte, besonders wenn sie nach dem Krankenhausaufenthalt wirklich pflegebedürftig sein sollte. Außerdem fühlte ich mich hier bereits zu Hause. Es würde mir schwerfallen, die Pension wieder zu verlassen, auch wenn es nur zur Übernachtung in einer kleinen Wohnung in der Nähe wäre.

Ich überlegte, welche Möglichkeiten es im Haus für mich gab. Ich wollte keines der Gästezimmer blockieren, die in der Hochsaison benötigt wurden. In den nächsten Wochen, wenn mehr Gäste eintrafen, könnte ich fürs Erste in Mamies Zimmer einziehen. Wenn sie zurückkehrte, müsste ich mir etwas einfallen lassen, notfalls erst einmal auf Clems Couch unterkommen. Aber ich brauchte unbedingt eine langfristige Option hier in der Pension.

Schweißperlen hatten sich auf meiner Stirn gebildet. Ohne Klimaanlage würde ich den Sommer hier oben wohl nicht überleben, Vorhänge hin oder her. Aber wenn das möglich wäre … Mir kam da eine Idee. Ich stand auf und drehte mich einmal um mich selbst, um den Dachboden in Augenschein zu nehmen. Warum eigentlich nicht? Das könnte ein wunderschönes Zimmer werden, es wäre sogar genug Platz für zwei kleine Räume, man müsste nur eine Wand einziehen. Ich lächelte, während die Zimmer in meiner Vorstellung Gestalt annahmen – das Aufräumen hier oben hatte sich definitiv ausgezahlt!

Am Nachmittag traf ich Clem auf dem Krankenhausparkplatz. Ihre Aushilfe hatte den Laden übernommen, und so konnten wir Mamie gemeinsam einen Besuch abstatten – und sie nach den Plänen unseres Vaters für sie fragen.

»Na, du.« Clems große Sonnenbrille verhinderte den Blick auf ihre Augen, aber ich wusste auch so, dass sie Lebendigkeit ausstrahlten und die Energie dieses kleinen Körpers in die Welt sprühten. Sobald meine Schwester einen Auftrag zu haben glaubte, wollte sie handeln. Wir küssten uns zur Begrüßung auf beide Wangen. »Hast du noch etwas über T. und P. und die Briefe herausbekommen?«

Ich schüttelte den Kopf. Tatsächlich war ich noch einmal alle Briefe nach weiteren Hinweisen darauf durchgegangen, wer sich hinter dem P. verbergen könnte, war aber mit meinen Fragen nicht weitergekommen. Mein Bild von P. hatte sich weiter verfestigt: Ich sah einen jungen Mann vor mir, ungestüm und überwältigt von der Stärke seiner Gefühle. Jemanden, der auf eine Weise liebte – oder hasste –, die keine andere Emotion zuließ, die so intensiv war, dass sie nach außen dringen, geteilt werden musste. Eine gefährliche Kombination, wie ich fand, die sich erst im Lauf der Jahre entschärft hatte. In den späteren Briefen wirkte er zwar noch immer impulsiv in seinen Gefühlsäußerungen, aber längst nicht mehr so überbordend, so als hätte das Alter seine besänftigende Hand über ihn gelegt.

»Da kann uns wahrscheinlich nur Mamie weiterhelfen.« Clem zuckte mit den Schultern und hakte sich bei mir unter.

»Vielleicht soll es aber auch einfach ein Geheimnis bleiben, wer der mysteriöse P. ist.«

Gemeinsam gingen wir durch die Tür des Krankenhauskomplexes und weiter die schmucklosen Gänge entlang. Clems Absätze gaben ein dumpfes Schmatzgeräusch auf dem Linoleumboden von sich, das sich einen Moment im Raum hielt, bevor es verhallte.

»Reizt es dich denn gar nicht herauszufinden, wer dahintersteckt?« Ich sah meine Schwester von der Seite her an. Die Sonnenbrille hatte sie in ihr Haar hochgeschoben, und sie erwiderte meinen Blick: »Doch, natürlich. Aber wenn ich so daran denke, wie es für mich wäre, wenn ich als junge Frau eine heimliche Affäre gehabt hätte und nun Jahre später irgendwer in dieser Geschichte herumstochern würde … Ich würde das nicht wollen.«

»Ich weiß, was du meinst. Und wahrscheinlich hast du recht. Wenn es sich irgendwann ergibt, fragen wir sie. Wenn nicht, muss ich meine Neugier anders kompensieren – und nein«, sagte ich schnell, als Clems Augen zu funkeln begannen, »dabei denke ich jetzt nicht an Raphaël!«

Clem grinste mich breit an und riss sich erst zusammen, als wir vor Mamies Zimmer angelangten.

Leise lief der Fernseher, die weißen Vorhänge vor den Fenstern waren zugezogen, und in dem Zimmer herrschte eine dämmrige Stimmung. Mamie lag wie immer unter ihrer Decke verborgen, nur der Kopf schaute heraus. Mit abwesendem Blick fixierte sie den Bildschirm an der gegenüberliegenden Wand. Als sie unsere Schritte hörte, drehte sie den Kopf, und ein Lächeln erhellte ihr müdes Gesicht.

»Meine beiden Kleinen, *salut*!«

Wir begrüßten Mamie und rückten dann jeweils einen Stuhl an die Seiten des Betts.

»Setzt euch zu mir! Es geht mir immer besser, wisst ihr? Die alten Knochen geben ihr Bestes. Aber wie geht es euch, was macht die Buchhandlung, und wie läuft es in der Pension?«

Also erzählten wir ihr, was sich seit unserem letzten Besuch bei ihr getan hatte.

»Und Mamie«, sagte ich, »die größte Neuigkeit ist, dass ich beschlossen habe, hier bei euch zu bleiben. Wäre es dir denn recht, wenn ich in der *Petite Sorcière* wohnen würde?«

»Wirklich?« Ein Strahlen breitete sich auf ihrem Gesicht aus. »Pepe, das sind die schönsten Neuigkeiten überhaupt! Natürlich bleibst du in der Pension! Damit machst du mir eine riesige Freude!«

»Ich freue mich auch«, sagte ich und drückte ihre Hand.

Auf Clems Zeichen hin erzählte ich Mamie schließlich sogar noch, dass unser Nachbarsjunge von früher wieder öfter bei uns zu sehen sei.

»Raphaël, der Raubaukenjunge von den Lucas? Ich habe ihn kurz auf Thomas' Beerdigung gesehen. Also ist er in Puimoisson geblieben? Na, der hatte es damals schon faustdick hinter den Ohren.« Sie zwinkerte mir verschwörerisch zu, und ich wusste, dass das ihre Art war, mir zu sagen, dass sie sich für mich freute.

»Mamie, ich muss dir noch etwas gestehen«, sagte ich schließlich. »Gestern, als ich dich besuchen wollte und den Gang entlangkam, habe ich unabsichtlich etwas gehört, das hier in dem Zimmer gesagt worden ist.« Mamies Augen verengten sich fragend, und ich sprach weiter. »Unser Vater war hier und hat etwas davon gesagt, dass du nach dem Krankenhausaufenthalt in ein Heim umziehen sollst. Ich habe mit Clem darüber gesprochen, und wir sind uns beide einig, dass das ein falscher Schritt wäre. Jetzt, wo ich in der *Petite Sorcière* bleiben werde, kann ich mich um dich kümmern, bis du wieder ganz auf den Beinen bist. Und wenn nötig, könnten wir eine Pflegehilfe dazuholen. Hauptsache, du bist zu Hause. Bei uns.«

Mamie wirkte sehr ernst, als sie von mir zu Clem sah.

»Danke dir, Pinou, und auch dir, Clem. Es berührt mich, dass ihr das so seht und dass ihr euch um mich kümmern wollt. Aber wisst ihr, diese Idee, in ein Pflegeheim zu gehen, stammt nicht von eurem Vater. Es ist meine.«

Überrascht wechselte ich einen Blick mit Clem. Auch sie war offenbar nicht auf diese Antwort gefasst gewesen.

»Aber wieso?«, fragte ich perplex.

»Weil ich glaube, dass es für alle das Beste sein wird.«

»Wie sollte es das Beste für alle sein? Du bist bei fremden Leuten in einer fremden Einrichtung. Wir würden letztlich alle darunter leiden, wenn du nicht bei uns untergebracht wärst.«

»Ja, Mamie, da muss ich Pepe zustimmen. Wenn du doch zu Hause unterkommen kannst, wieso ziehst du es vor, in ein Pflegeheim zu gehen?«

Mamie seufzte und schlug resigniert die Hände über der Decke zusammen. Offensichtlich hätte sie es vorgezogen, erst einmal noch nicht mit uns darüber zu reden.

»Bitte lasst mir einfach meinen Willen. Ich habe das so mit eurem Vater besprochen, und so wird es auch umgesetzt. Ich denke, es ist das Beste.«

»Moment mal … Hat deine Entscheidung am Ende etwas mit den Untersuchungen des Arztes zu tun, wegen deiner vorübergehenden Verwirrung?« Ich hatte das Vorhaben des Arztes, Mamie auf mögliche Demenzerscheinungen durchzuchecken, beinahe wieder verdrängt. Sie aber blickte ertappt drein.

»Deine Verwirrung hat doch so gut wie abgenommen«, wandte ich ein. »Bestimmt lag es an den Schmerzmitteln. Und was die Gedächtnislücken unmittelbar vor dem Sturz angeht, das braucht einfach Zeit.«

»So oder so werde ich nicht mehr dieselbe sein«, sagte Mamie entschieden. »Ich werde unter den Folgen der Brüche leiden, und wahrscheinlich nimmt auch meine Gedächtnisleistung ab – schließlich werde ich bald achtzig, da kommt so etwas vor. Ich möchte einfach nicht, dass ihr das ausbaden müsst, wo ihr doch eure eigenen Leben führen sollt. Punkt.«

Verunsichert warf ich einen Blick zu Clem. Auch sie wirkte überrumpelt von Mamies Reaktion. Ich wollte Mamie weiter widersprechen. Vielleicht war es ja doch nicht ihre Idee gewesen?

Mamie seufzte. »Ich möchte nicht, dass ihr euch für mich verantwortlich fühlt und meinetwegen eingeschränkt seid. Deswegen habe ich diese Entscheidung getroffen, versteht ihr? Es ist das Beste.« Sie unterbrach mich mit einer Geste, als ich etwas einwenden wollte. »Pinou, Clem, ich bin euch dankbar für eure Entschiedenheit, aber«, und hier lächelte sie, »in diesem Punkt müsst ihr meine eigene akzeptieren. Und nun seid mir bitte nicht böse, aber ich bin sehr müde. Vielleicht sollte ich besser etwas schlafen.«

Wie betäubt erhoben wir uns und folgten ihrer Bitte. Dankbar sah sie uns an, als wir sie zum Abschied küssten.

Clem und ich schwiegen den ganzen Weg aus dem Krankenhaus heraus. Als wir durch die Drehtür hinaus in die abendlichen Sonnenstrahlen getreten waren, sprudelte es aus ihr heraus: »Was ist denn nur mit ihr los? Ich war fest überzeugt, sie würde sich darüber freuen, dass wir uns um sie kümmern wollen. Ich hätte nicht gedacht, dass sie selbst auf diese Idee gekommen ist.«

»Was machen wir denn jetzt?«, fragte ich hilflos.

Clem zuckte aufgebracht mit den Achseln und stemmte kampflustig ihre Fäuste in die Hüften. »Papa zur Rede stellen natürlich. Und ihn davon überzeugen, dass unsere Idee die bessere ist.«

»So wie es gestern Abend klang, ist er völlig überzeugt von dieser Sache«, gab ich zu bedenken. »Aber nun gut, wann können wir mit ihm reden? Habt ihr was abgemacht?«

»Ich rufe ihn an.« Und schon hatte sie ihr Handy gezückt und stöckelte hektisch auf und ab. »Na klasse, Mailbox. Kommst du mit zu uns, und wir versuchen es von da noch mal?«

»Ich würde gern, aber ich muss noch alles für die Rückkehr von Henry und Léo vorbereiten.«

»Verstehe. Okay, dann schreiben wir uns später wegen des Gesprächs. Ich melde mich sofort, wenn ich etwas höre. Ich hoffe, wir reden dann morgen in irgendeiner Form mit Papa.«

Ich nickte und drückte sie fester als sonst, bevor wir unseren Heimweg antraten, beide mit dem Gefühl im Bauch, einen großen Stein verschluckt zu haben.

Kaum hatte ich vor der *Petite Sorcière* die Autotür zugeschlagen, hörte ich das Klingeln meines Handys aus der Handtasche.

Einen Augenblick lang hatte ich gehofft, es sei Raphaël, der sich genauso nach mir sehnte wie ich mich nach ihm und an diesem Abend doch noch bei mir vorbeikommen wollte. Aber es war die aufgeregte Stimme meiner Schwester, die ich eben erst verabschiedet hatte.

»Ich habe mit Papa gesprochen, habe ihn gerade noch so am Flughafen erwischt. Er muss zu einem dringenden Termin nach

Amerika fliegen, offenbar ist da eine Literaturprofessur offen, für die er vorgeschlagen wurde. Und so eine Chance bekommt man wohl nur einmal im Leben. Jedenfalls tut es ihm sehr leid, aber er kann erst in einigen Tagen wieder hier sein und möchte dann in aller Ruhe mit uns reden.« Auch wenn sie versuchte, das Gespräch mit ihm ruhig wiederzugeben, war ihrer Stimme anzuhören, wie aufgebracht sie war.

»Hast du ihn auf Mamie angesprochen?«

»Ja, aber er meinte, das sei kein Gespräch, das man am Telefon führen sollte, und bittet uns, die paar Tage zu warten.«

»Na, wenn er meint, dass das mit Amerika wichtiger ist als seine Mutter …«

»Ich weiß«, stimmte Clem zu, »es nervt unheimlich, dass wir jetzt warten müssen. Aber ich fürchte, wir können nichts tun. Du weißt doch selbst, wie sehr er immer davon geträumt hat, einmal in Princeton unterrichten zu dürfen.«

»Er fährt nach Princeton?«

»Ja.«

Ich atmete tief durch. Sie hatte recht. Es war immer sein großer Traum gewesen, einmal als Professor dort arbeiten zu dürfen. »Na schön. Dann warten wir die Tage ab. Was machen wir inzwischen mit Mamie? Sollen wir noch mal mit ihr über die Sache reden?«

»Ich denke, wir lassen das Thema erst mal ruhen, bis wir mit Papa gesprochen haben, oder? Du hast doch gesehen, dass sie dichtmacht. Außerdem haben wir vielleicht Glück, und irgendwelche Untersuchungsergebnisse trudeln bis dahin ein, sodass Mamie schwarz auf weiß sieht, dass ihr Kopf einwandfrei funktioniert.«

»In Ordnung, Clem. Danke für den Anruf. Wir sehen uns dann die Tage, ja?«

»Mach's gut, Kleine. Und ärgere dich nicht, lenk dich lieber etwas ab mit Du-weißt-schon-wem.«

Ich ging kurz auf mein Zimmer, um meine Sachen abzulegen und die Haare für die Hausarbeit zusammenzubinden, während meine Gedanken um meine Großmutter und meinen Vater kreisten. Wie kam Mamie nur darauf, ein Heim ihrem geliebten Zuhause vorzuziehen, und wie konnte unser Vater sie in dieser Idee unterstützen? Zugleich aber spürte ich unter all dem Ärger und der Verwirrung eine helle Note. Tatsächlich freute es mich für meinen Vater, dass er nach Princeton eingeladen worden war. Ich konnte dieses Gefühl zunächst nicht richtig einordnen, aber es kam von so tief in mir, dass es zu den Wurzeln meiner Kindheit zurückgehen musste. Damals hatte unser Vater uns alles über die ehrwürdige Universität erzählt und in den schönsten Farben ausgemalt, wie es wäre, wenn er dorthin berufen würde, wir mit ihm nach New Jersey ziehen und welche Abenteuer uns dort erwarten würden. Die Bilder, die ich mir damals von unserem Leben in der Universitätsstadt ausgemalt hatte, stiegen nun wieder in mir auf und brachten Wärme mit sich. Und ich musste zugeben, dass es mich freuen würde, wenn mein Vater sich diesen Traum erfüllen könnte.

Ich begann mit dem Beziehen der Betten in beiden Räumen, saugte dann noch einmal durch und wischte die Bäder. Es war bereits halb neun Uhr abends, als ich mich in die Küche verzog, wo ich ein Glas Zitronenmarmelade aus der Vorratskammer holte. Heute früh hatte Henry mir eine Kurznachricht geschickt mit einem Foto von Léo, wie er gerade die Nase so tief in ein Weinglas steckte, dass sie durch die Wölbung des Glases vergrößert wurde und ihn wie einen Nasenbären aussehen ließ. Darunter hatte er geschrieben:

Und täglich grüßt das Léo-Tier. Hier wieder einmal bei der Weinprobe.

Machten die beiden eigentlich irgendetwas anderes?

Ich musste über das Foto lachen und wusste gleich, was ich heute backen wollte: einen wunderbar fluffigen Gâteau de Savoie mit viel Eischnee und Zitronenmarmeladenfüllung – der perfekte Willkommenskuchen für die beiden Engländer! So flink es meine müden Knochen erlaubten, suchte ich alle Zutaten zusammen, band mir eine Schürze um und begann in gefühlter Zeitlupe damit, die Eier zu trennen. Dabei träumte ich schon von dem Bett, in das ich mich gleich legen würde, und hoffte darauf, dass noch ein kleiner Restduft von Raphaël darin hinge.

24

Zwei große Kisten mit Flaschen in verschiedenen Farben waren das Erste, was ich am nächsten Vormittag erblickte, als ich mich in die Küche traute. Der Wecker hatte zehn Uhr dreißig angezeigt, als ich mich bereit dazu gefühlt hatte, einen ersten Blick auf ihn zu werfen, und das hieß, ich hatte zwölf Stunden geschlafen. Ich fühlte mich endlich wieder richtig frisch und erholt.

Neugierig näherte ich mich den Flaschen und beäugte sie von außen, ohne etwas entziffern zu können. Dazu standen sie zu dicht aneinander im Karton, auf dem nichts zu lesen war. Gerade wollte ich eine Flasche herausziehen, als ein lautes Räuspern hinter mir zu hören war. Ich fuhr herum, und da stand Henry und strahlte mir entgegen. Schnell war ich bei ihm und umarmte ihn fest.

»Ihr seid wieder da!«

»Wir sind vor etwa einer Stunde angekommen. Schön, dich zu sehen, Pepe. Ich muss zugeben, dass mir die *Petite Sorcière* doch sehr gefehlt hat.«

»Ach, dann habt ihr deswegen die ganze Zeit die Nase in die Gläser gesteckt – aus Sehnsucht?«

Henry grinste, wahrscheinlich musste er wie ich an das Foto von seinem Großvater denken.

»Natürlich. Gäbe es einen anderen Grund dafür?«

»Ich hoffe doch nicht. Kummer wegen Jeff, der hätte ertränkt werden müssen, gab es hoffentlich keinen mehr, oder?«

»Der Flug nach Bangladesch ist gebucht«, erzählte Henry, und ich konnte ihm das Glück ansehen.

Wir hatten uns beim Sprechen in Richtung Küchentisch bewegt, und Henry setzte sich, während ich noch rasch zwei Tassen mit Kaffee füllte, bevor ich mich zu ihm gesellte.

»Ehrlich gesagt kann ich's noch gar nicht richtig fassen«, meinte er. Das Blitzen in seinen Augen war zurückgekehrt, und er saß viel aufrechter da als bei unserem Abschied. »Ich habe alles genau so gemacht, wie wir es besprochen hatten. Ich habe Jeff angerufen und ihm erklärt, was in mir vorgegangen ist, ihm von meiner Angst erzählt. Und auch wenn es anfangs nicht leicht war, hat er mir irgendwann zugehört. Ich glaube, er hat es verstanden. Auf jeden Fall meinte er, dass er mich unbedingt bei sich haben möchte.«

»Das ist toll, Henry. Das freut mich wirklich sehr.«

»Keine Ahnung, ob wir alles wieder so hinkriegen, wie es war. Ich denke, da stehen noch einige lange Gespräche an. Das Vertrauen ist wohl etwas angeknackst. Aber ich hoffe einfach, dass er mich nach und nach besser verstehen wird und weiterhin mit mir zusammen sein will.«

»Es ist definitiv ein gutes Zeichen, dass er dich in Bangladesch haben möchte. Das klingt für mich, als wäre es ihm sehr wichtig, die Dinge mit dir zu klären und mit dir zusammen zu sein.«

Henry lächelte mich an, und seine Vorfreude schlug mir nur so entgegen.

»Aber jetzt sind wir direkt in die großen Themen eingetaucht«, rief ich. »Wie war denn überhaupt euer Trip? Abgesehen vom Weintrinken, meine ich. Wie hat dir Marseille gefallen und Avignon?«

»Avignon war ein Traum, wenn auch völlig überfüllt mit Touristen. Aber die Stadt – wow! Da könnte man Wochen zubringen, um alles zu sehen und zu erkunden, oder? Allein die Brücke, die mitten im Fluss aufhört, weil große Stücke davon zerstört worden sind – die hat geradezu etwas Symbolisches, nicht?« Ich nickte zustimmend. »Marseille hat mir auch gut gefallen. Ich war den Tag über allein unterwegs, weil Grandpa mit den vielen Steigungen zu kämpfen hatte und ein Museum vorgezogen hat. So gut er sonst zu Fuß ist, diese hügeligen Städte hier bei euch sind ihm ein absoluter Graus. Also haben wir uns zwischendurch aufgeteilt und zum Essen wiedergetroffen – das, gelinde gesagt, phänomenal war! Der Trip hat uns so gut gefallen, dass ich Grandpa überredet habe, Sonntag mit mir nach Cannes zu fahren.«

»Ihr verlasst uns schon wieder?«

»Aber nur vier Tage«, versicherte er.

»Ach, ich mache doch nur Spaß. Es freut mich, wenn ihr euch hier eine gute Zeit macht.« Ehrlich gesagt hatte ich sofort die Chance gewittert, in den Tagen ihrer Abwesenheit meinen Umzug in Berlin über die Bühne zu bringen, ohne Clem hier einspannen zu müssen.

Henry deutete auf die Kartons neben uns auf dem Tisch.

»Hast du eigentlich schon hineingesehen?«

»Sie hatten mich mit Ihrem strengen Räuspern dabei unterbrochen, Monsieur Henry.«

»Ach ja, richtig«, grinste er. »Schau mal rein. Die sind für euch, in der einen Kiste sind Weine, die wir auf zwei verschiedenen Gütern als die besten herausgeschmeckt haben. Ein kleines Dankeschön für die gute Bewirtung und die Lebenshilfe.

Rot, weiß, rosé, und ein Crémant ist auch dabei. Die andere Kiste ist voll mit verschiedenen Obstsäften. Wir dachten, für deine Großmutter ist Wein vielleicht noch nicht das Richtige.«

»Wow. Das ist alles für uns? Henry, das ist viel zu viel.« Ich arbeitete mich durch die Kartons, zog die Flaschen heraus, um die Etiketten zu lesen und ihre unterschiedlichen Farben und Formen zu bewundern – einige waren dunkelgrün und dickbauchig, andere dünn und lang, wieder andere aus milchigem oder durchsichtigem Glas, durch das die goldene Flüssigkeit zu erkennen war. Ich wusste gar nicht, welche davon ich als Erste aufmachen wollte.

»Ach was, es ist nur angemessen, um euch Danke zu sagen.«

Ich drückte ihn.

»Ich muss mich bedanken. Wie lieb, dass ihr an uns gedacht habt.«

Henry winkte ab. »Es war wirklich schön, noch mehr von der Provence zu sehen. Ich dachte immer, sie bestehe nur aus Lavendel, aber da gibt's wirklich einiges zu sehen und zu entdecken.«

Ein lautes Miauen riss uns aus unserem Gespräch. Fuchur, weiß und fellig, kam hungrig von der Terrasse hereingetapst. Ich stand auf, begrüßte den Kater mit einigen Streicheleinheiten und füllte ihm dann das Katzenfutter in den Napf.

»Und hier ist alles noch beim Alten, wie ich sehe?«, fragte Henry.

»Na ja, ihr wart ja nicht auf Weltreise, sondern gerade mal drei Tage fort. Aber ehrlich gesagt ist auch in diesen drei Tagen genug passiert.«

Henry beugte sich neugierig vor, also berichtete ich ihm von den Ereignissen: von dem Besuch meines Vaters, dem belauschten Gespräch, von der Entscheidung meiner Großmutter. Ich erzählte auch von dem anstehenden Umzug von Berlin hierher, den ich wenn möglich schon Anfang der nächsten Woche durchführen wollte, und schließlich natürlich von Raphaël. Dabei war ich zum Tisch zurückgekehrt und hatte mich neben Henry auf den Stuhl plumpsen lassen.

»Kann man diesen Raphaël denn mal sehen?«, fragte Henry mit einem breiten Lächeln.

»Er muss gerade sehr viel in der Fabrik arbeiten, man kriegt ihn kaum zu Gesicht. Aber bestimmt finden wir eine Gelegenheit. Hör mal, ich hatte eh überlegt, ein kleines Abendessen zu geben. Ich werde ihn fragen, ob er nicht auch kommen möchte. Ich glaube, ihr würdet euch wirklich gut verstehen. Wann würde es denn passen? Deine Pläne haben sich ja jetzt wahrscheinlich komplett verschoben, oder? Wie lange wirst du denn überhaupt noch in Frankreich bleiben?«

»Mein Rückflug geht eine Woche früher als geplant, am ersten Juli. Dann reise ich erst mal Richtung Heimat, schließlich werde ich meinen Eltern noch die definitive Entscheidung verkünden müssen, packen und dieses verflixte Visum beantragen.«

»Oh, das ist doch der Tag meines ersten Backkurses! Kannst du dann gar nicht teilnehmen?«

»Ich fliege erst spät am Abend. Als würde ich mir den Kurs entgehen lassen, was denkst du denn von mir?«

»Ich habe eine Sekunde lang überlegt, dich nicht gehen zu lassen, aber dann ist es ja gut. Wobei … du wirst mir ganz schön fehlen.«

»Ja, du mir auch – und all das hier.« Er machte eine ausladende Geste. »Aber ein paar Tage haben wir ja noch zusammen. Und wie war das mit dem Abendessen?«

Ich überschlug unsere Pläne: Heute war Freitag, Berlin und

Cannes waren nun für Sonntag bis Mittwoch geplant, der Backkurs sowie Henrys Abreise standen am nächsten Wochenende an. Ich ächzte innerlich angesichts dieser engen Planung – es durfte wirklich nichts schiefgehen, um nicht alles ins Wanken zu bringen. Ach, es wird schon alles hinhauen, sagte ich mir im Rausch meines wiedergefundenen Optimismus.

»Wir machen es einfach morgen! Einverstanden?«

Henry tat so, als müsste er scharf überlegen, ob es ihm passte, aber ich hatte das verräterische Blitzen in seinen Augen längst gesehen. Ich boxte ihn leicht gegen den Arm. In gespieltem Schmerz strich er mit seiner Hand über die Stelle, lachte dann und sagte: »Okay, okay, du hast mich überzeugt!«

»Sehr gut.« Ich erhob mich.

»Was machst du heute?«, fragte Henry.

»Ich wollte die Flyer für die Backkurse abholen, damit durch die Stadt gehen und sie verteilen.«

»Das ist eine tolle Idee, auch wenn ich dich eigentlich fragen wollte, ob wir es heute nicht Fuchur nachmachen wollen und uns faul in die Sonne packen.«

So verführerisch dieser Vorschlag auch klang, ich musste ihn aufschieben. Da schnappte Henry sich Fuchur, der um seine Beine gestrichen war, schaute ihm in das kleine Gesicht und sagte bedauernd: »Monsieur, es tut mir schrecklich leid, aber wenn es darum geht, die Pension zu unterstützen, müssen wir alle unseren Dienst tun. Sie machen das schon ziemlich gut, Monsieur, indem Sie die Gäste bezirzen, aber ich, der ich mit weit weniger Charme ausgestattet bin, muss mich anders behelfen.« Sein Blick wechselte zu mir. »Pepe, ich komme mit.«

Wir stiegen ins Auto, um nach Puimoisson zu fahren. Während wir den Weg am Lavendelfeld entlang zur Hauptstraße nahmen, blickte Henry zu mir.

»Wie kam es eigentlich zu deiner Entscheidung gegen Berlin?«

»Na ja, wenn man es ganz genau nimmt, ist die Pension am ehesten das, was ich mein Zuhause nennen könnte. Die Wohnung, in der ich aufgewachsen bin, ist verkauft. Hier habe ich einen großen Teil meiner Kindheit verbracht, und Mamie ist der Mensch, der mir am nächsten steht. Irgendwie fühlt es sich dadurch gar nicht nach einer so extremen Entscheidung gegen Berlin an, sondern eher, als wäre dies der Ort, zu dem ich sowieso gehöre und an den ich nun zurückkehre.«

»Kunigunde wird sicherlich bittere Tränen weinen.«

»Die kommt gut alleine klar, da bin ich sicher!«, lachte ich.

Ich dachte vielmehr an jemand ganz anderen in meinem Berliner Mietshaus, der in der Wohnung unter mir wohnte und mir sehr fehlen würde, besonders jetzt, da ich ihn gerade erst wieder als Freund zurückgewonnen hatte. Es graute mir davor, Jonas meine Entscheidung mitzuteilen. Bestimmt würde er sie verstehen und sich sogar für mich freuen können, aber würden wir es schaffen, unsere Freundschaft über die Distanz hinweg aufrechtzuerhalten? Ich verdrängte den Gedanken schnell, weil es mich traurig machte, mir vorzustellen, ich könnte Jonas nun doch ganz verlieren.

Ich bog auf den Parkplatz der Druckerei in Riez ein, schlüpfte hinein und kam mit einem dicken Bündel wieder, das Henry sofort in Augenschein nahm.

»Sieht super aus«, befand er und blätterte durch den postkartengroßen Prospekt. »Die bunten Macarons im Hintergrund machen sich toll.«

Stolz blinzelte ich zu den Flyern hinüber, auf denen sich die dicke schwarze Schrift von den leichten und fröhlichen Zeichnungen der Macarons abhob.

»Ich bin froh, dass sie dir gefallen. Dann sprechen sie hoffentlich auch andere an.«

Wir ließen das Auto auf dem Parkplatz stehen und begaben uns in den Ort. Auf der Hauptstraße, die zum Marktplatz führte, und um den Platz herum gab es einige Cafés und Restaurants, die Touristeninformation und andere Geschäfte, die wir abklappern konnten. Riez war mit seiner hübschen Altstadt, den balkongesäumten Fassaden, den bunten Cafés und der Platanenallee tatsächlich ein Anziehungspunkt für Touristen, sodass hier wesentlich mehr los war als in Puimoisson. Dass Clem mit ihrem Buchladen in Puimoisson überleben konnte, lag einzig an ihrem Tatendrang und ihrer Popularität unter den Einheimischen, die aus den benachbarten Orten kamen, um bei ihr ihre Bücher zu kaufen, oder Touristen den Laden empfahlen. Riez hingegen brauchte keine Werbung, hier waren immer ein paar bunt angezogene Touristen zu finden, die einem freundlich von den Cafés aus zulächelten. Zu zweit ging das Verteilen der Flyer nicht unbedingt schneller als allein, da wir keine Lust hatten, uns aufzuteilen, sondern lieber witzelnd zusammen von Geschäft zu Geschäft schlenderten. Es waren heute zwar keine Marktstände aufgebaut, aber dennoch saßen einige Leute auf den Bänken in der Mitte des Platzes. Drei Hunde sprangen um sie herum und freuten sich wie ihre Herrchen und Frauchen über den Kontakt zu anderen Artgenossen. Wir betraten den nächsten Laden, und wieder wickelte Henry die Verkäuferin mit Leichtigkeit um den Finger. Vermutlich hätten sie uns auch so gestattet, unsere Flyer auszulegen, aber auf diese Weise machte es einfach mehr Spaß. Als wir den Stadtkern von Riez abgeklappert hatten, stiegen wir wieder ins Auto und fuhren an den verstreuten Bäckereien, der Bibliothek und an den Hotels der Gegend vorbei. Schließlich verschlug es uns nach Puimoisson und zuletzt auch in Clems Buchladen. Sie freute sich über unseren Besuch, schließlich hatte sie Henry seit seiner Anreise nicht mehr gesehen. Neugierig begutachtete sie die Flyer.

»Da bekomme ich sofort Lust auf Macarons«, schwärmte sie.

»Dann musst du bei meinem Kurs mitmachen«, sagte ich grinsend. Natürlich wusste ich um Clems Abneigung, was das Backen anging. Nie hatten Mamie und ich sie auch nur ansatzweise in die Nähe der Küche bringen können, es sei denn, sie durfte in ihrem Buch schmökern, während wir backten, und es lockte die Aussicht auf warmes Gebäck.

»Braucht ihr nicht noch eine Vorkosterin oder so?«, fragte sie mit dem Blick eines flehenden Kindes.

»Ich zwacke dir etwas ab«, versprach Henry hinter vorgehaltener Hand und erntete einen Luftkuss von Clem, die sich wie auf ein Stichwort erhob und die Flyer an verschiedenen Plätzen in der Buchhandlung auslegte. »Weißt du was«, sagte sie dann und nahm mir noch gut fünfzig weitere Blättchen ab, »ich gebe einfach jedem Käufer einen davon in seinem Buch mit. Dann rennen sie dir die Bude ein, und du bist so dankbar, dass du mir ein ganzes Blech voller Macarons schenken wirst!«

Ich lachte und bedankte mich bei ihr mit einem Armzwicken, dann erzählten Henry und ich von unserer Idee eines gemeinsamen Abendessens.

»Das klingt fantastisch! Und Raphaël kommt auch?«, fragte sie und klimperte mit den Wimpern. »Schließlich will ich euch endlich mal zusammen erleben.«

»Das hast du doch schon längst. Oder hast du das Essen bei dir und den Abend bei der Lesung schon vergessen?«

»Aber da wart ihr ja noch nicht zusammen zusammen.«

»Also, zusammen zusammen ist ein großes Wort, Clem.«

»Zwei große Wörter, um genau zu sein«, mischte Henry sich ein.

»Bisher hatten wir ehrlich gesagt erst eine Verabredung, das zählt also ganz bestimmt noch nicht als zusammen zusammen«, sagte ich trocken und spielte an den Ecken eines der Flyer herum.

»Aber was für eine Verabredung!«, kicherte Clem. »Wahrscheinlich konntet ihr keine Sekunde lang die Finger voneinander lassen.«

»Und wenn doch, dann habt ihr euch mit Blicken ausgezogen«, setzte Henry hinzu, der sich natürlich von meiner flapsigen Schwester anstecken ließ. Ich gab ihm einen kleinen Klaps auf den Arm.

»Leute«, sagte ich bestimmt, »Schluss jetzt damit! Ich will unbedingt noch bei Mamie vorbeigucken, also müssen wir jetzt leider, leider aufbrechen. Clem, wir sehen uns dann morgen.«

Meine Schwester schmunzelte über meinen lahmen Versuch, mich aus der Schusslinie zu ziehen, und winkte uns nach, während ich den widerspenstigen Henry am Hemdsärmel aus dem Laden rauszog.

»*Salut,* Clem«, rief er, während er mir hinterherstolperte. »War schön, dich mal wiederzusehen!« Als wir draußen auf der Straße waren, fragte Henry: »Willst du wirklich noch zu deiner Großmutter?«

Ich nickte. »Ja, ich schaue eigentlich jeden Tag einmal bei ihr vorbei. Ich fahre dich rasch zur Pension zurück, oder …« Ich hielt inne.

Mir war eine Idee gekommen. Ob es eine gute war, wusste ich nicht, aber einen Versuch war es wert. Würde es Mamie nicht guttun, einmal ein anderes Gesicht zu sehen, einmal mit einem so höflichen und lustigen jungen Mann zu reden statt immer nur mit uns?

»Hättest du vielleicht Lust mitzukommen?«, fragte ich Henry. »Fühl dich nicht verpflichtet, es ist nur so eine Idee. Aber vielleicht würde sie sich freuen, und …«

»Es wäre mir eine Ehre«, sagte er, ohne zu zögern. »Aber nur wenn es für Madame Mariaux in Ordnung ist, natürlich. Ich würde mich sehr freuen, sie kennenzulernen, ich habe ja schon so viel von ihr gehört und wohne schließlich in ihrem Haus.«

»Dann fragen wir sie doch einfach.«

Wir machten einen kurzen Abstecher zur *Petite Sorcière*, packten einen Korb voll mit zwei Flaschen Saft und einigen Stücken des frisch duftenden Kuchens und fuhren dann mit meinem Käfer in Richtung Krankenhaus.

Auch wenn meine Großmutter mich in den letzten Tagen in mancher Hinsicht überrascht hatte, blieb sie, was ihren jungen Besucher anging, doch ganz die Alte. Ein Strahlen legte sich über ihr Gesicht, und sie winkte uns beide herein.

»Henry de Masson. Ich habe schon so einiges über Sie von meiner Enkelin gehört.« Mamie zwinkerte in meine Richtung. Sie saß aufrecht, die Rückenlehne ihres Bettes war aufgestellt. Der lange weiße Zopf hing ihr über die Schulter. Und wie sie so aufrichtig lächelte, war ich baff, wie fit sie mittlerweile wieder aussah. Auch der letzte Rest Blässe und Erschöpfung schien an diesem Tag von ihr abgefallen zu sein.

»Oje, vermutlich hat sie Ihnen von den Mengen Wein erzählt, die ich mit meinem Großvater immer trinke.«

»Davon habe ich noch nichts gehört, aber das ist doch ein sympathischer Zug. Sie sind ein Genießer.«

Mit gespieltem Entsetzen sah Henry auf seinen – nicht vorhandenen – Bauch und legte beide Hände darauf. Meine Großmutter lachte, und ich war froh über die Entscheidung, Henry mitgebracht zu haben.

»Apropos«, sagte er da und zog eine Flasche Traubensaft aus dem Korb, den wir mitgebracht hatten. »Ein Schlückchen gefällig?«

Mamies Augen funkelten. Mit beiden Händen nahm sie das Glas mit der dunkelroten Flüssigkeit entgegen, das Henry ihr eingeschenkt hatte.

»A votre santé!«, rief er, und wir stießen allesamt auf Mamies Gesundheit an.

Während die beiden weiter herumfeixten, holte ich den Kuchen heraus und verteilte ihn auf drei Krankenhausteller.

»Ich weiß, ich weiß. Eigentlich ist Süßes anstelle eines Mittagessens nicht erlaubt«, sagte ich, und meine Großmutter nickte streng, »aber Henry und ich waren stundenlang auf Tour durch die Gegend, und wir sterben vor Hunger.«

»Und es wäre eine Unverschämtheit, Ihnen etwas vorzuessen«, ergänzte Henry. »Sie werden also auch ein Stück nehmen müssen.«

»Ich habe ja bereits zu Mittag gegessen, von daher sei das gestattet.«

Während wir den Kuchen aßen und Henry immer wieder betonte, dass er mit der Marmelade Großes dazu beigetragen habe, unterhielten wir uns über die Pension und wie Mamie dazu gekommen war, sie gemeinsam mit ihrem Mann zu eröffnen.

»Nun, es waren die Siebziger und nicht gerade die einfachste Zeit, um Geld zu verdienen, wenn man nicht seinen Lebtag in einer der Fabriken hier im Ort zubringen wollte. Viele davon sind sogar erst später entstanden, es gab also nicht genug Arbeit für alle Einwohner hier. Sie müssen wissen, dass die jungen Leute damals nicht so schnell wie möglich nach Paris abgehauen sind, wie sie es heute meist tun.«

»Na«, wandte ich ein, »dafür kommen andere, die in der Großstadt aufgewachsen sind, später hierher.«

Mamie lächelte mich an. »Das ist wahr. Nun ja, jedenfalls hatten mein Mann und ich überlegt, was wir machen wollten. Er hatte zuvor als Kantinenkoch gearbeitet und wollte gern weiterhin in dieser Richtung tätig sein. Wir hatten gerade das Haus gekauft und jede Menge Platz. Entgegen unserem Plan ist auf Pinous Vater kein weiteres Kind mehr gefolgt. Zunächst wollten wir ein Restaurant eröffnen, aber dann dachten wir, bei all den leeren Zimmern wäre eine Pension die passendere Wahl. Touristen gab es schon immer hier in der Gegend. Alle wollen sie die berühmten Lavendelfelder der Provence einmal selbst gesehen haben. Und so hatten wir nie Probleme, genug Gäste heranzuziehen. Besonders, da Josephs Kochkünste ihr Übriges taten. Viele im Ort kamen einfach so bei uns vorbei, um bei uns zu essen.«

»Sie haben sich also um die Pension gekümmert, und Ihr Mann hat das Kochen übernommen?«, fragte Henry nach.

»Genau. So ging es bis zu seinem Tod. Dann musste ich umrüsten. Die Bewirtung habe ich eingestellt. Es gab von da an nur noch Frühstück für die Gäste.«

»Es muss schön gewesen sein, mit seinem Ehemann zusammen so eine Pension zu führen«, vermutete Henry. Der Blick meiner Großmutter wanderte Richtung Fenster.

»Das war es«, sagte sie und blickte in die Ferne. »Es war eine unheimlich schöne Zeit. Wir haben gut harmoniert, wisst ihr?

Jeder hatte seinen Arbeitsbereich, sodass wir uns nicht in die Quere kamen. Joseph kochte mittags und abends, aber morgens war die Küche mein Reich, da habe ich gebacken, was das Zeug hielt. Und so ein aufgeteilter Arbeitsbereich ist auf jeden Fall ein großes Plus für die Stimmung«, sie lächelte, und die vom Vorhang gebrochenen Sonnenstrahlen warfen wechselnde Muster auf ihr Gesicht. »Natürlich gab es auch Zeiten, in denen es schwieriger war. Die gibt es ja in jeder Beziehung. Und wenn man dann noch den ganzen Tag über miteinander im selben Haus verbringt, kann es schon das eine oder andere Mal brenzlig werden.« Ihr Lächeln vertiefte sich. »Am Ende haben wir uns doch immer wieder vertragen, selbst wenn ich manchmal kurz davor war, den Kerl hinauszuwerfen.« Unvermittelt drehte sie den Kopf wieder zu uns, und ein Lachen entschlüpfte ihr. »Das habe ich natürlich nie gemacht, und darüber bin ich heute sehr froh.«

Da wechselte Mamie das Thema und begann, Henry nach seinem Leben auszufragen. Sie wollte wissen, wo er aufgewachsen war, wie seine Familie war und was er nun nach dem Studium arbeiten wollte. Und so ließ ich die beiden plaudern, lauschte ihrem Gespräch und überließ mich zwischendurch meinen eigenen Gedanken.

Wir blieben, bis die Schwester zur Kontrolle hereintrat und uns bat, Mamie etwas Ruhe zu lassen. Auch wenn meine Großmutter protestierte, blieb sie unerbittlich, und so verabschiedeten wir uns von ihr.

»Sie ist wirklich eine tolle Frau«, sagte Henry zu mir, als wir wieder in den Sonnenschein traten und uns dem Auto näherten. »Dass sie einfach ohne deinen Großvater weitergemacht hat … Andere hätten das bestimmt nicht geschafft.«

»Das stimmt. Wenn sie von dieser Zeit erzählt, habe ich immer das Gefühl, dass es bei ihr keinen einzigen Augenblick des Schwankens gegeben hat. Heute war es wirklich das erste Mal, dass sie von den kleinen Zankereien zwischen sich und Papi gesprochen hat.«

Henry warf mir einen Seitenblick zu.

»Für mich klang es vor allem so, dass die beiden sich sehr geliebt haben müssen«, sagte er.

»Ja, das stimmt.« Bevor ich in das Auto stieg, zog ich kurz mein Handy aus der Tasche meiner Shorts, um einen Blick darauf zu werfen. Tatsächlich hatte Raphaël versucht, mich anzurufen. Danach hatte er eine Nachricht geschickt:

Ich würde dich heute zu gerne sehen. Hättest du Zeit, mich in der Fabrik abzuholen, gegen 17 Uhr?

Ich setzte mich aufrechter hin, ein Lächeln stahl sich auf mein Gesicht, und so schnell meine Finger tippen konnten, schrieb ich ihm zurück, dass ich mir für heute nichts Besseres vorstellen könne. Henry sah mich mit ironischem Blick an.

»Der Lover, hm?«

Ich schürzte die Lippen. Mein Lächeln muss breiter gewesen sein und meine Finger aufgeregter getippt haben, als ich gemerkt hatte. Schnell riss ich mich zusammen und antwortete im gleichen coolen Ton: »Mhm, mein Lover.« Dann musste ich aber doch grinsen, und Henry und ich brachen in Gelächter aus.

25

Nachdem ich Henry bei der *Petite Sorcière* abgesetzt hatte, machte ich mich sofort wieder auf den Weg in Richtung Seifenfabrik. Raphaël hatte mir den Standort per Kurznachricht geschickt, damit ich nicht bei einer falschen Adresse landete, und so hielt ich schließlich zwanzig Minuten später auf einem größeren Parkplatz, der voller Wagen stand. Während ich in Richtung des Eingangs schlenderte, betrachtete ich das Fabrikgebäude vor mir. In meiner Vorstellung war es um einiges größer gewesen. Ich hatte an eines der grauen Industriegebäude gedacht, die man von der Autobahn aus sah. Doch dieses hier war ein solider rot verputzter Bau aus alten Zeiten, mit einem hohen Schornstein an der einen Seite. Große Fenster zierten die Fassaden der Seifenfabrik. Mit ihrem nostalgischen Antlitz war sie geradezu schön.

Ein würziger Geruch lag in der Luft und wurde mit jedem Schritt, den ich mich näherte, voller, ohne dass ich genau sagen konnte, aus welchen Bestandteilen er sich zusammensetzte. Es war ein Aroma, das mich an meine Handcreme mit Olivenöl erinnerte, aber mit einer blumigen Note.

Auch von drinnen wirkte das Gebäude freundlicher und geschmackvoller, als ich es mir vorgestellt hatte. Durch die Fenster drang Sonnenlicht und beschien den roten Mauerboden und die schweren Holzmöbel um den Empfangstresen herum. Man sah der Fabrik an, dass sie bereits seit mehreren Generationen bestand und dass vieles seit der Gründung quasi unangetastet geblieben war. Neben dem Schreibtisch stand ein Regal, reichlich gefüllt mit Stapeln von eckigen Seifenstücken in dunklem Grün und hellem Beige, deren Vorderseiten, soweit ich es erkennen konnte, allesamt einen Stempel mit dem Schriftzug des Familiennamens trugen. Eine ältere Dame blinzelte mich über ihre Brillengläser hinweg an. Auch sie schien schon lange ein Bestandteil der Fabrik zu sein, so gut hatte sie sich an ihren Arbeitsplatz angepasst. Sie trug ein altmodisches Kostüm in demselben abgefärbten Rotton des Gebäudeanstrichs. Auf dem Schild, das den Tresen zierte, stand in schnörkeliger Schrift: *Madame Rogal.*

»Sie müssen Mademoiselle Mariaux sein.« Ihr Tonfall war bestimmt, ohne unfreundlich zu wirken. Sicherlich brauchte man Jahrzehnte, um ihn so gut hinzubekommen.

Ich nickte. »Bonjour Madame. Ich …«

»Monsieur Lucas wartet bereits auf Sie«, unterbrach sie mich. »Folgen Sie mir bitte.« Ich tat, wie mir geheißen, und folgte der älteren Frau die Treppe zu ihrer Linken hinauf. Sie führte mich durch einen Flur mit vielen identisch aussehenden Türen und erklärte mir zu meiner Überraschung jeweils, was sich dahinter befand.

»Dies ist der Büroteil unserer Fabrik. Hier sitzt unsere Rechnungsabteilung, da kümmert sich Monsieur Potueil um unsere Computer. EDV sagt man heutzutage wohl dazu. Auf der rechten Seite sitzen die Damen der Marketingabteilung. Und dort«, sie deutete auf die Tür am Ende des Gangs, »ist das Büro von Monsieur Lucas. Wobei es nun wohl bald ein neues Schild brauchen wird, wenn Monsieur Miller«, sie sprach den englischen Namen mit französischer Betonung der letzten Silbe aus, »als Geschäftsführer übernehmen wird und Monsieur Lucas wieder nach New York geht.« Ihrer Stimme war deutlich das Unbehagen anzuhören, das diese Entwicklung bei ihr auszulösen schien. Und auch ich zuckte innerlich zusammen. Waren Raphaëls Pläne schon so konkret? Er hatte angedeutet, dass er nach New York zurückkehren wollte, aber bisher hatte es eher wie eine entfernte Wunschvorstellung geklungen. Ich schob den Gedanken beiseite, als ich das Messingschild mit dem Namenszug der Familie Lucas auf der großen Holztür genauer in Augenschein nahm.

»Hängt es dort seit …«

»Seit dem ersten Tag, ja«, fiel sie mir erneut ins Wort.

Sie klopfte an die schwere Tür, öffnete sie und kündigte mich an. Ich betrat das große helle Büro.

Mit schnellen Schritten kam Raphaël von seinem Schreibtisch auf uns zu und gab mir einen langen Kuss.

»*Salut,* süße Pepe.«

Etwas verlegen wand ich mich aus der Umarmung und rief der hinaustretenden Madame Rogal ein Danke hinterher. Mir wäre es lieber gewesen, den romantischen Teil zwischen uns erst dann einzuleiten, wenn sie die Tür hinter sich geschlossen hätte, was sie nun auffällig rasch getan hatte. So kam ich mir reichlich unhöflich vor.

Ich sah an Raphaël vorbei in den Raum. Er war fünfkantig gebaut mit einer verglasten Ecke, die an einen Wintergarten erinnerte. Dort stand eine altmodische Couchgarnitur mit Samtmöbeln, womöglich eine Anschaffung nach den ersten Erfolgen der Fabrik. Links befand sich ein großer schwerer Schreibtisch, von dem aus der ganze Raum zu überblicken war. Und an der gegenüberliegenden Wand entdeckte ich ein Relikt aus Zeiten, in denen es noch keineswegs verpönt gewesen war, sich während der Arbeitszeit einen Drink zu gönnen: ein alter Servierwagen mit Kristallgläsern in diversen Formen und zwei Karaffen. Hinter den Türen versteckten sich sicherlich noch allerlei Flaschen. Der Rest der Wände war fast vollständig von Regalen bedeckt, in denen Ordner und Bücher standen. Davon, dass wir uns nicht im neunzehnten Jahrhundert befanden, zeugten nur die technischen Geräte auf dem Schreibtisch: ein Flachbildschirm samt Tastatur sowie das schnurlose Telefon.

»Nicht übel, was?«, sagte Raphaël, als er meinen umherwandernden Blick bemerkte. Er lief zurück zum Schreibtisch, klickte auf der Maus herum, sammelte einige Sachen zusammen und verstaute sie in seiner Tasche. »Aber ich bin ziemlich froh, wenn wir gleich von hier abhauen können. Mich zieht's heute nach draußen. Was meinst du, wollen wir was essen gehen? Ein frühes Abendessen?« Er zwinkerte mir zu.

»Ja, doch. Aber eigentlich würde ich gern erst noch mehr von der Fabrik sehen, wenn ich schon mal hier bin. Wäre das möglich?«

»Nur wenn wir die Führung kurz halten, ja? Ich habe einen Bärenhunger.« Er schwang sich die Tasche über die Schulter und kam zu mir.

»Ja, klar«, sagte ich zögernd. Eigentlich hatte ich mich darauf gefreut, mehr über die Seifenherstellung zu lernen, zu erfahren, welche Ingredienzien sich hinter dem Duft verbargen, der hier so angenehm in der Luft lag: Lavendel, Olive, Kräuter. Doch bevor ich weiter darüber nachdenken konnte, hatte mich Raphaël schon gepackt und schob mich in Richtung Wand.

»Das Wichtigste hast du ja jetzt eigentlich auch schon gesehen«, sagte er mit kleinen Unterbrechungen, in denen er mir Küsse auf den Nacken gab.

»Was hast du vor?«, fragte ich lachend. Doch da schob er mir schon eine Hand unter mein T-Shirt, und weitere Fragen erübrigten sich.

»Ich dachte, du hast solchen Hunger?«, sagte ich.

»Mhm«, brummte er in mein Haar.

»Raphaël …« Ich zog seine Hand wieder aus meinem Shirt hervor. Sein Kopf entfernte sich einige Zentimeter von meinem, und ich blickte ihm streng in die Augen. »Nicht hier«, sagte ich und dachte an Madame Rogal, die womöglich mit einem weiteren Anliegen zurückkehren könnte. Er seufzte leicht entnervt auf, ob gespielt oder ernst, vermochte ich nicht zu sagen.

»Okay, okay. Komm.« Mit einer Hand an meinem Rücken schob er mich aus der Tür.

Nachdem wir uns mit Plastikhauben und -anzügen ausgestattet hatten, gingen wir durch hohe Hallen, in denen riesige Kessel standen. Ich durfte die Stufen, die fast so steil wie eine Leiter waren und zu der Plattform am Kesselrand führten, hinaufsteigen und einen Blick auf das grüne Gebräu werfen. Überall an den Seiten des Kessels hatten sich verhärtete Massen davon abgesetzt, und auch auf der Oberfläche selbst hatte sich stellenweise eine festere Schicht gebildet. Wie in einem Sumpf blubberte und schmatzte es um diese Inseln herum. Ich stieg wieder hinunter, wo mir ein Raphaël in kompletter Schutzmontur eine Hand hinhielt. Er zog mich in die nächste Halle, wo die flüssige Seife in quadratische Formen gegossen wurde, damit sie fest wurde. Erst im Anschluss wurde sie in kleinere Quadrate geschnitten und ganz ausgehärtet. Ein Mitarbeiter wollte mir zeigen, wie er die Seifen schnitt, und ich wollte schon zu ihm gehen, da kam mir Raphaël zuvor.

»Nicht jetzt. Komm, ich habe Hunger.«

Ohne einen Blick auf den freundlichen Mitarbeiter wandte er sich ab in Richtung Ausgang. Ich lächelte dem Mann entschuldigend zu und folgte dem offensichtlich völlig unterzuckerten Raphaël hinaus.

Mit meinem gelben Käfer fuhren wir zu einem Restaurant in der Nähe und konnten nicht widerstehen, neben dem Hauptgang auch noch eine Vorspeise und gleich den Nachtisch zu bestellen.

»Kennst du Madame Rogal eigentlich gut? Sie scheint schon lange bei euch zu arbeiten, nicht?«

Raphaël hatte sich am Brotkorb bedient und kaute gerade auf einem Stück Weißbrot.

»Sie war schon immer da, soweit ich mich erinnern kann, wahrscheinlich hat sie sogar die Gründung miterlebt.« Er lachte. »Aber ich kenne sie eigentlich kaum. Ich war ja nie viel in der Fabrik. Das war immer das Reich meines Vaters.« Er steckte sich ein weiteres Stück von dem Brot in den Mund und warf mir sein unwiderstehliches Lächeln zu. »Ich glaube, du hast ihr ganz gut gefallen, der Rogal, meine ich. Aber wie könntest du auch nicht, so wahnsinnig süß, wie du bist.«

Ich lächelte zurück, doch das Thema ließ mich nicht los, also fragte ich: »Hat dein Vater dich denn nie in die Fabrik mitgenommen?« Der Kellner stellte Wassergläser vor uns ab und goss uns aus der Flasche ein. »Ich meine nur«, sprach ich weiter, als er wieder gegangen war, »weil du sie ja übernehmen solltest. Da hätte ich gedacht, dass er dich schon früh dort einführen und dir alles zeigen würde.«

Raphaël winkte ab, nahm einen großen Schluck vom Wasser und biss dann wieder vom Brot ab, bevor er kauend erwiderte:

»Was hätte ich denn da schon machen sollen? Ich hatte andere Sachen im Kopf, und meinem Vater war es, glaube ich, auch ganz recht, dass ich nicht ständig an seinem Rockzipfel gehangen habe.«

»Also ist das alles völlig neu für dich?«

Er zuckte mit den Schultern, ein schiefes Lächeln im Gesicht.

»Ja, aber dafür habe ich ja Charlie.«

»Charlie Miller?«

»Genau. Er wird den Laden schon schmeißen.«

»Und um welche Themen geht es in euren Planungen? Was besprecht ihr da die ganze Zeit? Ich meine … ich habe mich gefragt, was genau die Führung einer solchen Fabrik alles mit sich bringt.«

Raphaël runzelte leicht die Stirn. »Warum interessiert dich das alles so?«

»Ach«, ich nahm einen Schluck Wasser, »nur so, weil ich mich für dich interessiere und das, was du machst.«

Er seufzte, strich mit seinem Handrücken über meinen.

»Na ja, heute waren wir vor allem mit dem Personal beschäftigt. Mein Vater hat das Unternehmen lange auf eine sehr … nun ja, traditionelle Weise geführt. Aber so etwas kostet Geld.«

Ich nickte, während der Kellner unsere Vorspeise, frische Bouillabaisse, servierte.

»Was zum Beispiel Madame Rogal angeht, bin ich am Überlegen, ob wir sie weiterbeschäftigen werden. Mein Vater hat ihr einen übertrieben hohen Lohn gezahlt, wenn du mich fragst, und das dafür, dass sie ihre Nase in alles reinsteckt, was sie nichts angeht.«

Ich ließ meinen Löffel wieder sinken und blickte Raphaël an. Er wünschte mir *Bon appetit* und begann zu essen.

»Aber sie ist doch schon so lange bei euch. Sie steht bestimmt kurz vor der Rente.«

»Ja, genau. Das ist doch super für sie. Kann sie einfach ein paar Jahre früher in Rente gehen.«

»Ich weiß nicht, ob das so einfach ist. Müsste sie nicht theoretisch noch weiterarbeiten, um ihre Arbeitsjahre vollzubekommen?«

»Ach was, das wird sie schon gebacken bekommen.« Raphaël war die Ungeduld anzusehen, die immer dann in ihm aufkam, sobald das Thema der Seifenfabrik angeschnitten wurde. »Wie findest du die Suppe? Habe ich dir eigentlich schon gesagt, wie sehr ich dich in den letzten Tagen vermisst habe? Wirklich, Pepe, du bist mir nicht aus dem Kopf gegangen.«

Ein wackliges Lächeln setzte sich in meinem Gesicht zusammen, unsicher, welches Gefühl gerade die Oberhand gewinnen sollte. Mit betäubten Fingern nahm ich den Löffel wieder auf und aß mechanisch die Suppe, ohne viel davon zu schmecken. Ich freute mich über seine Worte, die durchaus ein wohliges Kribbeln in mir auslösten, dachte zugleich aber an Madame Rogal und was es für sie bedeuten würde, noch vor ihrer Pension entlassen zu werden. Verstohlen musterte ich Raphaël, wie er die Suppe löffelte. Hatte er gar kein Mitgefühl für die Empfangsdame?

»Sag mal«, begann ich, denn meine Gedanken waren von Madame Rogal zu etwas gewandert, was sie vorhin angesprochen und was mich seither die ganze Zeit über beschäftigt hatte. Ich setzte den Löffel am Tellerrand ab. »Wie ist das eigentlich mit New York? Wirst du wirklich bald dorthin zurückkehren?«

Raphaël hob überrascht eine Augenbraue.

»Ich habe dir von Anfang an gesagt, dass ich nicht ewig hierbleiben werde«, sagte er in betont lockerem Ton, dem die

Anspannung anzuhören war. »Du …«, begann er, »du fängst jetzt nicht an zu klammern, oder?«

»Wie bitte?«, entfuhr es mir.

»Ich meine ja nur, nicht böse gemeint.«

»Ich habe dich nur gefragt, ob es einen konkreten Plan für deine Rückreise gibt, mehr nicht.« Ich versuchte, die Ruhe zu bewahren. Ich kannte diese Reaktion. Nicht von Raphaël, bei dem ich sie gerade zum ersten Mal beobachtete, sondern von Oskar. Auch er war oft in eine Verteidigungshaltung gegangen, wenn er das Gefühl gehabt hatte, bedrängt zu werden.

»Ich dachte, es wäre klar, dass ich hier weg bin, sobald die Übergabe abgeschlossen ist. Wenn das nicht eindeutig rübergekommen ist …«

Die Spannung zwischen uns war nahezu greifbar, und sie lockerte sich auch nicht, als der Kellner in aller Höflichkeit unsere Teller abräumte. Ich hatte meine Suppe kaum angerührt, trauerte ihr aber nicht hinterher. Ich spürte, wie es in mir zu ziehen begann. Was passierte hier? Eigentlich hatte ich mich auf ein romantisches Essen mit Raphaël gefreut, doch gerade schien es komplett aus dem Ruder zu laufen. Er schien meine Gedanken erraten zu haben, denn nach und nach änderte sich sein Gesichtsausdruck wieder: Die Züge wurden weicher, die Stirn glättete sich, die Mundwinkel hoben sich ein wenig. Dennoch erschien mir sein Tonfall unecht.

»Hör mal«, sagte er, »das ändert nichts an dem, was ich fühle oder gesagt habe, ich finde dich fantastisch, ehrlich. Und es bedeutet auch nicht, dass wir alles abbrechen müssen. Wir genießen die Zeit, die wir haben, und danach sehen wir weiter. Du besuchst mich, und wer weiß, vielleicht gefällt dir New York ja so gut, dass du regelmäßig vorbeikommen willst. Aber das ist alles noch Zukunftsmusik.«

Ich stutzte. Ich in New York? Zukunftsmusik? Wie sollte es Zukunftsmusik sein, wenn es doch schon in wenigen Wochen so weit sein mochte? Da unterbrach der Kellner meinen Gedankenfluss und trug den Hauptgang auf. Ich bedankte mich, wurde aber von Raphaël übertönt.

»Wir können das ja alles in Ruhe besprechen und planen, was meinst du?«

Ich schüttelte leicht den Kopf. »Ich weiß gerade gar nicht mehr, was ich denken soll.«

Raphaël griff nach meiner Hand, die ich neben dem Teller abgelegt hatte. »Ach, komm, so schlimm ist das alles doch nicht. Pepe, hey, ich bin's doch, Raphaël, wir kriegen das zusammen hin. Vielleicht hätte ich dir das genauer erklären müssen, kann schon sein, aber ich dachte, es wäre logisch, dass wir hier etwas Besonderes haben, und das übersteht doch alles.«

Ich blickte auf seine Hand, die meine umschlossen hielt. Natürlich wollte auch ich nicht, dass das mit uns so abrupt endete, es hatte doch gerade erst begonnen. Ich spürte die Gänsehaut, die seine Berührung jedes Mal bei mir auslöste. Raphaëls fester Blick ruhte auf mir.

»Und du planst doch auch nicht, ewig hierzubleiben«, setzte er nach. »Daher dachte ich, du würdest das alles nicht so eng sehen.«

»Na ja, eigentlich hat sich da etwas verändert. Ich werde nicht nach Berlin zurückkehren, sondern weiterhin in der Pension leben.«

»Auf Dauer?« Er sah mich überrascht an. Endlich schien die Maske herunterzufallen, die ihn eben noch so distanziert hatte wirken lassen. Mit einem Mal war er wieder zugänglich, so offen, wie ich ihn kennengelernt hatte.

»Ja, auf Dauer.«

»Das wusste ich nicht.«

»Steht ja auch noch nicht lange fest. Ich wollte es dir persönlich erzählen, also heute.«

»Oh Mann, es sollte eine Überraschung werden?« Er fuhr sich durchs Gesicht, dann sah er mich ernst an. »Du bleibst aber nicht meinetwegen, oder?«

»Nein«, sagte ich aus einem Reflex heraus und hielt dann inne. Natürlich hatte ich die Entscheidung nicht seinetwegen getroffen, aber dass irgendwo versteckt in mir die noch winzig kleine Idee von uns beiden zusammen aufgekeimt war oder zumindest der Wunsch, mehr Zeit mit Raphaël zu verbringen, genährt von Clems ständigen Neckereien, konnte ich vor mir selbst nicht völlig verheimlichen.

»Okay. Pepe, hör mal, vielleicht habe ich gerade etwas überreagiert. Aber ich mag es einfach nicht, wenn mir jemand bei irgendwas reinreden will, das verstehst du, oder?«

»Schon, aber …«, begann ich, doch Raphaël sprach schon weiter.

»Lass es uns vergessen, ja? Ich will jede Minute mit dir genießen und unsere Zeit nicht mit so was verplempern.« Er warf mir ein Lächeln zu.

»Okay«, sagte ich, auch wenn meine Zweifel längst nicht überwunden waren. Ein Lächeln zeigte sich auf Raphaëls Gesicht, seine Augen nahmen wieder dieses unwiderstehliche Leuchten an.

»Gut«, sagte er, löste seine Hand von meiner, griff nach seiner Gabel und aß weiter. Ich hingegen saß noch steif da. Ich biss auf der Innenseite meiner Lippe herum und beobachtete, wie eine gefüllte Gabel nach der anderen zu Raphaëls Mund wanderte. »Also, süße Pepe, was machen wir morgen?«, fragte er, und sein Lächeln vertiefte sich.

»Morgen?«, meinte ich überrumpelt. »Sind wir morgen verabredet?«

»Jetzt schon. Ich werde mich morgen Abend aus allem herausreden, damit wir Zeit nur für uns zwei haben.«

»Na ja«, warf ich trocken ein, »für uns zwei und Clem und Gaspard und Léo und Henry …«

»Ich wüsste nicht, was die alle bei unserem Date zu suchen hätten«, unterbrach Raphaël mit hochgezogener Augenbraue meine Aufzählung. Jetzt musste ich gegen meinen Willen doch ein wenig grinsen. Die Vorstellung von uns allen beim romantischen Candle-Light-Dinner mit Rosenblüten auf dem Tisch und Servietten in Schwanenform war zu witzig.

»Gar nichts haben sie da zu suchen, aber ich habe sie schon zu einem gemeinsamen Essen eingeladen. Und das würde ich gern morgen Abend machen, weil ich am Sonntag nach Berlin reise, um meine Wohnung aufzulösen.« Vorsichtig setzte ich hinzu: »Wenn du Lust hast, wäre es schön, wenn du auch kommen könntest.«

»Okay, ich schau mal, ob ich es einrichten kann, ja?« Das klang schon wesentlich unmotivierter als zuvor, als es um unser Date zu zweit gegangen war. Aber vielleicht wäre es mir in dieser Situation genauso ergangen, und ich hätte auch lieber Zeit nur mit ihm allein verbracht statt mit seinen Freunden und Verwandten. »Sag mal, du fährst also nach Berlin?«, fragte er stirnrunzelnd. »Ich wusste gar nicht, dass du selbst hinmusst. Kann den Umzug nicht jemand für dich übernehmen, dafür gibt es doch Unternehmen?«

Ich blickte Raphaël einen Moment lang nur an und wartete auf die Pointe von diesem Witz. Sie kam nicht.

»Ähm, weißt du, wie viel das kosten würde? Außerdem muss ich meine Sachen sortieren. Vieles davon wird wahrscheinlich in die Kleiderspende und in den Sperrmüll wandern. Und den Rest muss ich auf die Keller verschiedener Freunde verteilen, das kann auch schlecht ein Unternehmen für mich übernehmen.«

»Okay, okay. Du machst es selbst. Aber wann fragst du mich endlich, ob ich mitkomme? Schließlich will ich Zeit mit dir verbringen, und zwar am liebsten mit dir allein.« Ein leichtes Lächeln lag in seinen hellen Augen, während der Rest seines Gesichts ernst blieb. In diesem Moment wirkte er so anziehend, dass mein Denken kurz aussetzte.

»Du willst mitkommen?«, fragte ich schließlich. »Hast du nicht wahnsinnig viel zu tun?« Sein Stimmungsumschwung verwunderte mich. War es vielleicht nur das schlechte Gewissen, das ihn zu diesem Vorschlag bewegte? Es fiel mir immer schwerer, ihn in seinen Launen einzuschätzen, und ich spürte, wie mich das in eine Unsicherheit trieb, die mir nur allzu bekannt war. Ich hatte sie im ganzen vergangenen Jahr gespürt, bis der alles klärende Anruf von Oskar gekommen war.

Sein Lächeln ging auf die Lippen über.

»Eigentlich habe ich auf der Arbeit schon viel zu tun, aber wenn ich mir ausnahmsweise mal ein Wochenende freinehme, muss Charlie das akzeptieren. Schließlich bin ich ja der Chef.«

»Wow, okay, ja gerne«, stotterte ich. Ich hatte Mühe, ihn einzuschätzen. In einem Moment zog es mich zu ihm hin, dann wieder hatte ich das Gefühl, es wäre besser, mich zurückzuziehen.

Er beugte sich über den Tisch und küsste mich. »Das wird fantastisch«, sagte er leise und küsste mich wieder.

Als der Kellner seinen leeren und meinen kaum angerührten Teller abräumte, warf Raphaël einen Blick auf seine Uhr und zuckte zusammen.

»So spät ist es schon? Pepe, entschuldige, aber ich habe eine Verabredung mit Charlie.« Raphaël wandte sich dem Kellner zu. »Wie viel macht das dann? Ohne das Dessert natürlich, das wollen wir nicht mehr.«

Ich war drauf und dran, etwas einwenden, schließlich hatten wir den Nachtisch bereits bestellt. Und ich war auch überrascht, dass Raphaël noch mal zurück in die Fabrik wollte und nicht mit mir in die Pension kam, wie ich es mir eigentlich ausgemalt hatte. Doch er hatte dem Kellner schon einen Geldschein zugesteckt und erhob sich.

»Kommst du?«, fragte er und hielt mir die Hand hin. Völlig überrumpelt reichte ich ihm meine und folgte ihm zum Auto, ohne auch nur einen klaren Gedanken fassen zu können.

26

Nach den letzten Ereignissen im Restaurant wollte ich mich nur noch mit einer großen Tasse Tee in die *Petite Sorcière* zurückziehen. Die Stunden mit Raphaël hatten einen bitteren Nachgeschmack bei mir hinterlassen, und ich hatte das Gefühl, über alles, was vorgefallen war, gründlich nachdenken zu müssen.

Zu Hause in der Küche traf ich auf Léo und Henry, die sich ein leichtes Abendessen zubereitet hatten und mit den Tellern in der Hand auf dem Weg auf die Terrasse waren.

»Léo, *salut*, wir haben uns heute noch gar nicht gesehen.«

»*Salut,* Penelope, wie geht es Ihnen?«

Ich nickte nur und lächelte. »Vielen Dank für all die wunderbaren Weine und Säfte. Meine Großmutter konnte von dem Traubensaft gar nicht genug bekommen.«

Henry grinste bei der Erinnerung an meine Großmutter, die wirklich ein Gläschen nach dem anderen gekippt hatte.

»Es hat mich sehr gefreut zu hören, dass sie alle eine gute Zeit zusammen im Krankenhaus verbracht haben.« Léo wirkte gelöster als vor seiner Reise, was mich freute. Der Ausflug schien ihm wirklich gutgetan zu haben.

»Mamie war begeistert von Henry. Ich glaube, ihr wäre es ganz recht, wenn ab sofort immer er statt mir zu Besuch käme.«

»Das ist Quatsch«, lachte Henry, »obwohl … sie mochte mich wirklich sehr.«

Léo warf dem grinsenden Henry einen tadelnden Blick zu, aber dann musste auch er lachen.

»Wo du das nur herhast.«

»Eigentlich wissen wir doch beide, dass ich die freche Seite nur von dir haben kann, Grandpa.«

Léos Schmunzeln verriet, dass er das selbst genauso gut wusste wie Henry.

»Henry erzählte mir von Ihren spannenden Plänen, Penelope. Es freut mich für Sie, dass Sie diesen Neuanfang wagen. Und die Idee mit dem Backkurs hatte mich sowieso von Anfang an überzeugt. Ich kann mir vorstellen, dass es Ihnen hier sehr gut ergehen wird.«

»Dankeschön. Ach sagen Sie, hat Henry Ihnen denn auch schon von dem morgigen Abendessen erzählt? Hätten Sie Zeit?«

»Das klingt nach einer ganz wunderbaren Idee. Sehr gerne bin ich dabei.«

»Schön, das freut mich«, sagte ich und warf einen Blick auf den Teller in seiner Hand. »Aber nun will ich Sie nicht weiter vom Essen abhalten, es wird ja alles kalt! *Bon appetit et bonne nuit!*«

Miteinander feixend gingen die beiden hinaus auf die Terrasse. Ich kochte Wasser auf und goss mir in der größten Tasse, die ich finden konnte, Tee auf. Dabei warf ich einen Blick auf mein Handy. Ob sich schon jemand wegen des Kurses gemeldet hatte? Ich scrollte durch meine Mails, noch war keine Anmeldung eingetrudelt. Ich versuchte, mich davon nicht entmutigen zu lassen.

Mit meinem Tee und dem Handy stieg ich die Stufen zum Dachboden hoch. Das Abendlicht tauchte den Raum in ein golden leuchtendes Licht und ließ ihn gemütlich und heimelig erscheinen. Inzwischen hatte es sich etwas abgekühlt, und ich konnte mir vorstellen, wie schön es hier sein würde, wenn ich das Zimmer eingerichtet hätte. Wie früher als Kind sammelte ich alle Kissen zusammen, die ich finden konnte, und türmte sie auf dem breiten Fensterbrett auf. Ich ließ mich darauf nieder, nahm die Teetasse in beide Hände und blies sanft hinein, sodass der warme Dampf mein Gesicht umspielte. Dabei sah ich hinaus auf die Landschaft, von deren Anblick ich nie genug bekommen konnte. Die weiten Felder lagen im warmen Licht der tief stehenden Sonne, unterbrochen von dunklen Wäldchen. Die Umrisse der Verdonfelsen ragten in einem dunklen Ocker hervor, umgeben von einem Dunst, der sie unwirklich, fast märchenhaft erscheinen ließ.

Doch das friedliche Bild konnte mich nicht von den Gedanken ablenken, die seit dem Essen in mir arbeiteten. Raphaëls Stimme und seine Worte ließen sich nicht so einfach abschütteln. In einem Atemzug war er so liebevoll und so unwirsch gewesen. Seine Ignoranz gegenüber Madame Rogal und der gesamten Firma, die nun in seinen Händen lag, seine ungehaltene Reaktion auf meine einfache Frage nach seiner Abreise – und war da nicht auch der Abend nach unserer gemeinsamen Nacht gewesen, als er mich stundenlang hatte warten lassen? Hätte ich da schon stutzig werden müssen? Doch dann dachte ich an sein Angebot, mir bei meinem Umzug zu helfen, und an die schönen Stunden, die wir zusammen verbracht hatten. Hatte ich ihn heute nur an einem schlechten Tag erwischt? Aber nein, so einfach ließ sich das ungute Gefühl nicht vertreiben. Zu stark waren die Bilder von Oskar, die sich nun über die von Raphaël legten. Geradezu perfekt schienen sie aufeinanderzupassen, und das jagte mir Angst ein. War ich dabei, meine Fehler zu wiederholen? Ausgerechnet jetzt, wo ich mir doch geschworen hatte, gerade das nicht zu tun?

Plötzlich zerriss ein lautes Klingeln die Stille des Dachbodens, und ich fuhr zusammen. Schnell griff ich nach meinem Handy, sah Jonas' Namen aufleuchten und nahm den Anruf an.

»Jonas, hallo! Du hast mich wahnsinnig erschreckt!«

»Habe ich das? Dabei wollte ich dich nur mal wieder hören. Ich kann aber auch später anrufen.«

»Nein, bitte nicht, es ist schön, deine Stimme zu hören. Was gibt's denn?«, fragte ich und lehnte mich in die Kissen zurück, aus denen ich aufgeschreckt war.

»Ich habe gerade Frau Gärtner im Hausflur getroffen, und sie hat gesagt, dass du deine Wohnung gekündigt hast. Stimmt das? Das hast du mir gar nicht erzählt.«

Frau Gärtner war unsere Berliner Hausmeisterin, und natürlich war sie von der Hausverwaltung über den anstehenden Auszug informiert worden.

»Ach so, das.« Ich schluckte. »Ja, das stimmt, ich komme Anfang nächster Woche nach Berlin und erledige alles. Bist du dann da? Wir müssen uns unbedingt sehen.« Ich versuchte, beschwingt zu klingen, aber überzeugen konnte ich damit nicht mal mich selbst.

»Wow. Dann ziehst du wirklich von hier fort.« Seine Stimme klang bedrückt.

»Oh Mann, Jonas, entschuldige, dass ich es dir nicht erzählt habe. Es ist alles noch sehr frisch, steht erst seit ganz wenigen Tagen fest …« Ich hielt inne und seufzte. »Na ja, und wenn ich ganz ehrlich bin, habe ich mich einfach nicht getraut, es dir zu schreiben oder dich zwischendurch anzurufen. Ich hatte Angst vor deiner Reaktion und irgendwie auch vor meiner.

Und da habe ich es aufgeschoben, ziemlich blöd, ich weiß. Entschuldige bitte.« Ich atmete einmal tief durch. »Ja, ich habe mich entschieden hierzubleiben. Ich weiß, das kommt alles sehr plötzlich und unerwartet, und du … du wirst mir unheimlich fehlen. Es ist nur so – es geht mir hier gut. Es fühlt sich einfach so an, als wäre dies der richtige Ort für mich, verstehst du?«

»Für immer?«

»Puh, immer ist ein großes Wort. Aber ja, wenn ich so darüber nachdenke, vielleicht sogar für immer.«

Es blieb still am anderen Ende der Leitung, und ich spürte einen gewaltigen Knoten in der Magengegend.

»Das ist toll für dich«, murmelte Jonas schließlich leise, und ich musste schlucken, weil seine Stimme etwas ganz anderes sagte als seine Worte.

»Entschuldige, dass ich nicht eher mit dir darüber gesprochen habe.«

»Ist schon gut.« Ich hörte ihn tief durchatmen. »Aber beim nächsten Mal erzählst du mir so was gleich, klar?« Dann fragte er: »Anfang der Woche sehen wir uns?«

»Unbedingt«, sagte ich schnell. »Wenn du Zeit hast.«

»Klar. Ich helfe dir beim Packen. Und Feli auch.« Obwohl er sich sichtlich bemühte, eine heitere Tonlage anzustimmen, kamen die Worte immer noch hörbar dumpf bei mir an. Ich gab mir Mühe, optimistisch zu klingen.

»Musst du nicht arbeiten?«

»Ich kann mir die Arbeit doch frei einteilen, dann mache ich am Wochenende einfach ein bisschen mehr, damit ich Zeit für dich habe.«

»Das wäre toll. Zu viert kriegen wir das bestimmt schnell über die Bühne.«

»Zu viert?«

Ich biss mir auf die Zunge. Die Worte waren einfach aus mir herausgesprudelt, dabei war ich gar nicht mehr so sicher, was diesen Punkt betraf.

»Raphaël kommt wahrscheinlich mit.«

»Raphaël?«

»Ich kenne ihn noch von früher, wir haben in den Sommerferien immer miteinander gespielt. Na ja, und jetzt … jetzt haben wir miteinander angebändelt.« Wieder geriet ich ins Haspeln, eingeschüchtert von dem Fakt, dass ich Jonas auch diese Entwicklung bis jetzt vorenthalten hatte.

»Oh, okay. Und das lässt du einfach so in einem Nebensatz fallen.« Er klang enttäuscht. Ich wollte schnell etwas einwerfen – das mit Raphaël und mir war vielleicht sowieso schon wieder so gut wie vorbei –, da sprach Jonas weiter: »Gibt's denn noch mehr Dinge, die dein Leben komplett verändert haben und von denen ich nichts weiß?«

Die Frage sollte womöglich feixend klingen, doch die Ernüchterung war klar herauszuhören.

»Nein. Ähm«, ich wurde mit jedem Wort leiser, »vielleicht, dass ich gerade dabei bin, Backkurse zu organisieren, um mehr Feriengäste anzulocken. Aber sonst …«

»Pepe! Du hast dein gesamtes Leben umgekrempelt.« Jonas klang aufgebracht, und ich konnte es ihm nicht verübeln.

»Nein, nein, nur ein paar Schraubstellen!«

»Das klingt aber ganz anders.« Ich wartete erschrocken darauf, was nun an Vorwürfen folgen würde. Jonas räusperte sich hörbar, seine Worte kamen stockend, als er weitersprach: »Nein, ich meine, das klingt ja eigentlich alles gut. Ist nur ein bisschen viel auf einmal.«

»Du bist nicht sauer?«, fragte ich kleinlaut.

»Nein, nein«, er klang abwesend. »Das sind doch gute Entwicklungen, oder?«

»Hm«, murmelte ich.

»Du musst mir aber eines versprechen, Pepe. Erzähl mir so was beim nächsten Mal bitte früher, ja?«

»Versprochen«, sagte ich schnell. »Ab sofort wirst du in Lauffeuergeschwindigkeit über alle Neuigkeiten in meinem Leben informiert werden!«

Im selben Moment, als er fragte: »Wie ist denn dieser Raphaël so?«, meinte ich: »Was kann ich dir als Wiedergutmachung backen?«

Wir mussten beide ein wenig lachen, und Jonas sagte: »Du musst mir doch gar nichts backen. Hauptsache, wir sehen uns mal wieder!« Da fing im Hintergrund eine hohe Stimme an zu schreien. »Oh, Moment«, sagte Jonas, und ich hörte entferntes Stimmengemurmel, bevor er ans Telefon zurückkehrte: »Tja, also, da gibt es anscheinend doch noch eine andere Meinung, und zwar eine, die wesentlich mehr Gewicht hat als meine. Feli hat wohl mitgehört und wünscht sich, dass du ihr etwas bäckst. Aber wenn es zeitlich zu eng wird, lassen wir das natürlich …«

»Nein, nein, das bekomme ich hin«, rief ich dazwischen. »Es wäre mir eine Ehre, für die große Gourmandise Felicia zu backen! Was wünscht sie sich denn?«

»Tja, das ist die nächste Sache. Sie wünscht sich Muffins …«

»Aber Muffins sind doch schnell gemacht«, sagte ich, bevor Jonas seinen Satz beenden konnte.

»… mit den Gesichtern der Minions drauf.«

»Den was?«

»Minions.« Er schien ein Lachen zu unterdrücken. »Ich schicke dir Fotos.«

»Ähm, okay. Das kriege ich schon hin.«

Ich hörte Jonas' leiser Stimme zu, wie sie Feli die guten Neuigkeiten verkündete, und spürte bei dem darauffolgenden Freudenschrei und dem aufgeregten Gebrabbel Wärme in mir aufsteigen. Lachend meldete sich Jonas zurück, und meine Freude vertiefte sich, als er wieder ganz wie der Alte klang. Aller Ärger und alle Enttäuschung schienen gewichen zu sein.

»Dir ist hoffentlich klar, dass du nun eigentlich wegen der Muffins nach Berlin kommst, oder? Der Umzug ist ab jetzt Nebensache.«

»Das klingt auf jeden Fall sehr viel angenehmer«, erwiderte ich lächelnd. »Was ist eigentlich mit Lina, ist sie auch dabei und gibt die Vorkosterin der großen Felicia?«

»Die ist doch noch bei ihren Eltern zu Besuch.«

»Ach ja, natürlich. Und was machst du in der Zeit?«

»Ich habe eigentlich alle Hände voll zu tun. Feli ist hier bei mir und hält mich auf Trab, die Arbeit sowieso, wobei super ist, dass ich mittlerweile fast alles von zu Hause aus erledigen kann. Und dann gibt es jede Menge Spielplatzbekanntschaften.«

»Ach, ich kann mir richtig vorstellen, wie schlimm das für dich sein muss: du als einziger Papa zwischen all den jungen, dich anhimmelnden Mamis.«

»Also, ganz so ist das ja nicht.«

»Du weißt, dass du mich nicht anlügen kannst, oder? Ich erkenne das sofort an deiner Stimme.«

»Aber ich kann nichts dafür.«

»Natürlich kannst du was dafür. Du bist nett und lustig und aufmerksam und charmant, du siehst gut aus, und du hast diesen unschuldigen Blick, der allen Frauen den Teppich unter den Füßen wegzieht.«

»Wirklich? Dann muss ich unbedingt lernen, den gezielt einzusetzen.«

»Wie viele Frauenherzen willst du denn noch brechen? Außerdem: Das kannst du schon ganz gut.«

Jonas lachte laut auf. »Du schmeichelst mir nur. Ich bin viel zu schüchtern für so was.«

»Das sagst du nur, weil du nie gesehen hast, wie du Lina immer angeschaut hast.«

»Hm, ja, vielleicht.«

»Weißt du, Jonas, ich freu mich richtig, euch endlich wiederzusehen.«

»Ja, ich freue mich auch sehr auf dich«, sagte er. »Wann kommst du an?«

»Montagabend vermutlich. Ich denke, ich fahre Sonntag hier los und übernachte noch unterwegs irgendwo.«

»Ich werde hier sein, klingle unbedingt durch, wenn du da bist, egal zu welcher Uhrzeit.«

Ich lachte auf. »Okay, wenn du meinst.«

»Bis dann, Pepe. Fahr vorsichtig.«

»Werde ich. Pass du auf euch beide auf, und arbeite nicht noch zu lange heute.«

»Ist gut. Tschüss!«

Wenige Minuten nachdem wir aufgelegt hatten, schickte Jonas ein Bild nach dem anderen von seltsamen gelben Wesen mit seltsamen Brillen über dem einen oder auch zwei Augen. Zuletzt kam ein Bild mit den gewünschten Muffins. Ich studierte kurz das Rezept, dann nickte ich.

Eine Kleinigkeit!, schrieb ich zurück. Dann legte ich das Telefon beiseite und ließ den Blick aus dem Fenster wandern. Die Bäume auf den Hügeln im Hintergrund reckten ihre leuchtenden Spitzen in die Höhe, um auch noch die letzten warmen Strahlen zu erhaschen, bevor sich die Sonne ganz zurückzog.

Ich strich mit zwei Fingern an der Scheibe entlang, fühlte ihrer Glätte nach, der angenehmen Kühle auf meiner Haut. Es nutzte nichts, immer wieder durchbrach das flackernde Bild von Raphaël meine Gedanken. Also ließ ich die Gedanken an ihn schließlich doch zu. Die Gemeinsamkeiten zwischen Raphaël und Oskar konnte ich nicht leugnen: Beide hatten denselben Charme, mit dem sie Frauen um den Finger wickelten, dieselbe Aufmerksamkeitsspanne, die nachließ, sobald sie das Interesse einer Frau einmal für sich eingenommen hatten, und schließlich leider auch dieselbe Ignoranz und Ungeduld gegenüber anderen Menschen.

Raphaëls Worte zu seinen New-York-Plänen fielen mir ein: Ich sollte ihn dort besuchen, am besten regelmäßig. Doch ich könnte das niemals, eine Affäre über zwei Kontinente hinweg führen, schon gar nicht mit jemandem, der schon jetzt derart zwiespältige Gefühle in mir weckte. Ich genoss die Anziehung, den Spaß, aber ich merkte auch, dass es mir schon in dem jetzigen Stadium mit ihm zu kompliziert wurde. Und Spaß allein war mir zu wenig. Sollte ich diese Geschichte dann überhaupt weiterführen? Konnte ich das denn?

Die Antwort lag auf der Hand, sie hatte im Grunde schon seit dem Essen mit Raphaël klar dort gelegen. Natürlich konnte und wollte ich das nicht. Eine lockere Affäre – das war einfach nicht meine Sache, das merkte ich jetzt ganz klar. Und schon gar nicht mit jemandem, der mich so verunsicherte. Mit Oskar hatte ich meine Lektion gelernt, und das musste ich nun unter Beweis stellen.

Kurz überlegte ich, ob ich mit Jonas über die heutigen Entwicklungen mit Raphaël hätte reden sollen. Aber nein, dies war eine Entscheidung, die ich für mich selbst hatte treffen müssen. Ich schrieb Raphaël eine Nachricht und bat ihn um ein Treffen am morgigen Vormittag, dann ließ ich das Handy neben mir auf die Fensterbank fallen und mich noch tiefer in die Kissen sinken, in der Hoffnung, dass sie mich einfach verschluckten und ich dem unangenehmen Gespräch entkäme.

27

Die Kissen hatten mich leider Gottes nicht verschluckt, und die ersten Sonnenstrahlen waren trotz meiner Gebete irgendwann doch in mein Fenster geklettert. Und so hatte ich mich am nächsten Morgen nach dem Frühstück aufgemacht, um in dem kleinen Lebensmittelladen in Puimoisson für das Abendessen einzukaufen.

Mit einem reichlich gefüllten Korb am Arm ging ich die wenigen Meter weiter zu dem schlichten, weiß gekachelten Café, in dem ich mit Raphaël verabredet war. Ich setzte mich an den Tisch vor einem der offenen, wandhohen Fenster, die mir das Gefühl vermittelten, draußen zu sitzen. Immerhin ein Quäntchen Luxus an diesem sonst eher trostlosen Ort. Puimoisson hinkte, was Cafés anging, Riez stark hinterher.

Mein Magen grummelte und rebellierte schon den ganzen Morgen vor Unruhe, also bestellte ich nur einen Kräutertee und hielt Ausschau nach Raphaël. Er musste gespürt haben, dass es mir dringlich war, sonst hätte er sich wohl kaum freigenommen, um mich auf einen Kaffee zu treffen. Ich fragte mich, ob er nach dem misslungenen Essen vielleicht selbst schon ahnte, worum es mir ging.

Da erblickte ich ihn. Raphaël kam mit Dago an der Leine den Fußgängerweg entlangspaziert. Er wirkte entspannt, trug

Jeansshorts, die bis knapp über das Knie reichten, und ein schlichtes schwarzes Shirt. Warum musste er auch so attraktiv sein, dass ich jedes Mal, wenn ich ihn sah, meine halbe Unterlippe zerbiss? Er war auf zwei Meter herangekommen, als er mich in meiner Fensternische entdeckte. Sofort legte sich ein Lächeln auf seine Lippen, das zum Darniederknien war. Ich stand auf und begrüßte Dago, der wild an mir hochsprang. Als Nächstes spürte ich eine warme, kräftige Hand an meinem Arm. Bevor ich überlegen konnte, wie ich Raphaël begrüßen sollte, lagen seine Lippen auf meinen. Er zog mich an sich, sein wundervoller Duft stieg mir in die Nase, und er hörte erst auf, mich zu küssen, als ich ihm eine Hand auf die Brust legte und sanften Druck ausübte. Er verharrte noch einen Moment knapp vor meinem Gesicht und sah mich dann an, als ahnte er etwas. Vielleicht würde dies das Ganze ja leichter machen.

»Wollen wir uns setzen?«, fragte ich, und Raphaël ließ sich auf den Stuhl mir gegenüber nieder. Dago plumpste hinter ihm in die Horizontale.

»Willst du einen Kaffee oder Tee oder eine Schokolade oder …?«, fragte ich nervös und deutete auf die Theke.

»Nein. Sag mir lieber direkt, was los ist«, bat Raphaël und sah mich durchdringend an. Ein kalter Schauder zog durch meinen Körper. »Du willst mir doch etwas mitteilen, oder?«

»Schon«, gab ich zu. Dann raufte ich mich zusammen, hob den Kopf und sah ihm in die Augen. »Raphaël, ich bin mir nicht sicher über uns, das Gespräch gestern …«

»Ich dachte mir, dass es daran liegt«, unterbrach er, und ich erkannte einen Anflug von Traurigkeit in seinen Augen. »Ich habe mich danebenbenommen, es tut mir leid.«

»Ich habe das Gefühl, wir ticken sehr unterschiedlich. Mir wäre es wichtig, über Dinge zu reden und das Gefühl zu haben, in deine Denkprozesse auf irgendeine Weise eingebunden zu sein. Ich glaube, da bist du anders. Ich habe beobachtet, wie du mit den Menschen um dich herum umspringst, mit Madame Rogal und deinen Mitarbeitern, mit Kellnern …«

Jetzt verengten sich seine Augen, darauf war er wohl nicht vorbereitet gewesen. Ich wandte den Blick von ihm ab, weil ich auch die nächsten Worte noch sicher und ohne Angst vor einer plötzlichen Reaktion herausbringen wollte.

»Mir kommt dein Verhalten weder sehr gerecht noch sensibel vor, auch dann nicht, wenn es um mich geht, das hat unser Gespräch gestern gezeigt. Und damit kann ich nicht umgehen. Und will es auch nicht.«

»Okay«, sagte Raphaël, und ich sah überrascht zu ihm hoch. Ich hatte mit etwas ganz anderem gerechnet als mit diesem ruhigen Ton. »Pepe, hör mal, wir kennen uns erst seit wahnsinnig kurzer Zeit, wir haben bisher nur ein paar Stunden zusammen verbracht. Meinst du nicht, dass du dich in deinem Eindruck getäuscht haben könntest? Ich finde«, und bei diesen Worten rückte er mit dem Stuhl näher zu mir, sodass sein Knie meines berührte. »Ich finde, wir hätten echt Potenzial. Zusammen, meine ich. Du bist wirklich toll, und was ich gestern über meine Abreise gesagt habe, daran lässt sich noch was drehen. Ich bin ja erst mal sowieso noch hier, und wie es dann weitergeht, können wir ruhig zusammen planen. Du meintest doch auch, dass du gerne mal New York sehen würdest.«

Ich rückte ein klein wenig mit meinem Stuhl zurück, um etwas Abstand zwischen uns zu bringen. Solange ich im Kreis seiner körperlichen Anziehung war, konnte ich nicht klar denken.

»Raphaël, es geht nicht um New York, sondern darum, dass das mit uns einfach nicht passt.«

»Aber du kennst mich doch noch gar nicht richtig.«

»Genug, um zu wissen, dass ich nicht mit dir zusammen sein kann.«

Er biss sich auf die Lippe, dann blitzten seine Augen auf: »Auch nicht für ein paar weitere Nächte?« Er grinste schief, und auch ich musste mit einem Mal lächeln. Und doch schüttelte ich den Kopf. »Auch nicht, wenn ich mit nach Berlin fahren würde?« Mein Lächeln vertiefte sich, und wieder schüttelte ich den Kopf.

»Okay«, sagte er mit einer Ergebenheit in der Stimme, die verriet, dass er mit all dem wirklich schon gerechnet haben musste. »Es war wirklich schön mit dir, süßes Indianermädchen Pepe. Die wenigen guten Stunden, die wir hatten, meine ich.«

»Das fand ich auch, Rabaukensheriff Raphaël.«

»Irgendwann komme ich mal bei dir vorbei und bringe meinen Sheriffstern mit. Vielleicht kann ich ihn gegen ein Stück Kuchen eintauschen.«

»Vielleicht.«

Ich stand auf und strich ihm zum Abschied über den Oberarm. Er lächelte traurig zu mir hoch. Dann griff ich nach meinem Korb und verließ das Café. Ich drehte mich nicht noch einmal zu ihm um, weil ich nicht wollte, dass er die kleine Träne sah, die mir die Wange hinablief.

Bevor ich nach Hause fuhr, schaute ich spontan noch bei Mamie vorbei. Sie lag ruhig schlafend in ihrem Bett, die offenen Haare wie aufgefächert auf dem Kopfkissen. Leise, um sie nicht zu wecken, hob ich den Strauß aus bunten Feldblumen aus meinem Korb und sah mich nach einer Vase um. Als ich keine entdeckte, ließ ich Korb und Blumen im Zimmer zurück und trat auf den Flur, wo ich fast mit Mamies Arzt zusammenstieß.

»Oh, verzeihen Sie«, rief ich aus, und auch er entschuldigte sich bei mir.

»Aber gut, dass wir uns über den Weg laufen«, meinte er dann, »ich wollte Sie und Ihre Schwester sowieso heute anrufen. Mit Ihrer Großmutter habe ich schon gesprochen. Das gestrige MRT und auch die neurologische Untersuchung zeigen keinerlei Anzeichen von Demenz. Wir gehen davon aus, dass die Verwirrtheit auf den Unfall und die hohe Schmerzmitteldosis zurückzuführen ist. Sie brauchen sich also in der Hinsicht keine Sorgen zu machen.«

»Aber das ist ja wundervoll!«, rief ich erleichtert aus. »Dann kann sie jetzt entlassen werden?«

»Ihre Großmutter macht sich insgesamt gut. Die Rippenbrüche verheilen wie erwartet, und was den Fuß angeht, werden wir am Montag röntgen.«

»Das sind gute Neuigkeiten, vielen, vielen Dank!«

Der Arzt lächelte mir zu, dann verschwand er im Krankenzimmer gegenüber. Ich tippte sofort eine Nachricht an Clem. Anschließend suchte ich eine Vase aus einem der Flurregale, schlich zurück in Mamies Zimmer und stellte die Blumen so auf, dass sie ihr sogleich ins Auge fielen, wenn sie erwachte. Dann machte ich mich mit meinem Korb auf den Heimweg.

28

Der große Holztisch auf der Terrasse war mit feinem weißem Geschirr, mit Gläsern und Karaffen gedeckt. Dazwischen leuchteten weiße Kerzen in Gläsern und brachten die Lavendelzweige und die weißen Hortensien, die in einer losen Reihe in der Mitte des Tisches lagen, zur Geltung. Ich betrachtete mein Werk und war zufrieden. Nun musste ich nur noch die weißen Lampiongirlanden anmachen, und hier draußen war alles fertig.

In der Küche duftete es bereits nach frisch zubereitetem Gemüse und Kräutern, vor allem nach Paprika, Tomaten und Rosmarin. Ich ging zum Herd und rührte in der köchelnden Minestrone. Ich war keine begnadete Köchin, konnte mich längst nicht mit Gaspard messen. Aber meine Standardgerichte, die meist aus viel Gemüse bestanden, bekam ich ganz gut hin. Heute gab es nach der Gemüsesuppe mit Paprika und Tomaten überbackene Zucchini mit Hirse, Champignons und – wie in all meinen Rezepten – vielen frischen Kräutern. Auch jetzt hackte ich schnell noch Basilikum, Thymian und Salbei, um sie zu der Suppe zu geben. Das Aroma stieg mir in die Nase, und obwohl ich heute Mittag gut gegessen hatte, knurrte leise mein Magen.

Die Mousse au chocolat und der Obstsalat standen im Kühlschrank bereit. Ich hoffte nur sehr, dass die Mousse noch fest werden würde. Gerne hätte ich noch etwas Ausgefalleneres zubereitet – ein paar Mini-Eclairs in verschiedenen Sorten oder Petits Fours –, aber die Zeit hatte einfach nicht gereicht.

Ich gab gerade die Zutaten für den Salat in eine große Schüssel, als Henry in die Küche trat, seine Nase hochreckte und in die Luft schnupperte.

»Mhm … ich würde sagen, das riecht nach einem angemessenen Dinner für uns Herr- und ähm, Damschaften.«

»Ja? Meinst du, du kannst damit leben, oder soll ich doch noch rasch den nächsten Fünf-Sterne-Koch der Gegend herbeizitieren?«

»Der wäre dann vermutlich morgen Abend hier, oder wie reichlich sind Fünf-Sterne-Köche hier gesät?« Dabei tunkte er einen Löffel in die Suppe, pustete und steckte ihn sich in den Mund.

»Nizza ist nicht so weit weg, mein Lieber. Wir sind hier nicht in der völligen Einöde.«

Henry schloss die Augen, spitzte die Lippen und küsste Daumen und Zeigefinger, die er zu einem Kreis geformt hatte. Dann stellte er sich neben mich an die Arbeitsfläche, beugte sich herab und blickte mich von der Seite her belustigt an.

»So oder so denke ich, dass ich mit der Köchin hier ganz zufrieden sein dürfte.« Er stahl mir ein Stück Paprika und warf es sich in den Mund. Dabei linste er nach den Muffins, die am anderen Ende des Tisches abkühlten, doch die waren dieses Mal ausnahmsweise nicht für ihn, sondern standen bereit, um sich morgen in kleine Minions zu verwandeln. »Wann kommt dein Freund?«

»Raphaël? Ich habe das vorhin mit ihm beendet.«

»Wie bitte?«

»Es hat nicht sollen sein.«

»Warum nicht? Was ist passiert?«

Ich drehte mich zu ihm, die Salatkelle noch in der Hand. »Es passte nicht mit uns beiden.«

Henry sah mich lauernd an. »Sie halten sich sehr bedeckt, Penelope Mariaux. Wenn da mal nicht ein anderer Mann dahintersteckt.«

»Oh Gott, nein, das nun wirklich nicht. Es ist so, wie ich sage. Das mit uns beiden wäre ziemlich schiefgegangen, wenn wir es hätten weiterlaufen lassen, also habe ich es rechtzeitig beendet.« Bedauernd hob ich die Hände. »Schließlich habe ich gerade erst eine Beziehung hinter mir, die ihr grandios katastrophales Finale nur gefunden hat, weil wir nicht rechtzeitig die Reißleine gezogen hatten.« Ich war selbst überrascht über die Entschiedenheit, die ich an den Tag legte. Nach dem Abschied von Raphaël war ich traurig gewesen, war es noch immer ein wenig, aber ich war mir zu einhundert Prozent sicher, dass es so das Beste war. Auch wenn die Trennung von ihm ein kleines Sehnsuchtsgefühl hinterließ.

»Hauptsache, du ziehst die Reißleine jetzt nicht immer zu früh.« Henry sah mit einem Mal wirklich besorgt aus. »Manchmal brauchen Beziehung ein wenig Reifezeit, bevor sie richtig gut funktionieren.«

»Ich weiß«, sagte ich, »aber in diesem Fall hat mich mein Gefühl, glaube ich, nicht getäuscht.«

»Du weißt das am besten. Wenn du sagst, es war richtig so, bin ich sicher, dass es stimmt.« Henry lächelte wieder. »Wie kann ich helfen?«

Ich deutete auf die Kiste Wein und Crémant, die er und Léo mitgebracht hatten und die noch immer auf dem Küchentisch stand. »Es gibt eine Minestrone – die du ja jetzt schon kennst –, dann überbackene Zucchini und schließlich Mousse au chocolat. Welche Weine können Sie empfehlen, Monsieur de Masson?«

Als die Gäste eine halbe Stunde später eintrafen, hatten Henry und ich gerade gegenseitig unsere schicke Kleidung bewundert, in die wir geschlüpft waren. Henry trug sein Standardoutfit, eine Anzughose und ein hellblaues Hemd, in dem er wieder grandios aussah, während ich meinen knöchellangen apricotfarbenen Seidenrock zu einem weißen seidenen Top kombiniert hatte. Léo war der Erste, der durch den Salon nach draußen trat, er hatte einen makellos sitzenden marineblauen Anzug und ein helles Hemd angezogen und sah zugleich unheimlich fein und lässig aus. Wenige Minuten später trafen Clem und Gaspard ein. Auch sie hatten sich zurechtgemacht, Clem trug ein knielanges gelbes Sommerkleid und Gaspard schmale Jeans zu einem weißen Hemd mit kleinen schwarzen Ankermotiven darauf. Während sich die anderen ausgiebig begrüßten, zog Clem an meinem Arm: »Ist es nicht toll, dass Mamies Tests gut ausgefallen sind? Endlich ein Zeichen, das sie sicher positiver stimmt.«

»Damit können wir sie hoffentlich davon überzeugen, diese Heimidee fallen zu lassen«, stimmte ich zu.

Clem nickte, dann sah sie sich suchend um.

»Wo ist Raphaël?«

»Es ist vorbei mit ihm«, sagte ich leise. »Ich habe es heute Morgen beendet.«

»Oh nein, wieso?«, fragte sie. Und dann, lauernd wie mein persönlicher Wachhund: »Was hat er getan?«

»Er passt einfach nicht zu mir, das ist alles. Ehrlich gesagt scheint er mir Oskar ein bisschen zu ähnlich zu sein.«

»Oh, wirklich? Aber er war nicht gemein zu dir, oder?«

»Nein, doch ich glaube, auf längere Sicht wäre es nicht gut gelaufen.«

Clem nickte. »Schade. Ich hoffe, es war nicht allzu unangenehm, mit ihm Schluss zu machen.«

»Gar nicht irgendwie«, sagte ich selbst noch immer überrascht. »Er hat wirklich gut reagiert.«

»Dann muss ich jetzt nach dem Nächsten Ausschau halten, oder?« Clem grinste mich an, und ich musste lachen.

»Vielleicht warten wir damit noch ein wenig, ja? Ich glaube, ich brauche mal eine Atempause.«

»Na gut, eine kleine sei dir gegönnt.«

Henry brachte die Crémantgläser nach draußen auf das Beistelltischchen, wo schon der Eiskühler bereitstand. Nun entkorkte er die Flasche und schenkte in jedes Glas gleichmäßig ein.

»Ich freue mich sehr, dass ihr alle da seid«, sagte ich laut und sah in die lächelnden Gesichter. »Es gibt eigentlich keinen Anlass für diese kleine Feier, keinen offiziellen jedenfalls. Trotzdem habe ich einen heimlichen Favoriten … einen, der mir während der Vorbereitung durch den Kopf schwirrte. Ich habe mir überlegt, dass dies ganz klar ein Fest der Freundschaft und Verbundenheit ist. Mit euch vieren habe ich wunderschöne Tage verbracht. Und ich freue mich unheimlich auf mehr davon! Es ist schade, dass Mamie heute nicht mit dabei sein kann, da auch sie zu diesem Kreis gehört. Aber ich bin sicher, dass wir irgendwann, vielleicht in einem Jahr oder so«, ich zwinkerte Léo und Henry zu, »in dieser Konstellation gemeinsam mit ihr feiern können. Auf die Freundschaft!«

Alle erhoben ihre Gläser und stießen miteinander an, und als ich so in die Runde sah, zu Gaspard, zu meiner Schwester, fühlte ich mich angekommen.

»Mmh, wo habt ihr denn den tollen Crémant aufgetrieben, Henry?«, fragte Clem, und in ein Gespräch über Henrys und Léos Reiseroute vertieft, setzten wir uns an den Tisch. Und schon begann der Trubel, den ich so liebte, bei dem Wein eingeschenkt wurde, Platten und Schüsseln herumgereicht wurden und Gesprächsfetzen durch die warme Luft zogen. Ich saß am Kopf des Tisches, zu meiner Linken hatten Léo und Clem, zur Rechten Gaspard und Henry Platz genommen. Clem reichte Léo gerade das Brot, während Henry allen von der Suppe auftat.

»Pepe, möchtest du auch?«, fragte Clem und streckte den Arm an Léo vorbei in meine Richtung. »Entschuldigen Sie, Léo.« Als ich ihr den Korb abgenommen hatte, wandte sie sich ganz Léo zu. »Sagen Sie, wie lange genau werden Sie hier in der Pension bleiben?«

»Bis Sonntag nächster Woche. Ich werde gemeinsam mit Henry am Abend abreisen. Ungern, wie ich gestehen muss, aber so ist es nun mal.«

»Dann nehmen Sie Pepes Backkurs also noch mit!«

»Natürlich, den Kurs wollen wir unter keinen Umständen verpassen.« Léo lächelte mich kurz an.

»Dann ist es ja gut. Hatten Sie denn bisher eine schöne Zeit hier?«, fragte Clem interessiert weiter, während sie den ersten Löffel Suppe probierte und mit den Lippen ein »Lecker!« in meine Richtung formte.

»Eine sehr schöne. Es war ganz anders, als ich es mir vorgestellt hatte, aber das ist bei Reisen wohl immer der Fall, nicht wahr? Dass mein Enkel mich zum Beispiel wirklich noch einmal durch die ganze Provence schickt und mir das Spaß machen würde, hätte ich zuvor nicht gedacht. Den Burschen werde ich definitiv vermissen, wenn er nach Bangladesch geht.« Er wirkte tatsächlich niedergeschlagen angesichts Henrys Abreise. Ich konnte mir vorstellen, dass die Tage mit seinem witzigen, lebensfrohen Enkel eine angenehme Abwechslung zu Léos Leben in London waren. Ich versuchte ihn ein wenig aufzuheitern.

»Aber noch stehen Ihnen ja wunderbare gemeinsame Tage in Cannes bevor.«

»Richtig, noch so eine Idee von ihm. Aber Cannes muss man wohl zumindest einmal im Leben gesehen haben, oder?«, schmunzelte er in meine Richtung.

Ich nickte vielsagend und dachte unwillkürlich an den ersten Ausflug zurück, den ich gemeinsam mit Mamie und Clem dorthin unternommen hatte, als ich zehn gewesen war. Den ganzen Tag lang waren wir durch die Stadt spaziert, über die Strandpromenade flaniert, hatten ein Eis nach dem anderen gegessen und uns in Fantasien verloren, wie wir als berühmte Filmschauspielerinnen und Prinzengattinnen hierher zurückkehren würden, um in den teuren Restaurants und Hotels zu verkehren.

»Ich habe allerdings noch eine Bitte an Sie, liebe Pinou. Würden Sie mir in der nächsten Woche für meine Familie einige Ihrer Gebäckstücke zubereiten und so verpacken, dass sie eine Reise nach London überstehen? Ich habe lange überlegt, was das beste Mitbringsel wäre, und dann ist mir klar geworden, dass es nur dieses eine sein kann.«

»Aber sehr gern! Es ehrt mich. Gerne werde ich Ihnen etwas backen.«

»Wunderbar, vielen Dank.«

Irgendetwas hatte in mir begonnen zu arbeiten, ohne dass ich wusste, was der Auslöser war. Es war, als läge mir ein Wort auf der Zunge, aber ich kam einfach nicht darauf. Clem sah Léo ebenfalls zerstreut an. In ihrem Blick sah ich gespiegelt, was in mir vorging.

»Sagten Sie gerade Pinou?«, fragte sie, und da verstand ich endlich, was mich so irritiert hatte. Léo hatte mich Pinou genannt, das tat doch sonst niemand außer Mamie.

»Oh, verzeihen Sie, ich habe aus Versehen Ihren Spitznamen verwendet. Penelope meine ich natürlich.«

»Aber woher kennen Sie den Namen?«, hakte ich nach.

»Clem«, rief Henry dazwischen, »wie wäre es, wollen wir den Weißwein köpfen?« Meine Schwester erhob sich und ging mit Henry in die Küche, doch ich achtete nicht weiter darauf, sondern hing an Léos Lippen.

»Sagen das nicht alle zu Ihnen?« Léo tastete nach seinem Crémantglas und nahm den letzten Schluck, während sein Blick auf mir ruhte.

»Nein, eigentlich sagen alle Pepe, nur Mamie …« In meinem Kopf begann es wie verrückt zu rattern. Alle Zahnräder schienen sich in Bewegung gesetzt zu haben. »Léo«, sagte ich mit rauer Stimme. Meine Kehle war vor Aufregung wie zugeschnürt. »Léo, kennen Sie Mamie?«

»Na ja, es mag schon sein, dass wir uns früher einmal begegnet sind, das kann ich nicht abstreiten. Ich war immerhin einige Monate hier …« Ich fixierte ihn mit den Augen. Er leckte sich die Lippen, dann sah er mich durchdringend an. »Verzeihen Sie, ich muss diesen Namen irgendwo aufgeschnappt haben. Es ist ja ein gängiger Spitzname …« Ein absolut seltener Name, berichtigte ich ihn im Stillen, aber hielt mich zurück. »Lassen Sie uns weiteressen, diese Suppe ist wirklich vorzüglich, und ich freue mich schon auf den Hauptgang.«

Henry und Clem kamen lachend mit dem geöffneten Weißwein zurück und schenkten uns reihum davon ein. Die Dunkelheit breitete sich langsam rund um uns herum aus, und unser Tisch erstrahlte unter den Lampions und den Kerzen. Eine angenehm kühlende Brise vertrieb die Hitze des Tages, und kleine und größere Brummer verirrten sich immer mal wieder an unseren Tisch, um nach ein paar Drehungen um eine Flamme wieder summend davonzubrausen. Ich blickte in die vier fröhlichen Augenpaare um mich herum und traf eine Entscheidung: Auch wenn ich das dringliche Gefühl hatte, dass hinter Léos Versprecher mehr steckte, als er behauptete, war dies nicht die richtige Zeit, um nachzubohren. Das würde ich in einem ruhigen Moment nachholen. Ich hielt mein Glas empor und stieß der Reihe nach mit allen an. Dies war ein Moment zum Feiern, keiner zum Grübeln.

Als ich spät am Abend an dem kleinen Tisch in meinem Zimmer saß, noch beseelt von dem Wein und den schönen Momenten mit meiner Familie und meinen Freunden, in den dunklen Himmel sah und den Geräuschen der Nacht lauschte, dem Zirpen und dem Fledermausflattern, konnte ich eine gewisse Unruhe nicht abschütteln. Ein Bild flirrte in mir, und es zeigte Léo, wie er beim Abendessen an meiner Seite saß und um Worte rang. Ich ließ die ganze Szene noch einmal Revue passieren. Konnte es sein, dass Léo damals, als er nach Frankreich gekommen war, meine Großmutter kennengelernt hatte? Ein junger Mann, der nicht in der Provence geblieben war, der, um den Kontakt zu halten, Briefe schrieb …

Mit einem Ruck schob ich meinen Stuhl zurück. Eilig ging ich zur Tür, zog sie auf und lief leise die Treppe zum Dachboden hinauf. Dort knipste ich die nackte Glühbirne an, um meinen Weg zum provisorischen Kistenschreibtisch zu finden und die Mappe aufzuschlagen, die darauf lag. Darin befanden sich die Anmeldebögen unserer Gäste. Obenauf lag jener, den Léo an seinem ersten Tag hier ausgefüllt haben musste. Es genügte ein Blick, und ich hatte die Bestätigung für meinen Verdacht. Sofort erkannte ich die Handschrift wieder, die ausladenden, schrägen Buchstaben, das geschwungene P in der Unterschrift: Léo Philippe de Masson. Mein Herz klopfte schnell, als ich begriff, was das zu bedeuten hatte. Mit einem ungläubigen Seufzen ließ ich mich auf die Fensterbank fallen und starrte in den schummrig erleuchteten Raum. Ohne damit zu rechnen, hatte ich ihn gefunden, mitten im eigenen Haus: den ungestümen jungen Mann von damals, den zuvorkommenden älteren Herrn. Es gab keinen Zweifel: Léo war P.

29

Es war bereits dunkel, als ich mit meinem Käfer in die kleine Straße am Oranienplatz einbog. Zwei Tage war ich unterwegs gewesen, hatte in einer Pension im Elsass übernachtet und ein ausgiebiges Abendessen genossen, um an diesem Morgen gestärkt und ausgeruht die zweite Etappe anzutreten.

Ich parkte schräg vor dem Haus und holte den Koffer aus dem Kofferraum, der so gut wie leer war, was sich in den nächsten beiden Tagen aber schnell ändern würde. Ich blickte an der Fassade des Mietshauses hoch, in dem ich die letzten zehn Jahre gelebt hatte, sah zu Jonas' Fenstern, die dunkel waren, und zu meinen eigenen. Nun stand ich also noch einmal hier, in Berlin, und es würde vorerst wohl das letzte Mal sein. Aber bevor mich die Nostalgie völlig überrollen konnte, huschte ich durch die Haustür ins Innere. Als ich an Jonas' Wohnungstür vorbeikam, horchte ich, doch es war still, und ich traute mich nicht zu klingeln, um Feli nicht zu wecken. Ich ging die letzten Stufen zu meiner Wohnung hoch und öffnete die Tür. Es war gelüftet worden, das merkte ich sofort, und als ich einen Blick in die Küchenzeile warf, fielen mir gleich die Flasche Rotwein und das Brot neben dem Kühlschrank auf. Ich öffnete ihn und entdeckte tatsächlich etwas Butter und Käse.

Im nächsten Moment klopfte es an meiner Wohnungstür. Freudig lächelnd öffnete ich sie und fiel Jonas in die Arme.

»Ich hab dein Parkett knarzen hören«, erklärte er.

»Tausend Dank für das Essen.« Ich zog ihn ins Wohnzimmer zur Couch und lief in die Küche, um den Wein und zwei Gläser zu holen.

»Oder sollen wir lieber runter zu Feli gehen?«

Jonas hielt das Babyfon hoch. »Sie weiß, dass ich hier bin und dass sie nur quaken muss, damit ich runterkomme.«

Ich schenkte uns beiden ein Glas Rotwein ein.

»Und wo ist nun dieser Raphaël, der mir so tönend angekündigt wurde?«, fragte er und sah sich um.

Ich seufzte einmal auf, und Jonas hob sofort eine Hand.

»Oje, was ist passiert?«

»Es war vorbei, bevor es richtig beginnen konnte.«

»Hat er …?«, fragte er vorsichtig, doch ich schüttelte gleich den Kopf.

»Ich hab Schluss gemacht.«

»Erzählst du mir davon?«

»Eigentlich gibt es gar nicht viel zu erzählen, weil es eine so kurze Sache war. Es ging so wahnsinnig schnell mit uns. Ich weiß auch nicht, was da mit mir los war. Ich fand ihn halt sehr anziehend, und dann sind wir ziemlich schnell zusammen … na ja, im Bett gelandet. Danach ging dann alles schief, oder besser gesagt, ich habe ihn von einer anderen Seite kennengelernt. In einigen Zügen erinnerte er mich gefährlich an Oskar, und da war ich mit einem Mal lieber vorsichtig.«

»Verstehe. Dann kann ich ja nur froh sein, dass nicht ein neuer Oskar dazwischenfunkt und mir meine beste Freundin wieder wegnimmt.« Er lächelte mir zu, und ich spürte, wie sich Wärme zu der des Weines in meinem Magen gesellte. Ich war so unglaublich froh, ihn zu sehen, hier wie früher mit ihm zusammensitzen zu können.

»Das wird nie wieder passieren, das verspreche ich dir.«

»Gut.« Er beugte sich vor und fuhr mir mit den Fingern durchs Haar. Überrascht blickte ich ihn an.

»Eine Fluse«, sagte er schnell. »Pollen wahrscheinlich.«

Ich nahm noch einen Schluck von dem schweren Wein – unsere Lieblingsmarke – und meinte: »Du, Jonas, ich muss dir unbedingt noch erzählen, worauf ich gestoßen bin.« Und dann berichtete ich ihm von den Briefen auf Mamies Dachboden, meiner Entdeckung und dem Verdacht, dass Léo etwas damit zu tun hatte.

Es war am frühen Nachmittag des nächsten Tages, als ich endlich auch Feli wiedersah. Jonas hatte sie den Vormittag über in den Kindergarten gebracht und mir beim Packen geholfen. Nun öffnete sich die Wohnungstür, während ich im Wohnzimmer gerade über einem auf dem Boden liegenden Regal hing und an den Schrauben herumwerkelte. Ein kleines Wesen flog zu mir und schmiegte sich an meinen Rücken.

»Feli!«, rief ich. »Hallo, meine Kleine!« Ich wandte mich um, so gut es ging, um sie richtig umarmen zu können. »Na, war es schön im Kindergarten?«

»Jaa! Minnie?«, fragte sie sofort, und ich sah sie mit ebenso großen Augen an wie sie mich.

»Mini?«, hakte ich nach, doch sie schüttelte den Kopf, sodass ihr kleiner blonder Pferdeschwanz hin- und herschaukelte.

»Minions«, kam Jonas uns zu Hilfe. »Sie will wissen, ob du die Muffins gebacken hast.«

»Jaaa, Minnies!«, rief Feli und sah mich erwartungsvoll an.

»Natürlich habe ich welche für dich. Warte, ich hole sie.« Die

Kleine tapste mir hinterher in die Küche und löste den Blick nicht von meinen Händen, als ich den Deckel der Transportbox löste und ihr die quietschgelben Küchlein hinhielt.

»Minnnniääås!«, schrie sie freudig los und lachte ihr gluckssendes Kinderlachen.

»Welchen magst du denn als Erstes probieren?«

Sie deutete zielsicher auf den Armen, der nur ein Auge hatte. Ich zog eine Serviette aus dem Küchenschrank, legte den Muffin darauf und gab ihn ihr. Vorsichtig, um den Muffin ja nicht fallen zu lassen, ging sie zu ihrem Papa ins Wohnzimmer und zeigte ihm stolz mein Werk.

»Wow«, sagte Jonas beeindruckt. »Der sieht ja toll aus. Gibt's davon auch noch einen für Papa?«

»Ja, aber nit su viele«, gab sie zur Antwort und brachte uns beide zum Lachen.

»Ich glaube, einen darf der Papa essen, oder? Einen kleinen?«

»Otee«, schmatzte es vom Wohnzimmerboden zu uns herauf.

»Einen kleinen, bitte schön«, sagte ich, als ich Jonas seinen Muffin überreichte. Er lächelte und biss sofort in das gelbe Köpfchen. »Besser als erwartet«, sagte er kauend. »Ich dachte, so etwas Gelbes kann doch gar nicht schmecken.«

Ich hob die Augenbrauen. »Dann hast du wirklich keine Ahnung vom Backen.«

»Vielleicht musst du mir mehr beibringen?«

»Definitiv«, sagte ich lächelnd, dachte aber wehmütig daran, dass wir kaum die Möglichkeiten dazu haben würden, außer vielleicht bei Besuchen hier oder in der Provence.

»Aba jetz umtschiehn helfe«, riss mich eine krümelübersäte Feli aus den Gedanken. Ich sah, wie sie nach meinem Schraubenschlüssel greifen wollte, den ich unüberlegterweise hatte fallen lassen, als sie mich bestürmt hatte. Schnell entfernte ich ihn aus ihrer Reichweite.

»Oh, okay. Dann habe ich genau das Richtige für dich.« Ich legte das Werkzeug beiseite und schnappte mir das Mädchen, um es zu meinem Kleiderschrank zu bugsieren. Davor lagen einige Haufen mit der Kleidung, die ich mitnehmen wollte. Den aussortierten Rest hatte ich bereits in blauen Säcken verschnürt.

»All das muss da rein«, sagte ich und deutete auf den großen Koffer daneben. »Würdest du das übernehmen?«

Noch bevor ich irgendetwas erklären musste, hatte Feli bereits begonnen, die Sachen so behutsam, wie es einer Zweieinhalbjährigen gelang, in dem Koffer zu verstauen.

»Sie ist ein Packgenie«, raunte Jonas hinter mir. Ich wandte mich zu ihm um.

»Von wem sie das nur hat«, grinste ich und kniff ihn in die Seite. Es war schön zu spüren, dass die Vertrautheit durch unsere Gespräche in den letzten Wochen wieder geweckt worden war. Er lächelte auf eine Weise, die nur ihm eigen war: spitzbübisch und verlegen zugleich.

»Machen wir weiter?«, fragte er. »Das Regal muss noch auseinandergenommen werden.«

Morgen würde ein Unternehmen kommen, das die blauen Säcke sowie die meisten Möbel mitnehmen würde, um sie an bedürftige Familien zu verteilen. Ich hatte mich dagegen entschieden, die Möbel aufzubewahren, bis auf einige wenige Stücke, die ich von Verwandten bekommen oder aus zweiter Hand gekauft hatte und die mir wirklich am Herzen lagen. Die würden wir morgen in Jonas' Keller verstauen.

Ich griff nach dem Schraubenschlüssel am Boden und hielt ihn Jonas voller Motivation entgegen.

»Auf geht's.«

Nachdem wir zwei Stunden gearbeitet hatten, meldete sich mein Magen hörbar. Jonas warf mir vom Boden aus, wo er gerade einige Bilder in Papier einschlug, einen belustigten Blick zu.

»Lang nichts von dir gehört, alter Freund.«

»Hey«, rief ich und warf mit dem Geschirrhandtuch nach ihm, das ich zum Staubwischen benutzt hatte. Jonas fing es lachend auf.

»Ach komm«, sagte er, »wir wissen beide, dass der sich regelmäßig alle zwei Stunden meldet, um versorgt zu werden.«

»Ja, und?«, erwiderte ich und stemmte die Hände in die Seiten. »Er arbeitet halt etwas schneller als andere, das ist etwas Gutes.«

»Ist klar«, seufzte Jonas und erhob sich. »Aber eigentlich trifft sich das wirklich gut.« Er warf einen Blick auf seine Armbanduhr. Ohne ein weiteres Wort ging er ins Bad, wo ich Wasser rauschen hörte, dann verschwand er im Schlafzimmer und kam kurz darauf mit einer quietschenden Feli unterm Arm wieder heraus.

Ich wollte gerade in die Küche gehen, um mir einen Muffin zu holen, da rief er mir zu: »Worauf wartest du, komm schon!« Er schlüpfte in seine Stoffschuhe am Eingang und schnappte sich Felis Schühchen.

»Was …?« Bevor ich Fragen stellen konnte, waren die beiden schon aus meinem Sichtfeld verschwunden. Ich zog schnell meine Chucks an, schnappte mir den Schlüssel von der noch stehenden Kommode und rannte in den Hausflur, um ihnen hinterherzulaufen. Feli lachte mir fröhlich entgegen, als ich die beiden fast eingeholt hatte.

»Wohin gehen wir?«, fragte ich, aber Jonas blickte sich nicht einmal nach mir um. »Feli, weißt du irgendetwas?«

Doch die Kleine sagte nichts, sondern zeigte nur ihr schönstes Kindergrienen.

»Du weißt doch etwas«, sagte ich und kitzelte sie unterm Kinn. Aber sie schüttelte den Kopf und lachte nur, ohne mir eine Antwort zu geben.

»Feli, halte durch. Ich habe dir gesagt, sie würde Folter einsetzen, aber du schaffst das, meine Süße!«, rief Jonas seiner Tochter zu.

Ich gab es auf, Feli zu bearbeiten, legte einen Schritt zu und hakte mich bei Jonas unter. Er warf mir einen amüsierten Seitenblick zu.

»Bitte, lieber Jonas, du bist doch mein bester Freund«, flötete ich und setzte meine süßeste Honigstimme ein. »Du hast sonst nie Geheimnisse vor mir. Sag mir doch, wohin gehen wir?«

»Nein, nein, nein, Pepe, so nicht.«

»Oh, bitte, Jonas.«

Langsam wandte er mir sein Gesicht zu, ohne etwas zu sagen, und mit einem Schlag wurde mir bewusst, wie nah unsere Körper sich waren. Nach all der Zeit des Abstands fühlte es sich ungewohnt und zugleich so vertraut an.

»Erst wenn du mir dein Geheimnis verrätst.«

Er meinte natürlich das Geheimnis, das ich ihm am Telefon nicht hatte verraten wollen. Diesen Kuss, der mich aus den Socken gehauen hatte. Aber das würde ich lieber für mich behalten.

»Okay, okay, dann überrascht mich eben«, sagte ich, entzog ihm meinen Arm und grinste.

Jonas seufzte ungeduldig auf, ging dann aber lächelnd weiter.

Unten angekommen, setzte er Feli ab und nahm sie an die Hand. Feli winkte mir mit der anderen zu und forderte mich auf, sie zu nehmen. So gingen wir zu dritt Hand in Hand die

Straße entlang. Es war ein milder Sommertag, an dem sich Berlin von seiner guten Seite zeigte. Die Leute wirkten entspannter und fröhlicher als sonst, sie lächelten uns dreien zu, wenn wir ihnen auf dem Bürgersteig umständlich auswichen.

Etwa eine halbe Stunde liefen wir durch die Stadt. Ich sah, dass wir in Richtung Landwehrkanal unterwegs waren, doch noch immer verriet Jonas nichts von unserem eigentlichen Ziel. Mittlerweile hatte er Feli auf die Schultern genommen. Von dort oben berichtete sie ausgiebig von dem Bauernhof im Kindergarten – offensichtlich einem aus Spielzeug –, der sie stundenlang auf Trab hielt. Gerade erzählte sie von den Hasen, die sie besonders süß fand, und der täglichen Fütterung, als ich plötzlich nach Jonas' Arm griff.

»Der Pavillon!«, rief ich, als ich das Häuschen an der Ecke zur Brücke entdeckte. Es war wirklich, wie der Name verhieß, ein kleiner Pavillon mit Tischen unter Lindenbäumen. Das Ufer war im Sommer immer schon einer unserer liebsten Plätze gewesen. Hier hatten wir stundenlang gesessen und geredet. Und als dann auch noch der Pavillon eröffnet hatte, wo es Kleinigkeiten zu essen und Getränke gab, gehörten wir zum Stammpublikum. Ich war schon seit einer kleinen Ewigkeit nicht mehr hier gewesen und hatte seit geraumer Zeit nicht mehr an den verträumten Ort gedacht.

Jonas lächelte mich an und bedeutete mir, mich an einen der freien Tische zu setzen. Er selbst blieb mit Feli auf den Schultern stehen.

»Ich wollte unbedingt noch einmal mit dir hierherkommen. Es ist unser letztes gemeinsames Essen in Berlin, abgesehen von den Nudeln mit Fertigsoße und den Minion-Muffins, mit denen wir uns bis morgen durchschlagen. Da musste ein besonderer Ort her, findest du nicht?«

Er hob Feli von den Schultern, und die Kleine lief aufgeregt zu dem Fenster, aus dem heraus die Bestellungen angenommen wurden.

Keine fünf Minuten später steuerte Jonas mitsamt einem Tablett unseren Tisch an, während Feli tänzelnd vor ihm hersprang. Und es drängte mich, mir dieses Bild und das begleitende Gefühl genau einzuprägen, um es nie zu vergessen.

»Habe ei Spritz tauft«, sagte Feli, wobei sie wie immer, wenn sie aufgeregt war, einige Silben verschluckte.

»Was habt ihr getauft?«, fragte ich. Da stellte Jonas schon ein Glas mit orangefarbenem Inhalt vor mir ab. »Ihr habt Aperol Spritz gekauft!«, rief ich und sah die beiden fröhlich an. Auf dem Tablett befanden sich neben den Getränken einige Tramezzini und kleine Quiches.

»Danach gibt es Kaffee, Gebäck und Waffeln«, sagte Jonas und entlockte Feli damit einen Jubelschrei, der die Köpfe aller Gäste zu uns herumfahren ließ. Jonas zog die Schultern schuldbewusst hoch, dann lächelte er schon wieder und verteilte das Essen.

»Das war eine wirklich schöne Idee, Jonas«, sagte ich kauend.

Wir stießen mit dem Aperol Spritz und Felis Apfelschorle an, wobei Feli schon wieder zu brabbeln begann.

»Da in Frantreis, ja? Gib's da Kanichen?«

»Ja, da gibt's auch Kaninchen. Bei uns zu Hause haben wir leider keine, dafür einen Kater, der ganz weiß und flauschig ist und Fuchur heißt. Und wenn du mich mal besuchen kommst, gehen wir zu meiner Schwester Clem, die hat sogar Kaninchen.«

»Echte Kanichen?«

»Ja, richtig echte.«

Mein Blick wanderte von Feli zu Jonas, und in mir gefror

etwas, als ich die Traurigkeit in seinen Augen sah. Es war wirklich unser Abschiedsessen, das vielleicht letzte Mal für eine längere Zeit, dass wir uns nicht sehen würden. Er bemerkte meinen Blick und setzte sofort ein Lächeln auf, aber es war zu spät. Unterm Tisch suchte ich seine Hand und drückte sie kurz.

»Ihr kommt mich auf jeden Fall besuchen, ja?«

Er nickte langsam. Dann wandten wir uns wieder Feli zu, die ihren Vater bearbeitete, ein Kaninchen anzuschaffen.

Spät am Abend konnte keiner von uns dreien sich mehr rühren. Meine Muskeln und Gelenke schmerzten, und Jonas musste es ebenso gehen. Dafür hatten wir eine ordentliche Reihe Kartons und einen Haufen blauer Säcke vor uns stehen. Die Möbel waren abgebaut, und tatsächlich war für heute alles geschafft.

Schlaff hing ich da, den Rücken gegen die Seitenlehne gestützt und beide Beine auf Jonas' Beinen abgelegt, der in der gleichen Position mir gegenübersaß. Felis ruhiger Atem drang vom Schlafzimmer zu uns, wo sie auf der Matratze lag und schlief.

Wir hielten jeder eine Flasche Bier in der Hand, die wir kaum an den Mund führen konnten, so entkräftet waren wir.

»Wie, um Himmels willen, sollen wir morgen bitte die Möbel nach unten schaffen?«, fragte ich ins Blaue, ohne eine sinnvolle Antwort zu erwarten. Doch wie immer suchte Jonas nach einer Lösung.

»Wir fragen die Jungs, die deine anderen Möbel abholen, ob sie uns mal eben helfen können.«

»Das ist die beste Idee, die ich je gehört habe«, sagte ich erleichtert.

Eine ganze Weile schwiegen wir. Ich hatte die Augen geschlossen und war kurz davor wegzudämmern.

»Es wird echt komisch sein, wenn du nicht mehr über mir wohnst.«

Ich öffnete die Augen einen Spalt und sah Jonas an. Seine Locken lagen geradezu geordnet um seinen Kopf, nur die grauen Striemen auf seinem Shirt verrieten die Anstrengung des Tages. Ich fühlte, wie Schwermut durch meinen müden Körper schoss.

»Es wird komisch sein, nicht mehr über dir zu wohnen«, sagte ich. Als er gestern da vor meiner Tür gestanden hatte, hatte es sich so vertraut angefühlt. Jedes Wort, jeder Blick und jede Bewegung waren wie das Ankommen an einem wohlbekannten Ort. Er drückte meinen Fuß, und ich zuckte leicht zusammen, weil es mich kitzelte. Ob ihm genauso deutlich bewusst war wie mir, dass wir in fast der gleichen Position dasaßen wie damals auf dem Dachboden und dass es genauso begonnen hatte: er, der mich am Fuß kitzelte, sich dann zu mir beugte? Ich verdrängte den Gedanken und lächelte ihn traurig an.

»Was wird aus uns, wenn ich nicht mehr hier wohne?«, fragte ich.

Jonas sah mir in die Augen, er schien sehr nachdenklich. »Wenn uns ein Oskar nicht auseinanderbringen konnte, dann wird es die Entfernung ganz bestimmt nicht schaffen«, sagte er dann.

Ich nickte schwerfällig, trank einen kleinen Schluck von dem Bier und schmeckte der leichten Bitterkeit auf meiner Zunge nach.

»Ihr müsst mich wirklich besuchen kommen«, sagte ich. »Feli wird die *Petite Sorcière* lieben. Sie kann den ganzen Tag draußen spielen, wir können zusammen backen und tolle Ausflüge machen.«

Jonas nickte und lächelte, aber ich meinte, einen traurigen Zug um seine Mundwinkel zu erkennen.

»Pepe?«

»Ja?«

»Verrätst du es mir noch, dein Geheimnis, meine ich?« Er klang ernster als die Male zuvor, als er mich darum gebeten hatte, auch wenn er mir nicht in die Augen sah, sondern die Flasche in seinen Händen fixierte.

»Du wirst es nicht ruhen lassen, oder?«

Weiterhin auf die Flasche konzentriert, schüttelte er entschieden den Kopf. Locken fielen ihm in die Stirn, und ich hätte sie ihm gern zur Seite gestrichen.

»Irgendwann verrate ich es dir«, sagte ich leise. »Im richtigen Augenblick, ja?«

Ich konnte seine Ungeduld förmlich spüren, gab aber nicht nach. Zum einen wollte ich das Spiel noch ein wenig weitertreiben, zum anderen fiel es mir schwer, ihn auf jenen Abend anzusprechen, auch weil von seiner Seite aus mehr Gefühle involviert gewesen waren.

»Vielleicht sollten wir jetzt schlafen gehen«, sagte Jonas und begann, sich mühevoll aufzurichten.

»Willst du Feli nicht hierlassen? Sie schläft schon so tief.«

»Und wo sollst du dann schlafen? Nein, nein, ich nehme sie mit runter.«

Ich nahm meine Beine von seinen und stellte die Füße auf den Boden.

»Ich kann auf dem Sofa schlafen, das ist kein Problem.«

Jonas lächelte mich müde an, schüttelte aber leicht den Kopf.

Wir saßen nun nebeneinander, und keiner von uns schaffte es, sich ganz zu erheben. Erst mussten wir Kraft schöpfen.

»Siehst du, ich komme eh nicht vom Sofa runter«, sagte ich

und brachte Jonas damit zum Lachen. Er lehnte sich zu mir rüber, wahrscheinlich wollte er den Kopf auf meiner Schulter ablegen, schaffte es aber kräftemäßig nicht, die Bewegung zu vollenden. Und als sein Kopf plötzlich so nah an meinen herankam, spürte ich es. Ein Kribbeln, wie ich es noch nie zuvor gefühlt hatte, breitete sich in meinem ganzen Bauch aus. Und es blieb nicht dort, sondern strömte in all meine Glieder bis in meinen Verstand. Jonas hob den Kopf, ohne sich von mir fortzubewegen. Seine Augen waren auf meine gerichtet, und plötzlich schien es mir, als würde sein sanfter Blick an Intensität gewinnen. Ganz stark spürte ich mit einem Mal die Wärme, die von seinem Körper auf meinen ausging. Unsere Blicke blieben ineinander verhakt, während ich ein sehnsüchtiges Ziehen fühlte, das uns zueinander trieb … der Wunsch nach der Nähe des anderen, nach Zärtlichkeit. Mein Blick blitzte von seinen Augen zu seinen Lippen, die schon so nah an meinen waren, und zurück. Wie von selbst bewegte sich mein Kopf Millimeter um Millimeter näher an seinen heran. Näherte nicht auch er sein Gesicht dem meinen? Da zuckte ein anderes Bild durch meinen Kopf: Jonas mit Lina, wie sie einander verliebt ansahen, wie sie sich küssten. Ich zuckte zurück, nur einige Zentimeter, und doch reagierte Jonas sofort darauf. Er wich zurück, stützte die Hände auf den Beinen ab und erhob sich mühsam, ohne dass ich sein Gesicht sehen konnte.

Ich blieb steif sitzen und beobachtete ihn mit einem Mal sehr genau. Die Bewegung seiner Armmuskeln, als er sich auf seinen Beinen abstützte, die kleinen gekräuselten Härchen in seinem Nacken. Ich biss mir kurz auf die Lippen, dann riss ich mich zusammen.

Er wandte sich um, ging in das Schlafzimmer, um Feli zu holen, und ließ mich einen Moment allein zurück. Ich versuchte, mich zu sammeln. Okay, ein kleiner Schub der Verwirrung. Das kam vor. Ich war ja auch wirklich sehr müde. Innerlich schüttelte ich das Kribbeln ab, was nur halbwegs gut funktionierte. Da kam Jonas mit Feli im Arm aus dem Zimmer.

»Kannst du mir die Tür aufhalten?«, flüsterte er, ohne mich direkt anzusehen, und ich nickte eilfertig und lief vor ihm her. An der offenen Tür sah ich Jonas entgegen. Felis blondes Haar fiel ihm über den Arm, der kleine Körper lag völlig entspannt da.

»Ich komme mit runter und schließ dir die Tür auf«, sagte ich schnell, als er an mir vorbeiging.

»Das geht auch so, dank dir. Ich hab den Schlüssel schon hier und bin recht erprobt darin, mit Feli auf dem Arm aufzuschließen.«

»Sicher? Na gut.« Ich blickte starr auf Felis schlafenden Körper. »Du, ich kann dir gar nicht genug danken«, brachte ich stotternd hervor. »Ohne dich – äh, euch – hätte ich das nie geschafft. Danke.« Mit etwas Mühe schaffte ich es, zu Jonas hochzusehen. Die Beklommenheit ließ sich nicht ganz abstreifen, dazu war das Kribbeln einfach noch zu stark, so wie das Bild von Jonas' Gesicht, das sich meinem näherte.

Jonas schüttelte leicht den Kopf und brachte damit seine Locken in Bewegung. Er sah mich mit einem Blick an, den ich nicht zu deuten wusste, obwohl ich ihn schon so lange kannte.

»Ich fand es wirklich schön mit dir heute. Also heute und überhaupt … dich als Nachbarin zu haben. Es ist schade, dass du ausgerechnet jetzt ausziehst, wo …«

»Wo wir uns wiedergefunden haben«, beendete ich seinen Satz und fing seinen warmen Blick auf. Er nickte. »Ich weiß«, sagte ich, »mir tut das auch sehr leid.« Etwas in mir zog und drängte mich, näher an ihn heranzurücken, doch ich schob das Gefühl beiseite. Jonas schien von meinem inneren Kampf nichts zu bemerken.

»Wir haben immerhin noch morgen«, sagte ich in einem erbärmlichen Versuch des Trostes und gewann Jonas damit noch ein kleines, trauriges Lächeln ab.

»Morgen dann wieder um neun?«, fragte er und war schon einige Schritte aus der Tür heraus.

»Ja. Danke, danke, danke.«

Schon nahm er die ersten Stufen.

»Bis morgen.«

Und dann war er fort.

30

Die Klingel hörte nicht auf, in meinem Kopf zu surren. Immer und immer wieder hämmerte sie drauflos, dann lief sie auf Dauerton. Mit einem Mal drang sie tiefer in mein Bewusstsein, traf eine andere Schicht, und ich verstand: Das war meine verdammte Türklingel, die nicht aufhörte zu nerven. Erschrocken fuhr ich hoch. Ich hatte verschlafen! Schnell sprang ich auf und verfluchte mich sofort dafür, denn der Muskelkater zerrte schmerzhaft an meinen Gliedern. Ein Blick auf mein Handy genügte, um zu wissen, dass es Jonas war, der diesen Terror an meiner Tür veranstaltete: Es war nach neun, und er hatte bereits siebenmal versucht, mich anzurufen. Okay, okay, okay, dachte ich und blickte an mir herunter. Schlafshorts und ein Shirt, nichts, worin Jonas mich nicht schon gesehen hätte. Ich lief schnell zur Tür, während das Klingeln noch drängender wurde, wenn überhaupt möglich. Ich sah den Riegel und fluchte vor mich hin. Warum nur hatte ich den gestern Nacht vorgeschoben? Jonas hatte doch meinen Schlüssel, er hätte sonst einfach reinkommen und mich sanfter wecken können. Als ich den Gedanken zu Ende dachte, löste ich damit auch wieder dieses intensive Ziehen aus, das ich gestern gespürt hatte. Wirklich? Ich hatte gehofft, dass es am nächsten Morgen verschwunden sein würde, aber hier war es zurück. Ich atmete tief ein und schob den Riegel beiseite. Als sich die Tür öffnete, drückte Jonas sich gleich an mir vorbei.

Zu dem Ziehen gesellte sich nun auch das Kribbeln, als ich sein liebes Gesicht sah, die hellen Locken, von denen mal wieder einige Strähnen in seine Stirn hingen.

»Mann, Pepe, hast du verschlafen? Wir müssen uns echt ranhalten. Ich bin schon spät dran, weil ich Feli noch zu Lisa-Marie bringen musste. Ich hab zigmal versucht, dich anzurufen, bis ich mir irgendwann zusammengereimt habe, dass du noch schläfst. Die Leute müssten jeden Moment hier eintreffen, und wir wollten doch noch die Möbel markieren, die in meinen Keller geräumt werden sollen.«

Er sah an mir herab, und ich spürte, wie mir die Röte ins Gesicht stieg.

»Ähm.« Schnell blickte er wieder hoch in mein Gesicht. Hatte sich auch auf seine Wangen ein leichter rötlicher Hauch geschlichen? »Du solltest dir vielleicht was anziehen. Auch wenn ein Strokes-Fan dabei sein sollte, könntest du mit dem Outfit die falschen Signale senden.«

Während Jonas sich mit Kreppband den wenigen Möbeln zuwandte, die markiert werden sollten, lief ich eilig ins Schlafzimmer, um mein Bandshirt gegen ein anderes und meine Baumwollshorts gegen Jeans auszuwechseln. Hatte Jonas gerade wirklich verlegen gewirkt? Oder war der Eindruck nur eine Nebenwirkung dieser verfluchten Gefühlsanwandlungen, die ich seit gestern Abend durchlief?

Wie auch immer, ich hatte keine Zeit mehr, darüber nachzudenken, denn gerade als ich meine Jeansshorts zuknöpfte, ging erneut das Klingeln an der Haustür los. Schnell band ich die Haare zu einem verlotterten Pferdeschwanz zusammen, während ich zu Jonas lief, der schon an der Tür stand und auf den Summer drückte.

Ermutigend lächelte er mich an.

»Tut dir auch jeder Knochen so weh?«, fragte ich heiser und zog mir schnell die Chucks an.

»Geht schon«, sagte Jonas, aber auf meinen entgeisterten Blick hin grinste er. »Ich leide wie ein Hund.«

Da kamen die Männer polternd die Stufen hoch.

Drei Stunden später drehte ich eine letzte Runde durch die leeren Räume. Das Nachmittagslicht zeigte sie noch einmal von der besten Seite. Wehmut überfiel mich. Hier hatte ich so intensive Jahre verlebt, hatte Jonas kennengelernt und war mit Oskar zusammen gewesen, hier hatte ich während meines Studiums gelebt und während meiner Jahre im Theater. Das war nun alles vorüber. Ich kramte in meiner hinteren Shortstasche und hielt Jonas, der am Durchgang zwischen Flur und Wohnzimmer lehnte, meine zwei Schlüsselpaare hin.

»Das war es dann wohl«, sagte ich mit belegter Stimme, weil nun der Abschied anstand, den ich so gern niemals hätte nehmen wollen.

Jonas' Blick wanderte zu den Schlüsseln in seiner Hand, und er nickte einmal kurz. Dann sah er mich traurig an und seufzte.

»Danke für alles, Jonas. Dafür, dass du mir bei all dem geholfen hast und jetzt auch noch die Übergabe auf dich nimmst.«

»Das ist doch nichts«, erwiderte er.

»Doch. Das ist unglaublich viel.«

Ich stand vor ihm. Wir sahen uns an, und ich wusste, was ich eigentlich tun wollte. Doch ich wandte mich ab und griff nach der letzten Tasche, die noch am Boden lag. Da spürte ich Jonas' Hand an meinem Arm. Die Tasche entglitt mir und landete auf dem Boden. Jonas war plötzlich so nah. Als mein Blick den seinen traf, zog er mich plötzlich an sich, seine Arme glitten um meinen Körper, den er fest an seinen drückte. Ich legte die Arme um ihn.

Mein Herz pochte wild, und ich hoffte, dass Jonas es nicht spüren konnte.

»Du wirst mir fehlen«, hörte ich seine sanfte Stimme.

Ich sagte nichts, hatte Angst, dass das Krächzen meiner Stimme den Aufruhr in mir verraten würde, drückte ihn nur noch etwas stärker an mich.

Dann löste er sich von mir. Das Ziehen in mir wurde so stark, dass es mir schwerfiel, mich zu bewegen und die Tasche vom Boden aufzuheben.

Ich nickte und brachte ein trauriges Lächeln zustande. Und dann nahm ich die wenigen Schritte zur Wohnungstür, sah ein letztes Mal zu ihm, wie er da stand, an die Wand im Wohnungsflur gelehnt, beide Arme herabhängend, und bevor er sehen konnte, wie mir die Tränen in die Augen traten, wandte ich mich ab und lief die dunkle Treppe hinab.

31

Vorsichtig verteilte ich dunkelrote Marmelade auf dem kleinen hellen Biskuitrechteck, nahm behutsam ein zweites Stück und legte es auf das erste, Rand auf Rand. Nun folgte die Creme für die Petits Fours, die ich gestern nach meiner Ankunft bereits angerührt und kaltgestellt hatte. Das leichte Vanillearoma würde die fruchtigen und süßen Noten der anderen Ingredienzen unterstreichen. Einmal mehr eine Schicht Biskuit, und nun folgte das Marzipan. Auch das hatte ich bereits ausgerollt und auf die passende Größe zurechtgeschnitten. Leise summte ich das dramatisch-melancholische Zaz-Lied mit, das aus dem alten Antennenradio auf der Fensterbank erklang, während ich mein Werk betrachtete.

Zufrieden öffnete ich eine Schranktür nach der anderen und kramte ein wenig in all den Küchenutensilien herum. Ich suchte ein kleines Glas sowie ein scharfes Messer heraus und stellte mir eine Schüssel mit warmem Wasser bereit.

Ich atmete einmal tief durch und besah meine Hand, die zum Glück ruhig genug war. Gerade hatte ich das Messer in der Masse versenkt und war damit zur Hälfte um das Glas herumgefahren, da ließ mich ein lautes Klopfen zusammenfahren. Erschrocken blickte ich zur Tür: Clem stand da, die große Sonnenbrille auf der Nase, ihre schicke schwarze Handtasche am Träger baumelnd und beide Hände in den Rahmen abgestützt.

Ich sah wieder auf mein Messer und stellte ärgerlich fest, dass ich es schief in die Masse gejagt hatte. Frustriert ließ ich die Hände auf die Arbeitsplatte sinken und blickte entnervt zu meiner Schwester hoch. Die ließ sich davon natürlich nicht beeindrucken.

»Pepe, was zum Teufel tust du hier?«

»Was wohl?«, nuschelte ich und deutete mit dem Kopf auf mein halb fertiges Werk.

Clem kam in die Küche und baute sich neben mir auf.

»Du backst immer noch?«

Ich zuckte mit den Schultern.

»Das kann nicht dein Ernst sein.« Sie hob das Messer in die Höhe und begutachtete es empört. »Du stehst seit gestern hier in der Küche rum und vergräbst dich im Teig.«

»Ich vergrabe mich nicht«, wagte ich einen halbherzigen Verteidigungsversuch.

»Ach nein? Kannst du mir dann bitte verraten, wieso du auf keinen meiner Anrufe reagierst und jegliche Redeversuche von mir oder Henry abblockst?«

»Ich blocke sie doch nicht ab.«

»Wie würdest du es dann nennen, wenn jemand einsilbig und abweisend auf deine Fragen reagiert?«

Sie hatte ja recht. Ich war Clem aus dem Weg gegangen, weil ich wusste, dass sie mich zu gut durchschaute, und gerade wollte ich einfach nicht über das reden, was mich beschäftigte. Über Jonas. Henry hatte sich gestern Abend zu mir in die Küche gesellt und von Cannes erzählt, während ich die Creme angerührt hatte. Ich hatte eigentlich nicht das Gefühl gehabt, abweisend zu sein, doch als ich nun darüber nachdachte, stimmte es womöglich, dass ich auf seine Fragen ausweichend geantwortet hatte.

Ich wand mich, doch Clems energische Haltung signalisierte eindeutig, dass ich ihrem Verhör nicht entkommen konnte.

Sie seufzte auf.

»Okay, Pepe, was ist los? Seit du aus Berlin zurück bist, benimmst du dich seltsam. Was ist dort passiert?«

»Nichts. Es ist nichts passiert, es ist alles okay. Ich muss nur meinen Backkurs vorbereiten.«

»Das hier hat nichts mit deinem Kurs zu tun. Dafür musst du doch bloß einkaufen gehen. Du backst aus ganz anderen Gründen – weil dich etwas bekümmert, oder? Hast du meine Nachrichten nicht gelesen? Papa ist zurück, und er möchte endlich mit uns reden. Du wolltest das doch auch unbedingt. Es geht schließlich um Mamie und darum, sie hierherzuholen, statt dass sie in ein Heim wandert.«

Nein, ich hatte meine Nachrichten nicht gelesen. Ich wusste nicht, was ich Jonas hätte antworten sollen, wenn er geschrieben hätte, die Wahrheit jedenfalls wohl kaum. Also hatte ich mein Handy gemieden und es seit gestern nicht zur Hand genommen, seitdem ich wieder in der *Petite Sorcière* war. Wahrscheinlich lag es tot in meiner Schublade.

Doch die Nachricht, dass mein Vater zurück in Frankreich war, rüttelte etwas in mir wach. Es stimmte ja, ich hatte mit ihm sprechen, ihn zur Rede stellen und Mamie vor einer voreiligen Entscheidung schützen wollen. Mamie … Natürlich war ich bei ihr gewesen, hatte sie gestern im Krankenhaus besucht, doch es hatte sich anders angefühlt als sonst. Wir waren beide schweigsam gewesen. Ich hatte an ihrem Bett gesessen, ihre Hand gehalten. Und nachdem die ersten üblichen Sätze gewechselt worden waren, hatten wir über Belanglosigkeiten gesprochen.

Als ich weiterhin schwieg, sagte Clem: »Wir sind heute Nachmittag verabredet, also um genau zu sein«, sie warf einen Blick auf die Küchenuhr, »in anderthalb Stunden. Und du kommst mit.«

Erschrocken sah ich sie an. In anderthalb Stunden? Ich zeigte auf die Masse.

»Ich kann nicht. Ich muss noch meine Petits Fours fertig machen.«

»Pepe«, donnerte es aus meiner Schwester heraus. »Du kannst heute Abend weiterbacken. Dieses Gespräch ist wichtig. Es geht um Mamie.«

Ich verharrte reglos, spürte die kalte Angst in meine Adern kriechen. Wie sollte ich jetzt mit unserem Vater sprechen? Ausgerechnet in diesem Moment, wo ich mich so energielos fühlte.

»Wo ist deine Entschlossenheit geblieben?«

Ich sah zu Clem hoch, das erste Mal in ihre Augen. Da wurde ihr Ton milder.

»Pepe, ist dir etwas zugestoßen? Hat dich jemand verletzt? Liegt es an Raphaël?«

Ich schüttelte den Kopf.

»Was ist es dann? Bereust du deine Entscheidung, hierhergezogen zu sein?«

»Nein«, brach es aus mir heraus. »Wirklich nicht, ich bereue es nicht. Es ist nichts, nur …« Ich stockte.

Clems durchdringender Blick ruhte auf mir.

»Sag es mir«, meinte sie sanft. »Was ist es?«

Ich zuckte wieder mit den Schultern und blickte zu Boden.

»Ich glaube, ich habe mich in Jonas verliebt.«

Es blieb eine Weile still.

»Ist zwischen euch etwas passiert?«, fragte sie.

»Nein.«

»Hast du es ihm gesagt?«

»Nein, auch nicht. Ich kann es nicht, nicht wenn es doch Lina gibt.«

Sie nickte nur. Ich dachte an die letzten Tage zurück, die ich mit Jonas verbracht hatte, die Stunden, in denen wir uns wieder so nah gekommen waren. An die Gefühle, die diese Nähe in mir geweckt hatte und die mich so durcheinanderbrachten. Konnte das wirklich Verliebtheit sein, die ich für meinen besten Freund empfand? Vielleicht war es doch nur eine Verirrung freundschaftlicher Gefühle wie damals bei ihm, als er mich geküsst hatte. Warum war die Anziehung dann aber so stark und ließ mich an nichts anderes mehr denken als nur an ihn, und das die ganze Zeit, seit ich mich in Berlin ins Auto gesetzt hatte?

»Bist du sicher, dass es nicht nur eine Reaktion auf Raphaël ist?«

Ich spürte, wie Unwille sich in mir regte.

»Mit Raphaël hat das nichts zu tun. Es ist eigentlich kein neues Gefühl, sondern … Ich weiß auch nicht, die Nähe zwischen uns war ja immer da und die Vertrautheit, und auf einmal fühlt es sich an, als … Es klingt so albern, aber ja, als würde ich endlich sehen, was wirklich zwischen uns ist … oder besser: sein könnte. Wie gut es mit uns sein könnte. Als hätte ich den Abstand der letzten Jahre gebraucht, um das endlich zu erkennen. Nur bin ich leider vier Jahre zu spät damit dran.« Raphaël war … er war eine Ablenkung, ein Flirt, nicht mehr.

»Oh Pepe. Und was willst du denn jetzt machen?«

»Nichts natürlich«, sagte ich schnell. »Er ist und bleibt mein bester Freund.«

»Warum gehst du dann nicht an dein Handy?«

»Ich kann jetzt nicht mit ihm sprechen«, sagte ich. »Noch

nicht. Ich brauche ein bisschen Zeit. Er kennt mich zu gut, er wüsste wahrscheinlich sofort, dass sich etwas verändert hat.«

Clem nickte und legte einen Arm um mich.

»Das wird schon, Kleine«, sagte sie ruhig und entschieden. »Du brauchst eine Weile, und dann wird es gehen.«

Ich nickte leicht, während Tränen in ihr Shirt liefen. Ich fühlte mich so durcheinander. Wie in einer Endlosschleife fragte ich mich, ob ich mich nicht doch irrte. Immer wieder sagte ich mir vor: »Jonas ist mein bester Freund«, wie ein Mantra, das ich anflehte, endlich den Weg in meine Gedanken zu finden und sich dort festzusetzen.

»Du wirst erst einmal abgelenkt sein. Denk nur an deine Kurse. Und morgen treffen doch auch die neuen Gäste ein, von denen du erzählt hast, oder?«

»Ja.« Es war mehr ein Schluchzen als ein Wort, aber Clem nahm es offenbar als gutes Zeichen. Sie löste sich von mir und legte die Hände auf meine Schultern. Eindringlich sah sie mich an.

»Jetzt lass uns diese verfluchten Dinger im Eiltempo fertig machen, und dann reden wir Klartext mit Papa. Okay?«

Ich atmete tief ein und aus, wischte mir die Tränen von der Wange.

»Okay.«

»Okay«, wiederholte Clem und griff sich eine der Schürzen vom Haken. Ich hatte meine Schwester seit über zehn Jahren nicht mehr backen sehen und musste bei ihrem Anblick lächeln. Nicht nur, dass die Schürze ihr Outfit völlig zerstörte – zu wissen, dass sie nur meinetwegen ihre Finger in Kuvertüre stecken würde, löste ein Gefühl der Geborgenheit in mir aus, wie ich es nicht mehr gespürt hatte, seitdem ich Jonas am Montagabend in die Arme gefallen war.

Das Café war gut gefüllt. Ich blickte mich um, als wir es zu zweit betraten. Überall standen Kännchen und Kuchenteller auf den Tischen, die Besucher sprachen angeregt miteinander. Und dennoch war es nicht zu laut, um sich zu unterhalten. Clem hatte diesen Ort gut gewählt. Und dann sah ich ihn. Unser Vater saß an einem Tisch in einer hinteren Ecke. Er hatte sich nicht verändert. Groß gewachsen und schlaksig, mit grauem, ungeordnetem Haar und dicken Brillengläsern blickte er nervös im Raum umher. Ein abgetragener, an sich aber lässiger Anzug schlackerte ein wenig um seine langen Beine, als er aufstand und den letzten verbliebenen Schritt auf uns zu machte.

Adrenalin schoss durch meinen Körper, Bilder von unserem Streit gingen mir durch meinen Kopf. Das war der Mann, der unsere Mutter im Stich gelassen hatte. Das war der Mann, mit dem ich trotz allem so manch schöne Kindheitserinnerung teilte. Ich kämpfte mit den widersprüchlichen Gefühlen, die in mir aufbrodelten. Ich fühlte mich wie unter Strom, wusste einfach nicht, wie ich mich verhalten sollte. Wie begrüßte man einen Mann, mit dem man so viel Gutes und so viel Schlechtes zugleich verband? Die Begrüßungsworte blieben mir auf der Zunge kleben. Schweigend gaben wir uns die Hand. Aus seinem Blick sprach die gleiche Unruhe, die auch ich empfand.

»*Salut,* Papa«, sagte Clem, die beiden umarmten sich.

»Wie geht es euch?«, fragte Papa und sah dabei Clem an. Er machte eine vage Handbewegung in Richtung des Tisches, und wir setzten uns. Clem nickte, sprach kurz über Gaspards Arbeitssituation und seinen Optimismus, bald etwas Neues zu finden.

Da spürte ich den Blick meines Vaters auf mir. Er schien zu warten, dass ich etwas sagte. Doch als nichts kam, fragte er nicht noch einmal nach, sondern sagte stattdessen: »Ich nehme an, ihr wolltet mit mir darüber sprechen, was ich mit eurer Großmutter vereinbart habe?«

»Vereinbart ist gut«, nuschelte ich und erntete sofort einen bösen Blick von meiner Schwester.

»Mamie hat es uns erzählt«, sagte sie schnell. Ich war froh, dass sie meine kleine Lauschaktion unerwähnt ließ. »Wir verstehen aber nicht ganz, warum niemand nach unserer Meinung gefragt hat und wie ihr auf die Idee gekommen seid, sie in einem Heim unterzubringen. Wo es doch ganz andere Möglichkeiten gibt, besonders jetzt, da Pepe in der *Petite Sorcière* bleiben wird.«

Die Augenbrauen meines Vaters gingen ein wenig nach oben, seine Augen weiteten sich, was sie durch die Brillengläser noch riesiger erscheinen ließ.

»Davon wusste ich nichts. Pepe will – also, äh, du willst nicht nach Berlin zurückkehren? Was ist mit dem Theater, mit Oskar?«

Ich seufzte. »Ich habe gerade meine Wohnung dort aufgelöst. Mein Job ist gekündigt, Oskar hoffentlich da, wo der Pfeffer wächst. Bis es Mamie wieder richtig gut geht, bleibe ich hier, und wahrscheinlich auch darüber hinaus.«

Der Blick unseres Vaters klebt förmlich an mir, ohne dass er sich dessen bewusst zu sein schien. Ein abwesender Ausdruck lag in seinen Augen. Von früher wusste ich, dass in diesem Moment die Gedanken nur so durch sein Gehirn jagten.

»Aber wenn das so ist«, begann er, »wieso will Maman dann unbedingt in dieses Heim?«

»Das war also wirklich nicht deine Idee?«, platzte es aus mir heraus.

»Natürlich nicht«, sagte er. »Hast du etwa gedacht, ich hätte das entschieden? Ich sehe es sogar sehr kritisch, dass sie in ein Heim gehen will. Das ist nichts für Maman, sie hasst Regeln und feste Essenszeiten. Sie braucht ihr Reich, ihre Freiheit.« Als ich nicht antwortete, fuhr er fort: »Nein, die Idee kommt von eurer Großmutter. Als sie mir von dem Heim erzählte, bin ich davon ausgegangen, dass es keine Alternative zu der Lösung gäbe. Maman sagte, sie habe mit Gedächtnisschwächen zu kämpfen, und ein Pfleger wäre nicht ausreichend. Sie hat unerwähnt gelassen, dass du, Penelope, in der Pension sein würdest.«

Wir schwiegen einen Moment, in dem wir das Gehörte verdauten. Der Tee und die Plätzchen, die uns mittlerweile an den Tisch gebracht worden waren, rührte keiner an.

Ich räusperte mich.

»Der Arzt hat gesagt, dass ihre Gedächtnisschwäche an den Schmerzmitteln und den Folgen vom Sturz läge. Wie der Bruch an ihrem Fuß verheilt, werden wir sehen. Sobald sie aus der Reha kommt, könnte sie mit mir in der *Petite Sorcière* leben. Ich würde mich um sie kümmern und notfalls eine Pflegekraft einstellen, falls sie Probleme mit dem Laufen hat. In einem Heim würde Mamie eingehen, das glaube ich auch.«

»Das wäre in meinen Augen eine gute Lösung.« Überrascht sah ich meinen Vater an. Er sprach weiter: »Sie besteht allerdings auf dieser Idee. Ich gehe davon aus, dass sie Angst hat, euch zur Last zu fallen. Außerdem wird der Krankenhausaufenthalt sie durcheinandergebracht haben, nehme ich an. Sie ist verunsichert, traut ihrem eigenen Körper nicht mehr. Und als es dann auch noch hieß, ihr Gedächtnis funktioniere womöglich nicht mehr gut …«

»Ganz egal, wie es ihr gehen sollte, ich werde für sie da sein«, sagte ich entschieden.

Mein Vater sah mich an, ohne dass ich seinen Blick deuten konnte. Traute er mir eine solche Aufgabe womöglich nicht zu?

»Danke«, sagte er da, und vor Überraschung ließ ich den Teelöffel auf die Untertasse fallen. Ich sah ihn weiter an.

»Ich finde es bewundernswert, dass du für deine Großmutter da sein willst und dir zutraust, sie zu pflegen, falls es ihr nicht so gut gehen sollte. Das würde nicht jeder tun.«

»Wollen wir morgen zu dritt mit ihr reden? Ich muss jetzt leider zurück in die Buchhandlung«, sagte Clem, als ich noch verlegen nach Worten suchte, und sowohl mein Vater als auch ich nickten. »Um elf Uhr dann bei ihr.«

Ich wollte mich schon erheben, da spürte ich Clems Hand an meinem Oberschenkel. Sie kniff leicht hinein, und als ich zu ihr hinsah, warf sie mir einen beschwörenden Blick zu. Sie wollte, dass ich mit unserem Vater über den Streit redete. Ich atmete einmal tief durch, blickte wieder auf meine Tasse, auf das blau-weiße Muster auf dem feinen Porzellan. Clem erhob sich und mein Vater mit ihr.

»Gut«, sagte er und legte einen Geldschein neben das unangetastete Geschirr, »dann sehen wir uns morgen.«

Ich sah auf. »Papa?«, fragte ich und merkte, wie er sich anspannte. »Können wir reden?«

Er wischte sich mit den Händen über die Hosenbeine, machte vor Nervosität Anstalten, sich wieder hinzusetzen, blieb dann doch stehen.

»Natürlich«, sagte er, und die Aufregung war auch seiner Stimme anzuhören. »Wollen wir dabei ein paar Schritte gehen?«

Froh über diesen Vorschlag, stand ich auf. So würden wir uns nicht starr gegenübersitzen und ansehen müssen, wenn das Gespräch so schwierig würde, wie ich befürchtete.

Clem lächelte mich ermutigend an. »Viel Glück«, flüsterte sie mir ins Ohr, und ich war sicher, dass sie unserem Vater das Gleiche zuraunte, bevor sie sich zum Gehen wandte.

Wir schlugen die andere Richtung ein und schlenderten schweigend vor uns hin in Richtung Marktplatz. Vor den Cafés und Restaurants standen Tische und Stühle auf den Bürgersteigen. Die Hauptsaison war im vollen Zuge, und die Touristen strömten in die Provence. Die Sonne schien warm durch das Laub der Bäume, die die Straße säumten. Erst nachdem wir einige Minuten gegangen waren, schaffte ich es, etwas herauszubringen.

»Ich wollte mit dir über Mama reden. Und über uns.«

»Das habe ich mir gedacht«, antwortete er.

Ich traute mich nicht, ihn anzusehen. »Als das mit Mamie aufkam, mit dem Heim, meine ich«, setzte ich an und bemühte mich um einen neutralen Tonfall. »Da musste ich an Mama zurückdenken. Ich …« Ich räusperte mich, weil meine Stimme in ein tonloses Krächzen abzudriften drohte. »Für mich schien es damals so, als … als stünde Mama ganz allein da. Als würdest du sie im Stich lassen, weil du immer am Arbeiten warst und so oft unterwegs bei Vorträgen und Konferenzen. Es kam mir so vor, als wären ihre Bedürfnisse nicht wichtig genug.« Er wollte etwas sagen, doch mit einer Geste bat ich ihn zu warten. »Daran lag es, dass ich so wütend auf dich war. Nach meinem Gefühl hattest du zu ihrem Unglück beigetragen und sie damit allein gelassen.«

Er nickte wissend. »Und glaubst du es immer noch?«

»Ich bin mir nicht sicher.«

Ich zog den Brief aus meiner Jeanstasche. Bevor Clem und ich uns auf den Weg gemacht hatten, hatte ich ihn dort verstaut, nur für den Fall. Mein Vater blieb stehen. Ich drehte mich zu ihm um und hielt ihm den Brief hin. Er faltete ihn auseinander und warf einen Blick auf seine eigene Handschrift.

»Woher hast du den? Von Mamie?«

»Ich habe ihn in der Pension gefunden.«

Er räusperte sich. »Was du da eben gesagt hast … dass du das Gefühl hattest, ich trüge einen Teil der Schuld an ihrer Krankheit, weil ich so abwesend war … Ich habe es ja selbst geglaubt.« Er sah so einsam aus und zerbrechlich, wie er da stand, mit hängenden Schultern und dem Brief in der Hand. Ich merkte, wie er mit den Worten kämpfte und doch kein einziges hervorbrachte.

»Weißt du, Penelope, Flora … sie hat mir so viel bedeutet. Ich weiß nicht, ob du es mir glaubst, aber sie war für mich die Liebe meines Lebens. Es tat mir so weh, sie in ihren depressiven Phasen zu erleben. Ich hatte Angst um sie, immer. Aber meistens gingen diese Phasen von allein zu Ende, wenn Flora sich in einen normalen Alltag einfügen musste. Und das war meistens der Fall, wenn ich nicht da war, um alles abzufangen. Das ist der wahre Grund, warum ich nicht aufgehört habe zu reisen. Nicht weil mir mein Beruf so wichtig gewesen wäre, sondern weil ich mit vielen Ärzten gesprochen und sie um Hilfe gebeten habe und mir einige geraten haben zu beobachten, wie Flora reagiert, wenn sie auf sich selbst gestellt ist. Mein Gefühl war, dass sie dann tatsächlich eher aus ihrer Depression fand, als wenn ich da war und sie wie eine Kranke umhegte. Weißt du noch damals, nach ihrem ersten schlimmen Schub? Du musst so um die neun Jahre alt gewesen sein. Ich kam zurück von meiner Konferenz und erinnere mich noch genau daran, wie Flora mir lächelnd die Tür öffnete und mir um den Hals fiel. Dieses Bild wurde ich nicht mehr los. Mit jeder Reise habe ich gehofft, dass sie ihre Verantwortung – die für ihr eigenes Leben und später auch für das eure – erkennen und aus der Krankheit herausfinden würde. Ich habe mich in diese Idee verrannt, habe irgendwann wohl nicht mehr gesehen, was wirklich geschah, dass es ihr nicht länger half. Ich war blind. Und ich habe sie im Stich gelassen.« Er sah zu Boden und schüttelte den Kopf. »Dann war da noch dieser andere Grund.« Ich sah ihn gespannt an. »Mich nahm es sehr mit, sie in ihrer Depression zu erleben. Ab einem bestimmten Punkt hatte ich Angst, dass die Stimmung ganz auf mich überspringen könnte, zu einem gewissen Teil war das schon immer der Fall gewesen. Man kann einen geliebten Menschen wohl nicht durch diese Krankheit lotsen, ohne selbst in Mitleidenschaft gezogen zu werden. So erging es jedenfalls mir. Ich hatte Angst, dass ich, genau wie sie, all meinen Antrieb verlieren und in einem schwarzen Loch versinken würde, wenn ich nicht durchhielt, und dass ihr zwei dann niemanden mehr hättet. Ihr hattet schon so sehr unter Floras Krankheit und meiner Verzweiflung zu leiden, dass ich schreckliche Angst hatte, ihr könntet auf einmal mit zwei depressiven Elternteilen dastehen. Auf eine verquere Weise wollte ich euch schützen, habe dabei aber übersehen, dass ich das Gegenteil tat und euch im Stich gelassen habe.«

Etwas erschlagen stand ich da und ließ seine Worte Revue passieren. Ich schüttelte leicht den Kopf.

»Warum hast du mir das vorher nie so erzählt?«

»Du hast mir nicht zuhören wollen, Penelope.«

Ich seufzte, er hatte recht. Wir setzten uns wieder in Bewegung.

»So langsam glaube ich, dass keiner ihr wirklich da heraushelfen konnte«, sagte ich leise, sodass mein Vater sich mir automatisch näherte, um mich zu verstehen. »So wie du es beschreibst, klingt es, als hätte es keinen Weg gegeben, der Mama aus der Krankheit geführt hätte.«

»Wer weiß, was wir noch alles hätten tun können«, lenkte Papa ein. »Ein Psychiater hätte ihr womöglich helfen können. Aber Flora hatte ihren eigenen Willen und hat sich gegen jede Art von Therapie gewehrt. Ich habe es immer wieder versucht, aber sie sträubte sich dagegen.«

Wir hatten den Marktplatz einmal überquert und befanden uns nun wieder auf der Straße mit den Cafés.

»Wir hätten mehr miteinander reden sollen, Papa«, sagte ich resigniert, »auch damals schon, als wir alt genug waren, es zu verstehen.« Mein Vater nickte hilflos. »Ich glaube, letztlich waren wir alle überfordert mit der Situation, aber haben uns nie richtig darüber ausgetauscht.«

»Das war dumm von uns«, stimmte Papa ein, »vor allem von mir, verzeih mir bitte.« Er sah mich an, und ich konnte in seinen durch die Brille vergrößerten Augen all die Gefühle erkennen, die in ihm aufbrandeten.

»Papa?«, fragte ich, und er hauchte ein leises »Ja«. »Wäre es in Ordnung, wenn wir das langsam angehen?«

»Was meinst du?«, fragte er.

»Das mit uns. Ich glaube, ich werde ein wenig Zeit brauchen, bis es wieder so sein wird wie früher. Und vielleicht müssen wir noch oft miteinander über Mama sprechen. Aber ich fände es schön, wenn wir hin und wieder telefonieren oder uns sehen könnten.«

Einen Moment herrschte Schweigen. Ein Auto fuhr vorbei, und ich lauschte dem sich entfernenden Brausen nach. Wir waren wieder vor dem Café angekommen, auf der Straße stand mein Wagen.

»Das fände ich auch schön«, sagte mein Vater, und vorsichtig lächelten wir uns an.

»Ach, Papa?«, fragte ich, als wir uns schon trennen wollten. »Hat es geklappt? Mit Princeton, meine ich?«

Seine erstaunte Miene wich einem Lächeln. »Ja. Im nächsten Semester geht's los.«

»Das wird gut«, sagte ich, und dankbar lächelte er mich an, weil er genau wusste, welche Worte noch hinter dem Gesagten standen.

32

Als ich mit etwas wackeligen Beinen nach dem Treffen mit meinem Vater in die *Petite Sorcière* zurückkehrte, setzte ich mich an den Computer. Clems Aufrüttelaktion, mich einfach mit meinem Vater zu konfrontieren, hatte ihr Soll erfüllt. Mir war bewusst geworden, welche Aufgaben ich zu erledigen hatte. Zwar fühlte ich mich, was Jonas anging, um keinen Deut besser als zuvor, aber doch hatte das Gespräch mit Papa unheimlich gutgetan. Ich konnte und wollte mich nicht länger in der Küche verschanzen.

Noch einmal checkte ich die Anmeldeliste für meinen Kurs. Es waren tatsächlich zwei weitere Voranmeldungen per E-Mail eingetroffen, wie ich voller Freude feststellte. Damit war der Kurs ausgebucht! Als Nächstes lief ich die Stufen zum ersten Stock hinauf und klopfte an Léos Gästezimmertür. Als nichts geschah, versuchte ich es bei Henry. Ich hörte Schritte, sie sich näherten.

»Pepe!« Henry sah mich mit großen Augen an. Ein Lächeln breitete sich auf seinem Gesicht aus. »Du siehst besser aus!«

Ich lächelte zurück. »Entschuldige bitte, dass ich so wortkarg war. Es ging mir nicht so gut.«

»Das habe ich gemerkt. Willst du drüber reden?«

»Später, ja? Eigentlich wollte ich fragen, ob Léo hier ist.«

»Der ist in die Stadt gefahren, um einen Kaffee zu trinken und ein paar Mitbringsel zu kaufen, bevor wir übermorgen abreisen. Ich musste für mein Visum noch einiges erledigen und bin lieber hiergeblieben.«

Ich versuchte, meine Enttäuschung zu verbergen. Ich hätte doch gerne mit ihm gesprochen, bevor ich morgen zu Mamie fuhr. Hoffentlich kam er nicht zu spät zurück.

»Du hast bestimmt noch mit den Vorbereitungen für Bangladesch zu tun, dann lasse ich dich lieber allein.«

»Leider ja, für so ein Arbeitsvisum benötigt man alle möglichen Unterlagen. Ich brauche sogar ein Schreiben von einer Behörde in Bangladesch, dass ich wirklich für eine NGO dort arbeiten darf. Als müsste ich doch noch meine Eltern um Erlaubnis bitten …«, sagte Henry kopfschüttelnd. »Ich klopfe später bei dir an, und wir trinken einen Wein, ja?«

»Oder besser einen Traubensaft«, fügte ich bei dem Gedanken an unseren letzten Absturz hinzu. Henry lachte und versprach, sich mit der Arbeit zu beeilen.

Ich ging in mein Zimmer und nahm mein Handy aus der Schublade. Wie ich erwartet hatte, war der Akku leer. Ich stöpselte das Handy ein und erweckte es wieder zum Leben. Angespannt blickte ich auf den aufleuchtenden Bildschirm. Ich biss mir auf die Lippen. Da waren die erwähnten Anrufe und Nachrichten von Clem, aber auch einige von Jonas.

Bist du gut angekommen? Ich hätte dich gern noch viel länger hier bei mir gehabt, das war unheimlich schön. Du fehlst mir schon jetzt viel zu sehr.

Pepe, alles in Ordnung? Bist du heil in Frankreich angekommen?

Pepe, bitte melde dich, ich mache mir Sorgen.

Und so ging es weiter. Hinzu kamen zahlreiche Anrufe, die ins Leere gelaufen waren. Hitze breitete sich in mir aus, und mein Herz pochte. Mein Mantra – »Er ist nur dein bester Freund« – wurde übertönt von einem seltsamen Rauschen in meinem Kopf. Die Sehnsucht nahm alles ein und verdrängte jeden Zweifel: Ich wollte nur zurück nach Berlin, zurück zu ihm. Ich wollte einfach in seiner Nähe sein, alles andere schien mir egal. Ich genoss diesen süßen Moment, in dem meine Gefühle für ihn alle Zweifel übertönten – bis nur ein Wort ihn zerstörte: Lina. Sofort kehrten die Gewissensbisse zurück, die Unsicherheit, die Sorge.

Und nun? Am liebsten hätte ich ihn angerufen und seine Stimme gehört. Aber es war klar, dass ich eine Pause brauchte, um meine Gefühle wieder unter Kontrolle zu bringen, bevor wir mit unseren Telefonaten weitermachen konnten. Gar nicht melden ging jedoch auch nicht. Ich begann zu tippen:

Entschuldige die Stille der letzten Tage. Bei mir ist alles okay, ich bin gut in Puimoisson angekommen und musste mich sofort Hals über Kopf in die Arbeit stürzen. Deswegen kann ich gerade nicht sprechen. Ich melde mich ganz bald wieder richtig, ja? Gib Feli einen Kuss von mir. Bis dann, Pepe

Gerade als ich die Nachricht abgeschickt hatte, klopfte es an meine Tür. Dann war Henry also schneller fertig geworden als gedacht. Froh über die Ablenkung lief ich zur Tür, doch davor stand nicht Henry, sondern Léo.

»Sie sind schon zurück?«

»Ich bin gerade eingetroffen, da sagte Henry mir, Sie hätten nach mir gefragt.«

»Danke, dass Sie zu mir gekommen sind, Léo. Bitte, wollen Sie nicht eintreten?«

Ich ließ ihn ins Zimmer und bat ihn, auf dem einzigen Stuhl Platz zu nehmen. Ich selbst setzte mich aufs Bett und lächelte, so gut es gerade ging. Nachdenklich betrachtete Léo mich.

»Haben Sie Sorgen, Penelope?«

Mein Lächeln geriet ein wenig schief. »Keine, die sich mit der Zeit nicht von selbst legen würden«, sagte ich leise, und Léo nickte verständnisvoll.

»Worüber wollen Sie mit mir sprechen?«

Ich atmete tief ein. »Es geht um meine Großmutter.«

Er nickte, ohne etwas darauf zu sagen.

»Ich glaube, dass Sie sie besser kennen, als Sie uns glauben machen. Kann das sein?« Seine Augenbrauen gingen in die Höhe, offenbar hatte er nicht mit meiner Direktheit gerechnet. »Die Frage beschäftigt mich seit unserem kleinen Festessen. Ich möchte eigentlich gar nicht in Privatangelegenheiten herumstochern, aber ich befürchte, ich bin schon viel zu weit in diese Geschichte vorgedrungen, als dass ich sie nun einfach fallen lassen könnte.«

Léo sah mich irritiert an. Natürlich, er konnte ja gar nicht wissen, wovon ich sprach. Ich stand vom Bett auf, um die Briefe aus meinem Schrank zu nehmen und ihm zu reichen, bevor ich mich wieder hinsetzte. Léo atmete hörbar aus, löste das Band, das ich um das Bündel geschlungen hatte, und blätterte einen Bogen nach dem anderen durch, während sein Blick über die Zeilen fuhr. Als er die Postkarte in der Hand hielt, lächelte er kurz. Dann, endlich, sah er wieder zu mir.

»Ich habe sie zufällig hier im Haus gefunden«, sagte ich.

»Mamie weiß bisher nichts davon. Ich hatte Angst, es könnte sie zu sehr beunruhigen.«

»Und Sie haben sie gelesen.« Es war keine Frage, sondern eine Feststellung.

»Léo, Sie sind P., nicht wahr?«

Gedankenverloren zupfte Léo an dem Band und nickte dann.

»Ja, diese Briefe stammen von mir.«

Erleichterung breitete sich in mir aus, weil die Wahrheit nun endlich ans Licht kam.

»Wofür stehen die Initialen P. und T.?« Ich kannte die Antwort schon zum Teil, wollte sie aber unbedingt von Léo hören.

»Das P steht für meinen zweiten Namen Philippe und das T für Thilda, meinen Spitznamen für Mathilde.« Er sprach es englisch aus. »In meiner jugendlichen Naivität dachte ich damals, es wäre sicherer für uns, die Briefe so zu unterzeichnen, und irgendwann wurde es zur Gewohnheit.«

»Und … Sie haben meine Großmutter geliebt?«

Die Worte standen im Raum, und obwohl ich wusste, dass ich damit richtiglag, war die Spannung doch geradezu greifbar. Ein bitteres Lächeln legte sich auf Léos Züge, das bei seinem Blick auf mich jedoch sofort weicher wurde.

»Es macht immer noch etwas mit mir, wenn ich an jene Zeit denke«, sagte er langsam. »Aber lassen Sie mich von Anfang an erzählen. Sie würden ja sowieso nicht lockerlassen, bevor Sie nicht alles wissen«, fügte er schmunzelnd hinzu. »Wie Sie wissen, kam ich damals als knapp Zwanzigjähriger hierher.« Er sah mich fragend an, ob ich mich erinnerte, und ich nickte sogleich. »Meine Eltern waren nicht besonders begeistert davon, dass ich das Land kennenlernen wollte, aus dem sie mehr oder weniger vertrieben worden waren. Aber ich wollte unbedingt wissen, wo wir unsere Wurzeln haben. Ich suchte mir eine Arbeit in einer Firma hier in der Gegend, auch um gleich noch einige Erfahrungen zu sammeln, bevor ich mein Studium beginnen würde.« Ich beobachtete, wie er sich auf dem Stuhl zurücklehnte und innehielt, um Worte für eine Geschichte zu finden, die wahrscheinlich noch nie zuvor über seine Lippen gekommen war. »Und dann, wenige Wochen nach meiner Anreise, traf ich Mathilde …«

»Das war hier im Ort?«, fragte ich vorsichtig nach, als er nicht weitersprach.

»Ja, es war in einem Café in Puimoisson«, er warf mir einen Blick zu, aber ich sah an dem Schleier in seinen Augen, dass er in der Erinnerung weilte. »Sie saß mit zwei Freundinnen an einem Nebentisch. Die drei lachten viel und schienen sehr fröhlich, und sofort fiel Mathilde mir ins Auge. Sie war die schönste Frau, die ich je gesehen hatte. Es war nicht nur ihr Aussehen, das dafür sorgte, dass ich ihr regelrecht verfiel, sondern auch ihre Ausstrahlung, die Stärke, der Witz und der Charme. All das umgab sie, ließ sie aus der Masse hervorstechen. Ich war damals ein mutiger Bursche und vertraute auf meinen eigenen Charme. Deswegen ging ich kurzerhand zu der Gruppe und bat, mich dazusetzen zu dürfen. Die Frauen kicherten, bis auf Mathilde, sie lächelte mich nur an und sagte: ›Kommt ganz darauf an, was Sie uns zu bieten haben.‹ Genau so, wie sie auf den ersten Blick wirkte, war sie auch.«

Ich stellte mir Mamie als junge Frau vor, die damals schon Stolz und Willensstärke ausgestrahlt haben musste. Ob es von dieser Zeit wohl noch Fotos gab?

»Ich war sofort hin und weg«, fuhr Léo fort. »Ich bemühte mich um sie, begann, um sie zu werben, lud sie zum Tanz ein, zum Essen, zum Spaziergang, wie man das früher so machte, nicht wahr?« Er schmunzelte vor sich hin. »Und was tat sie? Sie erteilte mir eine Abfuhr nach der anderen. Ich wusste bald, warum. Denn dass sie mich mochte, hatte ich ihr angemerkt, das war nicht die Frage. Nein, es gab da diesen anderen Mann, und es hieß, dass er ihr schon bald einen Heiratsantrag machen würde.«

»Der andere, das war mein Großvater, nicht wahr?«

Léo sah zu mir auf.

»Ja, es war Ihr … es war Joseph. In meinem jugendlichen Übermut und in meiner Verliebtheit war mir egal, dass es diesen Mann gab«, gestand Léo. »Ich war mir sicher, dass wir beide zusammengehörten. Ich gab nicht auf. Ich versuchte, sie mit meinem Witz und meinem Charme zu überzeugen, umgarnte ihre Freundinnen, um sie ein wenig eifersüchtig zu machen, aber nie schien ich ihre Barriere zu durchbrechen.«

»Und dann?«, rutschte es mir heraus. Seine Geschichte fesselte mich – die Vorstellung von meiner Großmutter in diesem Liebesdreieck.

»An einem Nachmittag forderte ich sie beim Tee zum Tanzen auf. Sie warf mir einen Blick zu, den ich nie vergessen werde, voller Herausforderung, voller Ernst und zugleich Amüsiertheit. Aber sie nahm meine Hand und ließ sich von mir zur Tanzfläche führen. Ich legte meinen Arm um sie, und während wir tanzten, versuchte ich, sie in ein Gespräch zu verwickeln.« Léo lächelte bei dieser Erinnerung voller Wärme. »Natürlich war es mit lauter versteckten Komplimenten gespickt, sicherlich um einiges aufdringlicher, als mir damals bewusst war.«

»Und Mamie? Was hat sie getan?«, fragte ich.

»Mathilde ließ sich nicht darauf ein. Sie schwieg, blickte mir aber durchgehend in die Augen, mit diesem wissenden, durchschauenden Blick. Bis zum Ende des Liedes sagte sie kein Wort.

Dann ließ sie die Hände sinken, sah mich weiterhin an und sagte nur: ›Bringen Sie mich nach Hause, Monsieur de Masson.‹ Ich weiß noch genau, wie sie es sagte, höre noch ihre leise, aber entschlossene Stimme … Ich war natürlich völlig außer mir, ohne zu wissen, was mich eigentlich erwarten würde.«

Wieder hielt er inne, dabei wollte ich unbedingt hören, wie es weitergegangen war. Hatte Mamie ihn wirklich zu sich nach Hause mitgenommen, obwohl es schon meinen Großvater in ihrem Leben gegeben hatte?

Endlich räusperte sich Léo, fuhr sich durch das Haar und sprach weiter: »Auf dem Weg zu ihrem Elternhaus plauderte ich weiter vor mich hin, ohne Punkt und Komma, und machte ihr ein Kompliment nach dem anderen – bis sie sich endlich zu mir umdrehte. Es war bereits dunkel geworden, es muss im Spätherbst gewesen sein. Sie nahm meine Hände in ihre und sah zu mir hoch. Dann sagte sie: ›Monsieur de Masson, ich würde die Gespräche mit Ihnen ja durchaus schätzen, wenn Sie nur endlich einmal mit dieser Lobhudelei aufhören und wieder auf verständige Weise sprechen könnten, so wie Sie es sonst tun.‹« Léo entfuhr ein leises Lachen, und auch ich konnte mir ein Lächeln nicht verkneifen, als ich mir Mamie in dieser Situation vorstellte. »Dann wandte sie sich dem Weg zu, ging einige Schritte, blieb stehen und drehte den Kopf zu mir um. ›Kommen Sie?‹, fragte sie, und ich war völlig perplex. Aber natürlich folgte ich ihr.«

»Und da sind Sie mit zu …«

»Aber nein«, unterbrach mich Léo sofort, als er ahnte, worauf ich anspielte. »Nein, nein, nein. Ich habe sie bis zur Haustür begleitet, dann bin ich gegangen. Aber von da an baute sich mit einem Mal eine völlig andere Vertrautheit zwischen uns auf, wissen Sie? Bei den Tanztees saßen wir meist beisammen, immer in der Gruppe, wie es sich gehörte, aber im Grunde redeten wir zwei nur untereinander. Unsere Gespräche hatten eine andere Ebene erreicht. Ich erfuhr, wie sie als Kind gewesen war, lernte aus den Gesprächen ihre Familie kennen und hörte von ihren Zukunftswünschen. Sie wollte eine Familie gründen, wollte ganz Frankreich sehen, und sie liebte das Backen, war aber unsicher, ob das der richtige Beruf für sie wäre.«

Genau wie bei mir, dachte ich und fühlte mich Mamie so nah. Sie hatte mir nie erzählt, dass sie darüber nachgedacht hatte, das Backen zu ihrem Beruf zu machen, vielleicht hatte sie es vergessen über all dem, was später kam? Die Hochzeit, der Sohn, die Pension?

»Ich spürte, wie die Nähe zwischen uns immer größer wurde«, erzählte Léo weiter, »sah, wie sich ihr Blick auf mich veränderte. Ich wagte es, ihre Hand etwas länger als üblich zu halten, ihr auch mal über die Wange zu streichen, und sie ließ es geschehen. Auch wenn sie das schlechte Gewissen trieb. Sie war schließlich vergeben, und nun kam dieser Engländer um die Ecke, der um sie warb. Die Zerrissenheit war ihr anzusehen, und oft versuchte sie, das mit uns abzubrechen, aber ich ließ ja nicht locker, und ich wusste, dass sie mich mochte. Es fiel mir wahnsinnig schwer, sie zu teilen. Ich musste mir oft anhören, dass sie Joseph ebenfalls liebe und nicht wisse, was sie tun solle. Damals begann ich, sie Thilda zu nennen. Es war mein persönlicher Spitzname für sie, etwas, das nur ich mit ihr teilte. Und ich hoffte, sie vollständig für mich gewinnen zu können. Doch Joseph schien ihr sehr am Herzen zu liegen, das war ihren Zweifeln anzuhören.«

Ich musste schlucken, während ich dieser Geschichte lauschte. Ich war nie in einer solchen Situation gewesen, wo man sich zwischen zwei Lieben zu entscheiden hatte, konnte aber nachvollziehen, wie zerrissen Mamie sich gefühlt haben musste. Allein der Gedanke, dass, egal, wie sie sich entschied, sie einen der beiden Männer verletzen würde, musste sie unheimlich gequält haben. Zumal sie für beide Gefühle gehabt hatte.

»Was ist dann passiert?«, fragte ich, obwohl ich es bereits ahnte.

»Im Frühjahr des neuen Jahres traute ich mich endlich. Ich traf Mathilde zu einem Spaziergang. Während wir so durch die Felder gingen, uns von der ersten Frühlingssonne wärmen ließen, fragte sie mich, wieso ich so schweigsam sei. Da blieb ich stehen. Ich nahm ihre Hand, und ich beugte mich hinab, um sie zu küssen. Sie ließ es geschehen. Es war unser erster Kuss und für mich die Verheißung aller Wünsche und Hoffnungen, die ich in den vergangenen Monaten gehegt hatte. Erst als sie ihre Lippen von meinen löste, griff ich in meine Tasche und entwand ihr einen Ring. Ich hielt in ihr hin, doch sie sah mich nur verwundert an. Also kniete ich mich vor sie, damit sie endlich verstand. Ich redete auf sie ein, sie solle ihre Verbindung zu Joseph lösen, stattdessen mit mir nach England kommen und mich heiraten. Was folgte, können Sie sich wohl denken, nicht wahr?«

Ich schreckte auf, denn ich hatte mich völlig in diesem Teil von Léos Erzählung verloren. Doch nun war seine Stimme verklungen.

»Sie hat abgelehnt«, sagte ich leise.

»Ja«, kam es von Léo, »sie hat mich abgelehnt. Und ich Idiot bin aus allen Wolken gefallen. Ich war mir so sicher gewesen, dass sie mich wollen würde, dass sie ihre Beziehung lösen und mit mir kommen würde. Wir hätten einfach durchbrennen können, so zumindest war es in meinen romantischen Vorstellungen. Dass ich sie damit aus ihrem Leben gerissen hätte, habe ich nicht verstanden. Auch nicht, dass Joseph ihr wirklich etwas bedeutete, dass sie ihn und mich zugleich liebte. Dass es so etwas geben konnte, verstand ich damals noch nicht.«

»Entschuldigen Sie die direkte Frage, aber wieso hat sie sich überhaupt auf Sie eingelassen, wenn sie eigentlich bereits meinen Großvater liebte?«

»Habe ich ihr wirklich eine Wahl gelassen? Sie hat anfangs versucht, mich zu entmutigen. Später sagte sie zu mir, ich sei wie ein Wirbelwind in ihr Leben getreten und hätte sie mit meiner Liebe völlig überrumpelt.«

»Was ist passiert, nachdem Mamie Ihren Antrag abgelehnt hatte?«, fragte ich.

»Ich habe alle Zelte hier abgebrochen und bin nach England zurückgekehrt, während Mathilde bald darauf geheiratet hat. Irgendwann habe ich selbst eine Frau gefunden, die ich geliebt habe.«

»Aber Sie haben immer den Kontakt gehalten, sind Freunde geworden?«

Er blickte auf die Briefe in seiner Hand und nickte.

»Soweit das möglich war. Ich begann kurz nach meiner Abreise, ihr zu schreiben. Anfangs, um meinem Schmerz Ausdruck zu verleihen – oje, ich war ein furchtbar naiver junger Mann und sehr eingenommen von mir selbst! Ich hatte gar nicht erwartet, dass Mathilde mir antworten würde, aber irgendwann hat sie es getan. Und von Anfang an hat sie mir befohlen, mit dem Geheul aufzuhören, wir könnten Freunde sein, aber das Gejammere müsse ich dafür abstellen. Irgendwann nahm ich mir ihre Worte zu Herzen, mit der Zeit war es mir wirklich möglich.«

Das traf genau das Bild, das ich von meiner Großmutter hatte, und wir teilten ein kleines Lächeln.

»Und nun sind Sie wieder hierhergekommen, und dazu noch in Mamies Pension.«

»Meine Frau ist im letzten Jahr verstorben.« Bevor ich ihm mein Beileid aussprechen konnte, redete Léo schon weiter. »Ich habe sie geliebt, wirklich, sie war die beste Lebenspartnerin, die ich mir hätte wünschen können, und ihr Tod ist mir sehr nahegegangen. Aber Mathilde ... sie war die Liebe meines Lebens, wissen Sie? Sie war die eine Frau, die ich bis ins Mark geliebt habe, für die ich so ziemlich alles getan hätte. Sie ist mir nie aus dem Kopf gegangen. Ich wollte sie einfach wiedersehen, nur wiedersehen, verstehen Sie? Einmal noch mit ihr sprechen, ihre Stimme hören, in ihre Augen sehen.«

Ich beobachtete ihn, während er diese Worte aussprach, sah, wie sein Blick einen sehnsüchtigen Zug annahm, und mir wurde klar, dass es ihm noch immer so ging: Er hatte nie aufgehört, Mamie zu lieben.

»Ich hatte ihr in einem Brief geschrieben, dass ich kommen würde und sie gerne sehen wolle. Habe sie gefragt, ob es für sie in Ordnung sei, wenn wir in ihrer Pension unterkämen. Es war aber sehr kurzfristig vor unserer Abreise, und ich habe keine Antwort erhalten. Womöglich habe ich sie verpasst, und der Brief liegt nun bei mir im Postfach. Als ich dann die Buchung vornahm, kam keine Absage, also dachte ich, dass sie damit kein Problem hätte, schließlich waren wir zuletzt freundschaftlich verblieben. Aber dann kamen wir hier an, und sie war nicht hier, sie hatte den Unfall. Ich habe sie im Krankenhaus nicht besucht. Aus Angst.«

»Angst, sie könnte Sie nicht sehen wollen?«

»Zum einen, ja. Sich Briefe zu schreiben ist eine Sache, aber sich zu sehen eine ganz andere. Vielleicht wäre das für sie ein Schritt zu viel. Ich wollte sie nicht wie damals überrumpeln.

Zum anderen war da auch die Angst, es würde sie womöglich zu sehr aufregen.«

Ich nickte. Aus demselben Grund hatte ich Mamie nichts von meinen Entdeckungen erzählt.

»Nun kennen Sie die Geschichte, und alles Weitere wissen Sie aus den Briefen.«

»Daher kannten Sie auch meinen Spitznamen Pinou? Aus den Briefen? Ich dachte, Ihr Briefkontakt wäre 1991 abgebrochen.«

»Nein, wir haben uns bis jetzt weiterhin regelmäßig geschrieben. Womöglich hebt Ihre Großmutter diese Briefe an einem anderen Ort auf? Sie hat mir viel von ihren Enkelkindern berichtet, von Clémence und Ihnen, Pinou.«

Ich überlegte. Mein Großvater war ungefähr zu dieser Zeit sehr krank geworden und wenige Jahre später verstorben. Ob Mamie die Briefe deswegen nicht mehr auf dem Dachboden versteckt, sondern sie woanders aufgehoben hatte? Ob sie den Briefkontakt mit ihrer alten Liebe vor Grandpère geheim gehalten hatte, obwohl er mittlerweile freundschaftliche Züge angenommen hatte?

Wir beiden hingen einen Moment unseren Gedanken und Erinnerungen nach. Ich dachte an Mamie in der Klinik, an unsere letzten Gespräche, die sich um das Heim gedreht hatten, und fragte mich, was ein Überraschungsbesuch womöglich bei ihr auslösen könnte. »Léo«, sagte ich endlich. »Darf ich Sie um etwas bitten?«

»Wollen wir nicht endlich zum Du übergehen, Penelope?«, hakte er ein, und ich musste lächeln.

»Sehr gern. Also, Léo, darf ich dich um etwas bitten?«

»Aber natürlich.«

Wenig später lag ich alleine auf der Überdecke meines Betts. Draußen war es mittlerweile völlig dunkel, und nur das kleine Nachtlicht neben meinem Bett war noch an. Das Gespräch mit Léo hatte mich aufgewühlt. Es war nicht nur die Geschichte von ihm und meiner Großmutter, es war noch mehr. Ich dachte an die Liebe der beiden zueinander, an die Zerrissenheit, unter der Mamie gelitten haben musste, an die Verzweiflung von Léo, der eine Frau liebte, die an einen anderen vergeben war. Ich seufzte. Eine Person zu lieben, die jemand anderen liebte … einen Mann zu lieben, der glücklich verheiratet war … Wieder kehrten meine Gedanken zu Jonas zurück. Ich sah ihn vor mir, seinen Blick, als ich mich im Treppenhaus bei ihm einhakte … als wir am Tisch am Pavillon saßen und mein Abschied ihm die Traurigkeit in die Augen jagte … bevor er mich ein letztes Mal an sich drückte. In meiner Brust zog es sehnsüchtig. Ob es Léo auch so ergangen war, als er merkte, dass er sich in Mathilde verliebt hatte? Er hatte sie bis ins Mark geliebt – so waren seine Worte gewesen, und ich konnte nachspüren, was er damit meinte. Es war ein Gefühl, das tiefer ging als alles, was ich bisher empfunden hatte. Etwas, das sich in die Muskeln einschrieb, sich in die Knochen ritzte, um dort für immer seine Spur zu hinterlassen.

Ich hatte Gefühle für Jonas. Noch immer wehrte sich etwas in mir dagegen, schrie mir zu, dass ich mich in einer Absurdität verlor. Ich wollte mit meinem besten Freund zusammen sein. Und dieses Gefühl würde wahrscheinlich nicht vergehen. Léos Augen hatten es mir verraten, er liebte meine Großmutter noch immer, auch wenn er von Freundschaft sprach. Oberflächlich konnte man vielleicht ein anderes Leben führen, eines, in dem man mit anderen Partnern liiert war, aber irgendwo tief im Innern würde sie immer stehen: die Sehnsucht nach diesem einen Menschen.

»Liebe …«, flüsterte ich in den leeren Raum. Es war ein Wort, das ich lange nicht mehr gebraucht hatte. Wann hatte ich Oskar zuletzt gesagt, dass ich ihn liebte, und das nicht nur aus reiner Gewohnheit, sondern mit aller Bedeutungsschwere des Wortes? Ich erinnerte mich nicht. Und Raphaël … ich hatte eine wunderbare Nacht mit ihm gehabt, aber an etwas Tieferes hatte ich dabei nicht gedacht, nicht so früh. Ich ging auch jetzt diesem Wort aus dem Weg. Zu sagen: »Ich bin verliebt«, war noch relativ einfach. Es konnte eine Anwandlung sein, ein kurzlebiger Zustand, der wieder verflog. Zu sagen: »Ich liebe« war unvorstellbar. Unvorstellbar in diesen Verwicklungen.

Ich wollte seine Stimme hören, wollte ihn sehen, ihn spüren. Ich malte mir aus, wie ich einfach zu ihm fuhr, ihm von meinen Gefühlen erzählte. Er schloss mich in die Arme und küsste mich und sagte, dass es ihm genauso gehe, dass er mich liebe. Er würde Lina verlassen, für mich. Hier aber stockte ich jedes Mal und zügelte meine Fantasie. Selbst wenn Lina nicht, wie ich überzeugt war, Jonas' große, ewige Liebe war, würde ich eine Familie auseinanderreißen, wenn ich mit ihm zusammen wäre.

Es gab keinen Ausweg, keinen, der gut für uns alle war. Und so war klar, was passieren musste: Ich würde warten müssen, würde mein Leben führen müssen, als gäbe es diese Gefühle nicht. Und vielleicht würde ich jemanden finden, der sie auf andere Weise weckte, so wie Léo seine Frau gefunden hatte. Und vielleicht würde eines Tages meine Chance kommen, mit Jonas zusammen zu sein. Vielleicht.

33

Die halbe Nacht hatte ich wach gelegen, mich bis fünf Uhr morgens herumgewälzt, ohne Ruhe zu finden. Und doch musste ich, als der Wecker mich aus dem endlich eingekehrten Schlaf riss, aufstehen, um das Frühstück zuzubereiten. Und um elf war ich ja auch schon mit Clem und Papa verabredet. Das Wort »Papa« fühlte sich noch immer etwas seltsam an. Von früher her war es noch mit so viel Gutem und Warmem angefüllt, aber ich würde mich erst daran gewöhnen müssen, diese Gefühle nun endlich wieder zuzulassen.

Als ich beim Krankenhaus eintraf, warteten die beiden bereits auf mich. Wir begaben uns auf direktem Weg zu Mamies Zimmer.

Mamies Augen weiteten sich, als sie uns zu dritt eintreten sah. Sie lag im Bett, die Decke zurückgeschlagen, sodass ich den beeindruckenden Gips an ihrem Fuß sah, der bis eine Handbreit unter ihr Knie reichte. Sie trug eines ihrer Sommerkleider aus blauem Leinen. Ihr Blick wanderte von mir zu meinem Vater und zurück. Sie lächelte uns freudig an.

»Ihr, zu dritt?«

»Hallo, Mamie«, sagte ich aufgekratzt und drückte ihr einen Kuss auf die Wange. »Papa, willst du dich setzen?«

Staunend beobachtete Mamie vom Bett aus, wie ich Papa

einen Stuhl heranzog. Clem stand am Fußende des Bettes, und ich gesellte mich zu ihr.

»Habt ihr euch etwa versöhnt?«, fragte Mamie. Papa und ich wechselten einen Blick, dann nickten wir Mamie lächelnd zu. »Das ist ja … das ist wunderbar«, raunte sie fassungslos.

»Maman«, begann unser Vater, »wir sind leider nicht nur hier, um dir von der Versöhnung zu erzählen. Wir müssen mit dir reden.« Mamies Brauen wanderten in die Höhe.

»Was gibt es denn zu bereden? Moment, es geht um meine Entscheidung, in ein Heim zu ziehen, stimmt's?« Mamies Augen verengten sich, und sie verschränkte ihre Arme. »Bevor ihr irgendetwas sagt, sollt ihr wissen, dass ich …«

»Mamie, wir wollen dich nicht überfallen«, versicherte ich ihr. »Wir wollen nur mit dir reden, weil wir deine Entscheidung nicht so recht verstehen können. Wie kommt es, dass du in einem Heim leben möchtest, wenn du doch in die *Petite Sorcière* zurückkehren könntest? Wir würden dort gemeinsam leben.«

Mamie seufzte auf.

»Pinou, ich habe es dir doch schon gesagt. Ich möchte das nicht, und Punkt. Was gibt es da denn nicht zu verstehen? Es macht keinen Sinn, dorthin zurückzugehen. Mir fehlen noch immer ganze zwei Wochen Erinnerung – was, wenn es so weitergeht? Ich bin vergesslich geworden, und du hast keine Ahnung, was du dir da auflädst, wenn es mit mir so weitergeht. Außerdem weiß keiner, wie lange ich überhaupt noch lebe.«

»Mamie!«, meldete sich Clem zu Wort. »Das ist doch völliger Quatsch. Die Untersuchungen haben gezeigt, dass du absolut fit im Kopf bist. Du erholst dich gut, sagen die Ärzte, und wirst wieder ganz die Alte sein. Es gibt keinen Grund, etwas anderes anzunehmen.«

»Mamie«, sagte ich sanft, »Clem hat recht, dein Gedächtnis ist absolut in Ordnung. Du hattest eine Gehirnerschütterung, das ist alles, das zeigen die Tests. Wir wollen dich nicht zu etwas zwingen, das du vielleicht nicht möchtest. Aber ich kann mir beim besten Willen nicht vorstellen, dass du lieber in ein Heim gehst, als in die *Petite Sorcière* zurückzukehren. Wenn du glaubst, mir und uns mit den Beschwerden, die du *vielleicht* noch haben könntest, eine Bürde zu sein, liegst du falsch. Das Gegenteil ist der Fall, du fehlst so sehr im Haus. Ohne dich ist es nicht derselbe Ort. Ich wünsche mir aus vollem Herzen, dass du mit mir dorthin zurückkommst.«

Mamie sah mich bewegt an. Ein winziges Lächeln zeichnete sich um ihren Mund herum ab – ein sehr gutes Zeichen, dass wir endlich einen Zugang zu ihrem Trotzkopf gefunden hatten!

»Aber ich bin nicht mehr dieselbe, Pinou. Ich bin jetzt eine alte Frau, ich falle auseinander.«

»Mamie, das stimmt doch so nicht. Die Jüngste bist du nicht mehr, das ist schon wahr«, und wieder blitzte ein klitzekleines Lächeln bei ihr auf. »Aber du wirst zu Hause eine gute Zeit haben, mit mir und mit uns allen zusammen. Und wenn es dir nicht so gut geht, können wir immer noch sehen, was für dich dann am besten ist. Aber bitte, bitte komm erst mal zurück.«

Meine Augen hatten sich mit Tränen gefüllt, und ich sah, wie auch Mamie leise weinte. Nun war der richtige Zeitpunkt gekommen. Ich wusste nicht, ob meine Idee wirklich so gut ankam, wie sie mir im ersten Moment erschienen war. Aber ich wollte es zumindest versuchen, sie umzustimmen und die Idee mit dem Pflegeheim zu vergessen.

»Mamie, da ist noch etwas, das ich dir sagen muss. Ich weiß, du hast keine Erinnerung an die Wochen vor deinem Unfall, aber da hat dir jemand geschrieben, der dich sehen wollte.«

Sie blickte mich mit zusammengezogenen Brauen an. Ich ging zur Tür und öffnete sie.

Léo trat vorsichtig ein. In seinen Augen las ich die Nervosität und Aufgewühltheit, die in ihm herrschten. Erst als er einen weiteren Schritt in das Zimmer hineinwagte, gelangte er in das Sichtfeld meiner Großmutter. Erst war da nur Unverständnis in ihrem Blick, als sie ihn bemerkte, doch dann setzte plötzlich das Erkennen ein. Ihre Augen weiteten sich, und aus ihnen sprach so viel Überraschung und Gefühl, wie ich es nicht vermutet hätte.

»Léo?«, raunte sie.

»Clem, Papa«, die beiden sahen mich fragend an. »Ich glaube, es ist besser, wenn wir jetzt gehen.«

Ich wandte mich wieder Mamie zu, küsste sie auf die Wangen und flüsterte: »Bitte sprich mit ihm.«

Doch ihre Aufmerksamkeit lag völlig bei Léo, der nun vor ihrem Bett stand. Wir drei entfernten uns, ich strich Léo beim Vorbeigehen kurz über den Arm, dann waren wir draußen. Erst jetzt fühlte ich, wie aufgeregt ich gewesen war.

Kaum dass ich die Tür hinter uns geschlossen hatte, bombardierten Papa und Clem mich mit ihren Fragen. Ich schlug vor, in der Cafeteria einen Kaffee zu trinken, wo ich ihnen alles erklären würde.

»Léo also ist P., der Briefeschreiber«, sagte meine Schwester, als ich geendet hatte. Ich nickte und nahm einen Schluck von meinem Milchkaffee. »Ich hoffe nur«, fuhr sie fort, »dass es eine gute Idee war, ihn hierherzubringen.«

»Ich glaube, Mamie wird es wegstecken können. Weißt du, ich hatte einfach die Hoffnung, dass das Treffen mit ihm ihr neue Energie gibt und sie von diesem Irrglauben abbringt, sie könnte uns eine Last sein. Außerdem glaube ich, dass es zwischen den beiden Dinge gibt, die nie ausgesprochen worden sind. Und dass es gut für sie ist, einmal über alles zu reden.«

»Das hast du richtig gemacht«, sagte mein Vater in seiner ruhigen, leicht behäbigen Art, und ich spürte, wie verlegen mich seine Worte machten. Es bedeutete mir viel, das von ihm zu hören. »Ich glaube auch, dass Maman jetzt etwas braucht, das sie an früher erinnert, an ihre guten Tage, etwas, wofür es sich zu leben lohnt. Und da scheint Léo der Richtige zu sein.«

Ich seufzte auf, als ich mir vorstellte, wie die beiden nun da oben saßen und hoffentlich miteinander sprachen, über uns und Mamies abstruse Pflegeheimpläne, über die *Petite Sorcière*, über ihre gemeinsame Vergangenheit, ihre damalige Liebe, und vielleicht, wer wusste das schon, entzündete sich ja wirklich noch mal ein neuer Funke. Das war es jedenfalls, was ich heimlich hoffte.

Ich trank den letzten Schluck meines Kaffees und stellte die Tasse voller Tatendrang auf dem Unterteller ab.

»Ich muss jetzt los«, sagte ich und blickte auf die Uhr. »In einer Stunde wollen die neuen Gäste eintreffen, und dann will ich unbedingt zu Hause sein.«

Clem lächelte mich an.

»Zu Hause«, wiederholte sie, und wir tauschten einen Blick. »Das klingt gut.«

Als ich gegen vierzehn Uhr in der Pension eintraf und in die Küche trat, wartete Gaspard dort schon auf mich. Ich hatte ihn gebeten, mir heute zur Hand zu gehen und ein spätes Mittagessen für die neuen Gäste vorzubereiten. Außerdem, aber das wusste er noch nicht, wollte ich mit ihm über eine Idee reden, die mir gekommen war. Er hatte es sich mit Henry am Tisch bequem gemacht, und die beiden schwatzten munter miteinander. Ein atemberaubender, würziger Duft lag in der Luft.

»Wie ist es gelaufen?«, fragte Henry sogleich, als er mich sah. Léo und ich hatten ihn am Morgen beim Frühstück in alles eingeweiht. Er wusste nun auch von der Liebesgeschichte, den Briefen und Léos Besuch bei Mamie.

Ich ließ mich auf einen Stuhl ihnen gegenüber plumpsen.

»Sie hat sich gefreut, Léo zu sehen, glaube ich. Die beiden müssten immer noch zusammensitzen.«

Gaspard warf Henry und mir einen fragenden Blick zu, doch ich winkte ab.

»Clem wird es dir nachher in Ruhe erzählen. Hast du das Essen schon vorbereitet?«

»Das ist fertig«, sagte er und salutierte grinsend.

»Du bist der Beste, tausend Dank! Ich hätte es heute nicht geschafft, etwas vorzubereiten, und wollte unseren neuen Gästen aber gern einen schönen Empfang bereiten.«

»Ich habe ihm geholfen«, warf Henry stolz ein.

»Oh, na, dann hoffen wir mal, dass die Gäste keine Kinder dabeihaben. Für sie eignet sich deine Geheimzutat ja nicht gerade.«

»Ach was, dann schlafen sie nur umso besser, und alle sind glücklich.«

Ich verdrehte spaßeshalber die Augen und wandte mich an Gaspard. »Ich wollte dich noch etwas fragen. Vielleicht weißt du, dass früher hier in der Pension mein Großvater für die Gäste gekocht hat?« Gaspard schüttelte den Kopf und sah mich neugierig an. »Ja, bis zu seinem Tod gab es hier richtige Verpflegung für die Gäste. Ich wollte dich fragen, ob du nicht Lust hättest, für uns zu arbeiten, sodass wir unser Angebot erweitern und hier ein kleines Restaurant eröffnen können.« Gaspard hatte die Augenbrauen hochgezogen, ein Lächeln erschien in seinem Gesicht.

»Wirklich?«

»Ich würde mich sehr freuen. Mamie weiß noch nichts davon, aber sie sagte, ich hätte freie Hand. Ich habe mir die Buchungen für die nächsten Wochen und die Finanzen angesehen – da kommen eine Menge Gäste auf uns zu! Also denke ich, wir können es uns leisten. Ein paar Anschaffungen müssten wir natürlich auch noch machen, bevor es losgehen kann. Mamie wird sich riesig freuen, wenn sie davon erfährt, da bin ich mir sicher.«

»Ja, natürlich, gerne, ich fange sofort an, wenn ihr wollt!«

»Das hast du doch schon!«, sagte ich lachend. »Aber zuerst sollten wir vielleicht noch über die Konditionen sprechen, oder? Wollen wir uns am Montag mal zusammensetzen?« Gaspard nickte, stand auf und drückte mich so fest, dass ich kaum noch Luft bekam.

Henry klopfte Gaspard auf die Schulter. »Glückwunsch, mein Guter.«

»So, nun müssen wir uns aber beeilen. Helft ihr mir, den Tisch vorzubereiten?« Ich erhob mich lächelnd und freute mich richtig auf die anstehende Arbeit mit den beiden Chaoten. Allerdings konnte ich nicht länger widerstehen und blickte in den Topf, wo ich eine Zwiebelsuppe entdeckte. Die Schüsseln, das Brot und der Käse zum Überbacken standen schon bereit.

»Mhm, Gaspard, das riecht fantastisch.«

»Ich habe ja auch mitgekocht«, meldete sich Henry schon wieder zu Wort, und ich warf ihm ein entnervtes Grinsen zu. Dann probierte ich einen kleinen Löffel und schloss genussvoll die Augen. Der Geschmack der würzigen Zwiebeln war perfekt mit etwas Weißwein und Thymian abgerundet.

»Das schmeckt ja noch besser, als es aussieht«, entfuhr es mir.

Wir schnappten uns Karaffen und Gläser, Besteck und Unterteller und trugen alles hinaus, um den Tisch zu decken. Da hörte ich vorn ein Auto über den Kies fahren.

»Sie sind da!«, rief ich und sah einmal an mir herunter, ob beim Probieren der Suppe nicht doch etwas danebengegangen war. Dann lief ich schnell um das Haus herum und winkte den beiden zu, die soeben aus dem Wagen stiegen.

»*Salut et bienvenue* in der *Petite Sorcière!*«, rief ich ihnen entgegen und wechselte dann ins Deutsche, um unsere österreichischen Gäste willkommen zu heißen. »Ich bin Penelope Mariaux, wie schön, dass Sie einige Tage bei uns verbringen werden.«

»Grüß Gott und vielen Dank!« Die Frau mit dem rötlichen Kurzhaarschnitt lächelte mir entgegen und nahm dankbar das Angebot an, sich auf Deutsch zu unterhalten. »Ich bin Karola, und das ist mein Mann Alois. Wie schön Sie es hier haben!«

Ich schnappte mir einen der Rollkoffer und wies ihnen den Weg ins Haus.

»Hatten Sie eine gute Anreise?«

»Kaum einen Stau hatten wir«, antwortete Alois, und der Wiener Dialekt war ihm deutlich anzuhören. Während die beiden vor mir die Stufen zur Eingangstür hinaufgingen, zuckte mir ein Gedanke durch den Kopf: Ich erinnerte mich an Mamie und daran, wie oft ich sie als Kind dabei beobachtet hatte, wie sie neue Gäste begrüßte. Nun stand ich selbst hier, und ein Gefühl von Zufriedenheit und Stolz erfüllte mich.

34

Es war schon Abend geworden, der Abend vor meinem ersten Backkurs. Nach dem gemeinsamen Essen, bei dem ich den Gästen vor allem Reisetipps für die Provence gegeben hatte, hatte ich den beiden ihr Zimmer gezeigt, während Gaspard ihnen mit dem Gepäck geholfen hatte. Als er schließlich gegangen war, hatte ich Mamies Nummer im Krankenhaus gewählt. Sie meldete sich und klang fröhlich, ein gutes Zeichen!

»Mamie, ich bin es, Pinou.«

»Meine Kleine, wie schön, von dir zu hören! Ich wollte dich auch noch anrufen, aber du bist mir zuvorgekommen.«

»Wie geht es dir? Wie war es mit Léo?«

»Also, Zurückhaltung hat man dir wohl nicht beigebracht, was, meine Liebe?«, lachte Mamie. »Erst einmal möchte ich dir danken. Für alles, was du heute Morgen hier gesagt hast, das hat mich sehr berührt. Es war sehr überzeugend, wie du betont hast, mich bei dir haben zu wollen.«

»Weil es so ist, Mamie!«

»Jaja, aber ich möchte dir auch dafür danken, dass du Léo zu mir geführt hast. Das war zwar eine große Überraschung, aber eine schöne! Wie lange ich ihn nicht gesehen hatte …« Ich rechnete nach.

»Sechzig Jahre«, sagte ich, selbst erstaunt angesichts dieser Zahl.

»Sechzig Jahre«, wiederholte Mamie, »fast ein ganzes Leben.«

»Da habt ihr viel aufzuholen.«

»Oh ja, das haben wir. Und das trotz all der Briefe, die wir uns geschrieben haben. Es gibt noch so viel zu erzählen.« Sie klang glücklich, als sie das sagte. Und mich steckte sie damit an.

»Mamie, das freut mich so!«

»Ein Glück, dass du die Briefe gefunden hast, meine Kleine. Stell dir nur vor, Léo wäre gefahren, ohne dass wir uns gesehen hätten. Vielleicht hätte ich nie gewusst, dass er hier war.« Sie kicherte ein wenig. »Wir haben noch bis in den Nachmittag hinein geredet, bis die Schwester ihn nach Hause geschickt hat, weil er mich angeblich zu sehr ermatten würde. Wenn die wüsste! Morgen will er wiederkommen.«

Ich konnte es kaum fassen, aber meine Großmutter klang wie ein frisch verliebtes Mädchen.

»Ach, übrigens habe ich mir überlegt, dass diese Sache mit dem Pflegeheim vielleicht doch keine so gute Idee ist. Also wenn du es wirklich ernst meinst und deine alte Mamie immer um dich herum ertragen kannst …«

»Das ist ja fantastisch, ich freue mich!« Ich musste lächeln, als ich mir vorstellte, wie Léo seine Überzeugungskünste hatte spielen lassen. »Ich kann es kaum erwarten, dich hier bei mir zu haben!«

»Vielleicht habe ich mich mit dieser Idee von dem Heim ein wenig verrannt. Aber der Gedächtnisverlust hat mich so durcheinandergebracht. Ich hatte das Gefühl, als würde mir mein Leben völlig entgleiten. Also dachte ich, ein Heim wäre in diesem Fall die beste Lösung für alle.«

»Ich kann dich verstehen, Mamie. Aber ich bin froh, dass du dich entschieden hast, nach Hause zu kommen.«

»Oh, Pinou, ich muss auflegen, die böse Schwester naht.«

Sie gluckste und fuhr dann leiser fort: »Was ich aber noch sagen wollte: Ich freue mich sehr für dich und deinen Vater, endlich habt ihr euch wieder versöhnt. Was für ein Tag!«

Ja, was für ein Tag. Kaum hatten wir aufgelegt, machte ich mich auf den Weg in die Küche und lief Léo in die Arme. Das Glück, das ich eben in Mamies Stimme gehört hatte, las ich nun in seinem Gesicht. Er strahlte mich an, umfasste meine Arme und sagte: »Ich danke dir so sehr, Pinou, so, so sehr!«

»Und ich danke dir dafür, dass du Mamie überzeugt hast, wieder hierher zurückzukommen.«

»Ach, das! Da hattest du schon beste Vorarbeit geleistet, das war ein Klacks!« Er tänzelte geradezu die Treppe hinauf, drehte sich auf halbem Absatz noch einmal um und fragte: »Sag, wäre mein Zimmer womöglich noch für den nächsten Monat frei? Ich würde gern noch vier Wochen dranhängen.«

Überrascht sah ich ihn an und versuchte, mich an die Zimmerpläne zu erinnern.

»Da lässt sich bestimmt etwas machen«, sagte ich verdattert.

»Wunderbar!«, trällerte er und verschwand im oberen Stockwerk.

Kichernd machte ich mich daran, in der Küche alles für den morgigen Kurs vorzubereiten. Ich stellte die Förmchen und Pinsel, Spritztüten und Teigschaber bereit, hängte die frisch gewaschenen Schürzen, die ich in der Küche und auf dem Dachboden zusammengesucht hatte, an die Haken und legte den Stapel mit den Rezepten zum Nachbacken parat. Ein letztes Mal ließ ich den Blick durch die Küche schweifen, nickte zufrieden und ging hinaus auf die Terrasse. Die tief stehende Sonne färbte die Lavendelreihen strahlend violett. Die Abendluft umfing mich warm und mit einer sanften Brise, während der Duft nach frisch gemähten Wiesen und Lavendel mich umhüllte.

»Alles bereit für den großen Tag?«

Ich lächelte Henry in seinem Gartenstuhl zu.

»Ja. Magst du mit aufs Feld kommen? Ich würde gern noch einen Lavendelstrauß pflücken.«

Er erhob sich sogleich und begleitete mich die Stufen hinab zur ersten Reihe der Lavendelbüsche. Gemeinsam liefen wir ein Stück ins Feld hinein.

»Bist du nervös?«, fragte er.

»Geht so. Ich freue mich drauf. Jetzt, wo ich weiß, dass es genug Teilnehmer geben wird, kann kaum noch etwas schiefgehen.«

»Das Paar, das heute Mittag angekommen ist, macht auch mit?«

Ich nickte. »Es sind auch einige Namen dabei, die ich nicht kenne, wahrscheinlich von Touristen, die irgendwo anders in der Region untergekommen sind.« Ich ließ die Finger über den Lavendel gleiten. »Und du? Bist du bereit für dein Abenteuer?«

»Alles ist vorbereitet. Ich muss in London nur noch meine Sachen packen, und los geht's.«

»Du freust dich auf Jeff, was?«

»Und wie!«

Mein Lächeln verlor etwas von seiner Kraft. Ich zeigte auf einige besonders buschige Stauden und kniete mich davor, um einen Strauß zu pflücken. Henry beobachtete mich von der Seite.

»Was ist los, Pepe? Hängt dir die Sache mit Raphaël noch nach?«

Ich schüttelte den Kopf.

»Bist du sicher? Du wirkst irgendwie mitgenommen.«

»Das ist es nicht.« Ich hielt den Strauß eine Armlänge von mir, um zu sehen, ob er schon buschig genug war. »Ich will eigentlich gar nicht darüber reden, weil … weil es zu schwierig ist.«

»Okay«, sagte Henry langsam, »zu schwierig, darüber zu reden, oder zu schwierig, es zu lösen?«

Ich legte den Kopf schief und sah zu Henry auf.

»Vor allem das Zweite, aber auch das Erste.«

Henry nickte, und ich war ihm dankbar, dass er Verständnis zeigte und nicht weiter nachbohrte. Ich vertraute ihm, daran lag es nicht, dass ich mit ihm nicht über Jonas sprechen konnte. Nur kamen mir die Worte so schwer über die Lippen, da jedes einzelne wie ein Nagel war, der die Gewissheit in meine Seele hämmerte, dass Jonas und ich nicht zusammen sein konnten. Mich quälte auch der Abstand, den ich zu ihm gesucht hatte. Ich wusste ganz genau, dass ich meine Gefühle nur so in den Griff bekommen konnte, und doch fehlte mir Jonas auch als Freund. Sicherlich würde irgendwann der Tag kommen, an dem ich Henry davon erzählen würde, aber heute war es zu früh dafür. Ich pflückte einen letzten Zweig, und wir gingen zurück in Richtung Haus.

»Hauptsache, du hältst dich nicht zurück, falls es einmal in dir brennt, davon zu erzählen.« Henry strich mir über den Arm, dann wechselte er das Thema: »Hast du schon mit deiner Großmutter gesprochen?«

Ich nickte. »Es ist so schön, Henry.« Sofort besserte sich meine Laune wieder, als ich an Mamies Stimme am Telefon dachte. »Ich bin erleichtert, dass sie die Überraschung so gut aufgenommen hat. Mir haben vorher wirklich ein wenig die Knie geschlottert.«

»Grandpa ist eben erst zurückgekommen. Ich glaube, ich habe ihn noch nie so erlebt. Ein völlig überdrehtes Honigkuchenpferd mit Schnauzer.«

Ich lachte und klopfte ihm mit der Hand gegen den Arm.

»Es ist doch wirklich unglaublich«, fuhr Henry fort, »dass ich nicht den blassesten Schimmer davon hatte, warum wir wirklich hergekommen sind. Da schickt er mich von einem Hof zum anderen, von einem Weingut zum nächsten …«

»Eine wahre Tortur für dich«, warf ich zwinkernd ein.

»Ja, und wie! Dieser ganze Wein, den ich trinken musste!«

»Na, du hast es gerade noch so überlebt«, sagte ich mit gespielter Ernsthaftigkeit.

»Es war knapp.« Henry winkte ab. »Aber dass Grandpa eigentlich seiner großen Liebe nachgerannt ist, hätte ich niemals gedacht. Und dann hätte er sie beinahe noch verpasst.« Er schüttelte den Kopf. »Hat er schon mit dir über die Verlängerung gesprochen?«

»Ja, er behält sein Zimmer für sage und schreibe weitere vier Wochen«, erzählte ich und warf Henry einen zweideutigen Blick zu.

»Oh là là, wie ihr Franzosen so schön zu sagen pflegt.« Er dämpfte die Stimme und fragte: »Meinst du, da geht noch was zwischen den beiden?«

»Was meinst du denn damit?« Entgeistert sah ich ihn an, aber er entdeckte natürlich sofort das verdächtige Blitzen in meinen Augen und kicherte. Ich riss mich zusammen. »Ich weiß es nicht, was die beiden vorhaben. Wahrscheinlich wissen sie es selbst noch nicht. Überleg doch nur, wie viel sie erst mal aufholen müssen.«

»Mich jedenfalls würde es freuen.«

Ich nickte lächelnd. Wir hatten die Stufen zur Terrasse erreicht.

»Du, Pepe, sei mir nicht böse, aber ich fürchte, ich muss hoch auf mein Zimmer. Ich möchte heute noch meine Eltern anrufen und ihnen endlich von meiner Entscheidung erzählen.«

»Natürlich«, sagte ich schnell. »Viel Glück!«

»Wir sehen uns morgen früh in alter Frische beim Backkurs!«

Ich lächelte ihm zu, während wir zur Küchentür gingen. »Ich freue mich, dass du morgen dabei sein wirst. Schlaf gut!«

Er umarmte mich in aller Vorsicht, um den Lavendel nicht platt zu drücken, dann verschwand er in den Flur und die Treppe hinauf. Ich stellte den Strauß in eine Vase mit Wasser, dann ging ich nach draußen, um den Sonnenuntergang zu betrachten.

Dass Léo noch länger bei uns bleiben würde, hatte mich wahnsinnig gefreut. Es waren nicht nur seine positive Wirkung auf Mamie und das Wissen, dass die beiden nun die nötige Zeit hätten, um alles Geschehene zu besprechen und aufzuarbeiten. Es freute mich darüber hinaus, den älteren Gentleman länger bei uns zu wissen. Die Abreise von Henry würde schon schwierig genug für mich werden. Es war schön, dass er nun mit Jeff zusammen sein könnte und neue Wege für sich ausprobierte, aber er würde in der *Petite Sorcière* unheimlich fehlen – und mir als Freund. Mit seiner Leichtigkeit und seinem Witz, aber auch mit seiner Geduld und seinen guten Ratschlägen war er mir ans Herz gewachsen, und ich wollte gar nicht daran denken, wie es morgen Abend sein würde, ihn zu verabschieden.

Meine Gedanken wanderten zu einem anderen Abschied, und wieder schien das Gewicht, das an meinem Herzen zog, schwerer zu werden. Jonas. Nahezu unablässig waberte er in meinem Kopf herum. Selbst als ich mich aus der Melancholie gerissen und die anstehenden Aufgaben angegangen war, blieb er immer da. Ich dachte an Raphaël. Auch er war mir nahe gewesen, aber auf eine völlig andere Weise, die eher körperlicher Natur gewesen war. Wo Jonas meine Gedanken und Gefühle anregte, war es bei Raphaël eher Begehren gewesen und die Lust an der leichten Flirterei, die mir nach der Geschichte mit Oskar gutgetan hatte. Und das war so viel einfacher auszublenden, so viel schneller vergessen. Aber jetzt durchlief mich ohne Pause dieses unruhige Kribbeln. Alles schien auf verquere Weise mit Jonas verknüpft zu sein, kein Gedanke konnte gedacht werden, ohne dass er an dessen Ende stand. Es drängte mich, alles zu tun, um ihm wieder nahe sein zu können. Und das nicht nur als mein Freund und Nachbar.

Es war klar, dass ich mich bei ihm melden musste, wollte ich ihn nicht auch noch als Freund verlieren. Doch das Kribbeln hatte mich bisher davon abgehalten. Zu groß war meine Sorge, mich verraten zu können und Lina damit zu hintergehen. Sie war seine Frau, fertig. Wie oft hatte ich mir das schon gesagt, es mir immer wieder vorgesprochen.

In meinem Kopf schob ich die gefährlichen Gefühle für Jonas beiseite. Ich musste mich jetzt zusammenreißen. Er war mir zu wichtig, als dass dieses Wirrwarr unsere Freundschaft gefährden durfte. Ich zuppelte in meiner Shortstasche herum, bis ich das Handy hervorgezogen hatte. Keine Anrufe, nur eine einzige Nachricht von Jonas:

> Du weißt aber schon, dass es jetzt doppelt schwerfällt, nichts von dir zu hören, nachdem du so nah warst? Melde dich, wenn es geht, ja? Ich würde deine Stimme so gerne hören.

Und plötzlich war alle Vernunft vergessen und mein Kopf wie leergefegt. Meine Finger bewegten sich wie von selbst, um die Handysperre zu lösen. Seine liebevolle Nachricht war zu viel, ich musste ihn einfach hören. Es tutete.

»Pepe?« Jonas klang ein wenig atemlos, als ob er sich beeilt hätte, zum Handy zu kommen.

»Hi«, sagte ich und spürte zu meinem Ärger, wie sich meine Augen mit Tränen füllten. Aus Angst, dass meine Stimme versagen würde, blieb ich still. Es war ein Fehler gewesen, ihn anzurufen, natürlich war es ein Fehler.

Es war ruhig an beiden Enden. Nur unser gleichmäßiges Atmen war zu hören.

»Alles gut bei dir?«, fragte Jonas schließlich in die Stille.

»Ja«, sagte ich schnell. Ich schluckte den Kloß in meiner Kehle herunter. »Ich bin gut hier angekommen.«

Ich hörte ein schwaches Lachen.

»Das weiß ich doch.«

Ich musste ein wenig lächeln, als ich mir sein Gesicht vorstellte, seine freundlichen Augen mit den leichten Lachfältchen und den Grübchen, die auftauchten, wenn er schmunzelte.

»Ich meine: Geht es dir gut?«

Schon war mein Lächeln wieder vom Gesicht verschwunden. Ich wusste einfach nicht, was ich tun sollte. Was sollte ich nur sagen?

»Ich …«

»Pepe«, unterbrach mich Jonas, »du fehlst mir so.« Seine Worte schienen plötzlich aus ihm herausgepurzelt zu sein, so schnell schossen sie durch die Leitung.

Ein Schauder lief meine Schultern hinab, mein Unterkiefer spannte sich an. Und dann spürte ich die erste Träne auf meiner Wange.

»Jonas«, sagte ich und brach ab.

Er schwieg.

»Jonas, ich glaube, ich kann gerade keinen Kontakt zu dir haben.«

Ich hörte, wie sein Atmen schwerer wurde.

»Warum nicht?«, fragte er. Nicht mehr, seine Stimme klang

gespannt und leicht bebend. Nach einigen Augenblicken, als ich nicht antwortete, zischte er: »Sag es mir, Pepe. Bitte.«

Ich fuhr mir mit dem Handrücken über die Wange, schloss die Augen. In mir tobte ein Kampf, nein, gleich mehrere: Mein Gefühl für richtig und falsch war völlig aus dem Gleichgewicht geraten – musste ich es ihm nicht sagen, zumindest um zu erklären, warum ich eine Pause von unserer Freundschaft brauchte? Gleichzeitig versuchte ich, die richtigen Worte zu bündeln und zu einem Satz zu formen, suchte danach, zwischen all den Zweifeln, die mir mit voller Wucht gegen den Magen drückten, genug Mut zu sammeln, um diese paar Wörter herauszubringen. Ich musste mehrmals ansetzen, bis es mir gelang, bis sie mir endlich über die Lippen kamen.

»Weil ich mich in dich verliebt habe«, sagte ich leise, fast flüsternd.

Es blieb still in der Leitung, und all meine bitteren Ahnungen bewahrheiteten sich in diesem Moment. Ich verfluchte meine Gefühle. Warum konnte ich sie nicht zurückhalten, konnte ihm nicht die gute Freundin vorspielen, bis es endlich, hoffentlich, irgendwann einfacher wurde? Ich holte noch einmal tief Luft und sagte schnell: »Jonas, mir ist klar, dass du Lina niemals verlassen würdest, und …«

»Was?«, fuhr Jonas dazwischen. Dann klang seine Stimme mit einem Mal ganz sanft. »Pepe, was sagst du da?«

»Dass du Lina liebst, das weiß ich doch«, wiederholte ich stockend.

»Pepe«, Jonas' Stimme klang heiser, »das ist jetzt nicht dein Ernst, oder?«

Ich verstand nichts mehr, fühlte mich plötzlich vor den Kopf gestoßen.

»Was meinst du?«, fragte ich etwas schärfer.

»Lina und ich sind getrennt. Seit vier Monaten schon. Die Scheidung läuft.«

Wie paralysiert saß ich da. In meinen Ohren rauschte es, mein Herz schlug gegen meinen Brustkorb.

»Ihr seid nicht getrennt«, widersprach ich. »Das hätte ich doch mitbekommen.«

»Das musst du auch mitbekommen haben. Lina lebt seit Monaten nicht mehr hier.«

Ich durchwühlte meinen Kopf nach Erinnerungen der letzten Monate, aber alles, was da war, drehte sich um die schwierige Zeit mit Oskar und im Theater.

»Nein, habe ich nicht«, sagte ich schließlich.

»Mensch, Pepe, nur du kannst nicht mitbekommen, dass ich seit Ewigkeiten nur an dich denke.«

In mir drehte sich alles, sodass ich den Sinn der Worte nicht vollständig aufnehmen konnte.

»Was?«, fragte ich und brachte damit Jonas zum Lachen.

»Pepe, ich bin in dich verliebt, wahrscheinlich durchgängig seit unserem Urlaub in der Provence.«

»Aber Lina?«

»Lina war es, die mir irgendwann die Augen geöffnet hat. Als sie sich von mir getrennt hat, sagte sie zu mir, sie habe sowieso immer das Gefühl gehabt, ich hinge einer anderen Frau nach – dir.«

»Aber … du hast nie etwas gesagt.«

»Wann wäre denn der richtige Moment gewesen? Als du mit Oskar zusammen warst oder dich schon in diesen Raphaël verguckt hast?«

»Als ich jetzt in Berlin war«, gab ich zurück.

»Ja«, Jonas zögerte. »Ich war kurz davor, ehrlich. Aber jedes Mal wenn ich mich dir nähern oder etwas in der Richtung sagen wollte, hatte ich das Gefühl, du schreckst vor mir zurück, wie damals nach unserem Kuss. Auf mich wirkte es, als würdest du immer noch wollen, dass wir beste Freunde bleiben. Außerdem warst du gerade dabei, in ein anderes Land zu ziehen. Und ich habe eine Tochter, die bei mir lebt, bin bald geschieden, nicht gerade das beste Paket, um einer unabhängigen Frau zu sagen, dass man mit ihr zusammen sein möchte.«

Die letzten Worte schnürten mir fast den Hals zu. »Feli«, brachte ich mit leichtem Krächzen hervor. »Das Sorgerecht?« Ich riss mich zusammen. »Das Sorgerecht für Feli hast du dann?«

»Ja«, sagte Jonas. »Sie lebt eh die meiste Zeit bei mir, weil Lina so viel auf Reisen ist. Wenn sie in Deutschland ist, nimmt sie sie öfter zu sich. Feli hat das alles überraschend gut weggesteckt.«

»Mhm«, murmelte ich. Und nach einer kleinen Pause: »Du, Jonas?«

»Ja?«

»Ich würde dich jetzt so gerne sehen.«

Es war einen Moment still. Und als er sprach, hörte ich die Wärme in seiner Stimme.

»Ich möchte dich auch sehen.«

Ich dachte an Feli, an den Kindergarten, an Jonas' Arbeit.

»Meinst du, du könntest herkommen?«, fragte ich.

»Die nächsten vier Wochen habe ich diese blöde Fortbildung im Büro, ausgerechnet jetzt. Im August …«

Ich überlegte. Natürlich wollte ich ihn am liebsten sofort sehen. Aber ich hatte auch Verpflichtungen hier in der Pension und müsste Clem und Gaspard erst um Hilfe bitten, wenn ich mich noch einmal für mehrere Tage freimachen wollte.

»Morgen ist mein Backkurs«, sagte ich, »aber so bald es geht, fliege ich zu euch, ja?«

»Das wäre schön.« Jonas' Stimme klang so voll und sorglos.

Ich stellte mir vor, wie es sein würde, ihm jetzt über die Wange zu streicheln, über den Kopf, seine weichen Locken unter meinen Fingern zu spüren, wie ich sie so oft schon gespürt hatte, und doch wieder ganz anders.

Endlich merkte ich, wie die Wärme und Ruhe sich unter all der Aufregung und der Niedergeschlagenheit der letzten Tage regte und in mir ausbreitete. Als Einziges blieb das freudige innere Strahlen, das und die Sehnsucht, die wohl erst abebben würde, wenn ich aus dem Flieger stieg und endlich Jonas' Körper an meinem fühlte.

Ein Glucksen entfuhr mir.

»Das Geheimnis«, sagte ich.

»Was?«, fragte Jonas irritiert.

»Na, mein Geheimnis, das, welches ich wegen Sokrates nicht erzählen durfte.«

»Ja?«, fragte Jonas gespannt.

»Das verrate ich dir dann, wenn wir uns sehen.«

»Pepe!«

Ich lachte vergnügt. Genau so, fuhr es mir durch den Kopf, hatte Mamie vorhin am Telefon geklungen. Genauso glücklich, genauso erfüllt. Wie verschlungen manchmal die Wege verliefen, wie lange man brauchte, um den Mut zu finden zu lieben – zehn Jahre, sechzig Jahre. Und wir beide, Mamie und ich, hatten diese Zeit gebraucht, um zu unserer Liebe stehen, sie leben zu können. Eine Zeit voller Erfahrungen, voller Schicksalsschläge, glücklicher und unglücklicher. Zehn Jahre hatten Jonas und ich gebraucht, um an diesen Punkt zu kommen. Ein Lächeln breitete sich auf meinem Gesicht aus, ich biss mir leicht auf die Unterlippe. Aber Hauptsache, dachte ich, wir hatten uns jetzt.

35

Die Sonne schien bereits strahlend durch mein Fenster und in mein Gesicht, als ich die Augen öffnete. Sofort klappte ich die Lider wieder zu und tastete blind über den Nachttisch, bis ich mein Handy fand. Eine Sekunde lang kämpfte ich mit mir, schaffte es, die Augen einen Spalt weit zu öffnen, und sah nach der Uhrzeit. Auf dem Display sprang mich eine Nachricht an – sie war von Jonas, er musste sie in aller Herrgottsfrühe gesendet haben.

> Ich bin so froh, dass ich nicht weiß, wohin damit, und Feli die ganze Zeit drücken und kitzeln muss – die Arme. Alles Gute für deinen Tag heute, ich denk an dich. J.

Lächelnd kuschelte ich mich in mein Kissen und dachte an das gestrige Gespräch, ging alles noch einmal genau durch, wie ich es schon beim Einschlafen die ganze Zeit getan hatte.

Ich wusste nicht, wie wir es in Zukunft schaffen würden, uns regelmäßig zu sehen, womöglich eine Beziehung aufzubauen, aber in diesem Moment war mir das egal. Das Einzige, was gerade wichtig war, war, dass Jonas mich liebte. Und ich ihn.

Müde, aber voller Glücksgefühle stieg ich aus dem Bett und spürte eine leichte Aufregung in der Magengegend, die von etwas anderem herrührte als dem Gedanken an Jonas: Es war der Tag meines Backkurses!

Schnell hatte ich geduscht, mir Kleider übergeworfen und lief in die Küche hinunter. Zu meiner Überraschung traf ich Henry an, der schon bei einer Tasse Kaffee in der Küche saß.

»Guten Morgen«, rief ich fröhlich und ging beinahe hüpfend zur Kaffeekanne.

»Guten Morgen«, kam es ebenfalls fröhlich, aber mit einer fragenden Note in der Stimme zurück.

Ich lächelte ihm zu, nahm einen großen Schluck von dem viel zu heißen Kaffee und fächerte ein wenig vor meinem Gesicht herum, bis ich ihn runterschlucken konnte. Mein Mund fühlte sich taub an, aber das war mir ganz egal.

»Wie ist das Gespräch mit deinen Eltern gelaufen?«, nuschelte ich.

»Tatsächlich ganz gut, stell dir vor. Sie waren alles andere als begeistert, aber – und das ist neu – sie beginnen, meine Entscheidung zu akzeptieren.«

»Das ist sehr gut!«, rief ich etwas zu begeistert aus.

Ich schob die letzten Petits Fours, die Henrys Attacken überlebt hatten, auf ihrer Platte zurecht und drapierte diese gut sichtbar auf dem Küchentisch. Dabei warf ich Henry einen Schulterblick zu.

»Ist es nicht ein wunderschöner Tag?«, schwärmte ich.

»Ähm, ja, wie eigentlich jeder Tag hier«, antwortete er. Nun zeichnete sich ein zögerliches Lächeln auf seinem Gesicht ab. »Pepe?«

»Mhm?« Ich zupfte an dem Lavendelstrauß herum, den ich gestern gepflückt hatte.

»Warum bist du so fröhlich? Das kann doch nicht allein an dem Kurs liegen?«

Ich drehte mich zu ihm um und strahlte übers ganze Gesicht. Ich gab eine alberne Figur ab, das war mir völlig klar, aber ich konnte mich einfach nicht zurückhalten.

»Erzähl schon«, sagte Henry ungeduldig.

»Ach, es ist nur«, antwortete ich, wandte mich spielerisch ab und tat so, als wäre ich ganz und gar mit den Blumen beschäftigt, »dass ich bis über beide Ohren verliebt bin, aber das ist auch schon alles.«

»Was?«, rief Henry. »In wen?«

»In meinen besten Freund.«

»In mich?!«, posaunte er heraus. »Aber Pepe, das wäre doch nicht nötig …«

»Nicht in dich, du Dummie«, rief ich lachend, »in Jonas, meinen besten Freund aus Berlin.«

»Wer zum Teufel ist Jonas? Du hast mir noch nie von ihm erzählt.«

»Das ist ja auch eine lange, lange Geschichte.«

»Wie viele Männergeschichten schlummern da denn noch in dir! Los, raus damit!«

Während ich Henry von Jonas und mir erzählte, bereitete ich das Frühstück auf der Terrasse zu.

»Und das«, endete ich schließlich, »ist Jonas.«

Wir hatten uns draußen an den reichlich gedeckten Tisch gesetzt. Henry griff nach einem Croissant aus dem Korb und löffelte etwas von der Marmelade darauf, die wir zusammen gekocht hatten.

»Dein bester Freund aus Berlin. Hättest du mir das mal ein bisschen früher erzählt, hätte ich dir gleich sagen können, dass da was im Busch ist!«

Ich nahm mir einen Pfirsich und biss in das süße Fruchtfleisch.

»Hättest du nicht.«

»Bitte, Pepe, unterschätze den Menschenversteher nicht.«

»Okay, okay, okay«, sagte ich und wunderte mich mit einem Mal: »Wo ist denn eigentlich Léo?« Ich war so in die Geschichte vertieft gewesen, dass ich sein Fehlen erst jetzt bemerkte.

»Ach.« Henry biss genüsslich von dem Croissant ab. »Der müsste gleich kommen, er wollte noch etwas erledigen. Er wusste allerdings nicht genau, wie lange es dauert, und bittet dich, ihn zu entschuldigen, falls er es nicht rechtzeitig zum Kurs schafft.«

»Sag nicht, er ist schon zu Mamie gefahren.«

»Doch, in aller Herrgottsfrühe.«

Ich lächelte glücklich und ließ den Blick über die violetten Felder wandern. Ihr Duft war während der letzten Tage noch intensiver geworden, und so würde wohl bald die Ernte einsetzen, die die schönen Blüten bis zum nächsten Jahr verschwinden ließ. Vorher musste ich unbedingt noch einige Sträuße fürs Haus trocknen.

Da gesellte sich das gestern angereiste Paar zu uns an den Tisch, und ich konzentrierte mich auf das Gespräch über die Provence, das sich sogleich entspann. Nach kurzer Zeit jedoch entschuldigte ich mich und machte mich daran, die Küche für den Kurs auf Vordermann zu bringen.

Als ich schließlich den Frühstückstisch abgedeckt hatte, hörte ich bereits das erste Auto vorfahren. Ich ließ vor Schreck lautstark ein Messer fallen, hob es schnell auf und düste zur Eingangstür, um die Teilnehmer zu begrüßen. Endlich ging es los, endlich würde der Kurs beginnen.

In der Küche herrschte geschäftiges Treiben. Sieben Kursteilnehmer, Henry inklusive, alle mit Mamies bunten Schürzen ausgestattet, rührten, formten und kleckerten. In der Luft lag der süßliche Duft nach frisch gebackenem Teig und Schokolade. Der ganze Tisch und die Kücheninsel waren mit Mehl bestäubt oder mit Blechen belegt, dazwischen standen allerlei Schüsseln und Messbecher. Und mittendrin wirbelte ich herum und versuchte, bei allen gleichzeitig zu sein. Doch bald schon wurden die Teilnehmer sicherer, und von meinem Zuspruch angespornt, trauten sie sich mehr. Ich hatte Mamie zitiert und ihnen eingeschärft, dass eine gute Bäckerin jedem Rezept immer ihr eigenes gewisses Extra hinzufüge – und das taten sie nun langsam. Ich stellte mich an den Rand und beobachtete lächelnd, wie die ersten Macarons Gestalt annahmen. Hier und da ertönte ein Lachen, und ich nickte glücklich vor mich hin. Genau das war es, was ich machen wollte, wohl immer gewollt hatte – nicht den großen Erfolg in einem szenigen Theater suchen, nein, ich wollte hier in der *Petite Sorcière* sein, backen und mein Wissen an andere weitergeben.

»Peeepe!«, riss mich Henrys verzweifelte Stimme aus meinen Gedanken. »Hilfeee!« Die Teilnehmerinnen um ihn herum lachten angesichts des zerlaufenen Teigs. Ich seufzte vergnügt. Einige hoffnungslose Fälle musste es wohl immer geben.

Einige Stunden später saßen wir alle am Terrassentisch, tranken Limonade und aßen von den Snacks, die Gaspard zu meiner großen Freude zu Hause vorbereitet und mitgebracht hatte. Alle unterhielten wir uns insbesondere über eines: die gebackenen Köstlichkeiten. Ich war noch immer von Euphorie erfüllt. Nicht nur das Backen an sich hatte einen Schwall an Zufriedenheit und Freude in mir ausgelöst, sondern auch der Kontakt zu den Menschen und ihre Reaktionen auf den Kurs.

Da riss mich ein Ruf aus dem Gespräch.

Ich drehte mich um und erblickte Henry, der um das Haus gelaufen kam. Er winkte mich zu sich. Ich entschuldigte mich bei den Kursteilnehmern und lief die Stufen hinab.

»Was gibt es denn … Oh, Mamie!«

Ich lief die letzten Schritte zu meiner Großmutter, die von Léo in einem Rollstuhl hergeschoben wurde. Mamie trug das schönste Lächeln, das ich seit Wochen an ihr gesehen hatte. Ich konnte es gar nicht fassen: Sie war endlich zurück in ihrer *Petite Sorcière*.

»Wie schön! Hat man dich etwa schon entlassen?«

Ich kniete mich neben den Rollstuhl, und Mamie griff nach meiner Hand, die sie fest umschlossen hielt. Sie schüttelte leicht den Kopf.

»Ein wenig Geduld brauchen wir noch, meine Kleine. Aber ich wusste ja, was hier heute los ist, und habe meine Schwester so lange angebettelt, bis sie mir den Ausflug erlaubte – natürlich nur unter strenger Aufsicht.« Dabei nickte sie lächelnd mit ihrem Kopf in Léos Richtung.

»Mamie, das ist großartig!« Ich blickte zu Léo auf. »Vielen Dank, dass du sie hergebracht hast. Das freut mich so.«

Er legte eine Hand auf ihre Schulter, und Mamie griff danach.

»Mathilde hatte Sehnsucht nach ihrer Pension und wollte sich selbst einen Eindruck verschaffen, wie dein Kurs gelaufen ist.«

»Kommt.« Ich erhob mich und blickte zur Terrasse. »Dort am Tisch gibt es noch jede Menge Essen und Limonade für euch. Die Kursteilnehmer sind noch alle da. Ich möchte, dass sie dich kennenlernen.«

Mamie lächelte und warf Léo hinter sich einen fragenden Blick zu. Der nickte und schob ihren Rollstuhl zu den Stufen.

Ohne den leisesten Hauch von Anstrengung hoben Henry und Gaspard, der herbeigeeilt war, den Rollstuhl samt Mamie hinauf, während ich oben einen leeren Stuhl zur Seite schob, um am Tisch Platz zu schaffen.

Léo schob Mamie an den Tisch, ließ sich neben ihr nieder und bot ihr von den verschiedenen Platten an. Lächelnd stand ich daneben und betrachtete das liebevolle Miteinander der beiden.

»Komm«, weckte Henry mich aus meinem Tagtraum und griff nach meiner Hand. »Setzen wir uns dazu.«

Und kaum dass wir saßen, waren wir auch schon Teil des bunten Gesprächsmischmaschs, das den Tisch belebte.

Erst nach dem Essen, als die Kursteilnehmer sich verabschiedet hatten, fand ich einen ruhigen Moment, um mich zu Mamie zu setzen.

Ihr Lächeln war während des Essens keine Sekunde von ihren Lippen gewichen, und auch jetzt blitzten mich ihre lebensfrohen Augen an.

»Ich muss dir noch etwas erzählen, Pinou«, sagte sie und legte ihre Hand auf meinen Arm. Wir saßen beide draußen am Tisch, sie in ihrem Rollstuhl, ich in einem der Gartensessel. »Meine Erinnerung, sie kommt zurück, glaube ich.«

»Du erinnerst dich an die Zeit vor dem Unfall – und an den Sturz selbst?«, fragte ich aufgeregt.

»Es ist noch sehr bruchstückhaft und verschwommen«, lenkte sie ein, »aber ich meine, mich zu erinnern, dass ich auf dem Dachboden war. Und dass ich voller innerer Unruhe war. Es muss an der Nachricht gelegen haben, dass Léo an diesem Tag kommen würde. Ich habe eine Szene vor Augen, wie ich dort sitze, am Fenster – ich muss also auf die Trittstufe gestiegen sein –, und wie ein Blatt Papier aus meiner Hand davonfliegt.«

»Ein Brief«, sagte ich atemlos.

»Ja«, sagte Mamie. »Ich bin auf den Dachboden gestiegen, um das Kästchen mit den frühen Briefen herauszusuchen. Die späteren habe ich immer in meinem Sekretär aufbewahrt, das konnte ich mit meinem Gewissen aber erst vereinbaren, als ich allein im Haus wohnte.«

Ich nickte; also hatte ich ganz richtig kombiniert, was die verschiedenen Aufbewahrungsorte anging.

»Ich habe so lange nicht mehr in den Briefen gelesen, in denen auf dem Dachboden, meine ich. Irgendwann hatte ich sie in dieses Kästchen gepackt, mit verschiedenen anderen Briefen zusammen, damit Joseph nicht gleich hellhörig würde, wenn er sie fand. Als Léos Ankündigung eintraf, er würde kommen, um mich zu sehen, da stiegen all die Erinnerungen hoch, und ich wollte noch einmal seine Worte von damals lesen. Ich saß auf der Kante der Fensterbank und fing an, mich in die Briefe zu vertiefen. Du kennst sie alle, nicht wahr?«

Ich nickte.

»Du musst ein furchtbar schlechtes Bild von deiner Mamie haben. Ich habe damals wohl gegen besseres Wissen mit Léos Liebe gespielt. Aber weißt du, ich wusste ja selbst noch nicht, wie ich mich entscheiden sollte. Oft war ich sicher, dass ich doch mit ihm gehen würde. Die Entscheidung hierzubleiben traf ich eigentlich erst, als er mir diesen Ring anstecken wollte. Da wusste ich für eine Sekunde ganz genau, was passieren musste. Ob es das Richtige war ... ich weiß es nicht. Jetzt, im Nachhinein, kann ich sagen, dass ich ein schönes Leben mit Joseph gehabt habe, auch wenn es manchmal schwierig war – weil ein Leben zu zweit wohl immer Schwierigkeiten aufwirft.

Joseph hatte natürlich mitbekommen, dass Léo Teil meines Lebens war, und wir mussten ganz schön kämpfen, um unsere Beziehung zu retten.«

Mamie hielt inne, nahm das schwere Glas vor ihr mit etwas Mühe auf und trank einen Schluck von der Lavendellimonade, die Gaspard für uns angesetzt hatte.

»Du hast ja den Brief an deinen Vater gelesen.«

Ich nickte, als sie zu mir aufsah, und nahm ihr das Glas ab, um es wieder auf dem Tisch abzustellen.

»Er war der Einzige neben Joseph, mit dem ich je über Léo gesprochen habe. Ich wollte ihm zeigen, dass wir alle Fehler machen, besonders in einer Ehe, damit er sich wegen Flora nicht mehr solche Vorwürfe machte. Dieser Brief war mir kurz vor dem Unfall wieder in die Hände gefallen.«

»Hast du ihn in dem Rezeptbuch verstecken wollen?«, fragte ich.

»Verstecken? Aber nein, er ist zufällig dort gelandet. Du kennst doch meine Unordnung, ich habe wohl ein Lesezeichen gebraucht, und der Brief lag eben in der Nähe.«

»Aber er war das Erste, woran du gedacht hast, als du kurz erwacht bist.«

»Ja. Ich muss intensiv geträumt haben.«

»Und ich dachte, du willst mich damit auf eine Spur bringen«, sagte ich schmunzelnd.

»Nun ja«, meinte Mamie und lächelte, »es scheint dir und deinem Vater gut bekommen zu sein. Von daher bin ich sehr froh, dass du den Brief gefunden hast.«

»Aber wie war das nun mit den anderen Briefen, denen von Léo, die du am Tag deines Unfalls gelesen hast?«

»Aber ja, die Briefe«, sagte sie nachdenklich. »Ich habe in den Briefen gelesen, und es war sehr schön, schön und zugleich schmerzhaft, weil Léo so gelitten hatte. Aber weißt du, er hat wunderschöne Worte für seine Liebe gefunden. Und dann«, sie stockte einen Augenblick, »und dann kam der Windstoß, und der Brief, den ich gerade las, muss mir entglitten sein. Er flog davon, und ich langte danach, doch mein Griff ging ins Leere, ich verlor plötzlich das Gleichgewicht, und dann muss ich gefallen sein.«

Ich nickte vor mich hin, das ergab Sinn.

»Du hast ihn nicht gefunden, oder doch?«, fragte Mamie mit einem Mal sehr forsch. »Den Brief? Vielleicht lag er irgendwo in den Büschen dort neben mir.«

»Leider nicht, Mamie«, sagte ich und strich ihr besänftigend über den Arm. Sie ließ den Kopf sinken. »Aber wir können die Hecke noch einmal durchsuchen.« Ich glaubte zwar nicht, dass der Brief sich darin verfangen haben könnte, wenn der Wind an diesem Tag so stark gewesen war, doch ich wollte ihr nicht die Hoffnung nehmen.

»Aber weißt du«, fuhr ich fort, »vielleicht brauchst du ihn ja gar nicht mehr. Jetzt, wo Léo hier ist, bei dir. Und ihr euch alles direkt sagen könnt.«

Mamie griff nach meiner Hand und drückte sie kurz.

»Vielleicht hast du recht«, sagte sie. »Ich kann es nur noch nicht glauben, dass er tatsächlich hier ist.« Und da war es schon wieder: Mamies wunderbares Lächeln.

Es war später Nachmittag geworden. Die Sonne hatte nur ein Mindestmaß ihrer Kraft eingebüßt und strahlte noch immer gelb und wärmend durch das Küchenfenster, streifte mich immerzu, während ich die letzten Teile abwusch und zurück in die Schränke räumte. Es war still geworden im Haus, einzig Fuchurs sanftes Schnarchen war zu hören. Er lag zusammengerollt auf einem Küchenstuhl, und sein Bäuchlein bewegte sich in regelmäßigem Rhythmus auf und ab.

Ich summte leise vor mich hin, glücklich darüber, dass der Kurs so gut gelaufen war, und glücklich über Mamies wieder erwachte Lebensgeister. Sie wurde gerade von Léo und Henry zurück ins Krankenhaus gebracht.

Ich hängte das Geschirrtuch weg, und meine Gedanken wanderten zu den Aufgaben, die in den nächsten Tagen erledigt werden mussten. Ich wollte hinauf auf den Dachboden gehen, um einige der Kisten dort in die Wäschekammer zu bringen, wo sie gelagert werden sollten, bis Clem sie abholte und in ihrem Keller verstaute. Es wurde Zeit, den Raum dort oben herzurichten, denn so langsam wurde es voller in der kleinen Pension.

Gerade als ich die Stufen hinauf nehmen wollte, hörte ich den Motor eines Autos vor dem Haus, Reifen auf Kies. Ich hielt inne und erinnerte mich daran, dass Clem noch vorbeikommen wollte, um zu hören, wie alles gelaufen war. Ich warf einen Blick aus dem Flurfenster, und tatsächlich sah ich ihren Wagen.

Schnell hatte ich die Haustür geöffnet und winkte ihr entgegen, doch ich stockte mitten in der Bewegung. Da saß nicht nur Clem in ihrem Auto, sondern noch eine weitere Person. Ich erkannte helle Locken, erkannte ein kantiges Gesicht mit freundlichen Zügen.

Stocksteif stand ich im Hauseingang und konnte mich einfach nicht rühren, nicht begreifen, was hier geschah. Die Fahrertür öffnete sich, und eine strahlende Clem stieg aus. Und da, hinter ihr, kämpfte sich eine kleine Gestalt aus dem Wagen und an Clem vorbei.

Im Nullkommanichts war sie bei mir angelangt, umschlang meine Beine und rief: »Pepe, endlis Kanichen sen!«

Wie betäubt fühlten sich meine Beine an, als ich mich hinhockte und Feli an mich drückte. Ich schlang die Arme um sie und hob die lachende Kleine hoch. Da kletterte nun auch Jonas aus dem Wagen und lächelte mir verschmitzt entgegen. Während er langsam auf mich zukam, hob er kurz die Hände wie in einer Unschuldsgeste.

Ein großes Lächeln breitete sich auf meinem Gesicht aus.

»Du!«, sagte ich, als er nur noch wenige Schritte von mir entfernt war.

Wieder dieses Lächeln, das verschmitzte Blitzen in seinen Augen. Feli zappelte auf meinem Arm, und ich ließ sie herunter, woraufhin sie gleich wieder zu Clem lief, irgendetwas von Kaninchen plappernd. Meine Aufmerksamkeit lag ganz bei Jonas, der dicht vor mir stehen geblieben war.

»Was tust du hier?«, fragte ich lächelnd. »Ich wollte doch zu euch kommen.«

»Ich konnte nicht warten«, sagte er. »Ich habe die Fortbildung verschoben, irgendwann wird es schon wieder eine Möglichkeit dafür geben. Wir haben heute früh den Flieger genommen, und glücklicherweise hatte ich noch Clems Nummer von meinem letzten Besuch. Eigentlich«, er musterte mich mit einem kritischen Blick, der jedoch vom Blitzen seiner Augen zunichtegemacht wurde, »bin ich aber vor allem aus einem Grund hier.«

»Ja?«, fragte ich.

»Das Geheimnis – verrätst du es mir endlich?«

»Hmm, ich weiß nicht, ob das Regelwerk von …«

»Pepe!«

»Weißt du nicht schon längst, worum es geht?«, fragte ich und legte den Kopf schief. Ein erstauntes Lächeln legte sich auf Jonas' Züge, das sich in ein freches Grinsen verwandelte.

»Hat es womöglich etwas mit meinem letzten Besuch hier zu

tun? Damit, dass du den Kuss damals doch ein bisschen mehr genossen hast, als du behauptet hast?«

»Woher …?«, fragte ich.

»Die Art, wie du mich geküsst hast.«

»Dann hast du es die ganze Zeit gewusst …«

»Dass es der beste Kuss deines Lebens war? Klar!«

Ich gab ihm einen kleinen Klaps gegen die Schulter, dann aber zog ich ihn an mich.

Jonas beugte sich zu mir herab und küsste mich. Ich spürte seine Locken an meiner Stirn spielen, seine warmen Lippen auf meinen, schmeckte sie nach so langer Zeit endlich wieder. Ich fühlte seine Hand in meinem Haar, die andere an meinem Rücken, fühlte seinen Körper, der sich gegen meinen presste. Fühlte seine Rückenmuskeln unter meinen Händen, seine Wärme überall. Jonas löste seine Lippen von meinen und führte sie an mein Ohr.

»Weißt du eigentlich«, flüsterte er, »dass ich immer schon mal Französisch lernen wollte?«

»Ach ja?«

»Und ich habe gehört, dass so ein Intensivkurs von mehreren Wochen oder besser noch Monaten vor Ort da das Beste sein soll.«

»Hm, wenn man das so sagt … Aber was ist mit deiner Arbeit, mit Felis Kindergarten?«

»Feli will eigentlich nur bei den Kaninchen sein und bei dir. Und meine Arbeit kann ich von überall aus machen. Es gibt also nur eine wichtige Frage: Pepe, kannst du dir vorstellen, Kaninchen mit mir zu haben?«

Ich gluckste und biss Jonas leicht ins Ohr, als er meinen Kopf in beide Hände nahm, mir eine Sekunde lang in die Augen sah und mich dann endlich, endlich wieder küsste.